Hugo Wiener

Zebras sind keine Elefanten

Hugo Wiener

Zebras sind keine Elefanten

Meine besten Satiren

Amalthea

Schutzumschlag: Rudolf Angerer
Satz: Filmsatz Schröter GmbH, München
Druck und Binden: Wiener Verlag, Himberg bei Wien
Printed in Austria 1982
ISBN 3-85002-154-8

Inhalt

Gesammelte Werke

Hurra, lieber Leser, schöne Leserin – der erste Sammelband ist da! Ich nähere mich langsam den Klassikern, und bald wird es so weit sein, daß die Menschen in die Buchhandlungen kommen und verlangen werden: »Etwas von Goethe, etwas von Wiener – und etwas zu lesen!«

Meine besten Satiren. Das heißt, *ich* finde, daß es die besten sind. Vielleicht finden Sie andere besser, vielleicht finden Sie überhaupt keine gut. »De gustibus non est disputandum« wie der Franzose sagt, wenn er Latein kann. Und der Titel? Wie kommt er zu dem Buch, werden Sie fragen. Nun, mir ist nicht einmal dieser eingefallen, und so bat ich meinen Freund Joschi um Rat. »Ich möchte etwas Schönes, Klangvolles«, sagte ich. »Was willst du Klangvolles?« fragte Joschi. »Deine Satiren und Kurzgeschichten sind Satiren und Kurzgeschichten und werden nie etwas anderes sein. Zebras sind keine Elefanten.« Und da hatte ich den Titel! So wünsche ich Ihnen, liebe Leser, gute Unterhaltung mit »ZEBRAS SIND KEINE ELEFANTEN!«

Im Leben eines jeden Menschen gibt es etwas wofür er dem Schicksal dankbar sein sollte. Wenn Sie arm sind und wenn Sie Schulden haben, seien Sie dankbar, daß Sie nicht einer Ihrer Gläubiger sind. Auch mir sprach einmal ein Mensch seinen Dank aus. Ich hatte ihn gesund gemacht, ohne es zu wissen. Und ich bin dankbar, daß er mir dankbar ist, denn eines der schönsten Gefühle ist die

Dankbarkeit

Ich saß im Kaffeehaus.

»Entschuldigen Sie«, kam ein Herr auf mich zu. »Sie sind doch Herr Wiener?«

»Ja«, sagte ich.

»Darf ich?« Er setzte sich zu mir. Ich betrachtete ihn. Er sah aus wie einer, der mit dem Leben zufrieden ist. Gepflegt, gut gekleidet, und vor allem: er strotzte vor Gesundheit.

»Sie sind doch der Autor, der diese lustigen Satiren schreibt?« fragt er mich.

»Ja.« Meine Brust schwellte sich vor Stolz, und von meinem Anzug, der mir etwas zu eng war, sprang ein Knopf ab.

»Gestatten Sie, daß ich Ihnen meinen Dank ausspreche«, fuhr der Herr fort. »Mein Name ist Weber. Sie haben mich dem Leben wiedergegeben.«

Verwundert sah ich ihn an.

»Ich war krank«, setzte er fort. »Sehr krank. Es war nichts Organisches, ich war seelisch krank, ich litt an Depressionen. Ich war schwermütig, unglücklich, melancholisch, kämpfte ständig mit den Tränen, nichts auf der Welt konnte mich aufheitern, ich war dem Selbstmord nahe. Ich lag monatelang in einer Nervenklinik, als mir meine Frau eines Tages eines Ihrer Bücher brachte.«

Aha, dachte ich geschmeichelt. Er hat es gelesen, hat

zuerst geschmunzelt, dann gelächelt, dann gelacht, mein Humor gab ihm neuen Lebensmut, er wurde gesund.
»Welches meiner Bücher war es?« fragte ich interessiert.
»Ich weiß es nicht«, antwortete er. »Ich legte es auf mein Nachtkästchen ich sah es zunächst gar nicht an. Am nächsten Tag besuchte mich meine Frau wieder.
›Hat es dir gefallen?‹ erkundigte sie sich.
›Was?‹
›Das Buch, Hasi.‹
›Was für ein Buch, Hasi?‹ fragte ich etwas unwirsch.
›Das Buch, das ich dir gestern gebracht habe.‹
›Ich habe es noch nicht gelesen.‹
›Aber Mausi! Nicht einmal *eine* Geschichte?‹
›Nein.‹
›Das solltest du aber. Es würde dich erheitern.‹
›Mich kann nichts erheitern.‹
›Das glaubst du doch selber nicht, Affi. Du wirst sehen, du wirst lachen, und das ist wichtig. Der Arzt sagt, wenn du erst wieder lachst, bist du gesund.‹
›Ich kann aber nicht lachen!‹ sagte ich weinerlich.
›Weil du nicht willst, Bärli! Ich komme morgen wieder – versprich mir, daß du bis dahin das Buch gelesen hast.‹
›Ich verspreche es dir.‹ Sie ließ mich allein. Ich nahm das Buch zur Hand und las: Hugo Wiener, Heiterkeit auf Lebenszeit, neue Satiren mit Zeichnungen von Rudolf Angerer, Amalthea. Ich konnte nicht lachen, also legte ich es wieder weg. Am nächsten Tag kam meine Frau wieder.
›Hast du es gelesen?‹ fragte sie.
›Was?‹
›Das Buch, Vogili.‹
›Was für ein Buch?‹
›Das Buch, das ich dir gebracht habe.‹
›Ich habe damit begonnen.‹

›Und wie weit bist du gekommen?‹
›Nur über die Titelseite.‹
›Das ist zu wenig, mein Maikäferli. Du mußt weiterlesen. Du wirst sehen, wie lustig es ist.‹ Sie sprach wie zu einem kleinen Kind. ›Da sind die Geschichten vom Dr. Robinson, vom Dr. Wronsky, vom kleinen Ladi und so fort.‹ In mir kochte es. Trotzdem, als sie gegangen war, las ich weiter. Zweite Seite: 1979 by Amalthea Verlag, Wien-München, alle Rechte vorbehalten, Schutzumschlag Rudolf Angerer, Satz Druckerei Ludwig Auer, Donauwörth, Druck und Binden Mohndruck, Reinhard Mohn OHG, Gütersloh, Printed in Germany, ISBN 3-85002-108-4. Ich konnte nicht lachen. Am nächsten Tag kam meine Frau wieder.
›Hast du es gelesen, Taubili?‹ fragte sie.
›Was?‹
›Das Buch, das ich dir gebracht habe. Du hattest es mir doch versprochen, mein Regenwurmi!‹
›Ja, ich habe es gelesen.‹ Nun müssen Sie wissen, daß mich die Tiernamen, die mir meine Frau gab, seit Jahren nervös machten. Vielleicht war dieses ›Ja, ich habe es gelesen‹, etwas lauter ausgefallen als gewöhnlich.
›Und wie weit bist du gekommen?‹ fragte sie mich gereizt.
›Bis zum Inhaltsverzeichnis.‹
›Willst du mich zum besten halten?‹ zischte sie mich an. ›Du sollst die Geschichten lesen, nicht das Inhaltsverzeichnis!‹
›Die Geschichten interessieren mich nicht!‹ zischte ich zurück.
›Weil du nicht gesund werden *willst!*‹ schrie sie. ›Weil es dir gefällt, im Bett zu liegen, anstatt zu arbeiten!‹ So ging es weiter. Tag für Tag. Hast du das Buch gelesen? Was für ein Buch? Das Buch, das ich dir gebracht habe. Nein. Warum nicht? Weil ich keine Lust habe. Wir wurden immer gereizter, wir befetzten uns, wir belei-

digten uns. Die Tiere, nach denen sie mich nannte, wurden immer größer. Aus dem Mausi wurde ein Ochse, aus dem Hasi ein Nilpferd und aus dem Regenwurmi ein Rhinozeros. Wir begannen uns zu hassen. Und eines Tages, als ich sie ein Trampeltier nannte und sie mich einen Orang-Utan, nahm ich das Buch und warf es ihr an den Kopf. Das war ihr zuviel. Sie ging zum Anwalt und brachte die Scheidungsklage ein – und dafür muß ich Ihnen danken, danken, danken! Ich bin jetzt mit der jungen Krankenschwester verheiratet, die mich in der Klinik betreut hat, ich bin glücklich, ich bin gesund, ich habe keine Depressionen mehr, ich kann wieder lachen! Sie und Ihr Buch haben mich dem Leben wiedergegeben!« Er drückte mir die Hand und ging an seinen Tisch zurück.

So war es also. Ich war ein wenig enttäuscht. Eines meiner Bücher hat einen Menschen glücklich gemacht – und nur, weil er es nicht gelesen hat.

Apropos Verwandtschaft! Kritisieren Sie niemals die Verwandtschaft Ihrer Frau. Erinnern Sie sich: Sie haben sie sich selbst ausgesucht. Wenn es früher, als ich noch Idealist war, an meine Tür klopfte, dachte ich: »Das ist das Glück.« Heute weiß ich, es ist die Verwandtschaft.

Mein Neffe Ladi

Meine Frau rief aus dem Vorzimmer: »Ladi ist da!«
Ladi ist nicht nur mein siebenjähriger Neffe, sondern auch die Abkürzung von »Ladislaus«. So hießen einige ungarische Könige, die mit unserer Familie weder verwandt noch verschwägert waren. Und Ladi hieß auch nicht Ladi, sondern Heinz. Da aber »Ladi« das erste Wort war, das seine damals noch unschuldig-kindlichen Lippen formten, nannte ihn seine Mutter ab diesem Tag »Ladi«. So rufen ihn auch alle Verwandten und Bekannten »Ladi«, bis auf seinen Vater, der ihn immer mit »Was-hast-du-schon-wieder-angestellt-du-Lausbub« begrüßt.
Ladi war ein hübscher Junge und ein Kind seiner Zeit. An seinem letzten Geburtstag schenkte ich ihm ein Atomstrahlengewehr, wie man es heute in allen Spielwarengeschäften zu kaufen bekommt. Ladi ging damit in den Park, wo seine rückständigen Kameraden Indianer und Trapper spielten. Wolfgang, der Trapper, richtete seine Pistole auf ihn und rief: »Bäng, bäng, du bist tot!« Aber Ladi dachte nicht im Traum daran, umzufallen. Er hob sein Strahlengewehr und sagte: »Zap, zap, du bist sterilisiert!«
Jetzt stand er im Zimmer. Ich wußte, weshalb er gekommen war. Er hatte in der Schule in Grammatik eine Fünf bekommen, und das ist bei uns in Österreich die schlechteste Note, über die wir verfügen. In anderen Staaten, in Venezuela zum Beispiel, reichen die

Noten von eins bis zwanzig. Eine Zwanzig ist die beste Note, eine Eins die schlechteste. In Venezuela, behauptete Ladis Mutter, wäre er mit seiner Fünf immerhin ein durchschnittlicher Schüler. Daß er in Österreich leben muß, ist die Schuld seiner Eltern.

Aber Ladi war ein richtiger Lausbub. Sein Vater sagte einmal zu mir: »Ich gebe ihm jeden Morgen eine Ohrfeige. Wenn *ich* nicht weiß, warum – *er* weiß es!«

»Also?« fragte ich und legte mein Gesicht in strenge Falten. »Was gibt es?«

Ladi gestand treuherzig: »Ich habe in Grammatik eine Fünf bekommen, und Papa schickt mich zu dir, damit du mir die Konjugation beibringst.«

Halb war ich stolz, daß mein Schwager mir solches zutraute, halb hätte ich ihm am liebsten eine Ohrfeige gegeben.

»Das mußt du mir genauer erklären«, meinte ich.

»Ich konnte das Wort ›Fahrrad‹ nicht konjugieren.«

»Das Wort ›Fahrrad‹ könnte ich auch nicht konjugieren«, gab ich gütig zu, »weil ›Fahrrad‹ ein Hauptwort ist, das man dekliniert. Nur Zeitwörter konjugiert man.«

»Das hat unser Lehrer auch gesagt, aber ich habe gesagt, ich kann auch Hauptwörter konjugieren, und da ist er bös geworden.«

Jetzt wußte ich es. Ladi war wieder einmal frech gewesen. Schon wollte ich auffahren, aber ich hielt mich zurück. Ich dachte an meine Frau, die immer sagt, Kinder haben sensible Nerven, mit denen man vorsichtig umgehen muß.

»Was liegt hier auf dem Schreibtisch?« fragte ich und zwang mich zur Ruhe.

»Pfeifentabak«, sagte Ladi.

»Richtig. ›Pfeifentabak‹ ist ein Hauptwort – wir deklinieren also: der Pfeifentabak, des Pfeifentabaks, dem Pfeifentabak, den Pfeifentabak. Hast du verstanden?«

»Ja«, sagte Ladi, »Aber ich kann ›Pfeifentabak‹ auch

konjugieren. Ich pfeife Tabak, du pfeifst Tabak, er pfeift Tabak – –«

»Sei still!« unterbrach ich ihn streng. »Das ist ein Unsinn. Ich werde dir jetzt eine Geschichte erzählen, wie *ich* als Kind das Konjugieren erlernte. Ich war im Sommer mit meinen Eltern in Laufen bei Ischl.«

»Ich laufe bei Ischl, du läufst bei Ischl, er läuft bei Ischl!« konjugierte Ladi vergnügt.

»Ruhe!« sagte ich bereits ziemlich gereizt und fuhr fort: »Wir lernten dort einen Herrn aus Wien kennen. Er wohnte hier auf dem Platz vorm Finanzamt.«

»Ich platz vorm Finanzamt, du platzt vorm Finanzamt, er platzt vorm Finanzamt!« warf Ladi sofort ein.

»Genug!« rief ich. Fast hätte ich auf den Tisch geschlagen, als mir zum Glück noch rechtzeitig die verdammte Sensibilität des kindlichen Nervensystems einfiel. »Der Herr war immer sehr gut gekleidet, und besonderen Eindruck machten auf mich seine mausgrauen Handschuhe.«

»Ich maus graue Handschuhe, du maust graue Handschuhe, er maust graue Handschuhe – –«

Jetzt schlug ich auf den Tisch und auch meine Stimme klang lauter, als ich fortsetzte: »Er hatte eine berühmte Antiquitätensammlung, und als wir wieder in Wien waren, lud er meine Eltern und mich zum Mittagessen ein, um uns diese Sammlung zu zeigen. Zuerst gab es Braten mit Wirsingkohl – –«

»Wir singen Kohl, ihr singet Kohl, sie singen Kohl!«

Ich ignorierte ihn. »Dann Grießpudding –«

»Ich grüß Pudding, du grüßt Pudding, er grüßt Pudding!«

»Und dann zeigte er uns seine Sammlung«, erzählte ich weiter, während ich die Zähne zusammenbiß und meine Fingernägel in die Handflächen bohrte. »Der Mann besaß zwei der ältesten Stehlampen.«

»Ich stehl Lampen, du stiehlst Lampen, er stiehlt Lampen!«

»Ich stehle keine Lampen!« schrie ich und sprang auf.
»Ich konjugiere ja nur!« verteidigte sich Ladi.
Ich fühlte, wie der Herzinfarkt nach mir griff.
»Willst du mir zuhören? Ja oder nein?«
»Ja.«
Ich beruhigte mich langsam. »Endlich zeigte er uns das Glanzstück seiner Sammlung: eine Spieldose.«
»Ich spiel Dose, du spielst Dose, er spielt Dose . . .«
»Schweig!« brüllte ich so laut, daß meine Frau aus dem Nebenzimmer kam. Ich faßte Ladi an beiden Schultern, schüttelte ihn und schrie: »Es war ein japanisches Kunstwerk aus Nagasaki!!!«
»Ich nag a Sacki, du nagst a Sacki, er nagt a Sacki!«
»Schau, wie er es schon kann!« rief meine Frau freudig überrascht.
Ich tobte. »Nichts kann er! Er soll gehen! Hinaus! Ich enterbe ihn!«
Ladi verflüchtigte sich. Meine Frau sah mich vorwurfsvoll an.
»Mußtest du so schreien?« fragte sie. »Weißt du nicht, wie sensibel die Nerven eines Kindes sind?«

Seit einigen Tagen trage ich einen Kopfverband. Seien Sie niemals unfreundlich zu einem Kind. Erstens hat es sensible Nerven, und zweitens könnte es Ihnen einen Stein nachschleudern.

Demokratische Staatsmänner sind Diktatoren gegenüber im Nachteil, weil sie nicht nur Politik machen, sondern auch Wahlen gewinnen müssen. Das ward mir klar, anläßlich einer

Landtagswahl

Meine Frau und ich sind stolze Besitzer eines Landhauses in einem österreichischen Bundesland. In welchem, das verrate ich nicht, und Sie werden mich sofort verstehen.

Wir hatten Wahlen. Es waren Landtagswahlen, und als Grundbesitzer sind wir natürlich wahlberechtigt.

Schon Wochen vor der Wahl lächelten die Kandidaten der beiden Großparteien von allen Plakatwänden, sie schmuggelten sich mittels Postwurfsendungen in unseren Briefkasten, sprachen aus unserem Radioapparat, erschienen auf unserem Fernsehschirm – und das alles, ohne uns zu fragen.

Und sie machten es einem nicht leicht, besonders was das Fernsehen betraf.

17 Uhr 30: Porträt. Anton Riedl, Kandidat der Linken.

18 Uhr 30: Porträt. Anton Schmiedl, Kandidat der Rechten.

19 Uhr 30: Zeit im Bild. Riedl und Schmiedl über ihre Pläne.

Wir schauen zu. Riedl kommt in eine Kleinstadt, Frauen und Männer jubeln ihm zu, die Schützenkapelle spielt, Kinder überreichen Blumen. Riedl, sichtlich gerührt, hält eine kurze Rede und fährt weiter.

Fünf Minuten später. Schmiedl kommt in dieselbe Stadt, Frauen und Männer jubeln ihm zu, die Schützenkapelle spielt, Kinder überreichen Blumen, Schmiedl, sichtlich gerührt, hält eine kurze Rede und fährt weiter.

Ich hatte genug.
»Gehen wir ins Kino!« sagte ich. Als wir ankamen, begann die Wochenschau: Riedl kommt in eine Kleinstadt, Frauen und Männer jubeln ihm zu, die Schützenkapelle spielt, Kinder überreichen Blumen. Riedl, sichtlich gerührt, hält eine kurze Rede und fährt weiter.
Anschließend: Schmiedl kommt in dieselbe Stadt, Frauen und Männer jubeln ihm zu, die Schützenkapelle spielt, Kinder überreichen Blumen. Schmiedl, sichtlich gerührt, hält eine kurze Rede und fährt weiter.
Die Luft war voller Reden – die Reden voller Luft.
Meine Frau war für Riedl. Er war telegen, jovial, man konnte ihm ein gewisses Vater-Image nicht absprechen. Aber auch Schmiedl wirkte vertrauenserweckend.
»Warum willst du nicht Schmiedl wählen?« fragte ich.
»Schau dir seine Frau an«, war die Antwort. »Diese Frisur!«
Ich wußte nicht, was die Frisur einer Frau mit den politischen Fähigkeiten ihres Mannes zu tun hat, da aber meine Frau immer recht hat, wird es auch diesmal so sein.
Am nächsten Abend hatte Frau Schmiedl eine andere Frisur. Meine Frau schwenkte um. Leider trug Schmiedl eine unmögliche Krawatte, worauf sie ihre politische Meinung schnell wieder änderte.
Der Wahltermin kam näher, und wir wußten noch immer nicht, für welchen der beiden Kandidaten wir uns entscheiden sollten. Sagte Riedl etwas, das wir für gut hielten, sagte Schmiedl etwas Besseres. Sagte Schmiedl etwas, das wir für schlecht hielten, sagte Riedl etwas Schlechteres.
Gingen wir auf der Straße und drückte man uns ein Foto von Riedl in die linke Hand, hatten wir in der rechten schon eines von Schmiedl. Wir waren konfus. Meine Frau entschied sich für Riedl. Ich beschloß,

meinen Anwalt, Dr. Robinson, zu fragen. Er war ein kluger Kopf und konnte mir sicherlich einen guten Rat geben. »Hören Sie, Doktor«, sagte ich, »Ich weiß nicht, welchen ich wählen soll. Ich kenne keinen der Kandidaten.«

Drauf sagte Robinson: »Ich weiß es auch nicht, ich kenne beide.«

Ich ging in mein Stammcafé. Unterwegs beschloß ich, das Schicksal handeln zu lassen. Ich zählte an meinen Knöpfen ab: Riedl, Schmiedl, Riedl – der vierte Knopf war abgerissen. Das brachte mich in ein schweres Dilemma. Sollte ich den vierten Knopf gelten lassen oder nicht? Als aufrechter Staatsbürger beschloß ich, ihn für ungültig zu erklären und den Kandidaten meiner Frau zu wählen. Das heißt – warum eigentlich? Ich könnte doch ebensogut mit Schmiedl beginnen, dann würde *er* auf dem dritten Knopf landen. Das tat ich denn auch.

Im Kaffeehaus wurde bereits aufgeregt politisiert. Eisig, Zeisig, Knoll und Poll stritten über Vorzüge und Fehler der Kandidaten.

»Ich wähle Schmiedl!« sagte ich mutig.

»So!«sagte Zeisig eisig. »Ich habe immer gewußt, daß Sie dumm sind, aber für so dumm hätte ich Sie nicht gehalten.«

»Warum?« fragte Eisig Zeisig. »Wenn man Schmiedl wählt, muß man dumm sein? Ich wähle ihn auch.«

Knoll mischte sich ins Gespräch. »Sie!« sagte er verächtlich. »Sie sind ja ein Gehirnliliputaner!«

Eisig sprang auf. »Und Sie?« schrie er. »Wissen Sie, was Sie sind?«

Ich ging. Ich wollte nicht wissen, was Knoll war. Alle, die es damals erfahren haben, sind für den 4. des nächsten Monats als Zeugen vor Gericht geladen.

Der Wahltag kam, ich ging in das Wahllokal. Während ich dort Schlange stand, blickte ich durch das Fenster auf die Straße. Und ich sah etwas Neues. Drei Plakate.

Links das Plakat der Linken, mit Riedls Kopf und dem Text: »Riedl ist der Rechte!« Rechts das Plakat der Rechten mit Schmiedls Kopf und dem Text: »Schmiedl ist der Richtige!« Und in der Mitte ein Plakat, schlicht, einfach, ohne Kopf, bloß mit dem Text: »Fina ist der Beste!«

Also ging ich hin und wählte Fina.

Als ich es am Abend meiner Frau erzählte, erfuhr ich, daß ich eine Kaffeemarke gewählt hatte.

Lügen haben kurze Beine, die aber sehr schnell laufen können.
*(Hugo Wiener)**

Toplitz ist im Geschäft

Toplitz war Schauspieler. Engagementlos. Wieso? Keine Ahnung. Toplitz hatte schon ganz nette Rollen verkörpert, er hatte sich auf dem Theaterzettel vom 3. Diener über den 2. Verschwörer bis zum 1. Offizier hinaufgespielt, er bekam Partien, die im Programmheft einen Namen trugen, wie den O'Kelly in »Maria Stuart« – er hatte zwar bloß zu sagen: »Flieht, Mortimer, flieht! Alles ist verloren!« – aber immerhin. Trotz allem – Toplitz war mit seiner Karriere nicht zufrieden. Er ging an ein kleines deutsches Theater, dann an ein noch kleineres, und dann an das allerkleinste. Aber je kleiner die Theater waren, desto größer wurden die Rollen, die er spielte. Und eines Tages holte man ihn nach Wien zurück. Für eine Hauptrolle an eine Kellerbühne, für eine Nebenrolle an ein Kabarett, Toplitz war im Kommen – plötzlich war es aus. Wieso? Siehe oben. Es ist oft so im Theaterleben. Kaum ist man in, ist man wieder out. Natürlich durfte niemand wissen, daß Toplitz, wie man im Bühnenjargon so schön sagt, »nicht mehr im Geschäft ist«. Ein Künstler, der nicht mehr im Geschäft ist, kommt nie wieder ins Geschäft. Also mußte er lügen. Neulich fragte ihn Dr. Wronsky: »Wo spielen Sie, Toplitz? Man sieht Sie nirgends mehr.« Und Toplitz anwortete: »Ich bin erst gestern zurückgekommen. Ich habe vom 1. bis 10. April in München Fernsehen gemacht, bleibe zwei Tage hier und fliege übermorgen nach Berlin, wo ich vom 14. April bis zum 2. Mai als Higgins in ›My fair Lady‹ gastiere.« – »Gratuliere!« sagte Wronsky respektvoll. »Wenn Sie zwei Tage hier

* Ich schwöre!

sind, kommen Sie doch heute zu uns zum Abendessen!« – »Gern!« sagte Toplitz. So war er dahintergekommen, daß ihm seine imaginären Engagements nicht nur die größte Achtung, sondern auch Einladungen verschafften.

Natürlich waren außer ihm noch andere Gäste bei Wronskys. Die Ehepaare Knoll, Wimmer und Pfandl.

»Unser Freund«, sagte Knoll und meinte damit den Hausherrn, »hat uns erzählt, daß Sie so stark beschäftigt sind, Herr Toplitz. Sonst hätten wir Sie gern auch zu uns gebeten.«

»Ach ja!« flötete Frau Knoll.

Toplitz zückte seinen Taschenkalender. »Moment!« sagte er und las: »Bis 2. Mai Higgins in Berlin – vom 4. bis 15. Mai, Higgins in Zürich. Am 16. bin ich in Wien, habe aber bereits am 17. wieder Fernsehen in Wiesbaden.«

»Dann am sechzehnten«, schlug Knoll vor.

»Bitte, bitte!« flehte seine Frau.

»Es wird zwar knapp ausgehen, aber wenn Ihnen soviel daran liegt ...« meinte Toplitz gnädig.

»Und was ist mit uns?« fragte Frau Wimmer, süßsauer lächelnd. Sie war wütend, daß ihr die Knolls zuvorgekommen waren. »Sie werden doch auch uns das Vergnügen schenken?«

Toplitz lächelte. »Von Herzen gern, gnädige Frau, aber wann?« Er blickte wieder in den Kalender. »Am 24. Mai komme ich von Wiesbaden, am 26. fliege ich nach Hamburg, am 25. habe ich vormittags eine Besprechung, am Nachmittag probiere ich die Kostüme für Hamburg ...«

»Wie wäre es mittags?« fragte Wimmer.

Toplitz überlegte. »Mittags könnte ich es schaffen.«

»Dann erwarten wir Sie am 25. Mai zum Mittagessen«, sagte Frau Wimmer und warf Frau Knoll einen triumphierenden Blick zu.

»Und wir?« fragte Pfandl. »Was ist mit uns?«

»Ach ja!« sagte Frau Pfandl und setzte ihr schönstes Schmollmündchen auf.
Toplitz blätterte. »Ab 27. Mai spiele ich in Hamburg an acht Abenden den Othello – ich könnte am 5. Juni in Wien sein...«
»Abgemacht – 5. Juni«, sagte Pfandl.
Toplitz kam die Einladung ungelegen. »5. Juni...«, wiederholte er zögernd. »Vom 5. bis zum 12. Juni habe ich mir mit Mühe acht Tage reserviert. Sie verstehen... man braucht einmal Urlaub...«
»Den verbringen Sie bei uns«, sagte Frau Pfandl schnell. »Wir haben ein Haus in Anif bei Salzburg, mit einem entzückenden Gästezimmer. Sagen Sie nicht nein!« setzte sie bittend hinzu. »Also gut, gnädige Frau – ich komme.« Frau Knoll biß sich wütend auf die Unterlippe, während sich Frau Wimmer die Fingernägel ins Fleisch preßte. Das Essen kam. Toplitz delektierte sich daran. »Es ist wunderbar!« sagte er. »Wenn man, so wie ich, gezwungen ist, monatelang in Hotels zu essen...«
Fünf Tage später traf Knoll Toplitz auf der Straße. »Ich denke, Sie sind in Berlin?« fragte er verwundert.
»Ich *war* in Berlin«, antwortete Toplitz. »Ich habe das Gastspiel abgebrochen. Man hat mir eine Partnerin zugemutet – direkt aus der Theaterschule.«
»Da können Sie doch heute abends bei uns speisen?«
Toplitz zierte sich. »Das können Sie Ihrer Frau nicht antun... so im letzten Moment...«
»Unsinn«, sagte Knoll. »Kommen Sie gleich mit. Wir sind immer auf Gäste vorbereitet.« Toplitz ging mit. Es gab ein köstliches Abendessen.
Toplitz war glücklich. Die Einladungen brachten eine angenehme Abwechslung seines Speisezettels, für seinen Urlaub hatte er auch vorgesorgt, und die Arbeitslosenunterstützung kam pünktlich per Post ins Haus.
Knoll kannte Lichtmann, der als Abteilungsleiter beim

ORF beschäftigt war. Stolz erzählte er ihm, daß Toplitz bei ihm gegessen habe.
»Toplitz?« fragte Lichtmann. »Wer ist Toplitz?«
Knoll lachte. »Das wissen Sie nicht? Toplitz ist einer der meistbeschäftigten österreichischen Schauspieler. Ein Mann, der in ganz Europa gastiert.«
Lichtmann kam ins Büro und rief seinen Stab zu sich. »Warum erzählt mir niemand, daß wir in Österreich einen göttlichen Schauspieler besitzen, der überall zu sehen ist, nur nicht bei uns?« Lichtmanns Mitarbeiter sahen einander an. »Wer ist dieser göttliche Schauspieler?« fragte Zebisch, der Regisseur. »Toplitz.«
Wieder sahen die Mitarbeiter einander an. Toplitz? Seit wann ist Toplitz ein göttlicher Schauspieler?
»Ich wünsche, daß Toplitz für die nächste Eigenproduktion von uns engagiert wird!« sagte Lichtmann energisch.
Zebisch rief bei Toplitz an. Toplitz kam persönlich zum Apparat.
»Ja?« fragte er.
»Herr Toplitz?«
»Ja.«
»Hier Regisseur Zebisch vom ORF. Wir hätten Ihnen eine Rolle anzubieten. Vierzehn Tage.«
»Und wann?«
»Vom 1. bis zum 15. Mai.«
»Hm«, machte Toplitz. »Lassen Sie mich nachsehen.« Er nahm seinen Kalender zur Hand. »Schade«, sagte er bedauernd. »Das schneidet sich mit einem andern Termin.« Er glaubte selbst schon an seine Termine. »Vom 4. bis 15. Mai bin ich in Zürich.«
»Dann vielleicht ein andermal«, meinte Zebisch erleichtert. »Auf Wiedersehen!« Er legte den Hörer auf.
Toplitz griff sich an den Kopf. Was war das? Er hatte eine Fernsehrolle abgelehnt? Warum? Er war doch gar nicht in Zürich?
Zebisch meldete Lichtmann, daß Toplitz nicht frei sei.

Lichtmann tobte. »Das gibt es nicht!« schrie er. »Sie müssen es möglich machen! Sagen Sie ihm, wir werden ihm in allem entgegenkommen!«
Zebisch ging wieder ans Telefon: »Herr Toplitz?«
»Ja . . .«
»Hier Zebisch. Wir brauchen Sie und werden keine finanziellen Kosten scheuen. Fahren Sie doch einfach jeden Abend nach der Vorstellung mit dem Schlafwagen nach Wien. Am Vormittag zeichnen wir auf, und am Nachmittag fliegen Sie mit der Maschine zurück.«
»Ein bißchen strapaziös«, überlegte Toplitz. »Wie ist es denn mit der Gage?« Zebisch nannte einen hohen Betrag.
»Also gut«, entschied Toplitz seufzend, »ich nehme es auf mich.«
»Danke, Meister!«
Toplitz bekam im Mai vierzehn Tage hindurch täglich eine Schlafwagenkarte Zürich–Wien sowie ein Flugtikket Wien–Zürich. Im Reisebüro »Kolumbus«, dessen Inhaber ihm bekannt war, ließ er jeden Tag Bahnfahrt und Flug stornieren und bekam, nach Abzug von 15 Prozent, eine – gemessen an seinem bisherigen Einkommen – große Stange Geld.
Im Atelier war man von seiner Leistung begeistert. »Toplitz ist ganz groß geworden!« sagte man. Kein Wunder. Umsonst ist man nicht so gesucht.
Toplitz bekam einen Filmvertrag. Diesmal beschloß er, sein Gastspiel an einen Ort zu verlegen, der von Wien weiter entfernt war als Zürich.
»Wann brauchen Sie mich?« erkundigte er sich.
»Vom 6. Juli bis zum 1. August.«
»Ganz ausgeschlossen«, sagte Toplitz. »Vom 10. Juli bis zum 20. Juli spiele ich in Stratford-on-Avon, der Geburtsstätte Shakespeares, den ›Kaufmann von Venedig‹.«
»Das soll Sie nicht abhalten«, meinte der Produzent. »Wir stellen Ihnen ein eigenes Flugzeug. Sie fliegen

jeden Abend, nach der Vorstellung, von Stratford nach Wien, drehen bei uns, und fliegen am Nachmittag nach Stratford zurück.«
»Ich brauche kein Flugzeug«, sagte Toplitz, »ich brauche die Tickets. Außerdem fällt mir eben ein, daß ich am 25. Juli in New York bin. Ich drehe einen Werbespot in einer Serie, in der gezeigt wird, wie die größten Schauspieler der Welt Coca-Cola trinken. Für Deutschland trinkt Boy Gobert, für Frankreich Belmondo, für Italien Mastroianni und für Österreich Toplitz. Ich muß mit drei Tagen Aufenthalt rechnen.«
»Das ist keine Sache. Wir zahlen Ihnen auch in diesem Fall das Flugticket, und für die drei Tage, die Sie nicht bei uns drehen, die volle Gage. Nur bitte, bitte, sagen Sie ja!«
Toplitz sagte »ja«. Die Journalisten rissen sich um Interviews, die Stadt Wien verlieh ihm den Josef-Kainz-Ring und der österreichische Bundespräsident das Große Goldene Ehrenzeichen der Republik. Auf der Autogrammbörse schnellte der Wert seiner Unterschrift sprunghaft in die Höhe. Gestern bekam man noch für zehn Peter Alexander einen Emmerich Toplitz, heute mußte man bereits einen Sir Laurence Olivier (sehr selten) dazulegen, und morgen – so raunte man sich zu – wird Toplitz' Unterschrift nur noch im Schwarzhandel erhältlich sein.
Toplitz war ein Superstar geworden.

Wer sagt, daß Lügen nichts eintragen, ist selbst ein Lügner.

Ein deutsches Sprichwort sagt: »Eine gute Ausrede ist einen Taler wert.« Das stimmt nicht. Eine gute Ausrede ist alles wert, solange sie neu ist. Eine verbrauchte Ausrede ist wertlos. Zu dieser Erkenntnis kam ich durch meine

Zwei Herren aus München

Vor einiger Zeit besuchten mich zwei Herren aus München. Sie kamen von einer Film- und Fernsehproduktionsfirma und suchten eine Idee für eine musikalische Sendung. Ich hatte eine solche, sie gefiel ihnen nicht, und sie fuhren wieder ab. Das klingt höchst einfach – und doch! Sie wissen es nicht, die Herren aus München, welche Verwirrung sie in mein Leben gebracht haben. Kaum waren sie fort, rief unser Dentist, Dr. Wronsky, an. »Wollt ihr nicht morgen zu uns kommen? Meine Frau feiert die zweite Wiederholung ihres zwanzigsten Geburtstages. Es kommen die Robinsons, die Wimmers, die Pfandls . . .«

»Moment!« sagte ich. »Ich muß in meinem Terminkalender nachschauen.« Nun habe ich gar keinen Terminkalender, aber ich habe eine Frau, die sich weigert, eine Gesellschaft zu besuchen, in der man die Pfandls trifft. Warum? Meine Frau hatte sich ein Kleid machen lassen – ein Modell. Frau Pfandl hatte sich ebenfalls ein Kleid machen lassen – auch ein Modell. Nun wollte es das Unglück, daß beide Kleider nach ein und demselben Modell gemacht worden waren. Das führte zur Katastrophe. *Wir* besuchten ein Konzert – und Pfandls besuchten ebenfalls ein Konzert. Und da wollte es wieder das Unglück, daß es ein und dasselbe Konzert war. Und nun standen die beiden Damen einander gegenüber – in gleichen Kleidern. Wäre Pfandl und mir so etwas passiert, hätten wir gelacht. »So ein Zufall!« hätten wir gesagt. »Wir haben die gleichen Anzüge an!«

Anders unsere Frauen. Sie sprachen kühl miteinander – die Kleider wurden mit keinem Wort erwähnt –, aber von diesem Abend an wichen sie einander aus. Zwei feindliche Königinnen.
Deshalb bedeckte ich die Sprechmuschel des Telefons mit der Hand und flüsterte meiner Frau, die eben ins Zimmer kam, zu. »Wronsky will uns zum Geburtstag seiner Frau einladen, aber die Pfandls sind dort!«
»Dann gehe ich nicht.«
»Das weiß ich, aber was soll ich sagen?«
»Sag, was du willst.«
»Ich weiß nicht, was ich will!«
»Dann sag irgendwas!«
Die Herren aus München fielen mir ein. Ich nahm die Hand von der Sprechmuschel und sagte bedauernd: »Leider! Morgen geht es nicht, ich habe eine Besprechung. Zwei Herren aus München . . . Du verstehst.«
Er verstand. »Vielleicht ein andermal«, sagte er.
»Ich hoffe es.« Wir legten auf.
Gleich darauf wurde meine Frau angerufen. »Wann wäre das?« hörte ich sie fragen, und »Leider!« hörte ich sie sagen. »An diesem Tag hat mein Mann eine Besprechung – zwei Herren aus München –, da muß ich dabeisein.« Sie legte auf. Wie ich später erfuhr, war eine Dame am Apparat gewesen, die uns für eine Gratismitwirkung engagieren wollte. Nun gehören wir zu den meistbeschäftigten Gratismitwirkenden Wiens und sind auch immer gern dabei, sofern es sich um einen guten Zweck handelt. Diesmal wäre es ein Treffen von Maturantinnen gewesen. »Da hättest du zusagen sollen«, sagte ich vorwurfsvoll und sah im Geist eine Reihe hübscher Mädchen vor mir, die ich kennengelernt hätte. »Für junge Leute muß man etwas tun.«
»Jung?« ereiferte sich meine Frau. »Weißt du, wann sie die Matura gemacht haben? Neunzehnhundertzehn! Die Jüngste ist vierundachtzig Jahre alt!« Ich sagte nichts mehr und dankte den Herren aus München, daß

sie meiner Frau rechtzeitig eingefallen waren. Von nun an wurden sie unsere beliebteste Ausrede.

Ich traf meinen Freund Joschi auf der Straße. »Weißt du es schon?« fragte er. »Mario wurde der Blinddarm operiert. Er würde sich freuen, wenn du ihn im Spital besuchen würdest.«

»Wie lange bleibt er dort?« erkundigte ich mich.

»Bis Dienstag.«

»Zu dumm!« ärgerte ich mich. »Heute ist Sonntag, und morgen und übermorgen habe ich Besuch. Zwei Herren aus München . . . Du verstehst.« Wir gingen auseinander.

Ich traf Wimmer. »Warum sind Sie gestern nicht zur Bridgepartie gekommen? Wir haben auf Sie gewartet.«

»Leider! Ich hatte eine Besprechung. Zwei Herren aus München.« Er ging.

Am Taxistandplatz kein Taxi. Ein Herr kam auf mich zu. »Welch glücklicher Zufall, daß ich Sie treffe!« rief er. »Doktor Jochbein. Meine Freunde und ich gründen einen Klub zur Unterstützung unterentwickelter Länder und möchten Sie einladen, Mitglied zu werden. Es wird sich natürlich noch hinziehen. Wir brauchen ein Lokal, Bewilligungen, Subventionen und so weiter.«

»Und wann werden Sie soweit sein?« fragte ich, unangenehm berührt. Ich bin schon bei so vielen Klubs Mitglied.

»Ich denke, in einem Jahr«, meinte Dr. Jochbein.

»In einem Jahr kann ich nicht«, sagte ich rasch, »da habe ich eine Besprechung. Zwei Herren aus München.«

Dr. Jochbein sah mich sonderbar an. »Entschuldigen Sie«, sagte er frostig und zog sich zurück. Die Herren aus München sind Goldes wert.

Im Lift begegnete ich Falk. »Könntest du es nicht möglich machen, am Samstag zu uns zu kommen? Meine Tante kommt aus Amerika.«

»Das wird schwer sein«, begann ich, aber Falk ließ mich nicht ausreden.
»Meine Frau«, sagte er, »würde dir zuliebe den Mohnstrudel machen, den du so gern hast.«
»Es wird schwer sein«, wiederholte ich und setzte rasch hinzu: »Aber ich werde kommen!«
»Fein!« freute er sich. »Ich habe nämlich mit deiner Gattin gesprochen, und sie hat gesagt, daß du am Samstag Besuch bekommst. Zwei Herren aus München.«
»Stimmt!« war ich gezwungen zu sagen. »Das hatte ich vergessen.«
Die Herren aus München begannen mir unsympathisch zu werden. Was wollten sie von mir? Mit welchem Recht brachten sie mich um meinen Mohnstrudel? Ich haßte sie. Und sie machten die Runde. Wir gaben eine Party. Von zwölf Freunden, die ich anrief, sagten sechs: »Leider! Ich bekomme Besuch. Zwei Herren aus München.« Ein glattes Plagiat, und ich konnte nichts dagegen unternehmen.
Eines Abends gingen wir ins Theater. Im Foyer trafen wir Buchfeld mit Frau und einer zweiten Dame. »Meine australische Nichte Abigail«, stellte er sie vor. Abigail war Witwe. Jung. Eine Schönheit. Rank, schlank, rotes Haar, grüne Augen. Die Frau meiner Träume. Ich mußte sie wiedersehen. Aber wann, wo, wie?
Nach einer Woche rief sie an. »Darf ich Sie und Ihre Frau zu einem Cocktail bitten?« klang es, wie von australischen Engelsstimmen gehallelujat, an mein Ohr. »Wir werden nur ein kleiner Kreis sein«, fügte sie hinzu.
Sie ahnte nicht, *wie* klein der Kreis sein wird. Meine Frau ist auf Tournee – ich gehe allein! Wie es bei Partys der Fall ist, wird sich der Kreis bald auflösen, und ich werde mit ihr zurückbleiben. Nur wir beide – Abigail und ich.
»Und wann?« fragte ich zitternd.

Sie lachte. Lachte? Ihr Lachen klang wie das Buhlen des Südwinds um die Liebesgunst eines Kristallusters. (Ich wollte nicht schreiben »Ihr Lachen klang silberhell«, aber vielleicht ist es doch besser.) Ihr Lachen klang silberhell.

»Also wann?« fragte ich nochmals.

»Ich bin eine Frau von raschen Entschlüssen«, hauchte sie sinnlich. »Wie wäre es mit – heute?«

Mir stieg das Blut zu Kopf. Aber auch ich bin ein Mensch von raschen Entschlüssen. Ich überdachte meine Lage und sagte mit fester Stimme: »Heute geht es leider nicht, heute habe ich eine Besprechung, heute kommen zwei Herren aus München.«

»Schade!« sagte sie kalt und legte den Hörer auf.

Warum ich die dumme Ausrede gebraucht habe? Ich wußte es genau. Erstens bin ich verheiratet. Zweitens war es mir klar, daß meine Frau sich kränken würde, wenn sie von meinem Besuch bei Abigail erführe. Und drittens? Drittens hatte ich wirklich eine Besprechung – mit den zwei Herren aus München.

Liebe Verwandte, liebe Freunde! Die vorstehende Geschichte ist von A bis Z erfunden. Solltet ihr mich also einmal, zwecks eines Rendezvous, anrufen und sollte ich sagen: »Ich habe eine Besprechung. Zwei Herren aus München!«, dann schwöre ich, daß die Herren aus München auch wirklich da sind.

Es gibt Ähnlichkeiten. Die folgende Geschichte z. B. ist einer anderen ähnlich, die ich bereits in einem früheren Buch geschrieben habe. Damals war mir die, über die ich heute berichte, noch nicht passiert. Es läßt sich eben nicht leugnen:

Es gibt Ähnlichkeiten

In einem gewissen Alter beobachtet man im Spiegel mit kritischem Auge jede Veränderung seines Gesichtes. Man zählt jedes graue Haar, jede neue Falte. Und man freut sich, wenn einem jemand versichert, daß man sich überhaupt nicht verändert habe . . . Ich betrat eine Feinkosthandlung. Ich war wieder einmal allein und hatte für mein Abendessen zu sorgen. Es waren noch eine Menge Leute dort, die vor mir drankamen. Plötzlich sah mir ein neben mir stehender Herr forschend ins Gesicht. »Natürlich!« rief er erfreut aus. »Sie sind es!«
Ich sah ihn an. Ich bin es, aber wer ist *er?*
»Es muß eine Ewigkeit her sein, daß wir uns nicht gesehen haben!« setzte er fort. »Mindestens zehn Jahre.«
»Mindestens«, sagte ich. Hatte ich ihn überhaupt jemals gesehen? Ich erinnerte mich jedenfalls nicht daran.
»Evi war noch nicht im Gymnasium«, sprach er weiter, »jetzt ist sie fertige Dolmetscherin.«
»Unglaublich«, sagte ich und dachte: Wer ist Evi? Was will er von mir?
»Sie haben sich überhaupt nicht verändert«, stellte er fest. Das freute mich wieder. »Schau Emmi«, wandte er sich an eine neben ihm stehende Dame, »wen ich getroffen habe!«
Emmi sah mich an. »Nein!« sagte sie überrascht. »Daß man *Sie* einmal sieht! Sie haben sich überhaupt nicht verändert! Da kannst du dir ein Beispiel dran nehmen, Horst! Wie machen Sie das?«

Ich wußte es nicht. »Das solide Leben«, sagte ich unoriginellerweise.
»Also, von wegen solid?« scherzte Horst und drohte mit dem Finger. »Ich erinnere mich noch gut an die Gräfin.«
Gräfin? Ich zermarterte mein Gehirn. Was für eine Gräfin? Kenne ich eine Gräfin?
»Sie hat Sie ehrlich geliebt«, verriet mir Emmi. »Sie hat es uns gestanden, als Sie abgereist waren.«
Ich war abgereist, also mußte ich wo gewesen sein. Aber wo? »Sie ist noch immer so schön, wie sie war«, sagte Emmi.
Das auch noch, dachte ich. Sie ist schön und sie liebt mich. Wo ist sie? Hilf mir, lieber Gott, damit ich sie finde! Ich liebe sie auch. Ich flöge zu ihr bis ans Ende der Welt!
»Sie lebt zur Zeit in Hamburg«, sagte Emmi.
Hamburg? Das ist mir zu weit. So schnell endet eine Liebe. Ein junges Mädchen kam von der Straße. »Dauert es noch lange, Mama?« fragte es.
»Nein, Evi«, antwortete Emmi, »ich bin schon dran. Wir haben einen lieben Bekannten getroffen. Sieh doch mal!«
»Oh!« sagte Evi überrascht. »Sie sind doch –!« Jetzt werde ich erfahren, wer ich bin, hoffte ich, aber Evi unterbrach sich: »Sie haben sich überhaupt nicht verändert! Nicht wahr, Mama?«
»Überhaupt nicht! Was habe ich gesagt, Horst?«
»Überhaupt nicht!«
»Spielen Sie noch so gerne Ping-Pong?« erkundigte sich Evi.
Ich habe nie im Leben Ping-Pong gespielt. »Ja«, sagte ich trotzdem. Wer sind die Leute? Wer bin *ich?*
»Erinnern Sie sich noch«, fragte Horst, »wie Sie mit Evi auf Haberkorns Pferden ritten?«
»Natürlich!« sagte ich. Wer war Haberkorn? Ich bin nie auf seinen Pferden geritten. Ich bin überhaupt noch nie geritten.

»Und an die Angst, die ich hatte«, lachte Evi, »weil Sie immer drohten, mich fallenzulassen? Ich war ja damals noch so klein!« Wir lachten alle vier in der Erinnerung, an die ich mich nicht erinnern konnte. Evi hatte einen süßen Mund, wenn sie lachte. »Und Ihre berühmten Schachpartien mit Bachmann!« erinnerte Emmi. Bachmann! Wieder ein neuer Name.

Horst wurde plötzlich ernst. »Sie wissen doch, daß er bankrott ist?«

»Bachmann?« fragte ich entsetzt und wußte nicht, wer er war.

Horst nickte. »Sie erinnern sich doch noch an Lola. Sie hat ihn fertiggemacht.«

Ich erinnerte mich weder an Bachmann noch an Lola, sagte aber: »Fast habe ich es mir gedacht.«

»Sie hat ihn um sein ganzes Vermögen gebracht und noch in Schulden gestürzt.«

»Recht geschieht ihm«, fand ich. »Wenn er so dumm ist?«

»Dumm?« wiederholte Horst schockiert. »Bachmann ist immerhin noch heute mein bester Freund.«

»Das ist bedauerlich, aber er hätte sich nicht an ein Mädchen wie Lola hängen dürfen.«

»Mädchen?« fragte Emmi. »Lola ist Bachmanns Frau.«

»Um so schlimmer. Warum hat er nicht *vor* der Ehe überlegt, wen er da heiratet?«

»Das fragen *Sie?*« wunderte sich Horst. »Sie haben doch die beiden zusammengebracht!« Das auch noch. »Es trifft Sie natürlich keine Schuld«, versuchte er schnell mich zu beruhigen. »Lola kam schließlich aus einer der besten Familien. Sie müssen es ja wissen. Lolas Bruder war doch im Krieg Ihr persönlicher Adjutant.«

Adjutant? Ich wurde sofort um einen Kopf größer. Aber Krieg? Ich war nie im Krieg, hatte also auch keinen Adjutanten. Und einen persönlichen schon gar nicht.

Emmi kam von der Kasse. »Wir können gehen«, sagte sie. Sie reichte mir die Hand. »Ich habe mich sehr gefreut, Sie wieder einmal getroffen zu haben. Und nochmals: Sie haben sich überhaupt nicht verändert. Bleiben Sie weiter so. Auf Wiedersehen, General!«
»Auf Wiedersehen, General!« sagte Horst.
»Auf Wiedersehen, General!« sagte auch Evi.
General! Jetzt wußte ich alles. Sie haben sich überhaupt nicht verändert, sagten meine unbekannten Bekannten, und dabei habe ich mich so verändert, daß ich ausschaue wie ein anderer. Immerhin wenigstens wie ein General. Ich sonnte mich im Glanz der letzten zehn Minuten. Ich sah mich als General mit Lolas Bruder, meinem Adjutanten, an meiner Seite, ich ritt auf Haberkorns Pferden, ich spielte mit Bachmann Schach, ich lag in den Armen der schönen Gräfin. »Was wünschst du dir?« hauchte sie mir zärtlich ins Ohr. »Ich gebe dir alles . . . alles . . .«
»Was wünschen Sie?« fragte im selben Moment der Verkäufer. »Zehn Deka Salami«, sagte ich und hatte ausgeträumt.

Die Menschen sind wie die Weintrauben. Solange sie jung sind, gleichen sie einander nicht unbedingt, aber als Rosinen sind sie alle vertrocknet.

Haben Sie schon einmal gequizt? Ich meine, haben Sie schon einmal bei einem Quiz mitgemacht?
Es ist herrlich! Der Quizmaster fragt: »Können Sie mir sagen, wie spät es ist? Sie haben 30 Sekunden Zeit!«, und schon haben Sie ein Einfamilienhaus mit sämtlichen Installationen gewonnen. Und selbst wenn das nicht klappt – wenn Sie z. B. keine Uhr bei sich haben –, kriegen Sie als Trostpreis noch immer ein Auto.
Das einzige ernstzunehmende Ratespiel gibt es nur noch bei einem gerichtlichen Verhör.
Aber wie lange noch? Bei uns in Österreich sind Bestrebungen im Gange, die ...
Sie werden es gleich lesen.

Das Justiz-Quiz

Gestern las ich es in der Zeitung: Das österreichische Strafgesetz soll reformiert werden, Geldstrafen sollen einen Teil der Haftstrafen ersetzen, der bisweilen rüde Ton der Herren Untersuchungsrichter soll entschärft werden, das Verhör mit den Angeklagten in kordialer Weise vor sich gehen.
In der Nacht hatte ich folgenden Traum: Meine Frau und ich saßen vor dem Fernsehschirm, wo wir ein Ratespiel à la Robert Lembkes »Was bin ich?« sahen. Nur daß statt Lembke ein Untersuchungsrichter hinter dem Tisch saß und ihm gegenüber, anstatt Marianne, Hans, Annette und Guido, zwei Beisitzerinnen und zwei Beisitzer Platz genommen hatten, alle fünf natürlich in Amtstracht. Der falsche Lembke hatte einige Sparschweinchen vor sich stehen sowie eine Art Kalender, auf dem die Ziffer 1 zu sehen war. Freundlich blickte er in die Kamera: »Darf ich unseren ersten Gast bitten?«
Ein Mann trat ein, wie ich ihm nachts nicht begegnen möchte. Er schrieb seinen Namen auf eine Tafel – er hieß Woditschka –, auf der auch die Worte »angestellt«

und »selbständig« standen. Vor das Wort »selbständig« machte er ein X, dann grinste er in die Kamera und setzte sich neben den Untersuchungsrichter, der ihm freundlich die Hand reichte.
»Sie sind Herr Woditschka aus Wien!« stellte er fest. »Welches Sparschwein wünschen Sie?«
Herr Woditschka wählte ein gestreiftes.
»Sehr klug!« meinte der Untersuchungsrichter. »Das bereitet Sie auf Ihre künftige Anstaltskleidung vor. Jetzt werden wir unseren Zuschauern noch zeigen, was für einen Beruf Sie haben.« Er schlug auf einen Gong – das Wort »Mörder« wurde eingeblendet, ohne daß es die Beisitzer sehen konnten. Dann setzte er fort: »Darf ich Sie noch bitten, Herr Woditschka, eine für Ihren Beruf charakteristische Bewegung zu machen?«
Woditschka nahm eine unsichtbare Hacke und schlug zu, so gut er konnte.
Nun begann der 1. Beisitzer: »Sie sind selbständig, Herr Woditschka?«
»Ja.«
»Aber ich darf annehmen, daß Sie einen Beruf haben?«
»Ja.«
»Ich würde es zwar eher eine Berufung nennen«, wandte sich der Untersuchungsrichter an den Gast, »Aber ich denke, wir könnten ›ja‹ sagen.«
»Ja.«
»Brauchen Sie«, setzte der 1. Beisitzer fort, »zu Ihrem Beruf eine Sonderausbildung?«
Herr Woditschka grinste. »Nein.«
Der Untersuchungsrichter warf eine Zehnschillingmünze in das gestreifte Sparschwein und schlug die Ziffer 1 um.
Nun kam die Reihe an die 1. Beisitzerin.
»Wenn Sie keine Berufsausbildung brauchen«, fragte sie, »so darf ich annehmen, daß das, was Sie machen, reine Talentsache ist?«

Herr Woditschka strahlte. »Ja!« sagte er.
»Und macht Ihnen das, was Sie machen, Freude?«
»Ja«, sagte Herr Woditschka, noch immer strahlend.
»Macht es auch anderen Menschen Freude?«
»Nein!« sagte Woditschka und schüttelte den Kopf.
Der Untersuchungsrichter gab wieder eine Zehnschillingmünze in das Sparschwein und schlug die Ziffer 2 um.
Jetzt kam der 2. Beisitzer dran.
»Sie sagen, daß Ihr Beruf anderen Menschen keine Freude macht. Ich gehe aber richtig in der Annahme, wenn ich sage, daß auch andere Menschen diesen Beruf ausüben könnten.«
»Ja!«
»Könnte zum Beispiel *ich* Ihren Beruf ausüben?«
Herr Woditschka sah den 2. Beisitzer abschätzend an und sagte dann: »Ja.«
»Und Sie glauben«, wollte der Beisitzer wissen, »daß er auch mir Freude machen würde?«
Fragend blickte Woditschka auf den Untersuchungsrichter.
»Ich würde ›nein‹ sagen«, meinte dieser, warf eine Münze in das Sparschwein und schlug die Ziffer 3 um.
Jetzt folgte die 2. Beisitzerin.
»Üben Sie Ihren Beruf in einem geschlossenen Raum aus?« fragte sie.
Der Untersuchungsrichter beriet sich leise mit seinem Gast, dann sagte er: »Es kommt darauf an. Herr Woditschka arbeitet sowohl in geschlossenen Räumen als auch im Freien.«
Die 2. Beisitzerin, besonders schlau, wechselte das Thema.
»Fertigen Sie etwas an?« erkundigte sie sich.
»Nein!« sagte Woditschka.
Der Untersuchungsrichter gab eine Münze in das Sparschwein und schlug die Ziffer 4 um.

Sie werden schon dahintergekommen sein, daß bei jedem »Nein« der Fragesteller wechselte. Nun war also wieder der 1. Beisitzer dran.
»Ich kann also ausschließen«, fragte er, »daß Sie Falschmünzer sind?«
»Ja«, sagte Herr Woditschka mit gutem Gewissen.
»Kommen die Leute, die sich für Ihre Arbeit interessieren, zu Ihnen?«
»Nein!« Herr Woditschka schüttelte den Kopf.
Der Untersuchungsrichter gab wieder eine Münze in das Sparschwein, das bereits einen beträchtlichen Bauch hatte, und schlug die Ziffer 5 um.
»Es ist also so«, meinte die nunmehr wieder drankommende 1. Beisitzerin, »daß Sie Ihre Interessenten aufsuchen?«
Woditschka zögerte.
»Darauf müßte man ›ja‹ und ›nein‹ sagen«, meinte der Untersuchungsrichter.
Die 1. Beisitzerin ließ nicht locker.
»Habe ich recht in der Annahme, daß Sie sich mit Ihren Kunden irgendwo außerhalb treffen?«
»Ja.«
»Kennen die Kunden diesen Treffpunkt?«
»Nein!«
Wieder eine Münze, die Zahl 6 wird umgeschlagen.
»Es ist also so«, versucht es nun der 2. Beisitzer, »daß die Kunden zufällig dorthin kommen, wo Sie sind?«
»Ja«, meinte Herr Woditschka.
»Sind Sie ein Wegelagerer?« fragte der 2. Beisitzer schnell, in der Meinung, er könne Woditschka umlegen.
Woditschka grinste. »Nein!« sagte er treuherzig.
Münze in das Schwein – Ziffer 7 verabschiedete sich.
Die 2. Beisitzerin setzte sich in Positur.
»Gehen die Kunden, die sich mit Ihnen getroffen haben, befriedigt fort?« fragte sie.
»Nein«, sagte Woditschka.

Münze in das Schwein – Ziffer 8 sagt adieu!
»Gehen *Sie* befriedigt fort?« fährt der 1. Beisitzer wieder los.
»Ja!« freut sich Woditschka und lacht in die Kamera, die groß auf ihn gerichtet wird.
Der 1. Beisitzer überlegt.
»Die Leute verlassen also den Platz nicht, an dem sie Sie getroffen haben. Verkaufen Sie Wohnungen?«
»Nein!« lacht Woditschka wieder. Die Kamera fährt zurück, der Untersuchungsrichter gibt eine Münze in das Schwein und schlägt Ziffer 9 um.
Die 1. Beisitzerin paßt, das Wort geht an den 2. Beisitzer über.
»Darf ich annehmen, daß Sie zur Ausübung Ihres Berufes ein Werkzeug benötigen?« fragt er.
»Ja«, sagt Woditschka, plötzlich gespannt.
Nun geht es Schlag auf Schlag.
»Ist es ein schweres Werkzeug?«
»Ja.«
»Ist es aus Holz und Eisen?«
»Ja.«
»Könnte ich ein solches Werkzeug in meiner Wohnung haben?«
»Ja.«
»Ist es eine Axt?«
»Ja!« freut sich Woditschka.
Auch der 2. Beisitzer ist sichtlich erfreut.
»Sie sind ein Mörder!« sagt er.
»Ja!« ruft Woditschka glücklich.
Die Beisitzer umarmen ihren Kollegen, als hätte er eben ein Tor geschossen.
Auch der Untersuchungsrichter ist befriedigt. »So nah seid ihr schon dran gewesen!« lobt er sein Team. Dann wendet er sich an Woditschka: »Wollen Sie uns, bitte, noch erklären, was die Bewegung bedeutet, die Sie anfangs gemacht haben?«
Woditschka hebt beide Arme. »Das Zuschlagen!«

»Aha! Danke, Herr Woditschka, hier haben Sie Ihr Sparschwein mit neunzig Schilling – und auf Wiedersehen bei der Verhandlung!«
»Auf Wiedersehen!« Er verbeugt sich linkisch und verläßt den Saal. Der Untersuchungsrichter wendet sich dem Eingang zu:
»Der nächste Gast, bitte!«

Heute habe ich es in der Zeitung gelesen: Wir bekommen eine neue Strafanstalt, in der man alles finden wird, was der zivilisierte Mensch benötigt. Swimmingpools, Badezimmer, Fernsehen, Fußball. Leider sind wir in Österreich. Man wird eine große Protektion brauchen, um da hineinzukommen.

Der Mann, der die Party erfunden hat, soll sein Leben lang Gäste haben müssen. *(Neuzeitlicher Fluch)*
An diesen Fluch dachten meine Frau und ich, als wir zu Peppers fuhren, die uns zu einer Party geladen hatten. Wir ahnten ja nicht, daß wir IHN dort kennenlernen würden. ER – das war

Mühlbach, der Wünschelrutengänger

Wir verbrachten längere Zeit im Ausland und hatten deshalb unsere Wiener Wohnung aufgegeben. Als wir zurückgekehrt waren und beschlossen hatten, nun endgültig hier zu bleiben, richteten wir uns ein neues Heim ein. Wir hatten eingebaute Schränke, eine Bibliothek mit eingebauten Bücherregalen, Spannteppiche unter den Persern, ein herrliches Schlafzimmer – es war richtig gemütlich bei uns. Wir hatten deshalb auch gar keine Lust, auszugehen. Aber Peppers hatten uns zu ihrer Party geladen, wir hatten zugesagt und so blieb uns nichts anderes übrig, als dort aufzukreuzen, wenn auch nur für kurze Zeit. Aber wir bereuten es nicht.
Wir lernten einen sehr interessanten Menschen kennen – Dr. Mühlbach –, der ein ebenso interessantes Hobby hatte: die Wünschelrute. Ich habe bisher von Wünschelruten nicht viel gehalten, als ich aber erfuhr, daß Dr. Mühlbach bereits zu wiederholten Malen unterirdische Wasser- und Metallvorkommnisse entdeckt hatte, wurde ich neugierig. Naturgemäß kamen wir auf Erdstrahlen und Wasseradern zu sprechen, die ja, wie man sagt, alle möglichen Krankheiten hervorrufen können. Wenn Ihr Bett zum Beispiel auf einer Wasserader steht, brauchen Sie sich nicht zu wundern, wenn Sie Rheuma oder ein anderes Leiden bekommen. Soweit Dr. Mühlbach.
Als wir uns von ihm verabschiedeten, luden wir ihn für

den nächsten Sonntag zum Kaffee ein. Dr. Mühlbach nahm an und erschien am nächsten Sonntag, zu unserer Freude, mit einer Wünschelrute. Er wollte unsere Wohnung nach Strahlen testen.
Gleich nach der Jause begann er mit seiner Suche. Im Vorzimmer fand er keine Strahlen, aber in der Küche. »Die müssen Sie woandershin verlegen«, meinte er, »sonst ist Ihre Frau gefährdet.«
Wohin verlegt man eine Küche? Noch wußten wir es nicht. Dr. Mühlbach klebte rote Tixobänder auf den Boden, um die Stellen anzuzeigen, die besonders gefährlich waren.
Wir gingen ins Speisezimmer, in dessen Mitte ein großer Tisch mit sechs Stühlen stand. Dr. Mühlbach ging, die Wünschelrute in Händen, einige Male um den Tisch herum, zuckte zusammen, drehte sich um seine eigene Achse, machte ein bedenkliches Gesicht und sagte: »Hier können Sie nicht essen.« Ich wollte ihm sagen, daß wir hier schon sehr gut gegessen haben, aber er ließ mich nicht zu Wort kommen. »Wenn Sie weiter hier essen wollen, werden Sie krank werden. Das Speisezimmer müssen Sie verlegen.« Wohin verlegt man ein Speisezimmer? Ich dachte, daß wir vielleicht das Speisezimmer in die Küche und die Küche in das Speisezimmer verlegen könnten, aber dann bliebe ja alles beim alten. Dr. Mühlbach klebte wieder rote Tixobänder auf den Fußboden. »Diese Stellen sind besonders gefährlich«, meinte er. Ich begann mich in meiner Wohnung zu fürchten. Mit einemmal erschien sie mir gar nicht mehr so gemütlich. Wir gingen in die Bibliothek. Ich sah meine Bücher bereits in der Küche und die Küche im Vorzimmer, aber hier, direkt vor einem der Bücherregale entdeckte Dr. Mühlbach eine Stelle, die *keine* Erdstrahlen aufwies. Hierher sollten wir unseren Speisezimmertisch stellen, und zwar sofort.
Meine Frau und ich packten an, wir stellten den Tisch auf die bezeichnete Stelle, wobei mir der 11. Band des

Konversationslexikons auf den Kopf fiel: Wasserader bis Wünschelrute. Ich lachte. Die Beule, die sich augenblicklich zeigte, wird morgen bereits nicht mehr zu sehen sein. Aber eine Strahlenkrankheit behält man für sein ganzes Leben. Die Beule behielt ich übrigens auch.

Nun kam das Schlafzimmer dran. Dr. Mühlbach war entsetzt. »Hier schlafen Sie?« fragte er in einem Ton, als würde er sagen: »Hier begraben Sie die Leichen der Menschen, die Sie ermordet haben?« Wir nickten schuldbewußt. »Hier müssen Sie raus!« sagte er. »Da sehen Sie – unter den Betten – lauter geballte Strahlenbündel!« Ich blickte unter die Betten – sehen konnte ich nichts. Allerdings hatte ich keine Wünschelrute. Dr. Mühlbach war bereits beim Bekleben des Fußbodens. Hier brauchte er nur vier kleine Stückchen Tixoband, weil ja das ganze Zimmer unter dem Einfluß der Strahlen stand. »Haben Sie einen Hund oder eine Katze?« fragte Dr. Mühlbach. Katze hatten wir eine, besser gesagt einen Kater. »Hunde und Katzen lieben nämlich die Strahlungen«, erklärte uns Mühlbach. »Geben Sie Ihre Katze hierher.« Gott sei Dank hatte wenigstens die Katze einen Platz, wo sie sich aufhalten konnte. Aber wir? Was wird mit uns geschehen? Was ist der Mensch heute? Das Letzte!

Dr. Mühlbach zauberte ein herrliches Tixobandmuster auf den Schlafzimmerboden – dann gingen wir in mein Arbeitszimmer. Dr. Mühlbach ging einige Male hin und her, dann befahl er: »Hierher stellen Sie den Schreibtisch und dorthin das Telefon.« Um vom Schreibtisch zum Telefon zu kommen, mußte ich springen, aber was tut man nicht alles für die Gesundheit.

Nun hatten wir nur noch zwei Räume: das Wohnzimmer und das Bad. Das Wohnzimmer war insofern in Ordnung, daß wir die Betten hineinstellen konnten, das Bad war strahlenfrei.

Als Dr. Mühlbach gegangen war, entwarfen meine

Frau und ich einen Arbeitsplan. Zu allererst mußte die Küche in das Badezimmer kommen. Dazu brauchten wir einen Installateur. »Wessely!« sagten wir gleichzeitig. Ich sprang zum Telefon und rief ihn an. Heute war Sonntag, Mittwoch wollte er mit der Arbeit beginnen. Drei Tage mußten wir also im Restaurant essen. Mittwoch warteten wir. Wir wußten nicht, daß Wessely sich für Freitag entschieden hatte. Freitag versprach er, am nächsten Montag bestimmt zu kommen. Und er kam. Mit fachmännischem Blick betrachtete er Küche und Bad, dann sagte er: »Zuerst müssen die Möbel weggerückt werden, sonst komme ich nicht zu den Leitungen.« Schüchtern deuteten wir an, wir dachten, daß vielleicht er–? Aber da kamen wir schön an. Seine Leute wären an vier verschiedenen Baustellen tätig. Zerknirscht entschuldigten wir uns. »Nehmen Sie zwei Möbelpacker«, sagte er, »und verständigen Sie mich dann.« Damit ging er, wie ein bedeutender Arzt, der der besorgten Familie eines Patienten sagt: »Wenn es schlechter wird, holen Sie mich.«
Wir hatten Glück. Wir fanden die zwei Möbelpacker in der Person unseres Hausbesorgers und seines Sohnes. Sie kamen und transportierten die Küchenmöbel in das Vorzimmer. Dann sprang ich zum Telefon und rief Herrn Wessely an. »Morgen früh um sieben!« sagte er.
Um fünf standen wir auf, um ja nur rechtzeitig fertig zu werden. Es wurde sieben, acht, neun, zehn -- um elf Uhr läutete es an der Tür. Ich kletterte über die im Vorzimmer stehende Küchenkredenz, sprang hinunter, sprang, in der Vorfreude, Wessely zu sehen, zu kurz und schlug mir an einem im Weg stehenden Stuhl das Knie auf. Aber das machte mir nichts aus. Ich öffnete die Tür: Wessely war da!
Mit kundigen Händen riß er die Leitungen aus der Wand, bei der Geschirrspülmaschine ging ein Stück Mauer mit, so daß wir ins Freie sahen, schnell verlegte

er die Leitungen ins Badezimmer, schlug Nägel in die Wände, verursachte einen Rohrbruch und reparierte ihn wieder. Und wieder läutete es. Meine Frau durchquerte, den Weg unter den Küchentisch nehmend, auf allen vieren das Vorzimmer und erreichte in Rekordzeit die Tür. Der Aufstieg über die Kredenz war ihr zu schwierig gewesen. Draußen standen die Tischler, die eigentlich erst am nächsten Tag kommen wollten. Wie die Vandalen rissen sie die eingebauten Bücherschränke aus den Wänden, da wir uns entschlossen hatten, das Speisezimmer in die am wenigsten gefährdete Bibliothek zu verlegen. Die Schränke kamen in das Schlafzimmer. Jacky, der Kater, jauchzte. Er sah nicht nur seinen Lebensraum vergrößert, er bekam auch etwas, wo er hinauf- und hinunterspringen konnte. Die Bücher kamen zu der Küche ins Bad, die Betten ins Wohnzimmer. Das Bett meiner Frau ging halbwegs hinein, während ich mit den Füßen auf dem Fensterbrett schlafen mußte.
Am nächsten Tag kam unser Freund, Dr. Eidlitz, vorüber. Eidlitz ist Psychiater. Als er die Verwüstung sah, die wir angerichtet hatten, und erfuhr, daß das auf meinen Wunsch geschehen war, kam ich für einige Tage in die psychiatrische Klinik. Dort habe ich Ruhe. Ich habe ein schönes, großes Zimmer, in dem ich mich ausruhen kann, und schlafe in einem breiten, bequemen Bett.

Eben schrecke ich zusammen. Bett? Ob da nicht vielleicht Erdstrahlen–?

Jede Aktion hat ihre Reaktion. Wenn eine Frau ein Herz gewinnt, verliert ein Mann den Kopf.

Reaktionen

Sie kennen doch Joschi? Aber natürlich. Joschi Tolnay. Ich habe schon in früheren Büchern einige Male von ihm erzählt. Joschi ist ein Genie. Ein Autor, der Ideen hat, für die sich Film- und Fernsehproduzenten begeistern, ein Künstler, der sich seine Einfälle bevorschussen läßt, ein Undankbarer, der nicht daran denkt, sie zu Papier zu bringen. Joschi, ist ein Mann, der seinen Beruf liebt, solange es ums Erzählen geht, und der ihn haßt, sobald er droht, in Arbeit auszuarten. Joschi ist kein Schriftsteller, er ist ein Sprechsteller.
Heute kam er ins Kaffeehaus.
»Was macht dein Krimi?« fragte ich ihn.
»Ich bin fertig.«
»Mit allen dreizehn Folgen?«
»Mit dem Vorschuß.«
»Und was machst du jetzt?«
»Jetzt bastle ich an einer Idee für eine Reportage, die ich aber erst ausprobieren muß, bevor ich sie einer Illustrierten offeriere.«
»Wie heißt sie?«
»Reaktionen.«
»???«
»Ich spreche wildfremde Menschen an, sage ihnen etwas X-beliebiges und zeige in Fotos, wie sie darauf reagieren.«
»Da wäre ich aber neugierig . . .«
»Paß auf. Hallo!« Er rief den Ober.
Anton, seit zwanzig Jahren der gute Geist des Kaffeehauses, kam an unseren Tisch. »Bitte?« fragte er freundlich.

»Wollen Sie mir einen Mokka bringen?«
»Aber gern.« Anton watschelte auf seinen, in zwanzig Jahren ehrlicher Arbeit erworbenen Plattfüßen in die Küche.
»Wo ist die Reportage?« fragte ich Joschi.
»Die hat schon begonnen. Warte.«
Anton brachte den Mokka und stellte ihn auf den Tisch.
»Wenn ich die Herren bitten dürfte zu bezahlen«, sagte er höflich. »Ich werde abgelöst.« Ich bezahlte meinen Mokka.
»Und der Herr, bitte?« wandte er sich an Joschi.
»Bitte?«
»Der Mokka. Wenn Sie ihn bezahlen würden. Ich werde abgelöst.«
»Ich verstehe nicht«, sagte Joschi. »Was soll ich bezahlen?«
»Den Mokka«, meinte Anton.
»Was für einen Mokka?«
»Den, der hier steht. Sie haben ihn doch bestellt.«
»Ich?« Joschi war sichtlich erstaunt. »Ich habe Sie lediglich gefragt, ob Sie mir einen Mokka bringen *wollen* und Sie haben gesagt: ›Gern.‹ Ich habe Ihnen also nur einen Gefallen getan.«
Anton kannte sich nicht aus. War das jetzt Ernst oder Spaß? »Hehe«, lachte er verlegen und fügte mit treuherzigem Augenaufschlag hinzu: »Acht Schilling.«
»Wofür?« fragte Joschi.
»Für den Mokka«, sagte Anton.
»Für was für einen Mokka?«
»Für den, den ich serviert habe.«
»Jetzt hören Sie aber auf«, sagte Joschi barsch, »sonst werde ich ungemütlich. Anstatt mir dankbar zu sein, weil ich Ihnen gestattet habe, mir einen Mokka zu bringen, was Sie doch, wie Sie selbst gesagt haben, gerne tun«, er wandte sich an mich, »du hast doch gehört, daß der Herr Ober das Wort ›gern‹ gebraucht

hat«, und wieder zu Anton, »wollen Sie noch acht Schilling von mir? Ich finde das impertinent. Ich möchte Ihren Chef sprechen.«
Anton sah, daß Joschi es ernst meinte. »Der Herr Chef ist nicht da«, sagte er eingeschüchtert.
»Dann werde ich das ein andermal besorgen«, sagte Joschi grob. »Es ist kein Wunder, daß die Wiener Kaffeehäuser zugrunde gehen, wenn sie ein solches Personal haben.« Er stand auf. »Komm!« forderte er mich auf. »Gehen wir!« Er ging, und ich folgte ihm, nicht ohne Anton vorher eine Zwanzigschillingnote in die Hand gedrückt zu haben. Anton starrte uns verblüfft nach.
»Und du glaubst, daß du damit Erfolg haben wirst?« fragte ich Joschi auf der Straße.
»Ich bin überzeugt davon«, antwortete er. »Es ist nur schade, daß mein Fotograf nicht dabei war. Ich treffe ihn erst in zehn Minuten vor der Oper. Du wirst sehen: die verblüfften Gesichter und der passende Begleittext – es wird ein Hit!« Er ging auf einen Herrn zu, dem man auf tausend Schritt Entfernung den deutschen Touristen (homo neckermannus) ansah. Er knipste eben einen zweiten Touristen, der wieder einen dritten Touristen knipste, der in einem Fiaker saß und zurückknipste.
»Entschuldigen Sie«, sprach ihn Joschi an, »wissen Sie, wie man von hier aus zum Hotel Wandl kommt?«
»Leider«, bedauerte der Tourist, »ich bin fremd in Wien.«
»Sie gehen hier vor bis zum Stephansplatz«, fuhr Joschi fort, »dann den Graben hinauf, biegen rechts zum Petersplatz ein und sind dort.«
»Wo?« fragte der Tourist erstaunt.
»Beim Hotel Wandl.«
Der Tourist sah Joschi an wie einen Verrückten. »Ich will nicht zum Hotel Wandl«, sagte er.
»Sie sollen auch gar nicht wollen.«

»Warum sagen Sie mir dann, wie ich hinkomme?«
»Weil Sie es nicht wissen. Oder?« Joschi sah ihn drohend an. »Wußten Sie es vielleicht?«
»Nein . . .«
»Aber?«
»Ich wollte es gar nicht wissen . . .«
»Ach so!« sagte Joschi spöttisch. »Sie wollten es gar nicht wissen. Wie wären Sie denn dann hingekommen?«
»Wohin?«
»Zum Hotel Wandl.«
Der Tourist verlor die Geduld. »Ich will nicht zum Hotel Wandl!« schrie er.
»Schreien Sie nicht mit mir!« warnte ihn Joschi. »Ich bin kein Lausbub! Das hat man davon, wenn man Ausländern helfen will! Komm!« wandte er sich an mich. »Gehen wir!« Wir gingen. Der Tourist sah uns verblüfft nach.
»Was jetzt?« fragte ich Joschi.
»Moment!« sagte er. Wir kamen zur Oper. Joschi verstellte einem Herrn, der es anscheinend sehr eilig hatte, den Weg.
»Verzeihen Sie«, sagte er verbindlich, »könnten Sie mir sagen, wie spät es jetzt ist?«
Der Herr sah ungeduldig auf die Uhr. »Es ist in zehn Minuten zwölf«, sagte er und wollte weiter.
»Augenblick«, sagte Joschi und hielt ihn am Arm zurück.
»Ich habe Sie nicht gefragt, wie spät es in zehn Minuten ist, ich habe Sie gefragt, wie spät es *jetzt* ist.«
Der Herr sah ihn perplex an, dann sagte er: »Lassen Sie mich los, ich habe keine Zeit.«
»Oho!« sagte Joschi. »So spricht man nicht mit mir. Ich habe Sie höflich gefragt, ob Sie mir sagen können, wie spät es jetzt ist, und Sie halten mich zum besten.«
»Ich habe Sie nicht zum besten gehalten«, ereiferte sich

der Herr, »ich habe Ihnen die verlangte Auskunft gegeben.« – »Ach so?« meinte Joschi ironisch. »Was haben Sie denn gesagt?«
»Ich habe gesagt, daß es in zehn Minuten zwölf ist.«
»Sehen Sie?« Joschi blieb ruhig. »Und was habe *ich* Sie gefragt? Ich habe Sie gefragt, wie spät es *jetzt* ist.«
Der Mann war Choleriker. »Jetzt ist es *acht* vor zwölf!« schrie er.
»Ach, das ist interessant«, sagte Joschi höhnisch. »Wenn es acht vor zwölf ist, warum haben Sie dann gesagt, es ist zehn vor zwölf?«
»Weil es vor zwei Minuten zehn vor zwölf war!« tobte der andere. »Und jetzt lassen Sie mich los, ich habe eine Verabredung, ich komme sowieso schon zu spät!«
»Moment«, sagte Joschi, ohne die Ruhe zu verlieren, »das werden Sie mir erst erklären müssen. Sie haben eben gesagt, daß es *acht* vor zwölf ist, während Sie früher behauptet haben, es ist *zehn* vor zwölf. Warum?«
»Warum!« stöhnte der Mann. »Das habe ich Ihnen doch bereits gesagt! Weil es früher zehn vor zwölf und später acht vor zwölf war! Jetzt ist es *sechs* vor zwölf, in einer Minute wird es *fünf* vor zwölf sein und in zwei Minuten *vier* vor zwölf!«
Nun verlor auch Joschi seine Selbstbeherrschung. »Das sieht ja ganz so aus, als ob Sie sich über mich lustig machen würden?«
»Lassen Sie mich los!« schnaubte der andere. »Oder ich gebe Ihnen eine Ohrfeige!«
»Ha!« lachte Joschi. »Das möchte ich sehen!«
»Das *werden* Sie sehen!« brüllte der Choleriker. Ich wollte dazwischentreten, aber es war zu spät. Joschi hatte bereits eine sitzen.
Eine Minute vorher war der Fotograf eingetroffen. Er knipste. Auf dem Bild war Joschi zu sehen – er hielt sich die Wange. Diesmal war *er* der Verblüffte.

Bei uns in Wien gibt es einen neuen »Party-Service«. Wenn Sie Gäste haben, rufen Sie an, bestellen soundso viele Sandwiches und was Sie sonst noch brauchen, und Sie haben keine Sorgen mehr. Denken Sie! Wenn Sie genauer informiert sein wollen, lesen Sie unser Erlebnis mit dem

Party-Service

Ich hatte eine Besprechung wegen eines Fernsehauftrags. Zwei Herren des ZDF, zwei Herren des ORF sowie der Direktor einer Produktionsfirma hatten sich angesagt und wollten am Sonntag in unserer Wohnung mit mir zusammentreffen. Co-Produktion.

Meine Frau rechnete: »Zwei ZDF, zwei ORF, der Herr von der Produktion, das sind fünf, mit dir sechs – ich werde den neuen Party-Service anrufen und vierzig Sandwiches bestellen.« Okay. Der Sonntag kam, wir machten einen Spaziergang; als wir zurückkamen, meldete uns unsere Raumpflegerin: »Die Sandwiches sind gekommen, die Männer haben sie in die Küche getragen.«

Das »die Männer« gefiel uns nicht. Wozu brauchte man zu vierzig Sandwiches »Männer«? Wir gingen in die Küche und blieben wie erstarrt stehen. Das heißt, wir *mußten* stehenbleiben, weil wir nicht weiterkonnten. Die Küche war voller Sandwiches. Dem Party-Service war ein kleiner Irrtum unterlaufen. Er hatte anstatt vierzig Sandwiches vierhundert geschickt. Meiner Frau zitterten die Knie, sie mußte sich setzen, wodurch ein Tablett mit zwanzig Sandwiches außer Gefecht gesetzt wurde. Das Tablett war auf dem Stuhl gestanden, wie überhaupt überall Tablette mit Sandwiches standen. Auf der Kredenz Sandwiches, auf dem Küchentisch Sandwiches, auf dem Fenster Sandwiches, auf dem Boden Sandwiches. Ich hielt mich an der Herdplatte

fest, griff in etwas Weiches – Sandwiches. Die Tablette waren glücklicherweise mitgeliefert worden, sonst hätten wir die Sandwiches zu Bergen schlichten müssen. Meine Frau rief den Party-Service an. Es war Sonntag. Der Service war um 12 Uhr geschlossen worden. Wohin mit den Sandwiches? Wenn wir die von meiner Frau erledigten zwanzig abzogen, blieben immer noch dreihundertachtzig. Wo bringt man dreihundertachtzig Sandwiches unter? Vierzig stopften wir in den Kühlschrank, blieben noch dreihundertvierzig. Der Kleiderschrank! Meine Frau brachte zwei Tablette, stolperte über unseren aufgeregten Kater, der noch nie so viele Sandwiches gesehen hatte, schleuderte dadurch ein Tablett direkt in den Schrank und noch direkter auf meinen ahnungslos dort hängenden Smoking. Salami, Schinken, Spargel, Majonnaise – alles klebte auf meinem Smoking. Meine Frau war außer sich. Ich wollte sie trösten. »Ein Stückchen ist sauber geblieben«, scherzte ich mit der Miene eines Oliver Hardy, dem Stan Laurel soeben eine Schaumtorte ins Gesicht geworfen hatte, »hier!« Ich zeigte auf das sauber gebliebene Fleckchen auf meinem Smoking – es war Kaviar. Wenn wir die auf dem Smoking klebenden Sandwiches von den anderen subtrahierten, blieben immer noch dreihundertzwanzig. Wo bringt man soviele Sandwiches unter?
»Hilde!« sagte meine Frau plötzlich. »Hilde Domansky!« Hilde war eine ihrer Freundinnen, und ihr Mann hatte ein Elektrowarengeschäft, in dem es viele, viele Kühlschränke gab. Leider waren die beiden in Scheidung. Trotzdem! Meine Frau rief an und erklärte Hilde die Ausweglosigkeit unserer Sandwichsituation. Hilde kehrte zu ihrem Mann zurück. Er schloß – am Sonntag – das Geschäft auf. Meine Frau und ich fuhren in drei Taxis mit unseren Sandwiches vor. Daß, als wir ausstiegen, eines der Tablette umkippte und dem Chauffeur auf den Kopf fiel, hatte keine besonderen Folgen. Wir mußten ihm hundert Schilling Trinkgeld

geben und die Kappe ersetzen. Zum Glück merkte er den Hering nicht, der ihm hinten in den Kragen gerutscht war.
Als wir den Laden betraten, atmeten wir auf. Es gab viele, viele Kühlschränke! Bei näherem Hinsehen leider nur wenige Steckdosen, von denen die Mehrzahl für die Stehlampen gebraucht wurden, die das Schaufenster beleuchteten. Immerhin! Zweiundsechzig Sandwiches konnten wir zurücklassen, zweihundertachtundfünfzig brachten wir wieder nach Hause. Es war höchste Zeit. Meine Besucher konnten jeden Moment kommen. Und sie kamen, wenn auch leider nicht alle. Der Herr von der Produktion sagte ab, vom ZDF kam nur einer der beiden Herren, ebenso nur einer vom ORF. Beide hatten knapp vorher gegessen. Was wir besprachen? Ich weiß es nicht. Ich zählte nur die Sandwiches, die gegessen wurden. Mit meiner Hilfe waren es acht, blieben noch zweihundertfünfzig. Die Herren wollten wissen, ob ich eine Idee für eine Fernsehserie hätte. Ich hatte eine Idee, aber nicht für eine Fernsehserie, sondern für unsere Sandwiches.
Kaum waren die Herren gegangen, stürzte ich zu meiner Frau und sagte: »Ladi!« Ladi, mein 10jähriger Neffe, gehört zu den bekanntesten Sandwichvertilgern von Wien. Wir werden seine Eltern zu einer sofort stattfindenen improvisierten Jause einladen. Ladi, ihren »kleinen Liebling«, wie sie ihn nennen, würden sie von selbst mitbringen. Sie brachten ihn immer mit. Verläßlich. Zum Schrecken aller Gastgeber. Ladi wurde mit ganzen kalten Platten fertig. Das wird unsere Rettung sein!
Die Eltern kamen, aber ohne Liebling. Liebling hatte sich den Magen verdorben und mußte zu Hause bleiben. Meine Frau und ich wurden blaß. Ladis Eltern freuten sich, daß wir soviel Anteilnahme an der Erkrankung ihres Kindes zeigten. Im stillen verwünschte ich den Strolch. Er konnte Schuhsohlen essen, ohne daß es

ihm schadete – gerade heute mußte er einen verdorbenen Magen haben. Ladis Eltern, in ihrer Sorge um das Kind, aßen zwei armselige Sandwiches, meine Frau ebenfalls zwei, und ich zwang mich zu vieren. Blieben noch zweihundertzweiundvierzig.

Nach einer Stunde brachen unsere Gäste auf. Wir wollten ihnen ein paar Sandwiches mitgeben, falls Ladi vielleicht doch – aber sie lehnten ab.

»Die Tauben!« sagte jetzt meine Frau. Ich verstand nicht gleich, aber sie zeigte auf das Küchenfenster. Unsere Küche geht nach dem Garten. Auf dem Sims des gegenüberliegenden Hauses hockte eine Schar hungriger Tauben. Meine Frau nahm zehn Sandwiches, schnitt sie in kleine Stücke, öffnete das Fenster und warf sie in den Garten. Die Tauben kamen angeflogen. Sie delektierten sich an den Sandwiches, und wir hofften, zehn weitere nachliefern zu können, aber wir hatten nicht mit der Tierliebe unserer Hausbewohner gerechnet. Plötzlich läutete es an der Tür. Von draußen hörten wir lautes Murren. Zögernd öffneten wir – da standen sie alle: die Blahas und die Wosadkas vom 2. Stock, die Hubers, Voitls und Wichtls vom dritten. Mit Kind, wenn auch ohne Kegel. Insgesamt waren wir zwei gegen vierundzwanzig.

»Schämen Sie sich nicht?« fragte Voitl, ein Hüne, der anscheinend zum Sprecher erkoren worden war. »Tauben füttern, die nur Schmutz machen und Krankheiten verbreiten?« – »Sehr richtig!« pflichtete ihm der Chor bei. »Wo es in den unterentwickelten Ländern *Menschen* gibt, die nichts zu essen haben!« Wie gerne würden wir unsere Sandwiches nach den unterentwickelten Ländern schicken, aber wer stellt uns schon ein Flugzeug zur Verfügung? »Es ist ein Skandal!« stellten die Wosadkas fest, die mir noch immer nicht verzeihen konnten, daß ihr Hund mich einmal ins Bein gebissen hatte. Meine Frau wollte erklären. »Wir haben zu viele Sandwiches«, begann sie, worauf sich ein Geschrei erhob, ähnlich jenem, das sich während der Französischen Revolution gegen das in Völlerei lebende Königspaar erhoben hatte. Schnell zog ich meine Frau in die Wohnung und schloß die Tür ab. Die Situation begann gefährlich zu werden.

Drinnen setzten wir uns zusammen. »Wir müssen planmäßig vorgehen!« sagte meine Frau. »Ich werde die Sandwiches in Alufolie packen, damit sie sich frisch halten, und wir werden in den nächsten Tagen eben nur von Sandwiches leben.« Mein Magen wollte etwas erwidern, aber sie ließ ihn nicht zu Wort kommen. »Ich werde sie schon einteilen«, sagte sie. »Am Morgen Käse, zu Mittag Roastbeef und am Abend Wurst.« Und so geschah es. Wir hatten ja nur noch zweihundertunddreißig Sandwiches. Am ersten Tag aßen wir jeder fünf am Morgen, fünf zu Mittag und fünf am Abend. Wir versprachen aber einander, am nächsten Tag besser bei Appetit zu sein. Am nächsten Tag waren die Sandwiches schon ziemlich ausgetrocknet. Meine Frau befeuchtete sie mit etwas Wasser, und sie schmeckten ausgezeichnet. Man brauchte sich nur vorzustellen, daß man nach jahrelanger Haft aus dem Kerker auf der Teufelsinsel entsprungen war und nach abenteuerlicher Flucht durch Dschungel und Urwald als erstes Essen unsere Sandwiches bekam. Wir lächelten uns tapfer zu und brachten es jeder auf acht Stück pro Mahlzeit. Am dritten Tag waren sie ausgesprochen hart und nicht zu schlucken, aber meine Frau meinte, das Leben sei auch hart und man müsse es schlucken. So schluckte ich sieben Sandwiches und einen Stiftzahn. Am vierten Tag bekamen wir Depressionen. Wir hielten uns fest an den Händen, sonst hätten wir die Sandwiches gegen die Wände geworfen. Am fünften Tag nahmen wir voneinander Abschied, falls wir an den Sandwiches ersticken sollten. Ich machte mein Testament.

Und dann war es soweit. Das letzte Sandwich war

verspeist! Stumm fielen wir uns um den Hals, da läutete es an der Tür. Es war Walter, mein Cousin, der Sohn meiner Tante Paula.

»Ich komme in einer heiklen Angelegenheit«, sagte er. »Ihr wißt doch, daß Mama am Freitag neunzig wird. Sie hat einen einzigen Wunsch. Sie möchte noch einmal im Leben eine große Gesellschaft geben, wie seinerzeit, als Papa noch am Leben war. Sie möchte alle Bekannten, Verwandten und Freunde einladen, ungefähr achtzig Personen. Die Räume hätten wir – ihr kennt ja unsere Wohnung –, die Getränke würde Onkel Franz zur Verfügung stellen – aber das Essen ... Ihr wißt, ich habe nicht viel Geld ...«

Meine Frau und ich sahen uns an, dann ging sie zum Telefon. »Party-Service?« fragte sie. »Schicken Sie am Freitag vierhundert Sandwiches an die folgende Adresse ...«

Geschickt wurden vierzig.

Dicke Menschen sind gutmütig. Sie müssen es sein. Sie können weder raufen noch laufen. Darum rate ich jedem Übergewichtigen:

Nehmen Sie ab!

Im Hause meines Schwagers Goldmann war die Sorge eingezogen. Walter und seine Frau Hermine schlichen beklommen durch die Gegend, sahen einander an und seufzten. Was war geschehen? War Goldmann pleite? Hatte er Erpresserbriefe bekommen? Drohte man, ihn zu entführen? Hatte er eine Freundin und war Hermine dahintergekommen? Nichts von alledem. Was war passiert? Ihr Sohn, mein Neffe Ladi, 10, fühlte sich müde. Man ging mit ihm zum Arzt, und Dr. Merzenberger sagte: »Der Junge frißt zuviel, er hat 10 Kilo Übergewicht – die müssen herunter!« Die Eltern waren außer sich. In der ganzen Familie gab es niemanden mit Übergewicht. Goldmann hatte einen kleinen Wohlstandsbauch, Hermine war eher schlank zu nennen – nur Goldmanns Bruder Felix... Aber das ist eine andere Geschichte. Als Felix ein kleiner Junge war, lehnte er jede Nahrungsaufnahme, soweit es möglich war, ab. Da verfiel sein Vater auf einen Trick, den man auch bei ihm angewendet hatte. Er erzählte dem Kind, während er ihm zu essen gab, Märchen. Ungefähr so: »Es war einmal ein armes Holzfällerehepaar – trink deinen Tee – das hatte zwei Kinder – iß deine Semmel – Hänsel und Gretel – nimm Marmelade. Eines Tages gingen die Kinder in den Wald – trink deinen Tee – sie verirrten sich – iß deine Semmel – und kamen zu einem Haus, das aus lauter Lebkuchen gebaut war – nimm Marmelade.« Wie es sich herausstellte, war das nicht die richtige Methode. Heute ist der Bub dreißig Jahre, wiegt achtzig Kilo und hat noch immer nicht das Ende der Geschichte gehört. Aber zurück zu Ladi.

Ladi wurde auf Diät gesetzt. Auf strengste Diät. Er bekam keine Nahrungsmittel zu essen, er bekam Kalorien. Alle seine Lieblingsspeisen wurden gestrichen. Und für Ladi war jede Speise eine Lieblingsspeise. Am ersten Abend ging er hungrig schlafen. Am zweiten Abend gab es eine Überraschung. Als die Eltern aus dem Geschäft nach Hause kamen, war der Kühlschrank leer und drüber stand geschrieben: »Der kühne Fresser hat zugeschlagen!« Ladi lag mit vollem Bauch im Bett und schlief. Die Eltern berieten sich, Goldmann hing ein Vorhängeschloß vor den Kühlschrank und versteckte den Schlüssel unter dem Speisezimmerteppich. Als sie am Abend nach Hause kamen, war der Kühlschrank abermals leer, und auf dem Vorhängeschloß hing ein Zettel: »Der kühne Fresser hat wieder zugeschlagen!« Ladi hatte den Schlüssel gefunden.
Nun kam Goldmann in Wut. Er ließ ein Safeschloß an dem Kühlschrank anbringen, das nur mit einer besonders komplizierten Kombination zu öffnen war. Ladi fand sie heraus. Als die Eltern nach Hause kamen, hatte der kühne Fresser ein drittesmal zugeschlagen. Goldmann stellte den Kühlschrank zu seinen Nachbarn, dem Ehepaar Piwak, mit dem er und Hermine im besten Einvernehmen lebten. Als sie am Abend kamen, standen Polizisten vor der Tür, während Frau Piwak, am ganzen Körper zitternd, jedem, der es hören wollte, erzählte, was sich zugetragen hatte: »Ich stehe in der Küche und wärme das Essen auf, auf einmal stürzt ein Mann herein, mit einer Strumpfmaske über dem Kopf und einem Gewehr in der Hand und hält mir einen Zettel entgegen: ›Das ist ein Überfall!‹ Dann läßt er mich mit dem Gesicht zur Wand stellen. Der Mann räumt in aller Ruhe den Kühlschrank aus und verschwindet!«
Goldmann hielt sich den Kopf. Der kühne Fresser! »Haben Sie ihn denn nicht erkannt?« schrie er Frau Piwak an. »Das war doch unser Ladi!«

»Ihr Ladi? Wie hätte ich ihn denn erkennen sollen, wenn er eine Maske vorm Gesicht hatte?«
»An der Statur!« stöhnte Goldmann. »Sie hätten doch sehen müssen, wie klein er ist!«
»Das sagt gar nichts«, meinte Frau Piwak. »Es gibt auch kleine Verbrecher.«
Das war Hermine zuviel. »Mein Sohn ist kein Verbrecher!« rief sie. »Halten Sie Ihren Lästermund!«
»Was sagen Sie da?« Herr Piwak war aus dem Zimmer gekommen. Er war einmal Meisterstemmer gewesen und sah demgemäß aus.
»Ihre Frau hat nicht zu sagen, daß unser Sohn ein Verbrecher ist«, meinte Goldmann etwas kleinlaut.
»Wo Sie selbst immer mit einem Fuß im Landesgericht stehen!« trumpfte Hermine auf.
Mit einem Fuß stand Herr Piwak im Landesgericht, mit dem andern gab er Goldmann einen Tritt, daß er zur Tür hinausflog. Hermine folgte.
Goldmann ließ den Kühlschrank zurückholen, ließ einen Trupp Spezialarbeiter kommen und statt der Küchentür eine Stahlpanzertür anbringen, zu der es bloß zwei Schlüssel gab. Den einen trug Goldmann um den Hals, der andere wurde in eine eiserne Kassette gelegt und bei einem Anwalt deponiert.
Der Kühne Fresser gab sich geschlagen. Er aß nach ärztlicher Vorschrift – also so gut wie nichts. Die Eltern, denen er insgeheim leid tat, machten die Diät mit, weil sie es nicht übers Herz brachten, mehr zu essen als ihr Sohn. Auch die Gäste bekamen nichts anderes, und wenn man einen Bekannten traf, der sich besonders müde und hungrig dahinschlich, wußte man, daß er von Goldmanns kam.
Goldmann hatte nach der ersten Woche eineinhalb Kilo abgenommen, Hermine ebensoviel, Ladi hatte zugenommen. Nach der zweiten Woche hatte Goldmann weitere zwei Kilo verloren, Hermine zweieinhalb, Ladi hatte zugenommen. Und dann kam der Tag, an dem

Ladi den Appetit verlor. Von da an aß er überhaupt nichts mehr, aber er nahm zu.
Die Eltern machten sich Sorgen. Vielleicht hatte er eine geheimnisvolle Krankheit. Eine Drüsengeschichte. Hermine weinte die Nächte hindurch, weil sie sich bei Tag, des Kindes wegen, zurückhalten mußte. Goldmann lebte nur noch von Tabletten. Er machte sich Vorwürfe wegen jeder Ohrfeige, die er Ladi gegeben hatte. Und da er ihm viele Ohrfeigen gegeben hatte, hatte er sich viele Vorwürfe zu machen. Wenn Ladi gesund werden sollte – nie mehr würde er ihn schlagen! Saft- und kraftlos kroch er dahin, während Hermine so mager war, daß es ihr nicht mehr gelang, einen Schatten zu werfen. Als sie wieder auf die Waage stiegen, hatte Goldmann fünf Kilo abgenommen, Hermine sechs, Ladi hatte zugenommen. Meine Frau und ich rieten, eine medizinische Kapazität aufzusuchen: Prof. Tschurtschenheimer.
Ladi wurde gründlich untersucht – nichts. »Ihr Sohn ist vollkommen gesund«, sagte die Kapazität, »aber er hat 15 Kilo Übergewicht – die müssen herunter.« Er verschrieb Ladi eine noch strengere Diät als Merzenberger. Die Eltern waren außer sich. Was sollten sie tun, wenn der Bub nicht abnahm? Betrübt gingen sie nach Hause. Unterwegs trafen sie Pomeisl. »Gratuliere!« rief er erfreut. »Schon gesund?«
»Gesund?« fragten Goldmann und Frau verwundert.
»Ladi hat mir erzählt, daß sie beide sich aus Tunesien ein böses Magenleiden mitgebracht haben, daß er deshalb einige Wochen in meinem Restaurant essen muß, und daß Sie die Rechnung im nachhinein bezahlen werden.«
Goldmann starrte ihn aus hohlen, hungrigen Augen an.
»Ladi hat bei Ihnen gegessen?« fragte er.
»Ja.«
»Allein?«

»Manchmal allein, manchmal mit Freunden. Er hat sie eingeladen, damit sie ihn trösten, weil seine Eltern nichts essen dürfen. Sie glauben nicht, wie er an Ihnen hängt. Die Buben haben fast immer eine Flasche Wein auf Ihre Gesundheit getrunken.«
Goldmann zerrte Ladi nach Hause. »Die Eltern haben sich also aus Tunesien ein Magenleiden mitgebracht?« fragte er grimmig und gab Ladi eine Ohrfeige, daß dieser ganz Schwarzafrika vor den Augen sah. Und was für Goldmann das Schönste war – er machte sich darob keine Vorwürfe. Im Gegenteil, er gab ihm eine zweite und eine dritte. Am Abend gab es ein lukullisches Mahl, ohne daß Ladi einen Bissen davon bekam.
In den nächsten Tagen erhielt Goldmann viele Briefe. Die Rechnung von Dr. Merzenberger, die Rechnung von Prof. Tschurtschenheimer, die Rechnung des Restaurants Pomeisl, die Rechnung von der Konditorei gegenüber, die Rechnung vom Eissalon nebenan, die Rechnung für einen Fußball, den Ladi gekauft hatte usw.
Ladi bekam nur seine Diätspeisen, aber er machte sich nichts draus. Er freute sich sogar darüber. Er war gegen jede Art von autoritärer Erziehung. Nun hatte er seinen Eltern gezeigt, was es heißt, einen kleinen Jungen hungern lassen.

Vom ideologischen Standpunkt aus betrachtet, muß man gestehen: Der kühne Fresser hat gesiegt!

Ein Schlagerkomponist muß nicht unbedingt unmusikalisch sein, aber es hilft ihm.
Doch daß jeder denkt, einen Schlager schreiben zu können, das bereitete mir einmal

Schlaflose Nächte

Ich kann nicht schlafen. Warum nicht? Mein Zahnarzt, Dr. Wronsky, hat ein Lied komponiert. Einen Schlager, wie er sagt. Es ist über ihn gekommen wie über andere eine Beinhautentzündung. Über Nacht. Die Melodie flog ihm zu, und ich wünschte, sie wäre wieder davongeflogen. Aber sie blieb. Hartnäckig, wie eine von ihm behandelte Parodontose.
Nun hätte mir das alles nichts ausgemacht, Mozart hat auch komponiert, wenn auch anders. Aber da waren die Bachlehners, die unglücklicherweise eine Party gaben und die Wronsky und mich dazu einluden. Am Büfett sang er mir seine Komposition vor. Sie war scheußlich. Jeder Takt eine Umweltverschmutzung. Sie hatte weder Melodie noch Rhythmus, sie hatte nicht einmal einen Schluß. Wenn sie zu Ende war, blieb sie im Raume hängen wie ein Spinnengewebe.
Das alles sagte ich ihm leider nicht. Im Gegenteil, ich sagte, sie wäre ein Ohrwurm. Ich dachte nicht, daß er einen Text dazu haben wollte – und das ausgerechnet von mir. Ich lehnte ab. Zeitnot. Aber ich hätte keinen Whisky trinken dürfen. Nach dem vierten begann die Melodie mir zu gefallen und nach dem achten versprach ich ihm den Text. Das war die letzte Nacht, in der ich schlafen konnte. Am nächsten Morgen erwachte ich mit Kopfschmerzen und etwas Gräßlichem im rechten Ohr. Es war Wronskys Melodie. Wieso war ich eigentlich schon aufgewacht? Das Telefon. Ich hob den Hörer ab. »Haben Sie ihn schon?«

erkundigte sich eine Stimme am anderen Ende der Leitung. »Wen?« fragte ich und dachte an einen gesuchten Verbrecher. »Den Text!« sagte die Stimme. Es war Wronsky. »Ich habe doch nicht –?« fuhr es mir wie ein indianischer Giftpfeil durch den Kopf. Doch – ich hatte. Jetzt erinnerte ich mich. Ich hatte ihm den Text versprochen. »Den Text habe ich noch nicht«, sagte ich so freundlich wie möglich. »Ich warte auf einen Einfall.« Ich wartete auf einen Einfall, wie ich Wronsky loswerden könnte. »Sie erinnern sich doch noch an mein Lied?« fragte er. »Es ging so!« Er sang mir die Melodie vor, die keine war. Durch das Telefon klang sie noch fürchterlicher. »Sie kommen doch heute sowieso zu mir«, sagte Wronsky, »vielleicht bringen Sie den Text schon mit. Wenn nicht, können wir uns darüber unterhalten, während ich Ihnen die Zähne plombiere.« Diese Drohung fand ich ausgesprochen gemein und eines Komponisten unwürdig.
Am Nachmittag ging ich natürlich *nicht* hin. Als er anrief, sagte meine Frau, ich sei in Ceylon, aber *seine* Frau hatte mich im Café Stadtpark gesehen. In dieser Nacht begann es: Ich konnte nicht schlafen. Ich fragte mich dauernd: Was mache ich morgen? Am nächsten Tag wußte ich es: Ich machte nichts. Ich war so müde, daß ich nicht schreiben konnte. Am wenigsten Wronskys Text. Er rief an – meine Frau sagte, ich sei in Thailand. Leider hatte mich *seine* Frau im Theater an der Wien gesehen. An den folgenden Tagen war ich in Madrid, Milano, Tokio und Nowosibirsk. Wronskys Frau sah mich im Bus, beim Schneider, im Kino und in einem italienischen Restaurant. In letzterem mit einem verführerischen jungen Mädchen.
»Was war das für ein Mädchen?« fragte meine Frau mit einer Liebenswürdigkeit, die die Luster wackeln machte. Das Mädchen war Lilian. Lilian war in Dichterkreisen sehr gesucht. Sie war so dumm, daß jeder Satz, den sie sprach, schlagerverdächtig war. Man brauchte

nur ein »ye, ye« oder »la la« anzuhängen. Ich hoffte, daß ihr eine auf die Wronsky-Musik passende Bemerkung entschlüpfen würde. Aber es entschlüpfte ihr nichts. Dafür entschlüpften meiner Frau ein paar Bemerkungen, die ich in diesem Buch nicht wiedergeben möchte, weil es ein Familienbuch werden soll. Meine Frau brach die diplomatischen Beziehungen zu mir ab. Ich stand dem Gegner und seinen Anrufen allein gegenüber. In dieser Nacht schlief ich wieder nicht.

Nach dem Morgengrauen erfolgte der erste Angriff. Meine Frau schloß sich zwar dem Feind nicht an, verhielt sich aber streng neutral. Das heißt, daß ich ans Telefon gehen mußte. »Haben Sie ihn schon?« fragte Wronsky. Ich begann mit einem Vernebelungsmanöver. »Ich habe die Hauptsache«, sagte ich. »Die erste Zeile. Und wer die erste Zeile hat, hat alles.«

»Wie heißt sie?« wollte er wissen.

»Das verrate ich nicht«, sagte ich, »das kann einem Schlager Unglück bringen.«

»Um Gottes Willen!« wehrte Wronsky schnell ab. »Ich rufe Sie am Nachmittag an.«

Der Angriff war abgeschlagen. Wronsky gehörte zum Glück zu den abergläubischen Dentisten, seit ihm an einem Freitag, dem 13., bei einer Zahnextraktion die Zange abgebrochen war.

Am Nachmittag war ich nicht zu Hause, in der Nacht ging ich spazieren. Als ich am Morgen zurückkam, hatte meine Frau mir den Krieg erklärt. Sie war fortgegangen. Ganz vergessen aber hatte sie nicht auf mich. Es war Winter, und sie hatte mir, in ihrer rührend-besorgten Art, einen Zettel zurückgelassen: »Die Hausschuhe sind im Kühlschrank.«

Ich legte mich hin, um ein bißchen zu schlafen – ich war zu unruhig. Ich nahm ein paar Tranquilizers, was mir der Arzt streng verboten hatte. Das machte mich noch unruhiger. Ich sprang auf und ging ins Kaffeehaus

frühstücken. Vorher schickte ich einen Kundschafter aus, der mir melden sollte, ob nicht vielleicht Frau Wronsky dort sei. Sie war, Gott sei Dank, nicht dort. Ich frühstückte. Der Ober, der mich nicht kannte, beobachtete mich mißtrauisch. Ich war unrasiert, unausgeschlafen, rotäugig, hohlwangig. Das hatte Wronsky aus mir gemacht. Ich haßte ihn!
Am Abend ging ich nach Hause. Meine Frau ignorierte mich. Ich legte mich hungrig ins Bett und versuchte es mit Schäfchenzählen. Als ich sechstausendzweihunderteinundvierzig Schäfchen gezählt hatte, mußte ich aufstehen. Ich wollte aus dem Haus sein, bevor Wronsky mich anrufen konnte.
Den Tag verbrachte ich, in Gesellschaft von Gastarbeitern, im Wartesaal des Südbahnhofs. Am Abend wollte ich es mit einem heißen Bad probieren. Ein Freund von mir, der an Schlaflosigkeit gelitten hatte, konnte nach einem heißen Bad wieder schlafen. *Ich* verbrannte mich. Am häuslichen Kriegsschauplatz nichts Neues.
Am nächsten Tag suchte ich unseren Hausarzt, Dr. Meier, auf. Ich erzählte ihm, daß ich seit acht Tagen nicht schlafen könne. »Und da kommen Sie zu mir?« lachte er. »Ich kann seit acht Wochen nicht schlafen.« Ich verschrieb ihm ein Schlafmittel, ein Barbiturat, das bei mir immer sehr gewirkt hatte, das aber im Fall Wronsky anscheinend zu schwach war.
Die Nacht brachte ich in einem Café der Wiener Unterwelt zu. Man lud mich zu einer verbotenen Pokerpartie ein. Als ich mein Geld verspielt hatte, kam eine Razzia und brachte uns zur Polizei. Einer unserer Freunde und Helfer stieß mich in eine Zelle und sagte: »Schlafen Sie sich erst einmal aus!« Der Gute hatte keine Ahnung. Hätte ich mich ausschlafen können, hätte ich die Zelle nie wieder verlassen.
Am Morgen ließ man mich frei. In der Nacht hatte ich viel nachgedacht und nun wußte ich es. Ich war ein Fall für den Psychiater. Ich kannte einen solchen –

Dr. Eidlitz –, aber wie kam ich zu ihm! Er wohnte in derselben Straße wie Wronsky. Ich wartete, bis es dunkel war, dann schlich ich mich in sein Haus. Er öffnete persönlich die Tür und erkannte mich nicht. Es war erschütternd. Mein Freund – Dr. Eidlitz – erkannte mich nicht. Ich war ein Bild des Elends geworden. Ich sagte ihm meinen Namen, er ließ mich ein, ich legte mich auf die Couch und begann zu erzählen: von meiner glücklichen Jugend und der trostlosen Gegenwart. Ich erzählte von Wronsky, von seiner Komposition und von meiner Schlaflosigkeit. Eidlitz sagte: »Du *mußt* schlafen. Ich gebe dir einen Rat: Geh zu Bett, schließ die Augen und versetz dich in deine Kindheit zurück. Du hast doch den Sommer mit deinen Eltern auf dem Land verbracht. Denk an einen besonders schönen Weg, den du dort gegangen bist, denk an Bäume und Blumen – du wirst einschlafen. Du wirst träumen und gesund aufwachen.«
Voller Hoffnung ging ich nach Hause. Der Feind schlief bereits. Ich stieg in die Badewanne, sang nach langer Zeit wieder einmal leise vor mich hin, schlüpfte in meinen Pyjama und legte mich in das von meinem Gegner frisch überzogene Bett. Dann schloß ich die Augen und begann zu denken. Wo war ich einen besonders schönen Weg gegangen? Ich hatte es: in Perchtoldsdorf. Den Weg zur Heide und dann weiter, bis zur Bank unter den Föhren. Ich sah mich als Kind, ich ging und ging, ich sah Bäume und Blumen, ich hüpfte im Schrittwechselschritt, jagte den Schmetterlingen nach, ich war glücklich, selig, ich fühlte, wie ich müde wurde, meine Augen fielen langsam zu, ich bog um die Ecke, wer kam mir entgegen? Wronsky! Mit einem Schrei sprang ich aus dem Bett. Meine Frau ebenfalls. Nur mit Mühe konnte ich es verhindern, daß sie mich in eine Nervenheilanstalt bringen ließ. Nach längeren Verhandlungen rief sie Dr. Eidlitz an, der dann kam und mir eine Beruhigungsspritze gab.

Am nächsten Morgen kam ein Brief von Wronsky: »Verehrter Freund! Ich habe die letzten Nächte kein Auge zugemacht, weil ich nicht wußte, wie ich Ihnen das Geschehene mitteilen soll. Vor ungefähr einer Woche sang ich meinem Kollegen, dem Dentisten Dr. Buchfeld, meine Komposition vor. Er kann sich bis heute nicht erklären, wie es kam, er hat außer Rechnungen und zahnärztlichen Befunden nie etwas geschrieben, und doch fiel ihm auf der Stelle der zu meiner Musik passende Text ein. Verzeihen Sie, daß ich Sie in den letzten Tagen nicht mehr angerufen habe und Ihnen auf der Straße ausgewichen bin, es war mir zu peinlich. Lassen Sie uns weiterhin gute Freunde bleiben und seien Sie mir, bitte, nicht böse. Ihr Wronsky.«
Ich war nicht böse – im Gegenteil! Ich konnte mich wieder überall sehenlassen, brauchte mich vor Frau Wronsky nicht mehr zu verstecken, und – vor allem – ich fand meinen Schlaf wieder. Mit meiner Frau setzte ich mich im Hotel Imperial zu einer gemütlichen Friedenskonferenz mit Sekt und Kaviar zusammen. Es war alles wieder wie in der schönen Vorwronskyzeit!

Der Dentistensong wurde ein Hit, die beiden Zahnärzte bekamen die Goldene Schallplatte.
Jetzt kann ich wieder nicht schlafen.

Rechnen ist eine schwierige Sache – besonders, wenn man einen elektronischen Taschenrechner besitzt. Einer, der das bestätigen kann, ist

Herr Powondra

An unserer Ecke gibt es einen Greißler (»Krämer«, wie man in Deutschland sagt), wie es viele gab, ehe sie von den Supermärkten verschlungen wurden. Sein Name ist Powondra.

In seinem Laden gibt es Mehl, Gemüse, Hülsenfrüchte, Zucker und Salz, aber auch Essig, Obst und Schokolade, und vor allem – Atmosphäre. Eine Atmosphäre, die ihm kein Supermarkt rauben kann. Herr Powondra kennt seine Kunden, die Kunden kennen Herrn Powondra, sie kommen aus den umliegenden Häusern, sie grüßen einander, sie fragen: »Wie geht's?«, sie erkundigen sich: »Was ist denn mit dem Herrn Meier los? Ich hab ihn seit zwei Tagen nicht gesehen!« usw. Sie sind eine einzige große Familie: die Familie Powondra.

Gestern feierte Herr Powondra seinen sechzigsten Geburtstag. Alle, die in den Laden kamen, gratulierten. Die alte Frau Schweiger, der der Herr Powondra immer etwas für ihren Hund mitgibt, brachte ein paar Blumen, Herr Treibl, der pensionierte Oberbuchhalter vom zweiten Stock, verehrte ihm eine Krawatte – jede und jeder hatte etwas für ihn, und wenn es nur ein paar freundliche Worte waren. Seine schon erwachsenen Kinder aber hatten sich etwas Besonderes ausgedacht. Sie schenkten ihrem Vater einen elektronischen Taschenrechner, damit er sich beim Addieren nicht mehr so anstrengen müsse. Auf den elektronischen Taschenrechner war Herr Powondra besonders stolz. Kunststück! Wo gibt es schon einen Greißler mit einem elektronischen Taschenrechner?

Am nächsten Morgen schloß er das Geschäft auf. Seinen Kugelschreiber hatte er in der angrenzenden Wohnung zurückgelassen, den brauchte er ja jetzt nicht mehr. Die erste Kundschaft, die den Laden betrat, war Frau Prebichl. Sie verlangte zwei Salatgurken, ein Pakkerl Kaffee und ein Kilo Äpfel.

»Ist das alles?«

»Ja.«

»Dann werden wir's gleich zusammenrechnen.« Herr Powondra nahm den elektronischen Taschenrechner zur Hand.

»Was ist denn das?« fragte Frau Prebichl erstaunt.

»Ein elektronischer Taschenrechner«, sagte Herr Powondra stolz. »Man muß mit der Zeit gehen. Ein Druck auf die Tasten – und die Rechnung ist fertig. Was haben wir g'habt?« Er drückte auf die Tasten. »Zwei Salatgurken machen vierzehn, ein Kilo Äpfel sind zweiundzwanzig dreißig, und ein Packerl Kaffee ist siebenundzwanzig, macht zusammen – 142.230 Schilling und 30 Groschen.«

»Das gibt's doch nicht«, meinte Frau Prebichl ungläubig. »Da müssen Sie sich geirrt haben. Lassen S' schauen.« Sie prüfte den Taschenrechner. »Natürlich. Da müssen S' nach jedem Posten ein Pluszeichen machen.«

»Das werden wir gleich sehen«, meinte Herr Powondra. »Zwei Salatgurken macht vierzehn . . .«

»Plus!«

»Ja, ja!« meinte Herr Powondra gereizt. »Ein Kilo Äpfel sind zweiundzwanzig dreißig . . .«

»Plus!«

»Ja!!!« Es geschah zum erstenmal, daß Herr Powondra einer Stammkundin einen bösen Blick zuwarf. »Und ein Packerl Kaffee sind siebenundzwanzig.«

»Jetzt müssen S' die Gleichheitstaste drücken.«

»Das weiß ich, das brauchen Sie mir nicht zu sagen. Wo ist die Gleichheitstaste?«

»Die da, mit den zwei Stricherln.«
»Aha!« Herr Powondra drückte die Gleichheitstaste. »Sind zusammen –«, sein Gesicht wurde starr, »842.940 Schilling und 30 Groschen.«
»Das ist ja jetzt *noch* mehr!« rief Frau Prebichl. »Da haben Sie sich geirrt!«
»Geirrt, geirrt!« kopierte Herr Powondra sie ärgerlich. »Da *muß* man sich ja irren, wenn Sie immer ›plus, plus‹ sagen!«
»Regen S' Ihnen net auf, Herr Powondra«, beruhigte ihn Frau Prebichl. »Zeigen Sie mir lieber, wo Sie gedrückt haben.«
»Da!«
»Das ist aber nicht das Pluszeichen, das ist das Malzeichen.«
Herr Powondra lief rot an. »Pluszeichen, Malzeichen! Was Sie alles wissen!«
»Da braucht man nicht viel zu wissen«, meinte Frau Prebichl, jetzt auch schon verärgert. »Das Pluszeichen ist da – und das Malzeichen ist da! Machen Sie's noch einmal!«
»Guten Morgen!« Herr Haberl, der Hausbesorger von gegenüber, trat ein. »Was haben Sie denn da?« fragte er verwundert.
»Einen elektronischen Taschenrechner«, sagte Frau Prebichl ironisch.
»Und der funktioniert?«
»Und wie! Zu Gunsten vom Herrn Powondra. Für zwei Salatgurken, ein Kilo Äpfel und ein Packerl Kaffee soll ich 842.940 Schilling und 30 Groschen zahlen! Da krieg ich ja schon eine Eigentumswohnung!«
»Reden S' doch nicht!« sagte Herr Powondra wütend.
»Probieren Sie's einmal bei mir«, schlug Herr Haberl vor. »Ich krieg eine Flasche Retzer – morgen is Feiertag –, zehn Deka von der Wiener Salami und dreißig Deka Preßwurst. Rechnen S' das zusammen.«

»Moment. Eine Flasche Retzer macht neunundvierzig Schilling, zehn Deka von der Wiener Salami sind neun Schilling neunzig, und dreißig Deka Preßwurst sind acht Schilling vierzig, das macht zusammen – 499.908 Schilling und vierzig Groschen.«
»Na? Hab ich's gsagt?« wandte sich Frau Prebichl triumphierend an Herrn Haberl.
»Das kann nicht stimmen«, meinte Herr Haberl.
»Weil der Herr Powondra das Pluszeichen vergißt!« sagte Frau Prebichl hämisch.
Herr Powondra kochte bereits. »Sie mit Ihrem Pluszeichen!« sagte er.
»Da hat aber die Frau Prebichl recht«, warf Herr Haberl ein. »Das Pluszeichen müssen S' machen.«
»Ah so?« meinte Herr Powondra giftig. »Sind sie auch so einer? Bitte schön! Machen wir's noch einmal! Eine Flasche Retzer macht neunundvierzig Schilling ...«
»Plus!« sagten Frau Prebichler und Herr Haberl gleichzeitig.
»Plus«, wiederholte Herr Powondra grimmig und drückte auf die Plustaste. »Zehn Deka von der Wiener Salami sind neun Schilling neunzig ...«
»Plus!« sagten die andern wieder.
»Plus!« knirschte Herr Powondra. »Und dreißig Deka Preßwurst sind acht Schilling vierzig ... plus ...«
»Jetzt dürfen S' *nicht* Plus machen!« rief Frau Prebichl.
»Ah, jetzt nicht!« sagte Herr Powondra wütend. »Und früher ja! Das hab ich schon gern, wenn jemand nicht weiß, was er will!«
»Da hat aber die Frau Prebichl recht«, meinte Herr Haberl. »Jetzt kommt ja kein neuer Posten dazu. Jetzt müssen S' die Gleichheitstaste drücken.«
»Das kann ich ja noch immer«, meinte Herr Powondra und drückte die Gleichheitstaste. »Ist gleich –«, sagte er dazu, »1.879 Schilling und 40 Groschen.«
»Das stimmt nicht«, sagte Herr Haberl.

»Das *muß* stimmen!«
»Das *kann* nicht stimmen!« Frau Prebichl dazwischen. »Sie haben ja ein Plus zuviel gedrückt!«
»Einmal zu viel, einmal zu wenig!« schrie Herr Powondra.
»Schreien S' nicht mit mir, ich schrei auch nicht!« schrie Frau Prebichl.
»Haben Sie keine Gebrauchsanweisung?« fragte Herr Haberl.
»Aber ja, da is sie!« Herr Powondra warf ein kleines Heftchen auf den Ladentisch.
»Na also«, meinte Herr Haberl. »Da werden wir's ja gleich haben.« Er las: »Kalkulation mit einer Konstanten. Bei der Bedienung wird die unmittelbar vor dem Niederdrücken der Gleichheitstaste eingegebene Zahl zu einer Konstanten. – Was ist eine Konstante?«
»Was weiß denn ich? Ich bin ja kein Mathematikprofessor«, sagte Herr Powondra aufgebracht.
»Und Sie, Frau Prebichl?«
»Ich weiß es auch nicht. Ich weiß nur, daß ich für zwei Salatgurken, ein Kilo Äpfel und ein Packerl Kaffee keine 842.940 Schilling zahl! Ich geh! Ich kann ja im Supermarkt einkaufen!«
»Gehen Sie, gehen Sie!« brüllte Herr Powondra. »Gehen S' in den Supermarkt, wenn's Ihnen bei mir zu teuer is!«
»Sie müssen ja teuer sein!« konterte Frau Prebichl spitz. »Wo hätt denn Ihr Sohn sonst das Auto her? Und Ihre Tochter die Garconnière?«
»Jetzt halten S' aber Ihr Schandmaul!« tobte Herr Powondra. »Mein Sohn ist Architekt! Der hat sich das Auto verdient!«
»Und Ihre Tochter? Hat sich die die Garconnière auch verdient?«
»Jawohl!«
»Und womit?«
»Mit Baby sitten!«

»Ha, ha!« Frau Prebichl lachte höhnisch. »Sie soll nur aufpassen, daß sie nicht selber ein Baby kriegt! Bei dem können dann *Sie* sitten!«
»Hinaus!!!«
»Ich geh schon! Mich sehen Sie nie mehr! Und die andern auch nicht, wenn ich ihnen das erzähl!« Sie rauschte hinaus.
»Ich geh auch, Herr Powondra«, sagte Herr Haberl. »Eine Flasche Retzer, zehn Deka Wiener Salami und dreißig Deka Preßwurst um 1.879 Schilling – das kann ich mir nicht leisten.« Er ging.
»Himmelfixtausend!« fluchte Herr Powondra und warf den elektronischen Taschenrechner mit aller Kraft auf den Steinboden.

Hätte Herr Powondra einen Blick auf den Apparat geworfen, hätte er seinen Augen nicht getraut. Der Taschenrechner zeigte, durch den starken Aufprall erschüttert, die genaue Summe an, die Herr Haberl zu zahlen gehabt hätte: 67 Schilling 30 Groschen. Herr Powondra hatte bei seinen Rechnungen vergessen, die Dezimalpunkttaste zu drücken.

Der Hund bellt im Yemen ebenso wie auf dem Nordpol, die Katze miaut in Uganda genauso wie in Kapstadt, und der Esel macht in Spanien ebenso »I-a« wie in Albanien. Die Tiere haben ihre internationale Sprache, die Menschen nicht. Das wurde mir anläßlich eines Urlaubs in Jugoslawien bewußt. Weshalb ich auch der folgenden Geschichte, nach langem Nachdenken, den originellen Titel gegeben habe:

Urlaub in Jugoslawien

Es gibt Menschen, die russisch, chinesisch und jugoslawisch sprechen. Russisch die Russen, chinesisch die Chinesen und jugoslawisch die Jugoslawen. Wenn ich die Idiome zusammenlege, die meine Frau und ich sprechen, sind es fünf: französisch, englisch, spanisch, holländisch und deutsch. Jugoslawisch sprechen wir nicht. Und gerade in Jugoslawien verbrachten wir unseren letzten Urlaub. Warum? Unser Freund, Dr. Robinson, besitzt einen Bungalow auf einer traumschönen jugoslawischen Fischerinsel, den er uns zur Verfügung stellte, während er und seine Frau eine Nordlandreise machten. Der Bungalow war geräumig, lag in der Nähe des Strandes – es wäre alles in Ordnung gewesen, wenn die Jugoslawen nicht jugoslawisch gesprochen hätten.

Aber sie taten es. Zum Glück war ich clever genug gewesen, mir aus Wien einen Urlaubs- und Reise-Sprachführer mitzunehmen. Er hieß »Serbo-Kroatisch für Jugoslawien« und war sehr praktisch. Er war nach Sparten geordnet, wie »Beim Arzt«, »In der Bank«, »Im Bad« usw., links standen die Sätze in deutsch, rechts in jugoslawischer Übersetzung mit Aussprachebezeichnung. Leider hatte ich für uns beide nur einen einzigen Sprachführer gekauft, und das war schlecht. Schon am zweiten Tag unseres Jugoslawienaufenthaltes stellte es

sich heraus, daß wir zwei gebraucht hätten. Meine Frau mußte nämlich zum Arzt gehen und ich zum Friseur. Man macht Urlaub, um zu vergessen, wenn man aber dann die Koffer öffnet, sieht man erst, was man alles vergessen hat. Bei mir war es der elektrische Rasierapparat. Was macht man also, wenn man nur *einen* Sprachführer hat? Meine Frau wußte auch da einen Ausweg. Sie riß ganz einfach die Seite »Beim Friseur« heraus und gab sie mir mit. Ich betone: die Seite. Eigentlich wären es ja zwei Seiten gewesen. Die linke Seite mit den Sätzen in deutsch, und die rechte Seite mit der jugoslawischen Übersetzung und Aussprachebezeichnung.
Auf die deutsche Seite hatte sie vergessen. »Never mind«, dachte ich mir – ich spreche oft mit mir englisch – »was kann man beim Fiseur schon wollen? Rasieren oder Haareschneiden. Ich will mich bloß rasieren lassen – ich werde mich schon verständigen.«
Als ich zum Friseur kam, las ich aus meinem halben Sprachführer: »Koliko treba da čekam?« Der Friseur machte eine leichte Verneigung und zeigte auf einen Stuhl. Er hatte mich verstanden. So leicht war das. Er sah mich fragend an. Ich zeigte auf mein Gesicht und las: »Potšišajte me molim!« Er schnitt mir die Haare. Ich wollte nichts sagen, ich bedauerte nur, daß ich sie erst vor zwei Tagen hatte schneiden lassen. Als er fertig war, strich ich mit der Hand über meine Wangen, lächelte ihm freundlich zu und las: »Razdeljak molim levo, desno u sredini!« Er zog mir drei Scheitel, einen links, einen rechts und einen in der Mitte. Ich wurde langsam nervös. »Dajte mi molim nešto da čitam!« las ich barsch. Er gab mir etwas zum Lesen. Was tun? Ich nahm meine Wangen in die Hände und zwickte sie, bis sie rot wurden. »Uredite mi obrve!« las ich wütend. Er rasierte mir die Augenbrauen aus. Ich war verzweifelt. »Obojite mi trepavice!« las ich weinerlich. Er schwärzte mir die Wimpern. Ich ohrfeigte mein unrasiertes

Gesicht und las: »Molim trajnu ondulaciju!« Der Verbrecher machte mir eine Dauerwelle. Ich gab nicht nach. Einmal mußte doch der Satz kommen: »Rasieren Sie mich!« Ich las: »Obojite mi kosu u plavo, braon, ticijan, crno!« Er starrte mich an, seine Hände zitterten. Ich bedeutete ihm mimisch, sich zu beeilen. Er stürzte zum Telefon, führte ein kurzes Gespräch und kam ängstlich zögernd zurück. Noch immer zitternd, teilte er mein Haar in vier Flächen, die er verschieden färbte: blond, braun, tizianrot und schwarz. Wütend sprang ich auf und hätte wahrscheinlich das Geschäft zusammengeschlagen, wenn nicht zwei Polizisten gekommen wären. Anscheinend hatte sie der Friseur telefonisch zu Hilfe gerufen.

Sie brachten mich auf das Kommissariat. Dort fand ich meine Frau. Sie hatte ein ähnliches Mißgeschick gehabt wie ich. Die deutsche Seite von »Beim Arzt« stand auf der Rückseite der jugoslawischen Seite von »Beim Friseur«, so daß auch ihr die deutschen Sätze fehlten. Als wir die beiden Seiten zusammenfügten, erfuhren wir, was sie dem Arzt auf jugoslawisch gesagt hatte: »Ich bin gestürzt, ich huste, mein Mann hustet, mein Kind hustet, meine Nachbarin hat Magenkrämpfe, meine Kusine leidet an Verstopfung, der Bruder meines Mannes mußte heftig erbrechen, mein Onkel hat die Beulenpest, darf ich aufstehen, wie lange muß ich liegen, verständigen Sie meine Frau, meinen Mann, das Hotel, in dem ich wohne, die österreichische, deutsche, französische, amerikanische Botschaft.« Der Arzt hatte die Polizei verständigt.

Etwas dämlich sollen wir dreingeschaut haben, als uns Dr. Robinson vier Wochen später mitteilte, daß es auf der Insel einen Münchner Arzt und einen Wiener Friseur gegeben hätte.

Wenn eine Frau fahren lernen will, soll man ihr nicht im Wege stehen. Zu dieser Erkenntnis kam ich, als mich die meine, anläßlich ihrer ersten Ausfahrt, gegen das Garagentor schleuderte. Seither warne ich jeden:

»Vorsicht! Meine Frau kommt!«

Die Worte, die ich sage, sind immer wohlüberlegt. Und trotzdem – *ein* Satz hätte nie über meine Lippen kommen dürfen. Er lautete: »Frau Hermann macht den Führerschein.« Ich hatte die Folgen nicht bedacht, die dieser Satz nach sich ziehen würde. Meine Frau sprang auf und rief: »Siehst du, das hast du davon!«
Ich verstand nicht. »Was habe ich von was?« fragte ich.
»Daß andere Frauen den Führerschein machen und deine nicht! Daran ist nur deine Knauserei schuld!«
Ich war konsterniert.
»Liebling«, erinnerte ich sie, »wir haben doch gemeinsam beschlossen, lieber alle Wege im Taxi zu erledigen, als einen Wagen zu kaufen. Das Taxi bringt dich bis vor das Haus, du hast keine Parkplatzsorgen, mußt keine Reparaturen bezahlen –«
»Und muß dafür sehen«, unterbrach sie mich, »wie Frau Hermann mit hämischem Lächeln an mir vorüberfährt, während ich das Taxi bezahle.«
Nun ist Frau Hermann eine sehr nette, sympathische Dame, die ich mir mit einem hämischen Lächeln gar nicht vorstellen konnte.
»Wir kaufen ein Auto!« erklärte meine Frau, »und ich mache den Führerschein!«
»Oho!« sagte ich und wollte mit der Faust auf den Tisch schlagen, aber der Tisch stand leider – oder zu meinem Glück – zu weit von mir entfernt. »Oho!« wiederholte ich deshalb. »Ein Auto? Nie und nimmer!«
Das war Mittwoch abend. Donnerstag früh sahen wir

uns die neuen Maseratis an, und am Nachmittag kaufte ich einen gebrauchten Volkswagen.
Nun kam die Frage der Garage. Meine Frau wollte natürlich eine Dauergarage haben. Wir lasen sämtliche Angebote, meine Frau rannte von einer Adresse zur andern – nichts. Endlich, nach einer Woche, kam sie strahlend nach Hause.
»Ich habe die Garage!« rief sie. »Kostet drei Millionen, und da ist noch ein Haus dabei!«
Unser Hausarzt, Dr. Brosch, wohnt gleich um die Ecke, und so dauerte es nicht lang, bis er mich ins Leben zurückgerufen hatte.
»Drei Millionen!« rief ich. »Wo sollen wir die hernehmen?«
»Wir brauchen sie nicht auf einmal«, beruhigte mich meine Frau. »Die erste Million müssen wir cash bezahlen, die andern zwei in Raten. Wir werden eben sparen. *Du* wirst nicht mehr in deinen Klub gehen, und *ich* werde dir das Rauchen abgewöhnen.«
Gerührt über die Opfer, die sie zu bringen bereit war, sprach ich mit meinem Anwalt. Er verschaffte mir eine Million als Hypothek auf das Haus, das noch nicht uns gehörte. Wie wir den Rest aufbringen sollten, wußte nur Gott. Und ich glaube, nicht einmal ER wußte es.
Nun kam die Fahrschule. Meine Frau, mit der ich bisher zu Hause über alles reden konnte – ob Politik, Wirtschaft oder Kunst, sie wußte in allem Bescheid –, sprach plötzlich nur noch über Nockenwellen, Zündkerzen und Ventilatoren und ließ mich, der ich von alldem keine Ahnung hatte, meine Nichtigkeit fühlen.
So fragte sie mich zum Beispiel: »Welches Rad dreht sich in der Kurve am wenigsten?« Ich sagte: »Das Reserverad.« Die Antwort war nicht richtig, aber billig. Sie kostete meine Frau nur ein höhnisches Lachen.
Es war eigenartig, aber entgegen den meisten anderen Frauen war sie in der Theorie besser beschlagen als in der Praxis. Aber sie machte auch darin Fortschritte. Ihr

Fahrlehrer, den ich kennengelernt hatte, sagte mir: »Es wird schon gehen. Heute bin ich nur noch dreimal blaß geworden.«

Und es ging. Den Führerschein schaffte sie in zehn Minuten. Der Prüfungskommissar versprach ihr: »Ich lasse Sie durchkommen – lassen Sie mich aussteigen!«

Und nun fuhr sie. Mein Freund Pepper, dessen Frau eben erst begonnen hatte Fahrstunden zu nehmen, fragte mich: »Wieviele hat deine gebraucht, bis sie fahren konnte?« Ich sagte: »Vier.« Er meinte Stunden, ich meinte Autos. Dabei war sie eine gute Fahrerin. Sie hatte nur Pech. Zum Beispiel der Baum neulich. Jahrzehntelang stand er auf seinem Platz, plötzlich sprang er ihr in den Weg. Oder die nachlässige Art, mit der die Stadt Wien ihre Straßen zu bauen pflegt. Meine Frau wollte in eine Seitenstraße einbiegen, und es war keine da.

Und dann fuhr ich zum erstenmal mit ihr. Mit einem Gefühl, wie es Andreas Hofer gehabt haben muß, als er vor dem Hinrichtungsposten stand. Mutig, den Tod vor Augen. Aber ich bewunderte sie. Wenn sie am Volant saß, kannte sie nichts. Keine Einbahnstraßen, keine Verkehrsampeln – nichts. Ich, der ich ja als Fußgänger auch gewisse Kenntnisse besaß, bat sie verzweifelt: »Wenn es grün wird, fahr – wenn es rot wird, steh – wenn ich weiß werde, nimm das Gas weg!« Aber sie dachte nicht daran. Und als ich sah, wie geschickt ihr die andern auswichen, wurde auch ich ruhiger. Ich drückte nur immer die Augen zu und hatte ein Gefühl, als ob Milz und Leber den Platz getauscht hätten. Plötzlich rief sie: »Die Bremse versagt! Was soll ich tun?« Ich flehte sie an: »Fahr gegen etwas Billiges!« Aber sie – krach! – fuhr in das Schaufenster eines Porzellanwarengeschäftes.

Wissen Sie, was heute ein Schaufenster kostet? Und erst Porzellanfiguren? Und gar künstlerische Porzellan-

figuren, wie Meißner, Augarten usw.? Und das Schaufenster war voll damit. Wir brachten die Scherben nach Hause und bemühten uns, sie richtig zusammenzusetzen. Das erste, was uns gelang, war ein Reiter der Spanischen Hofreitschule mit zwei Köpfen. Dafür fanden wir ein Pferd, das überhaupt keinen Kopf hatte. Meine Frau setzte ihm einen Beethovenkopf auf, dessen Körper in tausend Stücke zersprungen war. Wir nannten das Gebilde »Centaur« und stellten es in die Vitrine, wo es noch heute von allen unseren Besuchern bewundert wird. Als wir das sahen, bemühten wir uns gar nicht mehr, die richtigen Stücke zusammenzusetzen. So haben wir jetzt einen dirigierenden Johann Strauß mit einer Rose an Stelle des Kopfes, einen Veilchenstrauß, aus dem das Gesicht Kaiser Franz Josephs blickt, sowie eine Ballerina mit Elefantenbeinen. Den Rüssel des Elefanten klebten wir Fanny Elßler ins Gesicht. Die Kritik nannte es »Pop-Art«, und wir bekamen ein Kaufangebot nach dem andern. Bald entwikkelte sich ein schwungvoller Handel.
Meine Frau kaufte alle verfügbaren zerbrochenen Porzellanfiguren auf, und heute haben wir vierzig Klebedamen, die die Stücke zusammenleimen, wie sie ihnen in die Hände kommen. »Känguruh mit Weihnachtsbaum«, »Pierrot mit Kuhkopf«, »Kuh mit Schmetterlingsflügeln« usw. Unsere Käufer, hauptsächlich Amerikaner, freuen sich über die Zertifikate, die wir ihnen ausstellen und in denen wir ihnen bestätigen, daß von dem von ihnen gekauften Kunstgegenstand kein zweites Stück existiert. Ich bekam das Goldene Ehrenzeichen der Republik, meine Frau wurde Kommerzialrätin.
Inzwischen haben sich auch ihre Fahrkünste verbessert. Natürlich kann immer etwas passieren, und so hatten wir gestern unseren, wie ich hoffe, letzten Prozeß wegen eines Verkehrsdelikts. Meine Frau hatte einen Mann niedergestoßen, der eine leichte Verlet-

zung am linken Fuß davontrug und der jetzt von uns 20.000 Schilling Schmerzensgeld verlangte.
»Zwanzigtausend Schilling!« rief ich. »Ich bin doch kein Millionär!«
»Und ich bin kein Tausendfüßler«, sagte er, worin ich ihm recht geben mußte. Ich muß abwarten, bis meine Frau die Lust am Fahren verliert. Es wird schon werden. Und es wurde.
Vorgestern war sie zu ihrer Freundin gefahren, während ich am Schreibtisch saß und arbeitete. Plötzlich schnarrte das Telefon. Ich hob ab, es war unsere Reparaturwerkstätte. »Die gnädige Frau hat eben ihren Wagen eingeliefert, und da möchten wir wissen, wer...«
»Schon gut«, unterbrach ich ärgerlich, weil ich durch den Anruf bei der Arbeit gestört worden war. »Ich bezahle die Reparatur von dem Wagen.«
Darauf die andere Seite: »Das interessiert uns nicht. Wir möchten nur wissen, wer die Reparatur von der Werkstatt bezahlt!«
Zwei Stunden später kam meine Frau nach Hause, schmutzig, zerschunden, am Boden zerstört. Sie schwor, sich nie wieder hinter ein Lenkrad zu setzen. Den Wagen ließen wir herrichten. Im Dunkeln sah er noch ganz passabel aus.

Am nächsten Tag gaben wir zwei Inserate in die Zeitung:

1. Inserat: Volkswagen zu verkaufen. Nur abends zu besichtigen.
2. Inserat: Haus mit Garage billig abzugeben.

Eine Ehe ohne Kinder ist sorgloser, friedlicher, billiger. Und doch wünscht sich jedes Ehepaar:

Familienzuwachs

Hummel klopfte an die Tür des Chefzimmers.
»Herein!« tönte es heraus.
Hummel trat schüchtern ein. »Guten Morgen, Herr Chef«, sagte er respektvoll.
»Sie sind es, Hummel? Nehmen Sie Platz!« Hummel setzte sich. Wenn er es bloß schon hinter sich hätte. Drei Tage lang hatte er überlegt. Nun saß er dem Schicksal gegenüber und ängstigte sich. Bolberitz sah sich gern als Vater seiner Angestellten. Er war ein Chef, den man lieben *mußte.* Liebte man ihn *nicht,* flog man hinaus.
»Was kann ich für Sie tun, Hummel?«
Hummel räusperte sich. »Ich hätte ein Anliegen, Herr Chef...«
»Bitte! Frisch von der Leber weg!«
»Ich möchte ... ich weiß nicht, wie ich es Ihnen sagen soll, Herr Chef ... Herr Chef kennen mich seit Jahren ... ich möchte – um eine Gehaltserhöhung bitten.«
Bolberitz wurde zum zweiten Marcel Marceau. Sein Gesicht verwandelte sich in Blitzesschnelle von einem Engelsantlitz in eine Teufelsfratze. »Gehaltserhöhung?« wiederholte er. »Wissen Sie, was das heißt? Bei diesen Zeiten? Wissen Sie, wie schwierig es ist, heutzutage ein Geschäft zu führen? Die hohen Steuern, die sozialen Abgaben, der Strom, das Licht, die Inflation? Mein Telephon kommt mir vor wie das böse Gewissen. Lauter mahnende Stimmen. Und da kommen Sie und verlangen Gehaltserhöhung? Mit welcher Berechtigung?«
Hummel wurde sichtlich kleiner. »Ich habe Familienzuwachs bekommen, Herr Chef«, stammelte er. Er erwartete ein Donnerwetter – aber nein: die Teufelsfratze wurde wieder zum Engelsantlitz.

»Familienzuwachs?« sagte Bolberitz erfreut. »Gratuliere! Das ist natürlich etwas anderes! Dafür habe ich Verständnis! Ich bin ja selbst durch und durch Familienmensch! Familienzuwachs! Das freut mich, mein lieber Hummel! Wollen Sie eine Zigarre? Hier!« Er schob Hummel ein Kistchen hin, Hummel nahm eine Zigarre heraus, Bolberitz gab ihm Feuer. Das hatte noch keiner seiner Angestellten erlebt. Hummel schwoll die Brust, er wurde um einen Kopf größer. »Ich liebe es, wenn meine Mitarbeiter Familie haben«, setzte Bolberitz fort. »Es macht sie seriöser – verantwortungsbewußter. Als Familienvater muß man an die Zukunft denken, und das kommt auch dem Betrieb zugute. Und es gibt nichts Schöneres, lieber Hummel, als Familie zu haben! Ich habe fünf Kinder – zwei große und drei kleine! Dieser Jubel, wenn ich am Abend nach Hause komme! Besonders bei den Kleinen! Rechts hängt sich eines an, links hängt sich eines an, das Baby strampelt in der Wiege – man weiß plötzlich, wofür man lebt! Wenn Sie Familienzuwachs bekommen haben, will ich Ihnen natürlich die verlangte Gehaltserhöhung bewilligen. Wieviel verdienen Sie zur Zeit bei mir?«
»Achttausend Schilling, Herr Chef.«
»Und wieviel möchten Sie gern verdienen?«
»Wenn es nicht zuviel verlangt ist – neuntausend?«
»Sagen wir zehntausend, mein Guter! Ab nächsten Ersten ist Ihr Gehalt um zweitausend Schilling erhöht.«
Hummel fühlte, wie seine Augen naß wurden. »Danke, Herr Chef«, sagte er überglücklich. »Darf ich nun wieder an meine Arbeit gehen?«
»Warten Sie doch noch einen Augenblick. Sagen Sie mir wenigstens, was es ist? Ein Bub oder ein Mädel?«
»Keines von beiden«, sagte Hummel. »Meine Schwiegermutter ist zu uns übersiedelt.«
Am selben Tag noch suchte Bolberitz einen Angestellten – und Hummel einen Posten.

Der Unterschied zwischen Österreich und Amerika? Amerikanische Musicals werden überall aufgeführt, österreichische nirgends. Und doch . . .!

Meine Musicalpremiere

Es war einmal ein österreichisches Musical, das aufgeführt wurde. Der Text stammte von mir, und die Aufführung erfolgte am Landestheater in Ransdorf, in der BRD. Ich wußte bisher nicht, daß es in der BRD eine Stadt namens Ransdorf gibt, und sah deshalb auf der Landkarte nach. Es gibt eine solche. Neben dieser Stadt war ein Punkt eingezeichnet, der fast so groß war wie der Punkt neben München. Es mußte also eine ganz respektable Stadt sein, und ich war stolz darauf, in einer solchen Stadt uraufgeführt zu werden. Erst als der Punkt zu laufen begann, merkte ich, daß es sich um einen kleinen Käfer handelte. Neben Ransdorf gab es keinen Punkt, aber Fehler kommen überall vor, auch auf Landkarten. Ich war überzeugt, daß man den Punkt bloß vergessen hatte.
Einen Monat vor der Premiere bekam ich einen Brief von dem Intendanten, worin er mir schrieb: »Wir hoffen, daß Sie der Premiere beiwohnen werden.« Das »beiwohnen« gefiel mir besonders gut. Er hätte ja schreiben können: »Wir hoffen, daß Sie bei der Premiere anwesend sein werden« oder »daß Sie die Premiere besuchen werden« oder »Kommen Sie zur Premiere« oder nur »Kommen Sie« — aber »beiwohnen«? Das hieß schon etwas.
Ich begann natürlich, mich über Ransdorf zu erkundigen. Ransdorf war berühmt wegen seiner Pferdezucht. Und wenn Pferde auch im allgemeinen kein gutes Theaterpublikum sind, so stellte ich mir meine Ransdorfer Tage doch wunderschön vor: 10 Uhr Ankunft in

Ransdorf; 11 Uhr Empfang durch den Intendanten, 12 Uhr Besichtigung der Pferde, 13 Uhr gemeinsames Mittagessen. Meine Frau war zur Zeit der Premiere in der Schweiz, ich mußte also allein fahren. Der Tag kam heran, der Koffer war gepackt, unten wartete das Taxi, ich empfahl mich von unserem Kater: »Tante Hela« – meine Schwägerin – »kommt heute und morgen zu dir, macht dir dein Pappi, und übermorgen bin ich wieder da.« Er nickte »Well!« – er hört auf den englischen Namen Jacky –, und ich ging.
Dem Chauffeur sagte ich »Zur Westbahn!«, er sagte »Okay!«, und wir fuhren los. Unterwegs dachte ich plötzlich nach. Hatte ich die Tür abgeschlossen? Wir haben drei Schlösser, wegen der Einbrecher. Im letzten Sommer war bei uns eingebrochen worden, wobei der Einbrecher den Fernsehapparat mitgenommen hatte. Aber so ein Glück hat man ja nicht immer. Ich beruhigte mich. Sicher hatte ich die Tür abgeschlossen. Oder vielleicht doch nicht? Ich ersuchte den Chauffeur: »Fahren Sie noch einmal zurück!« Er fuhr, ich lief die Treppen hinauf – alles zu. Jetzt erinnerte ich mich auch. Ich hatte beim Absperren die Schlösser bei ihren Namen genannt: Adolf, Berthold, Christian. ABC. Das mache ich immer so, da kann ich auf keines vergessen. Ich lief wieder hinunter, sagte zu dem Chauffeur »Zur Westbahn!«, er sagte »Okay!«, wir fuhren los.
Ich freute mich auf Ransdorf. Nach der Vorstellung wird es ein großes Bankett geben, ich werde eine Rede halten, werde das Glas heben – ich darf nicht zuviel trinken, erinnerte ich mich, sonst könnte mir auf der Rückreise übel werden. Ein bißchen Wein konnte ich mir schon erlauben, aber mit Wasser. Wasser! Habe ich das Wasser im Badezimmer abgedreht? Ich bat den Chauffeur: »Fahren Sie noch einmal zurück!« Er fuhr, ich lief die Treppe hinauf – Adolf, Berthold, Christian –, das Wasser hatte ich abgedreht, aber das Licht hatte ich brennen lassen. Ich drehte es aus, lief hinunter, sagte

zu dem Chauffeur »Zur Westbahn!«, er sagte »Okay!«, wir fuhren los.
Hoffentlich wird es ein Erfolg werden, dachte ich unterwegs. An den kleineren Bühnen gibt es nicht viele Proben. Ob es klappen wird? Ich hatte bereits richtiges Lampenfieber. Lampen! Die Luster habe ich ausgedreht, aber die Stecker von den Stehlampen habe ich steckenlassen. Meine Frau und ich pflegen die Stecker von den Stehlampen herauszuziehen, wenn wir verreisen. Ich weiß nicht, warum wir das tun, aber wir tun es. Meine Frau meint immer: »Es könnte ein Gewitter kommen, zieh die Stecker von den Stehlampen heraus!« Wenn schon – ich fahre weiter. Erstens wird in den zwei Tagen, die ich in Ransdorf bin, kein Gewitter kommen, und zweitens, was haben Stecker von Stehlampen mit Gewittern zu tun? Das ist ein blödsinniger Aberglaube, und ich bin nicht abergläubisch. Wenn aber doch–? Ich flehte den Chauffeur an: »Fahren Sie noch einmal zurück!« Er sah mich zwar etwas komisch an, aber er fuhr zurück, ich lief die Treppen hinauf, öffnete die Schlösser – Adolf, Berthold, Christian –, die Stecker von den Stehlampen steckten! Ich wollte hinunterlaufen – an der Tür stieß ich mit meinem Nachbarn, Dr. Vogel, zusammen. Er bat mich, im Badezimmer nachzuschauen, ob wir nicht vielleicht einen Rohrbruch hätten, bei ihm sickere das Wasser durch die Wand. Ich verwünschte in aller Eile sämtliche im Hause wohnenden Vögel – flitzte in das Badezimmer – wir hatten keinen Rohrbruch. Ich entschuldigte mich bei Dr. Vogel, daß wir keinen Rohrbruch hatten, lief hinunter, der Chauffeur sagte »Zur Westbahn!«, ich sagte »Okay!«, wir fuhren los.
Ich ärgerte mich, daß mich Vogel grad noch vor der offenen Tür erwischen mußte – und zuckte zusammen. Offene Tür! Der Schweiß trat mir auf die Stirn. Wie leicht hätte der Kater durchgehen können. Ein Glück, daß er so ein braves Tier ist, dem so etwas niemals

einfallen würde. Allerdings hatte er nie zuvor so eine günstige Gelegenheit gehabt. Sollte er am Ende durchgegangen sein? Meine Frau würde mir das niemals verzeihen. Der Chauffeur schien mich im Rückspiegel beobachtet zu haben, er fragte: »Fahren wir zurück?«, ich sagte »Okay!«, er fuhr, ich lief die Treppen hinauf – Adolf, Berthold, Christian –, kein Kater zu sehen. Ich rief: »Jacky! Jacky!« – nichts. Verzweifelt eilte ich durch die Wohnung, legte mich auf den Teppich und suchte auf der Küchenkredenz – verschwunden! Endlich entdeckte ich ihn unter einem Fauteuil, von wo aus er mir höhnisch lächelnd zusah. In diesem Augenblick haßte ich ihn. »Du Bestie!« knirschte ich und stampfte wütend mit dem Fuß auf den Boden. Dadurch fiel in der Vitrine eine kleine Nestroy-Figur um – Alt-Wiener Porzellan, ein Lieblingsstück meiner Frau – und zerbrach. Sorgsam sammelte ich die Splitter und gab sie in eine Schachtel. Es gibt Kunstkitter, die so etwas wieder kitten können, aber wo war die Nase? Nestroys Nase? Ich konnte grade noch sehen, wie Jacky damit spielte, dann hatte er sie verschluckt. Man soll keinen Kater haben. Oder keinen Nestroy. Aber jetzt hatte ich keine Zeit, mich in Meditationen zu ergehen. Ich stürzte die Treppen hinunter, sagte nichts mehr, der Chauffeur wußte es schon. Diesmal erreichten wir den Bahnhof. Ich sprang in den Zug – leider in einen falschen. Ich landete in einem kleinen Ort in Tirol, wo ich mit einer jungen Dame, die ich im Abteil kennengelernt hatte, ein vergnügliches Wochenende verbrachte.

In der Ausgabe dieses Buches, die in meinem Bücherschrank steht, fehlt das vorliegende Blatt. Ich habe es herausgerissen. Meine Frau glaubt heute noch, daß ich der Premiere in Ransdorf beigewohnt habe. Pst!

Das Musical ist übrigens durchgefallen. Pst!

Ein Ferienlager ist ein Ort, an dem die Kinder so laut und unbändig herumtollen können wie sonst nur zu Hause. Und wo sie etwas erleben, woran sie noch lange zurückdenken.

Ladis Ferienerlebnis

Ladi, damals 6, kam aus dem Ferienlager.
»Was für Eindrücke hat er vom Land mitgebracht?« fragte ich seinen Vater, Walter Goldmann.
»Eindrücke gar keine«, sagte Goldmann, »nur Ausdrücke.«
Am Abend waren wir beisammen.
»Na, Ladi«, erkundigte ich mich, »was hast du auf dem Lande alles gesehen?«
»Ich habe einen Festzug gesehen«, antwortete Ladi, »ich habe die Feuerwehr gesehen und ich habe gesehen, wie ein Hahn auf eine Henne gehüpft ist.«
Wir waren starr.
»Geh auf dein Zimmer!« befahl Goldmann. Ladi ging.
»Eine schöne Geschichte!« sagte Goldmann fassungslos. »Dieser Lausbub!«
»Es ist deine Schuld!« weinte seine Frau Hermine. »Du hast ihn in das Ferienlager geschickt! Die großen Buben dort haben ihn verdorben! Jetzt weiß er alles!«
»Ist denn das so schlimm?« fragte meine Frau. »Heutzutage? Ihr hättet ihn längst aufklären müssen.«
»Ein Kind mit sechs Jahren?« schluchzte Hermine.
»Ich finde, Hermine hat recht«, mischte ich mich in das Gespräch. »Man soll Kinder nicht aufklären. Es ist viel amüsanter, wenn sie selbst draufkommen.«
Goldmann sah mich an. »*Du* mußt ihn aushorchen!« sagte er plötzlich. »Wir müssen wissen, was und wieviel er weiß. Für uns, seine Eltern, wäre das bedeutend peinlicher.«
»Aber wie soll ich –?«

»Erzähl ihm von Bienchen und Schmetterlingen«, meinte meine Frau belustigt, »und sag ihm dann, daß es die Menschen genauso machen.«
»Von Bienchen und Schmetterlingen? Wenn er einen Hahn und eine Henne gesehen hat?«
»Auf Hahn und Henne wirst du schon zu sprechen kommen.«
»Also gut!« seufzte ich.
Am nächsten Tag fuhr ich mit Ladi in den Wienerwald. Während wir spazierengingen, forderte ich ihn auf: »Erzähle mir doch noch einmal, was du auf dem Land alles gesehen hast.«
»Ich habe einen Festzug gesehen«, sagte Ladi prompt, »ich habe die Feuerwehr gesehen, und ich habe gesehen, wie ein Hahn auf eine Henne gehüpft ist.«
Da war es wieder. Zum Glück kam uns ein Liebespaar entgegen. Die jungen Leute hielten sich umarmt, blieben stehen und küßten sich. Das war das Stichwort für mich.
»Hast du gesehen, was die beiden gemacht haben?« fragte ich Ladi.
»Ja«, sagte er.
»Na was?«
»Sie haben sich geküßt.«
»Richtig!« lobte ich ihn. »So machen es die Menschen, und genauso ist es bei den Bienchen und Schmetterlingen!« Trottel! Umgekehrt! Mit den Bienchen und Schmetterlingen hätte ich anfangen müssen. Wir fuhren nach Hause. Ich lehnte es ab, Ladi weiterhin auszuhorchen. Meine Frau übernahm die Aufgabe. Sie fuhr mit Ladi in den Prater.
»Jetzt erzähle mir einmal ganz genau«, forderte sie ihn auf, »was du auf dem Land alles gesehen hast.«
»Ich habe einen Festzug gesehen«, antwortete Ladi, »ich habe die Feuerwehr gesehen, und ich habe gesehen, wie ein Hahn auf eine Henne gehüpft ist!«
»Siehst du«, sagte meine Frau, »wenn ein Hahn auf

eine Henne hüpft, so ist das ein Zeichen – ein Zeichen –« sie stotterte – »daß er gewisse Gefühle hat – weil ja auch die Bienchen –« Auch sie trat von dem Job zurück. Nun übernahm Goldmann persönlich die Sache. Er fuhr mit Ladi in den Zoo.

»Erzähl mir«, begann er und nahm sich vor, ganz ruhig zu bleiben, »was du auf dem Land alles gesehen hast.«

Ladi mußte uns für verrückt halten. »Ich habe einen Festzug gesehen«, erzählte er zum x-tenmal, »ich habe die Feuerwehr gesehen, und ich habe gesehen, wie ein Hahn auf eine Henne gehüpft ist.«

In Goldmann erwachte der alte Choleriker. »Warum hast du nicht weggeschaut wie der Hahn auf die Henne gehüpft ist? Warum nicht? Ha? Nur weil es dir Vergnügen gemacht hat! Weil du deinen Vater ins Grab bringen willst, du Lausbub!« Er gab Ladi eine Ohrfeige und brachte ihn nach Hause. Jetzt wäre die Reihe an Hermine gewesen, aber sie lehnte es ab, mit ihrem Sohn über derlei Dinge zu sprechen.

Ich hatte eine Idee. »Wie wäre es, wenn wir Ladis Lehrer zu Rat ziehen würden?« Wir gingen zu Ladis Lehrer und berichteten über den Vorfall. Der Lehrer, ein junger, progressiver Mann mit Vollbart, ließ Ladi rufen.

»Na?« begann er jovial, »du kommst doch jetzt aus den Ferien. Was hast du auf dem Lande gesehen?«

»Ich habe einen Festzug gesehen«, antwortete Ladi, »ich habe die Feuerwehr gesehen, und ich habe gesehen, wie ein Hahn auf eine Henne gehüpft ist.«

»Hm!« machte der Lehrer und ließ sich den Bart abrasieren. Er war doch nicht so progressiv wie er gedacht hatte. »Sie sollten sich mit einem Kinderpsychiater besprechen.«

»Das ist auch meine Meinung«, sagte ich.

Goldmann brauste auf. »Weißt du, was das kostet?«

»In diesem Fall darf uns nichts zu teuer sein«, erklärte

Hermine. Ich kannte einen berühmten Kinderseelenforscher: Dr. Pinter. Mir zuliebe kam er sogar ins Haus. Am Abend versammelten wir uns in Goldmanns Salon und erzählten ihm die Geschichte.
»Da können Sie von Glück sagen«, meinte der Arzt. »Durch die plötzliche Erkenntnis der Beziehungen zwischen Mann und Frau bzw. zwischen Hahn und Henne hätte der Junge einen Schock fürs Leben bekommen können.«
Ladi wurde hereingerufen. »Du bist also der junge Mann, der so interessante Dinge zu berichten weiß«, versuchte Dr. Pinter sein Vertrauen zu gewinnen. »Erzähl auch mir, was du auf dem Land alles gesehen hast.«
Noch ein Verrückter, schien Ladi zu denken. Dann begann er: »Ich habe einen Festzug gesehen, ich habe die Feuerwehr gesehen, und ich habe gesehen, wie ein Hahn auf eine Henne gehüpft ist.«
»Da ist es«, murmelte Dr. Pinter und flüsterte uns zu: »Man muß versuchen, dieses Bild aus seinem Unterbewußtsein zu verdrängen.« Er wandte sich Ladi zu. »Was hattest du für ein Gefühl, als du das sahst? War es ein Lustgefühl? Oder ein Wunschgefühl? Wärest du vielleicht selbst gern an Stelle des Hahns gewesen?«
Ladi sah Dr. Pinter verwundert an.
»Oder wünschtest du, daß dein Vater auf der Henne gesessen hätte?«
Ladi bekam Angst. Auch Goldmann fand die Frage eigenartig. Was sollte er auf der Henne?
»Weißt du überhaupt«, setzte der Psychiater fort, »*warum* der Hahn auf die Henne gehüpft ist?«
Wir horchten auf. Das war eine Frage, die noch keiner von uns gestellt hatte.
»Natürlich weiß ich das«, entgegnete Ladi.
»Also?« triumphierte Dr. Pinter. »Warum?«
»Das ist doch ganz einfach«, sagte Ladi. »Weil er den Festzug besser sehen wollte.«

Wir atmeten erleichtert auf. Das war wieder unser unschuldiger Sohn bzw. Neffe Ladi.
Diese Geschichte hat sich vor einigen Jahren zugetragen. Heute weiß Ladi nicht nur Bescheid, er fragte mich vor kurzem sogar, ob ich wisse, warum Sex so beliebt sei.
Ich verneinte.
Drauf er: »Weil er so zentral gelegen ist.«

»Wenn auf Erden niemand mehr gezwungen wäre, mehr als vier Stunden täglich zu arbeiten, würde jeder Wißbegierige seinen wissenschaftlichen Neigungen nachgehen und jeder Maler malen können, ohne dabei zu verhungern – und wenn seine Bilder noch so gut wären.«
Diese Behauptung stammt nicht von mir, sondern von Bertrand Russel. Russell irrt. Es ist nicht immer gut, zuviel Freizeit zu haben. Das beweist die folgende Satire:

Arbeitszeitverkürzung

Schlendrien an der Ruhe ist ein kleines, aber fortschrittliches Land. Trotz seiner geringen Einwohnerzahl blickt es mit einer gewissen Arroganz auf all die großen Nationen, einschließlich der Supermächte, in welchen die Werktätigen noch heute gezwungen werden, vierzig Stunden in der Woche zu arbeiten. Schlendrien hat, dank seiner starken Gewerkschaften, diese Zeit hinter sich.
Natürlich gab es auch hier eine Epoche, in der die Menschen vom frühen Morgen bis in die späte Nacht hinein roboten mußten, bis endlich der Fortschritt über sie hereinbrach. Nach der 48-Stunden-Woche kam die 45-Stunden-Woche, nach der 45-Stunden-Woche die 40-Stunden-Woche, nach der 40-Stunden-Woche die 35-Stunden-Woche – und nun war man endlich bei der 28-Stunden-Woche angelangt. Und nicht nur das. Die 28-Stunden-Woche, die im Schlendrienischen Parlament, trotz großer Bedenken seitens der Wirtschaft, mit einiger Mehrheit durchgeboxt worden war, sollte nicht nur für Arbeitnehmer, sondern auch für die Arbeitgeber gelten. Alle sollten in den Genuß der sozialen Gerechtigkeit kommen. »Dynamische Direktoren«, hieß es im Gesetz, »flexible Manager, überlaufene Ärzte, vielbegehrte Künstler und Stardirigenten – alle müssen nach achtundzwanzig Arbeitsstunden ge-

nauso in die Freizeit gehen wie Arbeiter und Angestellte.« Nun gehören die Arbeitnehmer zu den Menschen, die die Arbeit nehmen, die sie aber selten so ernst nehmen, wie es die Arbeitgeber tun. Diese geben zwar die Arbeit, nehmen sich aber davon selbst soviel, daß sie mehr Arbeit haben als die Arbeitnehmer.
Außerdem gibt es zwischen Arbeitgebern und Arbeitnehmern einen großen Unterschied. Arbeitgeber sind Menschen, die ohne Arbeit nicht leben könnten, während die Arbeitnehmer sehr gut ohne Arbeit leben könnten, wenn sie nicht von der Arbeit leben müßten.
Die Arbeitnehmer bejubelten daher das neue Gesetz – sie ahnten noch nicht, wieviele Satansschlingen in den hochgeschossenen Bäumen ihres Freizeitparadieses auf sie lauerten. Die einen suchten sofort nach einem Zweit- oder Dritthobby, andere stürzten sich in neue Sportarten, die Häuschenbauer benutzten die vermehrte Freizeit um auf Schlösser umzuplanen, und die Bastler bastelten sich Gebrauchsgegenstände vom Radio ohne Ton bis zum Fernsehapparat ohne Bild.
Anders die Arbeitgeber. Sie fanden sich mit dem aufgezwungenen Freizeitschicksal nicht ab. Der Großteil ignorierte das Gesetz und schuftete weiter. Aber Regierung und Gewerkschaften von Schlendrien kannten auf diesem Gebiet keinen Spaß. Sprachen sie ansonsten vom »humanen Strafvollzug«, soweit es Diebe und andere Verbrechen betraf – den Freizeitschändern, wie sie in den Paragraphen des neuen Gesetzes hießen, wurde kein Pardon gegeben. Für sie waren langjährige Strafen in feuchten Verliesen vorgesehen, Aberkennung der bürgerlichen Freiheiten inklusive Entzug des Wahlrechts, aber die Arbeitgeber ließen sich nicht in die Knie zwingen. In abgelegenen und fest versperrten Räumen, in dunklen Kellergewölben, tief drinnen in unzugänglichen Wäldern und Höhlen frönten sie ihrer Arbeitslust. Als dieser Frevel ruchbar wurde, schrien die Hüter der Freizeit nach noch grausameren Strafen.

Manche erinnerten sich an die gute, alte Inquisition. Sie forderten die Einsetzung eines Großinquisitors der Freizeit, der mit Folter und Scheiterhaufen gegen die verstockten Arbeitstiere vorgehen sollte. Mildere Freizeitfanatiker plädierten für das Abhacken der Hände, und schließlich einigte man sich auf Konzentrationslager, in welchen unter der Aufsicht brutaler Kapos überhaupt nicht gearbeitet werden durfte. Nicht einmal achtundzwanzig Stunden in der Woche. Zur genauen Überwachung des Freizeitgesetzes wurde ein raffiniertes Spitzelsystem aufgezogen. Die Denunziation blühte. Kaum machte jemand nach der vorgeschriebenen Arbeitszeit noch einen Handgriff, mußte er schon befürchten, angezeigt und eingesperrt zu werden. So blieb den Arbeitgebern und Freizeitberuflern nichts anderes übrig, als sich ebenfalls Hobbies zuzulegen. Sie waren die einzigen und erlaubten Ventile, in denen sie den Dampf ihrer Arbeitswut ablassen konnten.

Die Direktoren und Manager stürzten sich ins Vereinswesen. Sie wurden in kürzester Zeit Präsidenten, Obmänner und Vorstandsmitglieder von Kleingärten-, Obst-, Bienen- und Hasenzüchtervereinen. Im Handumdrehen machten sie aus Kleintierzüchtern Großtierzüchter und aus versonnenen Imkern Honigmultis. Sie fusionierten Briefmarkensammler mit Bierdeckelsammlern, Trinkervereine mit Abstinenzlervereinen, Schrebergärtner mit Kindergärtnerinnen. Die alteingesessenen Vereinslokale, meistens in Extrazimmern von biederen Gasthäusern angesiedelt, wurden ihnen bald zu klein. Riesige Wolkenkratzer mußten her, von Hobbyhandwerkern gebaut, da ja die offiziell gestattete Arbeitszeit nicht ausgereicht hätte, um die Marmorpaläste der Vereine zu errichten. Auch die Politiker von Schlendrien, die gewohnt waren, fast rund um die Uhr Sitzungen mit Arbeitsessen abzuhalten, Alternativen zu setzen und bessere Zukünfte zu versprechen, waren im Zuge des Privilegienabbaues strikte an die achtundzwanzig Stunden Arbeitszeit gebunden. Sie wanderten ebenfalls in Vereine und Verbände ab, hielten zündende Reden, versahen Trachtenvereine mit neuen Parolen und versprachen die triste Lage der Schnürlregenwürmersammler zu verbessern. Berühmte Ärzte, die in Spitälern gewirkt und nebenbei noch eine Praxis besessen hatten, tauchten in freiwilligen Samariterbünden sowie in Gesundheits- bzw. Schlankheitsvereinen wieder auf, Rechtsanwälte von Ruf, die früher nächtelang über ihren Prozessen gebrütet hatten, nisteten sich in allen möglichen Winkeln ein und hielten Hobbyrechtskurse oder veranstalteten mit berühmten Schauspielern auf freien Plätzen, bei Schlechtwetter in Sälen, Schauprozesse. Gefeierte Dirigenten von kosmischer Bedeutung, die früher überhaupt keine Arbeitszeit gekannt hatten und jetzt daran gekettet waren, gründeten mit ihren Philharmonikern Straßenbands, legten sich Opernstars zu, die einmal unbezahlbar gewesen waren, und konzertierten als Hobbymusikanten in Fußgängerzonen, während Primaballerinen und Solotänzer in Schuhplattlergruppen Verwendung fanden und deren Niveau in heterogene Sphären hoben. Am tollsten trieben es aber die Wirtschafts- und Finanzfachleute. Sie organisierten in den unüberschaubar gewordenen Freizeitzentren Hobbykurse für Buchhaltung und Steuerrecht und brachten damit den Schlendrienischen Staat um Milliarden.

Das Hobbywesen, zum wesentlichen Betätigungsfeld der Arbeitgeber und Freiberufler geworden, hatte ein solches Ausmaß angenommen, daß man Tag und Nacht auf den Beinen sein mußte, um alle Möglichkeiten ausschöpfen zu können. Die Arbeitnehmer hingegen wußten mit ihrer Freizeit bald nichts mehr anzufangen. Die Angestellten des Schlendrienischen Rundfunks und Fernsehens SRF arbeiteten ja auch nur noch achtundzwanzig Stunden in der Woche, ebenso die Gast- und Kaffeehäuser, die Theater und Kinos. Am

Abend saß man zu Hause bei Kerzenlicht – die Elektrizitätsgesellschaft schaltete nach der vorgeschriebenen Arbeitszeit erbarmungslos ab. Die Arbeitnehmer, die anfangs so gejubelt hatten, blieben langsam auf der Strecke. Die Zweit- oder Dritthobbies wie Golf, Drachenfliegen, Windsurfing usw. lagen ihnen schwer in der Tasche. Die Villen und Schlösser, die sie sich in ihrer langen Freizeit gebaut hatten, verschlangen Unsummen an Betriebs- und Erhaltungskosten. Auch von der versprochenen Ichfindung in der Freizeit hatten sie genug. Sie griffen zu Nikotin und Alkohol, und der Gruppensex feierte fröhliche Urständ. Von dem ewigen Freizeitrummel ausgelaugt, kamen sie kaputt zur Arbeit, aber die kurze Arbeitszeit reichte zu einer echten Verschnaufpause nicht mehr aus. Die Arbeitnehmer schrien vehement nach einer spürbaren Arbeitszeitverlängerung, aber jetzt waren die Arbeitgeber und Freiberufler dagegen. Im Gegenteil, sie wollten eine weitere Verkürzung der Arbeitszeit, um mehr Muße für ihre einträgliche Hobbytätigkeit zu haben. Nun zogen die Arbeitnehmer die letzte Konsequenz. Sie streikten und gingen auf die Straße. Auf ihren Transparenten stand: »Wir verlangen eine Verlängerung der Arbeitszeit!«, »Nieder mit der 28-Stunden-Woche!« und »Wer ist schuld daran? Die Radfahrer!«
Die Regierung trat zurück, und das neue Kabinett verabschiedete als erstes Gesetz die Rückkehr zur 48-Stunden-Woche, mit dem im Geheimen geplanten Vorsatz, diese später auf fünfundvierzig und noch später auf vierzig Stunden herabzusetzen. Das sollte die unterste Grenze sein. In Schlendrien kehrte wieder Ruhe und Ordnung ein, man arbeitete wieder, freute sich wieder auf den Sonntag und sprach mit Grauen von den schrecklichen Tagen der Freizeit.
Wir Menschen haben ein Recht auf Arbeit. Leider gibt es noch immer viele unter uns, die nicht rechthaberisch sind.

Ein Schauspieler ist ein Mensch, der von der Bühne in die mit alten Versatzstücken, Schmutz, Staub, Fetzen und Requisiten vollgeräumte Kulisse blickt – und sagt: »Welch liebliche Aussicht genießt man von diesem Fenster!«
Unter den Schauspielern gibt es viele Typen. Es gibt junge Anfänger, alte Aufhörer, Bescheidene, Allürenbehaftete, Eingebildete, Ausgebildete, Stars und andere Vögel – der schlimmste Typ aber ist

Die Probenbremse

Ich kam zur Stellprobe.
»Gut, daß Sie da sind!« begrüßte mich Regisseur Zebisch. »Wir haben keine Zeit zu verlieren – Ihr Stück muß in zehn Tagen herauskommen. Die gestrige Premiere war ja leider ein Durchfall.« Er, der Progressive, sah mich, den Schwankdichter, irgendwie gehässig an. »Der Dürrenmatt wurde nicht verstanden. Von der Presse wohl, aber nicht vom Publikum. Ich begreife nicht, daß man ihn deshalb gleich absetzt.«
Ich begriff es. Schließlich leben wir vom Publikum und nicht von der Presse. Gegen das Publikum zu spielen, kann sich ein hochsubventioniertes Staatstheater leisten, aber keine Privatbühne. Die Direktion kann nicht »Das Käthchen von Heilbronn« zur Aufführung bringen, wenn das Publikum »Die spanische Fliege« sehen will. Auch ein Parfümeriehändler muß den Wünschen seiner Kundschaft entsprechen und kann einer Dame, die eine Flasche »L'heure bleue« verlangt, keinen Camembert anbieten.
Wobei ich meinen Schwank nicht mit einem Camembert vergleichen will.
Ich saß neben Zebisch im Zuschauerraum. »Ist alles auf der Bühne?« fragte er.
»Ja«, antwortete Toplitz.
Ich habe zu erwähnen vergessen: Toplitz spielte eine

kleine Rolle zu Beginn des Stückes. Toplitz, über dessen Blitzkarriere ich einmal berichtet habe. Wie eine Mondrakete war er aufgestiegen, kam dann vom Kurs ab und mußte wassern. Und nun ging ihm das Wasser, in dem er gewassert hatte, bereits bis zum Hals. Was war geschehen? Toplitz, der Star, war schwierig geworden. Er schnitt selbstherrlich alle Stücke auf sich zu, änderte die Rollen der Mitspielenden, nahm ihnen die Pointen, um sie selbst zu bringen und – was das Schlimmste war – er hatte sich zur Probenbremse gemausert.

Theaterfremde Leser werden nicht wissen, was eine »Probenbremse« ist. Ich will es Ihnen erklären: Eine Probenbremse ist ein Künstler, der die Probe bremst, weil er nach jedem Satz eine Frage an den Regisseur hat. Besonders beliebt sind Probenbremser bei Film und Fernsehen, wo jede Minute Geld kostet. Zum Beispiel:

Toplitz spielt einen Managertyp. »Da steht ein Wecker auf meinen Schreibtisch. Meinst du«, zum Regisseur, »daß ein Mann, der nur an seine Unternehmungen denkt, dem die eigene Frau im 2. Akt sagt: ›Wann wirst du endlich einmal zu Hause zuhause sein?‹ – meinst du, daß ein solcher Mann einen Wecker auf dem Schreibtisch stehen hat?« Der Wecker kommt weg. »Andererseits«, erwägt Toplitz, »muß ein Mann, der von Flugzeug zu Flugzeug hetzt, immer wissen, wie spät es ist.« Der Wecker kommt wieder her. »Allerdings«, bedenkt Toplitz, »hat ein Topmanager wie dieser eine Sekretärin, die ihn auf die Zeit aufmerksam macht.« Der Wecker kommt wieder weg. »Nun ist aber diese Sekretärin, laut Handlung, in mich verliebt und hat andere Dinge im Kopf als die Uhr.« Der Wecker kommt wieder her. Natürlich werden solche Entscheidungen nicht von einem Moment zum andern getroffen – es dauert oft Stunden, bis eine derartig wichtige Frage entschieden ist –, dann kommt die nächste, und die Probe ist im Eimer.

Ich hatte Toplitz auf der Straße getroffen. »Hast du kein Engagement für mich?« fragte er. »In vier Wochen bin ich wieder für ein Jahr ausgebucht. Bloß jetzt. Ich brauche Theaterluft.«
Ich wußte, daß er Geld brauchte und keine Theaterluft. »Ich hätte etwas für dich«, sagte ich, »eine kleine Rolle – aber wir stehen unter Zeitdruck. Wenn du mir versprichst, die Proben nicht aufzuhalten –?«
»Ich verspreche es.«
»Okay!«
Nun spielte Toplitz den Buchhalter Robitschek zu Beginn des 1. Aktes. »Sie werden sehen«, jammerte Zebisch, »er wird Schwierigkeiten machen!« Ich lehnte seinen Einwand ab: »Ich bürge für ihn.«
»Fangen wir an!« kommandierte Zebisch aus dem dunklen Zuschauerraum und schrie: »Ruheeee!« Jeder Regisseur schreit zu Beginn einer Probe »Ruheeee!« auch wenn man nicht einmal das Steigen des Defizits hört. »Toplitz! Sie sitzen am Schreibtisch und rechnen!«
Toplitz blickte unentschlossen vor sich hin. »Wäre es nicht vielleicht besser – –«
»Nein!« schnitt Zebisch ihm vom Anfang an das Wort ab. »Das wäre schlechter! Wir haben keine Zeit zum Palavern! Fräulein Walcher! Sie kommen!«
Die kleine Walcher trat auf. »Guten Morgen, Herr Robitschek!«
»Moment!« Toplitz kam zur Rampe. »Ich finde, daß ›Robitschek‹ nicht der richtige Name für diesen Menschen ist.«
»Warum nicht?« fragte Zebisch erstaunt.
»Er ist zu gewollt. Zu direkt. Wie heißt ein Buchhalter in einem Schwank? Robitschek. Stimmt. Aber der Name paßt nicht zu diesem Mann. Dieser Mann ist kein gewöhnlicher Buchhalter. Ich habe das Buch gelesen. Es findet sich nirgends ein Hinweis darauf, daß dieser Mensch sich jemals hätte etwas zuschulden kommen

lassen. Dieser brave, ehrliche Sklave, dieser treue Diener seines Herrn, würde wohl einen ausgefalleneren Namen verdienen.« Was will er? Die Rolle ist mit dem 1. Auftritt erledigt. Warum will er nicht ›Robitschek‹ heißen?

»Ich habe es gewußt!« zischte Zebisch vor sich hin. Dann rief er ungeduldig hinauf: »Nennen Sie ihn, wie Sie wollen! Wir müssen weitergehen!«

»Wie wäre es mit Philipps?«

»Meinetwegen Philipps!«

»Das ist unmöglich!« mischte ich mich ein. »Philipps ist kein Name für einen Buchhalter! Philipps ist ein Konzern!«

»Dann Philipp ohne ›s‹?«

»Philipp ist der Mann von Prinzessin Anne, Philipp ist der Gunter, Philipp sind Fürsten, Herzöge, Könige, aber keine Buchhalter!« »Das ist doch wirklich unwichtig!« schrie Zebisch jetzt mich an.

»Schreien Sie nicht mit mir!« brüllte ich zurück. »Das ist, im Gegenteil, sehr wichtig! Sollen meine Kollegen mich auslachen, weil mein Buchhalter Philipp heißt? Bei mir hieß noch jeder Buchhalter Robitschek, und auch dieser wird Robitschek heißen!«

»Eigenartig«, sagte jetzt Toplitz ironisch. »Zuerst bitten Sie mich, diese Rolle zu übernehmen und dann –?!«

»*Ich* habe sie gebeten?« schrie ich und griff mir ans Herz. »Schluß jetzt!« schrie Zebisch – und entschied: »Der Buchhalter heißt Philipp! Fräulein Walcher – vom Anfang!«

Die kleine Walcher tritt auf. »Guten Morgen, Herr Philipp!« Sie kichert.

»Warum kichern Sie?« brüllte Zebisch.

»Es kommt mir so komisch vor. Ich hatte es mir schon so eingelernt.« »Es ist ja auch zum Kichern!« schreie ich. »Ein Buchhalter, der Philipp heißt!«

»Dürfte ich einen Kompromißvorschlag machen?« fragte Herr Ender, der Liebhaber. »Ich kenne einen

netten Herrn namens Reichl – er ist ebenfalls Buchhalter. Wäre das nicht ein Name?«
»Meinetwegen!« stöhnte Zebisch. »Reichl, Speichl – nur weiter, weiter! Fräulein Walcher!«
»Guten Morgen, Herr Speichl!«
»Reichl! Wollen Sie mich zum besten halten?«
»Verzeihung, ich habe mich versprochen ...«
»Noch einmal!« donnerte Zebisch.
»Guten Morgen, Herr Reichl!«
»Speichl! Himmelherrgottnocheinmal!«
»Sie sagten Reichl ...«
»Sie hat recht«, nahm sich die komische Alte der Kleinen an.
Der Buffo erschien. »Heiße ich jetzt auch Reichl?« fragte er. »Ich bin schließlich sein Neffe.«
»Wie hießen Sie bisher?«
»Robitschek.«
»Dann heißen Sie Speichl.«
»Reichl.«
»Reichl.«
»Wie ist es dann mit dem 1. Aktschluß?« erkundigte sich die Naive. »Wenn ich dem neuen Chef das Personal vorstelle, habe ich zu sagen: ›Hier am Schreibtisch vis-à-vis – sehen Sie Fräulein Rosmarie. Hier, seit Jahren am selben Fleck – finden Sie Herrn Robitschek!‹ Da muß ich jetzt Speichl sagen?«
»Reichl!«
»Reichl. Aber das reimt sich nicht.«
»Das muß sich nicht reimen!«
»Man ruiniert mir das Stück!« jammerte ich.
»Ich denke«, warnte der Inspizient, »daß wir den Namen ›Reichl‹ besser vermeiden sollten. Herr Reichl ist unsere Verbindung zum Rathaus. Auch ›Speichl‹ würde er uns übelnehmen.«
»Dann nehmen wir doch einen ganz andern Namen«, schlug der Komiker vor. »Einen blöden, den es gar nicht gibt.« Er dachte kurz nach. »Katzenbeißer.«

Alle lachten – die Souffleuse begann zu weinen.
»Was ist jetzt wieder los?« tobte Zebisch.
»Mein verstorbener Mann hieß Katzenbeißer.«
»Entschuldigung«, murmelte der Komiker.
»Was soll ich jetzt sagen?« fragte, ziemlich verzweifelt, die kleine Walcher.
»Sagen Sie, was Ihnen einfällt!« brüllte Zebisch zur Bühne hinauf. »Und keine Unterbrechungen mehr! In zehn Tagen muß ich mit diesem Mist fertig sein!«
»Mist?« wiederholte ich gereizt. »Diesen Mist habe *ich* geschrieben!«
»Na gut«, brummte Zebisch.
»Das ist keine Antwort!« schrie ich.
»Wenn Sie es wissen wollen – Dürrenmatt ist er keiner!« schrie Zebisch zurück.
»Er ist auch nicht durchgefallen!«
»Sie meinen, er ist *noch* nicht durchgefallen!« Zebisch lief rot an. »Fräulein Walcher!« rief er. »Sie sagen ›Guten Morgen, Herr Müller!‹«
Toplitz erhob sich. »Dann kann die Rolle ein anderer spielen«, sagte er. »Ich spiele keine Müllers.«
»Ach so?« Der Intrigant kam auf die Bühne. Er war Betriebsrat des künstlerischen Personals. »Was haben Sie gegen diesen Namen? Ich und vier unserer Kollegen heißen Müller. Fräulein Leslie, Frau Brixen, Herr Hardt und Herr Feiling. Wenn Sie sich nicht innerhalb von fünf Minuten bei den genannten Herrschaften entschuldigen, brechen wir die Probe ab.«
»Entschuldigen?« Toplitz war starr. »Wegen einer solchen Lappalie soll ich mich entschuldigen? Nie und nimmer!«
Inzwischen hatten sich das technische Personal, der Portier sowie die Hausfeuerwehr mit dem künstlerischen Personal solidarisch erklärt. Die Betriebsräte traten zusammen. »Kolleginnen und Kollegen!« wandte der Hauptbetriebsrat sich an die Mitglieder. »Die Probe ist zu Ende – Sie können nach Hause gehen.«

»Warten Sie!« weinte Zebisch und hängte sich an den Mantel des Hauptbetriebsrats. »Entschuldigen Sie sich, Toplitz! Wenn die Premiere nicht herauskommt, ist die Zukunft des Theaters gefährdet.«
»Zuerst soll sich der Autor bei mir entschuldigen. Es ist eine Zumutung, mir eine derartige Rolle anzubieten.«
»Ich entschuldige mich«, sagte ich zerknirscht.
»Dann entschuldige ich mich auch.«
»In Ordnung«, sagte der Hauptbetriebsrat. Die Gewerkschaft hatte wieder einen Sieg errungen.
In diesem Augenblick betrat der Direktor des Hauses den Zuschauerraum. »Wie weit sind Sie?« fragte er Zebisch.
»Noch am Anfang. Die Herren können sich über den Namen des Buchhalters nicht einigen.«
»Des Buchhalters? Damit verschwenden Sie die kostbare Zeit? Wie heißt ein Buchhalter in einem Schwank? Robitschek.«
»Robitschek!« Toplitz atmete auf. Er hatte bereits gefürchtet, sein Engagement zu verlieren. »Das ist die Lösung!«
»Dann fangen wir an, Fräulein Walcher!«
»Guten Morgen, Herr Robitschek!«
Jetzt wissen Sie, was eine »Probenbremse« ist.

Chinesische Weisheit:
»Buddha gibt und Buddha nimmt. Aber wenn Buddha nimmt, nimmt er mehr, als er gegeben. Er gab uns das Radio und nahm uns die Ruhe – er gab uns das Fernsehen und nahm uns den Weitblick.«
(Konfuzius, 588 v. Chr.)

Ixypsilon

Wir haben einen Gast: unseren Nachbarn, Herrn Bolberitzberger. Man sagt, ein Gast ist wie ein Fisch, nach vier Tagen beginnt er zu stinken. Aber Herr Bolberitzberger bleibt keine vier Tage. Höchstens eine Stunde. Er ist nur ein Fernsehgast. Sein Apparat ist kaputt, und er möchte die Sendung »XY – Aktenzeichen ungelöst« nicht versäumen. Wir verstehen das. Auch wir sitzen gespannt vor dem Bildschirm, wenn Eduard Zimmermann wieder einmal unaufgeklärte Verbrechen behandelt und die Zuschauer bittet, die Schuldigen suchen zu helfen. Ich finde ja, daß so ziemlich alles, was man im Fernsehen zeigt, ein Verbrechen ist, aber Zimmermann gibt es wenigstens zu. Die einzige wirkliche Verbrecherserie ist die einzige ehrliche.
Sooft ich Bolberitzberger sehe, denke ich an Pippin den Kurzen. Alles an ihm ist kurz: die Figur, das Kinn, die Nase, die Ohren. Am längsten ist sein Name.
Die Sendung war vorüber – meine Frau schaltete den Apparat aus. »Unheimlich!« sagte sie, und ein leises Schaudern lief über ihren Rücken.
»Unheimlich!« mußte ich zugeben. »Was meinen Sie, Herr Bolberitzberger?«
»Unheimlich!« sagte auch er. »Anstatt froh zu sein, daß mein Fernsehapparat kaputt ist, schau ich mir das noch bei Ihnen an.«
Wir setzten uns an den runden Tisch.
»Schrecklich!« sagte meine Frau und dachte noch immer an eine der Filmeinblendungen. »Wie der Mör-

der den Juwelier auf dem dunklen Korridor überfallen hat...« Unser Gast erbleichte.
»Reden Sie nicht von dem dunklen Korridor, gnädige Frau«, meinte er. »Ich muß ja noch nach Hause gehen. Im Kino habe ich mir so etwas nie angeschaut.«
»Dabei ist es im Kino noch besser«, sagte meine Frau, »aber beim Fernsehen hat man ja die Verbrecher direkt im Zimmer. Wenn man bedenkt, daß sich alle diese Fälle wirklich ereignet haben... daß einem das selbst passieren könnte...«
»Sei doch still!« nahm ich jetzt das Wort. »Wenn du schon siehst, daß sich Herr Bolberitzberger ängstigt.«
»Ich ängstigen?« Bolberitzberger bebte. »Mich läßt das so kalt... so kalt... daß ich zittere.«
Meine Frau dachte nach, und das hatte noch nie gut geendet. »Ich will ja keinen Verdacht aussprechen«, meinte sie, »aber ist euch bei dem Mörder nicht eine gewisse Ähnlichkeit aufgefallen?«
»Mit wem?« fragte Bolberitzberger nervös.
»Mit dem Untermieter von Salzmanns.«
Es wurde still im Zimmer. Wir sahen einander an wie Sherlock Holmes, der in eine Rank-Xerox-Kopiermaschine geraten war und nun in dreifacher Auflage dasaß.
»Das ist ein Unsinn«, brach ich endlich das Schweigen. »Zimmermann hat gesagt, der Mörder mißt ungefähr zwei Meter, und der Untermieter von Salzmanns mißt höchstens einsachtzig.«
»Er könnte sich ja kleiner machen«, meinte Bolberitzberger bibbernd.
Ich zerstreute alle Bedenken.
»Der Untermieter heißt Röder, und der Mörder heißt Wurlitsch.«
»Zimmermann hat aber ausdrücklich darauf aufmerksam gemacht, daß sich der Mörder auch andere Namen zulegt«, sagte prompt meine Frau, die sogar dem Rundfunkansager zu widersprechen pflegt.

»Das Auto ist ja auch verdächtig«, so Bolberitzberger.
»Wieso?« Ich war entschlossen, den Salzmannschen Untermieter bis zum letzten zu verteidigen. »Der Untermieter fährt einen alten Volkswagen und der Mörder einen neuen Opel.«
»Alles Verstellung«, sagte Bolberitzberger. »Man müßte die Polizei benachrichtigen.«
»Hört schon auf, den Untermieter zu verdächtigen!« rief ich in einem Ton, wie ihn Zola im Dreyfuß-Prozeß gehabt haben muß. »Der Untermieter hat ein Alibi! Der Mord geschah zu Weihnachten in Düsseldorf, und der Untermieter war zu Weihnachten in Wien.«
»Da hast du recht«, sagte meine Frau. Es war eine jener seltenen Gelegenheiten, wo sie mir recht gab.
Aber Bolberitzberger gab sich nicht zufrieden.
»Das war sehr geschickt von ihm«, murmelte er.
Ich versuchte ihn abzulenken.
»Ich fand den zweiten Fall viel unheimlicher«, sagte ich.
»Den Fall mit dem Münzensammler. Ich auch«, pflichtete er mir bei. »Wie er mit dem Rücken zur Tür saß und die Hand mit dem Dolch durch den Türspalt kam ...«
Er demonstrierte es, fuhr dabei mit der Faust an den Augen vorüber und schrie auf: »Aaahhh!!!«
Wir schreckten zusammen. Er entschuldigte sich.
»Die Nerven«, sagte er schlotternd.
Meine Frau war aufgestanden. Plötzlich starrte sie auf meine Füße, riß die Augen weit auf und rief: »Dort!!!«
»Was???« stieß ich hervor und zog die Beine hoch.
»Die Haarspange, die ich schon den ganzen Tag suche! Da sieht man, wie diese Nowotny aufräumt!« Sie hob die Spange auf. Ich griff nach meinem Herzen: »Der Schlag könnte einen treffen ...«
Bolberitzberger hatte inzwischen überlegt.
»Wissen Sie, was ich nicht verstehe?« sagte er. »Der Mörder hatte doch in der linken Hand den Dolch und die Münzensammlung – und in der rechten die Scha-

tulle mit dem Geld und den Revolver. Wie konnte der überhaupt losdrücken?«
»Das kann ich Ihnen zeigen«, sagte ich überlegen, als hätte ich dreißig Jahre Verbrechererfahrung hinter mir. »Das ist ein Trick. Da nehmen Sie das Obstmesser, das ist der Dolch« – ich drückte ihm, trotz seiner Weigerung, das Obstmesser in die linke Hand –, »und da nehmen Sie das Telefonbuch.« Ich klemmte es unter seinen linken Arm. »Rechts nehmen Sie diese Schuhschachtel, die ist statt der Schatulle – und da nehmen Sie meinen Kugelschreiber, das ist der Revolver.«
»Da habe ich etwas Besseres!« sagte meine Frau, sprang auf und holte eine Pistole von der Kommode. »Da – nehmen Sie!«
»Ausgeschlossen!« meinte Bolberitzberger. »Ich nehme doch keine Pistole in die Hand!«
»Die können Sie ruhig nehmen!« überredete ihn meine Frau. »Erstens ist es eine Kinderpistole – unser Neffe Ladi hat sie hier vergessen –, und zweitens ist sie nicht geladen.«
»Bestimmt nicht?«
»Bestimmt nicht!« lachte meine Frau.
»Also dann!« instruierte ich ihn. »Ich drehe Ihnen den Rücken zu – Sie zählen bis drei – dann schießen Sie!« Ich drehte ihm den Rücken zu. Bolberitzberger zählte:
»Eins – zwei –« Er stockte.
»Na?« fragte ich und drehte mich um.
»Drei!« zählte er und drückte los.

Als ich in der Klinik zu mir kam, sagte der Arzt, in 14 Tagen werde ich wieder mein linkes Auge öffnen können. Die Pistole *war* geladen. Mit einer Holzpatrone, die unter meinem linken Auge landete. Seither schaue ich mir die Sendung »XY – Aktenzeichen ungelöst« nicht mehr an. *Mein* Fall war gelöst. Der Verbrecher war meine Frau.

Es ist etwas eigenes um die ungarische Seele. Wenn der Ungar lustig ist, singt er traurige Lieder, wirft ein paar Gläser zu Boden, und hat die Stimmung ihren Höhepunkt erreicht, wirft er eines davon gegen einen Spiegel.

Árpád, der singende Geiger

Eines Tages las ich in der Zeitung, Rubrik »Wohin heute abend?«, ein neues Inserat: »Bakony-Csárda, ungarische Spezialitäten, Zigeunermusik, Teleki Árpád, der singende Geiger.« Und da ich ein Fan von ungarischem Essen und ungarischer Musik bin, fuhren wir am Abend los. Wenn ich sage wir, meine ich die Robinsons, meine Frau und mich.

Die Bakony-Csárda befand sich im Burgenland, nicht weit von Wien und nahe der ungarischen Grenze. Beängstigend nahe. Wenn bei einem Fußballmatch jenseits der Grenze der Ball ins »Out« fiel, lag er auf österreichischem Boden.

Das Lokal war typisch ungarisch, rustikaler Stil, Kukuruz und grüner Paprika hingen an den Wänden, die Tischtücher waren rot-weiß-grün, in einer Ecke spielte eine kleine Zigeunerkapelle – Zimbal, Baß und zweite Violine –, die erste Violine spielte Teleki Árpád, der singende Geiger. Er stand an einem Tisch, wo er einem bereits sehr melancholisch dreinschauenden Gast das Lied vom »traurigen Sonntag« ins Ohr sang und fiedelte, jene Weise, die bekanntlich einige unglücklich Verliebte zum Selbstmord getrieben haben soll.

Wir widmeten uns dem Essen: Ungarische Gulyassuppe, Kalbspörkölt mit Tarhonya, Topfenhaluska und – »Was werden die Herrschaften trinken?« – natürlich Tokayer. Plötzlich stand er an unserem Tisch. Er: Teleki Árpád. Jetzt hatte ich erst Zeit, ihn näher zu betrachten. Er sah aus wie der Zsupán im »Zigeunerbaron«, hatte

schwarzes gewelltes Haar und einen ebenso schwarzen aufgezwirbelten Schnurrbart.
Mit einem verbindlichen Lächeln verbeugte er sich und fragte: »Wünschen Herrschaften Musik, bitte schön?«
»Ja«, sagte meine Frau. »Aber nichts Trauriges.«
»Teschek kérem!« lächelte Árpád. »Werde ich spielen lustiges ungarisches Volkslied: ›Becsület az aranyszinü napsugaras bázamezön‹, was heißt auf deutsch: ›Ähre auf Kornfeld, was hat Gold von Sonne!‹« Er machte seinen Kollegen ein Zeichen, der Zimbalspieler fuhr wie ein Verrückter über die Saiten seines Instruments, Árpád setzte die Geige an, setzte sie aber sofort wieder ab. »Verzeihen«, sagte er, »muß ich erst erklären Text auf deutsch, weil wenn man nicht versteht, ist nicht so lustig. Junger Bursch liebt Mädchen, was ist von Pußzta, und sagt, daß ist so schön wie rote Mohnblume auf Wiese. Mädchen, was ist sehr geschmeichelt vorüber, sagt...« (er murmelte einige ungarische Sätze) »... was heißt auf deutsch – dasselbe.« Der Zimbalspieler fuhr wieder über die Saiten. Árpád setzte die Geige an, aber er setzte sie auch diesmal wieder ab. »Verzeihen«, sagte er, »aber hab ich vergessen: Vater von Mädchen, was ist Pferdezüchter, sieht nicht gern, daß Mädchen Bursch liebt, und sagt: ›Hinaus von mir, elende Hendelfanger!‹« Er gab der Musik ein Zeichen, setzte die Geige an, setzte sie aber auch diesmal wieder ab.
»Verzeihung«, sagte er, »hab ich vergessen, daß Bursch ist bei Militär und kommt zu spät in Kaserne, wo Trompeter schon hat geblasen Zapfenstreich. Hauptmann sperrt Bursch in Arrest, und alte Mutter, was hat, weint sich Augen aus.« Seine Stimme war umflort, ich sah auf meine Frau und bemerkte, daß sie nasse Augen hatte.
»Teschek kérem!« Zeichen zur Musik, Zimbal, Geige an, Geige ab.
»Verzeihung«, begann er wieder, »hab ich vergessen:

Mädchen, was aussieht wie rote Mohnblume auf Wiese, will keinen andern heiraten als Bursch. Bursch weiß das und flüchtet aus Gefängnis.«
Meine Frau begann zu schluchzen. Frau Robinson nahm ein Taschentuch, trocknete ihre Tränen und fing selbst zu weinen an.
»Teschek kérem!« Árpád konnte nur noch mit Mühe sprechen, aber er unterdrückte die aufsteigenden Zähren. Er winkte der Musik, das Zimbal begann, Árpád legte die Geige unters Kinn, aber er unterbrach sich wieder.
»Verzeihung«, wimmerte er, »hab ich vergessen zu sagen, daß Vater von Mädchen, was aussieht wie rote Mohnblume auf Wiese, hat Gewehr, was immer hängt über Bett. Mond scheint, wenn Bursch steigt durch Fenster in Zimmer von junge Mädchen, was aussieht wie rote Mohnblume auf Wiese.« Meine Frau wurde von Schluchzen geschüttelt, Frau Robinson wischte sich dauernd die Augen aus, so daß sich ihr blauer Lidschatten mit der schwarzen Wimperntusche vermischte, wodurch auf ihren Wangen eine blauschwarze Koalition entstand, und – war denn das möglich – ich sah, daß Robinson die Lippen zusammenbiß, um nicht laut aufzuheulen. Er – ein Rechtsanwalt und Sohn eines Steuerberaters – weinte!
»Teschek kérem!« Das Zimbal spielte, aber Árpád winkte ab. Mit tränenerstickter Stimme sagte er: »Verzeihung, aber hab ich vergessen zu sagen: Vater hört Geräusch, kommt in Zimmer von Mädchen, was aussieht wie rote Mohnblume auf Wiese, und will erschießen junge Bursch.« Länger konnte er seine Tränen nicht zurückhalten. Sie flossen in Strömen, meine Frau und Frau Robinson weinten mit ihm, Robinson hielt die Hände vor die Augen, während mir das bittere Naß in den Mund floß.
»Bursch zieht Pistole«, fuhr Árpád, am ganzen Körper zitternd, fort. »Mädchen stürzt dazwischen – Vater und

Bursch schießen auf Mädchen – Mädchen fällt getroffen auf geliebte ungarische Heimaterde – Bursch sagt ihr, daß aussieht wie rote Mohnblume auf Wiese, aber ist zu spät. Mädchen stirbt.« Meine Frau und Frau Robinson umarmten einander und trösteten sich gegenseitig. Robinson stürzten die Tränen in Bächen aus den Augen, während ich mir das Taschentuch in den Mund stopfte, um nicht laut aufzuschreien. Árpád wollte noch einmal zu spielen beginnen. Mit bebender Hand hob er die Geige, ließ sie aber gleich wieder sinken.
»Verzeihung, hab ich vergessen – Bursch wird gearretiert und kommt vor Kriegsgericht, wo wird erschossen.«
»Nein!« schrien wir vier auf. Aber Árpád kannte kein Erbarmen. Nicht mit sich – nicht mit uns.
»Verzeihung«, jammerte er, »hab ich vergessen. Mutter sitzt grad bei ungarischer Bohnensuppe, wenn hört, daß Sohn ist tot. Tränen fließen in Suppe hinein – und –«
Er gab auf. »Kann ich nicht singen lustiges Volkslied«, sagte er, »weil ist zu traurig!«

Wir fuhren nach Wien zurück und gingen, um wieder in gute Stimmung zu kommen, in unsere Stammbar. Die Musiker sahen unsere verweinten Gesichter, berieten kurz miteinander, dann kam der Geiger an unseren Tisch und spielte »Becsület az aranyszinü napsugaras bázamezön«, was heißt auf deutsch: »Ähre auf Kornfeld, was hat Gold von Sonne!«

Ein Experte ist ein Mann, der so lange sagt: »Das ist so!«, bis ein anderer Experte kommt und sagt, daß es anders ist. Eines Tages lernte ich sie kennen:

Die Experten

Ich hatte ein Bild gekauft. Bei einem Trödler. Es war kein schönes Bild, es war ein billiges Bild. Es sollte ja bloß den Brandfleck an der Wand über meinem Schreibtisch verdecken, der anläßlich eines Heimfeuerwerks, mit dem uns mein Neffe Ladi, 10, im vergangenen Fasching beglückt hatte, zurückgeblieben war. Das Bild zeigte eine ziemlich üppige nackte Schönheit, die, während sie auf einer Wiese liegt und einen Apfel ißt, von Amoretten umschwärmt wird. Meine Frau haßte das Bild. Erstens, weil ich es gekauft hatte, und zweitens – es war wirklich nicht schön. Sie nannte es einen geschmacklosen Schinken, und was ihr besonders mißfiel, war das Spinatgrün der Wiese. Ich ließ sie reden. Das Bild sollte ja nur bis zum Herbst hängen bleiben, dann lassen wir tapezieren, und Fleck und Bild werden verschwinden. So dachte ich, bis uns eines Tages unser Steuerberater, Dr. Bachmann, besuchte.
Er begrüßte mich – plötzlich fiel sein Blick auf das Bild.
»Woher haben Sie dieses Bild?« stammelte er.
»Ich habe es bei einem Trödler gekauft«, sagte ich und entschuldigte mich sofort: »Es soll nur den Fleck verdecken, der –«
»Ja, Menschenskind!« unterbrach er mich. »Wissen Sie denn nicht, was Sie da für einen Schatz haben? Das ist ein echter Caneloni!«
Ich wußte nicht, was ein Caneloni ist, aber Bachmann, der etwas von Bildern verstand, erklärte es mir: »Caneloni war ein Rubensschüler. Ungefähr 1610. Seine Bilder sind momentan stark gefragt. Das Bild ist gut fünfhunderttausend Schilling wert!«

Jetzt gefiel es auch meiner Frau. »Dieses herrliche Grün!« sagte sie.
»Nicht wahr?« meinte Bachmann aufgeregt. »Das ist eine Spezialität Canelonis. Man nennt es nach ihm ›Canelonigrün‹! Unternehmen Sie nichts mit dem Bild – ich komme morgen mit einem Experten wieder.«
Weg war er.
Meine Frau setzte sich dem Bild gegenüber auf einen Stuhl und schmachtete es an. »Wundervoll!« sagte sie. »Dieses Canelonigrün!«
Aus dem Spinatgrün war plötzlich ein Canelonigrün geworden.
»Denkst du«, spielte ich mich auf, »ich habe nicht gewußt, was das für ein Kunstwerk ist?«
»Du bist ganz groß!« gab meine Frau, zum erstenmal in unserer Ehe, zu. »Man muß es genau anschauen. Siehst du den Schmetterling, der dort auf der Blume wippt?«
Ich sah keine Blume, ich sah keinen Schmetterling, ich sah nur die fünfhunderttausend Schilling. Ich träumte von ihnen. Caneloni persönlich kam zu mir und drückte sie mir in die Hand. Er wollte sein Bild wiederhaben. Am nächsten Tag kam Dr. Bachmann mit einem Herrn. »Professor Kammetmacher«, stellte er ihn mir vor, »von der Galerie Blumenfeld. Einer der größten Caneloni-Experten, die es gibt.«
»Ich habe von Ihrem Glück gehört«, sagte Kammetmacher. »Wo haben Sie das Bild?«
Ich führte die Herren in mein Arbeitszimmer. Kammetmacher erblickte das Meisterwerk. Er blieb wie gebannt stehen. Dann ging er näher, betrachtete es von allen Seiten, prüfte es durch eine Lupe, besah auch die Rückseite, wandte sich an Bachmann und sagte: »Sie haben sich geirrt, lieber Freund, das ist kein Caneloni.«
Kein Caneloni? Wo sind meine fünfhunderttausend Schilling?

»Aber das Grün?« fragte meine Frau, die ins Zimmer gekommen war. »Dieses saftige Canelonigrün?«
»Das täuscht, gnädige Frau«, meinte Kammetmacher und fügte feierlich hinzu: »Das ist kein Caneloni – das ist ein Gelato!« Und zu mir: »Ich gratuliere Ihnen. Dieses Bild hat einen Wert von einer Million!«
Ich mußte mich setzen, sprang aber sofort wieder auf. Ich hatte mich auf meine Frau gesetzt, die in Ohnmacht gefallen war.
»Ein Gelato?« fragte ich ehrfurchtsvoll.
»Unverkennbar.«
»Und der Baum?« ereiferte sich Bachmann. »Gelato hat niemals solche Bäume gemalt!«
»Das ist es ja eben«, gab Kammetmacher zur Antwort. »Wir haben es hier mit einem frühen Gelato zu tun. Einem bisher völlig unbekannten.«
»Ich glaube es nicht. Nein, nein, nein!« Bachmann schüttelte den Kopf. Was hatte er? Warum beharrte er auf diesem Nichtskönner von einem Caneloni, der nur fünfhunderttausend wert war, während ich für einen Gelato eine Million bekommen würde? Wollte er mir fünfhunderttausend Schilling aus der Tasche stehlen?
»Es ist ein Gelato!« schrie ich.
»Ganz klar«, pflichtete Kammetmacher mir bei.
»Was wissen denn Sie?« brüllte Bachmann den ›größten Caneloni-Experten, den es gibt‹ an. »Was sind Sie denn schon? Ein Bilderhändler!«
»Und Sie?« gab Kammetmacher zurück. »Was sind Sie? Ein Steuerberater! Und noch dazu ein schlechter!« Er wandte sich mir zu. »Unternehmen Sie nichts mit dem Bild – ich habe Interessenten.«
Die beiden entfernten sich.
Zwei Feinde.
Es klingelte an der Tür. Nacheinander kamen die Robinsons, Wimmers, Goldbergs, die Müllers und Meiers, die Nachbarn, die Leute vom Haus, von der Straße,

vom Bezirk. Alle wollten das Kunstwerk sehen. Meine Frau mußte ununterbrochen Sandwiches und Bier servieren. Als die Leute endlich gingen, standen bereits zwei Polizisten vor unserer Tür, die den Befehl hatten, das Bild zu bewachen. Wir sahen aus dem Fenster. Unten gab es ein Polizeiaufgebot, das die Straße absperrte. Von den Kommissaren erkannten wir Keller, Derrick, Columbo und Mike Stone. Jeder, der durch die Sperre wollte, wurde perlustriert. Einen Telegrammboten ließ man durch. Er brachte uns eine Depesche: »ankomme morgen stop kaufe gelato stop smith stop direktor national art-museum new york.«
Am nächsten Tag war er da. Er war ein Experte. Das Bild war weder ein Caneloni noch ein Gelato, sondern ein Formaggio. Wert: eine Million Dollar!
Reporter erschienen. Meine Frau und ich sagten: »No comment!« Trotzdem waren die Zeitungen voll mit Berichten über unser Bild. Ein Experte des Louvre, der das Werk als einen echten Prosciutto erkannte, bot uns zwei Millionen Dollar, von einem Privatsammler hatten wir ein Angebot auf drei. Er behauptete, daß es sich bei dem Bild weder um einen Caneloni noch um einen Gelato, Formaggio oder Prosciutto handle, sondern um einen unbekannten Minestrone.
Leider überlegten wir zu lang. Die Regierung verhängte über das Bild ein Ausfuhrverbot. Unser Haus wurde unter Denkmalschutz gestellt.
Das Wiener Kunsthistorische Museum bot für das Gemälde fünf Millionen Schilling, wovon vier an das Finanzamt gehen würden. Der Museumsexperte versicherte, daß das Bild von Risotto stamme, einem Maler der Hoch-Renaissance. Wir betrauten zwei Anwälte mit der Wahrnehmung unserer Rechte. Warum sollten wir das Bild um fünf Millionen Schilling verschleudern, wenn wir drei Millionen Dollar dafür bekommen konnten? Meine Frau gab Anzahlungen auf eine Villa im Cottageviertel, einen Zobelmantel und einen Jaguar.

Und immer weiter regnete es Angebote. Amsterdam, London, Tokio. Sechs, sieben, zehn Millionen!
Wir waren einem Nervenzusammenbruch nahe. Wir beschlossen, für einige Tage dem Trubel zu entfliehen und uns irgendwo in einem kleinen Hotel zu verstecken.
»Bei dieser Gelegenheit«, schlug meine Frau vor, »könnten wir gleich die Wohnung saubermachen lassen.«
Als wir nach einer Woche zurückkamen, hatte das Bundesheer auf der Straße Stellung bezogen. Hubschrauber überflogen das Gebiet, die Polizisten trugen automatische Gewehre und Stahlhelme. Die Hausbewohner hatte man evakuiert, da man einen Terroranschlag befürchtete. Von zwei schwerbewaffneten Soldaten eskortiert, durften wir unsere Wohnung betreten.
Frau Matschek, unsere Hausbesorgerin, die die Reinigungsarbeiten leitete, kam uns entgegengelaufen.
»Sie werden eine Freude haben!« rief sie. »Das Bild! Sie werden staunen!«
Ein Schreck durchzuckte uns. Das Bild? Was war mit dem Bild? Schnell gingen wir in mein Arbeitszimmer. Frau Matschek lief hinter uns her.
»Das Bild war doch immer so dunkel«, sagte sie. »Alles Schmutz. Ich habe mir gedacht, ich wasche es mit einem ordentlichen Reinigungsmittel ab – und wissen Sie, was geschehen ist?«
»Was?!« riefen wir beide wie aus einem Mund.
»Die häßliche Farbe ist heruntergegangen. Und drunter war ein Bild – vom Kaiser Franz Joseph!«

Wir brauchten uns nicht länger den Kopf zu zerbrechen, wer der Maler des Bildes war. Es war signiert: Josef Woprschalek, Maler- und Anstreichermeister, Wien 1914.

Zu den Annehmlichkeiten eines Sommerkurorts gehört es, daß man Menschen trifft, denen man den ganzen Winter über ausweicht. Aber es ist nicht immer so. Hie und da gibt es auch

Eine angenehme Begegnung

Bad Ischl vor dem Ersten Weltkrieg. Sommerresidenz des Kaisers, Treffpunkt des Adels, Rendez-vous der Operettenkönige: Komponisten, Librettisten, Sänger.
Bad Ischl in der Zwischenkriegszeit. Der Kaiser ist tot, die Monarchie ist zerfallen, Komponisten, Librettisten, Sänger sind geblieben.
Bad Ischl heute? Die Operette hat aufgehört ihre große Rolle im Theatergeschehen zu spielen, Komponisten, Librettisten, Sänger haben sich im Tessin angesiedelt, der Massentourismus hat eingesetzt und nur die Gedenktafeln an den Häusern sowie die Texte der Fremdenführer erinnern noch an die einstige Bedeutung des Ortes: »Hier sehen Sie die Johann-Strauß-Villa ... hier lebte Franz Lehar ... hier schrieb Emmerich Kálmán ›Die Csárdásfürstin‹ ... hier wohnte Richard Tauber, hier Oscar Straus, hier Leo Fall« undundundund ...
Auf einer Bank an der Traun sitzt ein älterer, sehr gut aussehender Mann. Groß, schlank, graumelierte Schläfen, grauer Oberlippenbart. Er kann sich an die gute alte Zeit von Bad Ischl erinnern. Eine Dame geht vorüber. Er blickt auf. Das ist doch –?
»Manja!« ruft er. Manja Varga dreht sich um. »Erkennst du mich nicht mehr? Hans Volker. Wien, Berlin, München – ich weiß gar nicht mehr, wo und wie oft wir miteinander gesungen haben.«
»Hans!« Die beiden sehen einander an. Alt ist er geworden, denkt sie. Und er: Sie ist auch nicht mehr die Jüngste.

»Wie geht es dir?« fragt sie. »Singst du noch?«
»Singen nicht«, antwortet er. »Ich spiele. Eine sehr gute Rolle. Peter Kattowitzer, den Vertreter einer Sektfirma.«
»Wo spielst du denn?«
»Überall.«
»In was für einem Stück?«
»In keinem Stück. Im Leben. Volker war mein Künstlername. In Wirklichkeit heiße ich Peter Kattowitzer und bin Vertreter einer Sektfirma. Aber ich *spiele* diesen Vertreter bloß. Würde ich ihn nicht *spielen,* wäre ich der schlechteste Vertreter der Welt. So singe ich schon auf dem Weg zu meinen Kunden irgendein Auftrittslied, trete ein, strahlend, siegessicher, habe eine Prosa wie sie der beste Operettentexter nicht hätte schreiben können, setze meine Pointen, bringe zum Beispiel das Gespräch auf die Frauen und sage dann: ›Es ist leichter in die Arme einer Frau zu gelangen, als sich daraus zu befreien.‹« Er lacht.
»Das hattest du dir schon in der ›Zirkusprinzessin‹ eingelegt, und es hat nicht gewirkt.«
»In München schon.«
»Aber *nur* in München.«
»Mir ist es wichtig, daß der Kunde drüber lacht. Und der lacht. Alle lachen. Ich verdiene mehr als ich als Sänger verdient habe, ich wohne in den besten Hotels, fahre einen schnittigen Mercedes, meine Anzüge sind vom feinsten Schneider – aber reden wir nicht immer von mir. Was machst *du?* Singst du noch?«
»Noch?« entrüstet sie sich. »Ich war bedeutend jünger als du, als wir zusammen auftraten.«
»Ja, ja«, sagte er schnell und denkt: Trotzdem mußt du über fünfzig sein. »Und *was* singst du?« fragt er weiter.
»Was ich immer gesungen habe«, entgegnete sie gereizt. »Die Angèle, die Sylva, die Mariza, die Hanna Glawari in der ›Lustigen Witwe‹...«

»Mein Gott, die ›Lustige Witwe‹«, erinnert er sich. »Weißt du noch, wie die Leute bei unserer Szene im zweiten Akt über mich gelacht haben?«

»Über *dich* haben sie gelacht?« fragt sie amüsiert. »Über *mich* haben sie gelacht.«

»Wieso über dich? Du hattest doch gar nichts zu reden?«

»Ich habe auch nichts geredet. Aber geblickt habe ich. Und *so* habe ich gemacht.« Sie tippt sich mit dem Zeigefinger auf die Stirn. »Hinter deinem Rücken. Du hast es nur nie bemerkt.« Sie kichert.

»Das war aber nicht sehr kollegial von dir«, sagt er ärgerlich.

»Kollegial? Du redest von Kollegialität? War es etwa kollegial von dir, daß du in der ›Fledermaus‹, zweiter Akt, wenn ich als Ungarin kam, meine Pointen verhustet hast?«

»Ich hatte Husten.«

»Husten kann man einmal haben, aber nicht fünfzigmal.«

»Und du? Hast du nicht im dritten Akt *meine* Pointen verhustet?«

»Im dritten Akt hatte *ich* Husten.«

»Du warst boshaft, gib es zu. Denk an die ›Mariza‹. Ich hatte mir die Szene, in der ich von dir Abschied nehme, ganz anders zurechtgelegt als alle anderen Tenöre. Still und entsagend. Und das Publikum saß da und rührte sich nicht. Aber du? Du hast dir knarrende Schuhe angezogen und bist immer auf- und abgegangen.«

»Weil mir die Art wie du spieltest, peinlich war. Sei mir nicht bös, Hans, aber du warst nie ein guter Schauspieler. Du hast gut ausgesehen, warst ein hübscher Junge, hattest eine gute Figur, eine nette Stimme – aber Schauspieler? Nein.«

Hans Volker wurde still. Er setzte sich auf die Bank. »Vielleicht hast du recht«, sagt er nach einer kurzen Pause. »Ich bin auch kein guter Sektvertreter. Was ich

dir erzählt habe, stimmt nicht. Ich spiele zwar den Vertreter, aber ich spiele ihn schlecht. Ich wirke nicht überzeugend. Es gibt Wochen, in denen ich nicht eine Flasche Sekt verkaufe. Ich wohne nicht in den ersten Hotels, ich fahre keinen Mercedes, meine Anzüge trage ich von der Stange – es geht mir nicht gut . . .«
»Wie kannst du dir dann Bad Ischl leisten?«
»Krankenkasse.«
»Hans!« Sie setzt sich zu ihm und nimmt ihn bei der Hand. Sie fühlt plötzlich Mitleid mit ihm. »Wäre dir gedient, wenn ich dir ein paar Flaschen Sekt abnehme? Nicht viel – sagen wir fünfzig.«
»Nein, Manja«, sagt er. Seine Stimme klingt traurig. »Wir waren gute Kollegen . . . das wollen wir bleiben . . . aber bitte – keine Almosen.«
»Das soll es doch auch nicht sein«, sagt Manja. »Ich bin vermögend. Ich habe einen reichen Mann geheiratet und kann mich auch über meine Gagen nicht beklagen. Bitte Hans – schicke mir fünfzig Flaschen Sekt. Ich habe nächste Woche eine Party – ich brauche Sekt.«
Volker lächelt müde. Er zieht einen Bestellschein aus der Brieftasche. »Hier«, sagt er leise, »wenn du unterschreiben willst . . . aber es ist mir furchtbar peinlich . . .«
»Mach dir keine Sorgen.« Sie unterschreibt. »Da.« Sie gibt ihm den Schein zurück.
»Danke«, sagt er still – und dann, mit veränderter Stimme, strahlend und siegessicher wie früher: »Weil du gesagt hast, ich bin kein guter Schauspieler!«

Wenn alle Schauspieler so gut wären wie sie glauben, müßte es ein Vergnügen sein, im Publikum zu sitzen.

Sobald der Sommer hereinbricht, gibt es keine Menschen mehr. Nur noch Touristen erster und zweiter Klasse.
Und alle Touristen haben den einen Wunsch: einen Ort zu finden, an dem es keine Touristen gibt.
Viele Touristen reisen mit Familie. Sie sind nicht zufriedenzustellen. Im Hotel wünschen sie heimische Atmosphäre und zu Hause Hotel-Service.
Meine Frau und ich verbringen unsere Ferien seit Jahren in Baden bei Wien.
Heuer wollte sie eine Ausnahme machen. Sie träumte von einer

Traumreise

Ich kam hungrig nach Hause. Meine Frau saß über einem Kreuzworträtsel.
»Weißt du, wohin wir heuer im Sommer fahren werden?« fragte sie.
»Nach Baden bei Wien, wie immer.«
»Falsch. Wir werden eine Traumreise machen. Nach Nepal!«
Ich stand da, wie eine Lampe ohne Schnur.
»Wieso nach Nepal?« fragte ich besorgt. Besorgt, weil ich dachte, sie könnte momentan den Verstand verloren haben.
»Weil ich mich hier an diesem Preisausschreiben beteilige«, sagte sie und zeigte mir eine Illustrierte. »1. Preis: eine Flugreise für zwei Personen nach Nepal, verbunden mit einem vierwöchigen Ferienaufenthalt in einem Luxushotel. Ich habe bloß dieses Kreuzworträtsel zu lösen und die richtige Lösung bis zum 30. April einzusenden.«
»Aber Kind!« sagte ich. Ich sage immer »Kind«, wenn ich besorgt bin. »Aber Kind! Weißt du, wie viele Menschen dieses Rätsel lösen und die richtige Lösung einsenden werden? 100000!«

»Mehr!« sagte sie ruhig.
»Und nur eine dieser Lösungen wird gezogen.«
»Meine. Mir stimmt nur noch einiges nicht. Zum Beispiel hier, senkrecht: Stadt in Thüringen – Jena. Aber dann hieße hier, waagrecht, Theaterabteil Loje, und es müßte doch Loge heißen.«
»Weil die Stadt in Thüringen nicht Jena, sondern Gera heißt.«
»Bist du sicher?«
»Ganz sicher. Und jetzt gehen wir essen.«
»Nur eines noch: Dichter, 1883–1924, lebte in Wien, Schilderung psychologischer Probleme. Erster Buchstabe K – ich habe Kruse geschrieben.
»Kruse war eine Kunstgewerblerin und erzeugte Puppen. Der Dichter heißt Kafka.«
»Ah!« strahlte sie. »Dann heißt der Vogel, der seine Eier in fremde Nester legt, nicht Kackack, sondern Kukkuck!«
»Wahrscheinlich!« Ich begann, gereizt zu werden.
»Kaiserstuhl?« Sie sah mich an.
»Thron!« antwortete ich, ohne zu überlegen.
»Eben nicht!« Sie triumphierte. »Ich habe im Lexikon nachgeschlagen: Gebirge. Und zwar in der Oberrheinischen Tiefebene. Infolge teilweiser mächtiger Lößbedeckung und großer Sonnenwärme sehr fruchtbar.«
»Erstaunlich!« knurrte mein Magen. »Gehen wir essen!«
»Sofort! Nur noch das da: Maler und Baumeister, 1481 bis 1537, Villa Farnesina in Rom. Sieben Buchstaben, der erste ist P, der letzte I.«
Ich beschloß, die Sache abzukürzen.
»Penetti!« sagte ich. Ich hatte den Namen nie zuvor gehört.
»Dann heißt der Mörder Cäsars Brubes?«
»Klar!« Ich verabschiedete mich von der Traumreise. Aber was bedeutete mir Nepal gegen die Leberknödelsuppe, die ich im Vorzimmer gerochen hatte?

»Und der Wiener Volkskomponist heißt Schrammeb?«
»Natürlich. Hast du noch nie von einem ›Schrammeb-Quartett‹ gehört?«
»Und ein indisches Gewand ist ein Zmzrptuu?«
»Wenn es für einen Mann gehört«, belehrte ich sie. »Ein Frauengewand heißt Zmzrptaa.«
»Und eine altlibanesische Flöte mit N am Anfang? Drei Buchstaben?«
»Num.«
»In der Mitte ist aber ein E.«
»Dann Nem. Das ist aber eine kleine Flöte.«
Der Duft der Leberknödelsuppe schlich sich ins Zimmer.
»Dann sind noch drei Wörter da, ohne Angaben. Die muß man nicht nur erraten, man muß auch wissen, was sie bedeuten sollen. Wenn alles richtig ist, was du gesagt hast, heißt das erste Krcztipetl.«
»Das ist ein Berg in Mexico. Das zweite?«
»Zepleple.«
»Der Erfinder des ersten lenkbaren Luftschiffes.«
»Der hieß doch Zeppelin?«
»So nannte er sich. Aber er stammte aus dem vornehmen Geschlecht der Zepleples, und die Zepleples wollten keinen Erfinder in der Suppe« – ich korrigierte schnell –, »in der Sippe haben.«
»Dann haben wir nur noch eines: Krskrstechuan.«
»Das ist ein feuerspeiender Berg, geboren 1326, gestorben 1407.«
»Dann sind wir fertig!« sagte sie glücklich.

Sie sandte die Lösung pünktlich ein. Wir verbrachten den Sommer in Baden.

Es gibt Menschen, die man gerne sieht, und andre, die man besser meidet.
Dann gibt es noch eine dritte Klasse: Menschen, die man gerne sieht und die man dennoch besser meidet. Zur letzteren gehören Dr. Robinson und Frau.
Wir machten diese Entdeckung anläßlich einer Weihnachtsfeier. Es war, wie man sagt,

Eine schöne Bescherung

Pinagls gaben eine Weihnachtsparty. Sie haben zwei süße Kinder, Susi, sechs, und Paul, acht – warum also nicht? Wenn wir, meine Frau und ich, Kinder hätten, würden wir vielleicht auch eine Weihnachtsparty geben. Weihnachten ist ja das Fest für die lieben Kleinen. Sie zeigen einander die neuen Spielsachen, jedes hätte lieber das des andern, sie beginnen zu streiten und zu weinen, bis sie, zum Vergnügen der Erwachsenen, in ihre Betten geschickt werden. Aber ich will nicht vorgreifen.
Als wir ankamen, waren bereits zwei andere Ehepaare da: unser Anwalt, Dr. Robinson mit Gattin, sowie Herr und Frau Wimmer mit einem reizenden, ungefähr sieben Jahre alten Jungen, den sie bald »Bubi«, bald »Liebling«, bald »Engel« und bald »Schönheit« riefen. Wie er wirklich hieß, weiß ich bis heute nicht.
Wir versammelten uns in Pinagls Arbeitszimmer und tranken Sherry. Plötzlich klingelte das Christkind. Frau Pinagl öffnete die Tür zum Wohnzimmer – wir waren geblendet. Unter einem Plastikbaum mit Plastikkerzen lagen für Susi eine Plastikpuppe, eine Plastikküche und eine Plastikpuppenkücheneinrichtung – für Paul eine Plastikeisenbahn, ein Plastikfeuerwehrauto und ein Plastik-MG. Bubi bekam eine Plastiktrompete, Plastikindianer und Plastikcowboys. Dazu klang es vom Plat-

tenspieler her »I can give you anything but love, baby«, gesungen von Louis Armstrong. Frau Pinagl hatte die Platte verwechselt. Sie wollte eigentlich »Stille Nacht, heilige Nacht« spielen. Pinagl warf seiner Frau einen unweihnachtlichen Blick zu, die Platte wurde ausgewechselt, und im Nu war die feierliche Stimmung wiederhergestellt. Die Kinder stürzten sich auf ihre Plastikspielsachen, es war rührend, und ich fühlte, wie sich eine Plastikträne in mein Auge stahl.

Nun wurden die Erwachsenen beschert. Pinagl schenkte mir eine Krawatte, die – wie ausgesucht – zu keinem meiner Anzüge paßte, meine Frau bekam einen Brieföffner, auf dem »Gruß aus Ischl« stand. Wer sie aus Ischl grüßen ließ, haben wir nie erfahren. Wir schenkten Pinagls einen Salz- und Pfefferstreuer, den sie wahrscheinlich nie verwenden werden. Sie waren sehr häßlich. Robinsons bekamen von Pinagls einen Wandteller und schenkten Pinagls dafür die kleine Vase, die wir im Vorjahr den Pfandls geschenkt hatten. Ich erkannte sie an dem Sprung, den sie hatte. »Entschuldigt«, hatte ich damals gesagt, »das muß mir beim Einpacken passiert sein!« So etwas konnte nur mir einfallen. Ich bin ein Schlauer! »Entschuldigt«, hörte ich im selben Moment Robinson sagen, »das muß mir beim Einpacken passiert sein!« Meine Frau mußte lachen. Sie sagte, aus Freude über den Brieföffner.

Die Wimmers bekamen einen kleinen Elefanten – es war derselbe, den beim letzten Weihnachtsfest die Wolfs den Pinagls geschenkt hatten – und brachten Susi dafür ein Bilderbuch und Paul ein zeitgemäßes Puzzlespiel: »Vereinte Nationen.« Wie immer man es zusammensetzte, war es falsch. Bubi bekam »Der kleine Bastler: Wie baue ich eine Atombombe?« Er befaßte sich sofort damit, und in 10 Minuten gab es eine Explosion. Menschenleben gab es keine zu beklagen, aber wir alle hatten schwarze Gesichter. Bubi scheint die Gebrauchsanweisung nicht richtig gelesen zu haben. Aber alle lachten und ver-

wünschten innerlich den kleinen Bastler und den, der ihm dieses Geschenk gemacht hatte. Daß die kleine Perserbrücke Feuer fing und verbrannte, störte mich nicht. Es war mir noch rechtzeitig gelungen, die Krawatte, die Pinagls mir geschenkt hatten, unbemerkt in die Flammen zu werfen.
Zum Essen gab es Geflügelcremesuppe, Truthahn, eine Eisbombe – und dazu ein Blaskonzert für Plastiktrompete, alternierend ausgeführt von den Geschwistern Susi und Paul Pinagl und Herrn Bubi Wimmer. Schließlich wollte Bubi seine Trompete nicht mehr aus der Hand geben, die Kinder stritten und weinten (siehe oben), und Susi und Paul wurden zu Bett geschickt. Bubi suchte für den Rest des Abends die Trompete, die ich, während des Abgangs der Pinaglkinder, geschickt mit dem Fuß unter die Couch gestoßen hatte.
Um Mitternacht brachen wir auf. »Ich möchte euch für den reizenden Abend danken«, sagte ich zu Pinagls und dachte dabei: »Aber ich kann es nicht!« Wimmers und Bubi empfahlen sich ebenfalls. Dr. Robinson und Frau bestanden darauf, uns in ihrem neuen Wagen nach Hause zu bringen. »Das ist nicht nötig«, sagten wir, »wir wohnen keine zehn Minuten von hier, und ein kleiner Spaziergang ist ganz gesund.« Aber Robinson ließ nicht locker. »Ich lasse euch bei Nacht nicht zu Fuß gehen«, sagte er, »ihr wißt, wie unsicher es auf den Straßen ist.« Also sagten wir ja. Und warum sollten wir nicht mit ihm fahren? Wenn ich an die Anwaltsspesen dachte, die wir ihm im Laufe der Jahre bezahlt hatten, gehörte mindestens eines der vier Räder uns.
Der neue Wagen war ein Prachtstück. »Ihr müßt beide von der linken Seite einsteigen«, sagte Robinson, »von der rechten Tür ist der Türgriff abgebrochen und kann erst nach Weihnachten repariert werden. Bei neuen Wagen kommt das vor.« Also stiegen wir von der linken Seite ein. Der Wagen war etwas niedrig, so daß ich mir sofort das Kreuz verrenkte. Schwungvoll warf

Robinson die Tür zu, stieg ein und startete. Das heißt, er wollte starten. Der Wagen sprang nicht an. »Es ist ihm kalt!« sagte Frau Robinson, und wir nickten verständnisvoll. »Bei neuen Wagen kommt das vor.« Dem Wagen war volle zwölf Minuten kalt. Endlich gab es einen Ruck. Der Wagen war, wie bereits erwähnt, etwas niedrig, wodurch mein Kopf gegen das Dach schlug. »Hast du dir weh getan?« fragte Frau Robinson. Ich sagte nein und wußte nicht, was mehr schmerzte – der Kopf oder das Kreuz. Wir fuhren los und waren in vier Minuten vor unserem Haus.

Wir reichten Robinsons die Hände und dankten ihnen, daß sie uns nach Hause gebracht hatten. »Ihr müßt links aussteigen«, sagte Robinson, »von der rechten Tür ist der Türgriff abgebrochen und kann erst nach Weihnachten repariert werden.« Wir wußten das bereits – bei neuen Wagen kommt das vor – wir wollten aussteigen – die Tür ging nicht auf. »Du mußt leicht dagegendrücken«, sagte Robinson. Ich drückte leicht dagegen, ich drückte stark dagegen – die Tür ging nicht auf. »Deine Frau soll gegen *dich* drücken« riet Robinson. Meine Frau drückte gegen mich, ich drückte gegen die Tür – die Tür ging nicht auf. »Ich werde es von außen versuchen«, meinte Robinson und wollte aussteigen – aber auch seine Tür ging nicht auf. »Versuch es bei dir«, sagte er zu seiner Frau. Frau Robinson versuchte – auch ihre Tür ging nicht auf. »Wir sind gefangen!« stellte meine Frau fest. »Lächerlich!« meinte Robinson. »Versuchen wir es zu dritt!« Er stand auf, drehte sich um, kniete sich auf seinen Sitz, drückte gegen meine Frau, meine Frau drückte gegen mich, ich drückte gegen die Tür – die Tür ging nicht auf. Robinson drehte sich nach vorn, wobei er seiner Frau die Perücke verschob, und wir verschnauften ein wenig. Meine Frau hatte eine Weltidee: »Wir zerbrechen eines der Fenster, stecken die Hand durch und versuchen es

von außen.« Robinsons Blick verdüsterte sich. »Das Glas ist unzerbrechlich«, sagte er.
Langsam wurde es kalt, weil die Heizung nur funktionierte, wenn man den Motor laufen ließ. Robinson stellte also den Motor wieder an. Vier Menschen, in Pelze gehüllt, erbarmungslos eingeschlossen in einen Wagen, dazu der Benzingeruch – Robinson stellte den Motor wieder ab. Es wurde wieder kalt.
»Wenn wir zu Fuß gegangen wären«, stöhnte meine Frau, »könnten wir jetzt schon im Bett liegen.«
»Ist das der Dank, daß wir euch mitgenommen haben?« krähte Frau Robinson. Frau Robinson krähte immer, aber in dieser Nacht war sie besonders gut bei Kräh.
»Wir wollten ja nicht mitgenommen werden!« konterte meine Frau.
»Hast du gehört, Emil?« rief Frau Robinson höhnisch. »Sie wollten nicht mitgenommen werden!« Und zu uns: »Vor dem Wagen seid ihr gestanden und habt ihn so lange angeglotzt, bis wir euch mitnehmen *mußten!*«
Meine Frau wandte sich entrüstet an mich. »Was sagst du!?« fragte sie. »*Wir* haben den Wagen angeglotzt!«
Ich versuchte, Frieden zu stiften. »Wir haben den Wagen *nicht* angeglotzt, Bela«, sagte ich zu Robinson.
»Und *wenn* wir ihn angeglotzt haben«, fügte meine Frau hinzu, »dann haben wir ihn nur angeglotzt, weil wir uns gefragt haben, welche Snobs ein solches Ungetüm fahren.«
Meine Bemühung, den Frieden zu erhalten, war gescheitert, denn jetzt mischte sich Robinson ins Gespräch.
»Das ist eine Beleidigung«, schrie er. »Den ›Snob‹ lasse ich nicht auf mir sitzen!«
»Ich auch nicht!« pflichtete seine Frau ihm bei.
»Ihr könnt uns ja klagen!« sagte meine Frau.
»Drauf könnt ihr euch verlassen!« schrie Robinson wieder.

»Hättet ihr euch ein Taxi genommen, wenn euch unser Wagen nicht paßt!« fiel Frau Robinson ein.
»Wir wollten ja gar nicht fahren!« brüllte nun meine Frau. »Ihr habt uns ja nicht zu Fuß gehen lassen!«
Robinson tobte. »Das ist eine Lüge!« schrie er.
Das war wieder mir zuviel. »Wollt ihr vielleicht behaupten, daß meine Frau eine Lügnerin ist?«
»Mischen Sie sich nicht ein!« stellte Robinson mich ab. Wir waren bereits per Sie. »Im übrigen, verlassen Sie meinen Wagen!«
»Wenn wir das könnten«, dachte ich.
»Wagen?« lachte meine Frau, aber es war kein freundliches Lachen. »Das ist doch kein Wagen! Das ist ein fahrendes Gefängnis! Darin fühlen vielleicht *Sie* sich wohl und auch Ihre Frau, aber wir nicht!«
»Wollen Sie damit andeuten, daß meine Frau und ich ins Gefängnis gehören?« fragte Robinson lauernd. »Ich werde Sie verklagen! Wegen Ehrenbeleidigung!«
»Und ich werde *Sie* verklagen! Wegen Freiheitsberaubung!« schrie jetzt auch ich.
»Sehr richtig!« stimmte meine Frau mir zu. »Wie kommen wir dazu, die Nacht in einem solchen Vehikel zu verbringen!«
»Vehikel!« Frau Robinson fiel fast in Ohnmacht. »Wissen Sie, was dieses ›Vehikel‹ gekostet hat? Zweihundertvierzigtausend Schilling!«
»Haben Sie es schon bezahlt?« fragte ich grinsend.
»Nicht ganz«, grinste Robinson zurück. »Den Rest werde ich bezahlen, bis Sie die Güte haben werden, das Honorar zu begleichen, das Sie mir von Ihrem letzten Plagiatsprozeß her noch schuldig sind!«
Jetzt hatte ich genug. »Sie Winkeladvokat!« schleuderte ich ihm ins Gesicht.
»Sie Schandfleck der Literatur!« gab er den Ball zurück. »Sie und Ihre Brettldiva –«
»Brettldiva?« unterbrach meine Frau ihn empört. »Mich hat mein Mann aus Liebe geheiratet, während Sie Ihre

Frau nur genommen haben, weil sie eine Million Schilling hatte!«

»Das kannst du nicht sagen«, wies ich meine Frau scheinbar zurecht. »Er hätte sie auch genommen, wenn sie eine Million Dollar gehabt hätte! Hahaha!« Ich beschloß, mir diese Pointe zu merken.

»Hahaha!« machte Robinson mir nach.

»Das läßt du dir gefallen?« kreischte seine lautere Hälfte. Robinson holte aus und wollte mir eine Ohrfeige geben. Zu unserem größten Vergnügen bedachte er die Enge des Raumes nicht und schlug seine Frau mit dem Handrücken ins Gesicht.

»Du hast mich geschlagen!« begann sie zu jammern. »Nach zwanzigjähriger Ehe!«

»Wenn du mir mit dem Gesicht in die Hand rennst?« fauchte Robinson sie an. Die beiden vergaßen auf uns und stritten sich nach Art des Hauses. Meine Frau und ich lehnten uns zurück, und bald waren wir eingeschlafen.

Plötzlich erwachte ich. Jemand mußte aus dem Wagen gefallen sein. Als ich mich umsah, war *ich* es. Ich mußte mich gegen die Tür gelehnt haben, die anscheinend plötzlich von selbst aufgegangen war. Zu meinem Glück war ich in einen Schneehaufen gefallen, sehr zum Gaudium der Kinder, die den Wagen umstanden. Es war bereits 8 Uhr früh. Ich öffnete die restlichen drei Türen, weckte meine Frau und die Robinsons.

»Na also!« sagte Robinson freundlich. »Da wären wir.«

»Ja«, sagte ich, »und vielen Dank, daß ihr uns mitgenommen habt.«

»Fröhliche Weihnachten!« sagte meine Frau.

»Fröhliche Weihnachten!« sagten Robinson-Er und Robinson-Sie. »Und laßt euch bald bei uns anschaun!« Dann fuhren sie los. Wir winkten ihnen nach. An der nächsten Ecke hatten sie eine Panne.

Bei neuen Wagen kommt das vor.

»Es gibt drei Dinge, die ich mir nicht merken kann. Das erste sind Namen, das zweite Zahlen und das dritte – – das hab ich schon wieder vergessen.« *(Altgraf Bobby)*

Der Dings

Es gibt ein gewisses Alter, in dem man beginnt, sich an Sachen zu erinnern, die sich vor Jahrzehnten ereignet haben, während man das, was gestern, heute, ja selbst was vor einer Stunde passiert ist, vergessen hat. Die von dieser Erscheinung Befallenen nennen diesen Zustand »Zerstreutheit«, die andern nennen ihn »Senilität«. Neulich, im Kaffeehaus, saß ein Herr am Nebentisch. Gut aussehend, nicht mehr jung, Typ Aristokrat. Während ich ihn beobachtete, trat ein zweiter, ähnlicher Typ ein und ging auf ihn zu.
»Servus, Rudi!« näselte er.
»Servus, Bertschi!« antwortete der erste, ebenfalls näselnd. »Ich hab dich schon vor einer Stund erwartet.«
»Verzeih, aber der Dings hat mich aufgehalten – jetzt fällt mir der Name nicht ein – du weißt schon . . .«
»Ich weiß gar nix. Was für ein Dings?«
»Aber, Rudi!« Bertschi setzte sich. »Der vom letzten Sommer.«
»Ah, der von dort unten.«
»Wieso?«
»Weil du sagst Sommer.«
»Ja, aber das war doch dort oben.«
»Du meinst den, der mit uns den Fasan gegessen hat.«
»Aber nein, die Forellen. Merkst du dir denn gar nichts mehr? Der mit der Rothaarigen.«
»Mit welcher Rothaarigen?«
»Mit der Ungarin. Du hast ihr doch die ganze Zeit den Hof gemacht.«

»Wem?«
»Der Ungarin.«
»Ich kenn keine Ungarin.«
»Ich glaub, es war gar keine Ungarin. Es war eine Estin.«
»Kenn ich erst recht keine. Wie wär denn die in unsere Gesellschaft gekommen?«
»Durch den Dings.«
»Durch was für einen Dings?«
»Von dem ich dir die ganze Zeit erzähl! Mir fällt der Name nicht ein. Dabei liegt er mir auf der Zunge.«
»Mir scheint, du bist schon senil. Namen und so Sachen vergesse ich nie.«
»Dann sag mir doch, wie er heißt.«
»Wer?«
»Der Dings vom letzten Sommer.«
»Mit dem wir in Kitz waren?«
»Das war doch im Winter!«
»Und wie hat der g'heißen?«
»Wer?«
»Der Dings.«
»Vom Sommer?«
»Vom Winter.«
»Aber, Rudi!« Bertschi wurde ungeduldig. »Jetzt wissen wir doch noch nicht einmal, wie der vom Sommer g'heißen hat.«
»Warum müssen wir denn das wissen?«
Bertschi dachte nach. »Das weiß ich jetzt auch nicht mehr.« In diesem Moment kam ein dritter Herr zu den beiden. Gleiches Aussehen, nicht mehr jung, Typ Aristokrat.
»Servus, Kinder!« näselte er.
»Servus, Alfi!« begrüßten ihn die andern, und Rudi fügte hinzu: »Der Alfi wird's wissen.«
»Was?« Alfi setzte sich zu den beiden.
»Wie der Herr g'heißen hat, der im Winter mit uns dort unten war.«

»Hör nicht auf ihn«, sagte Bertschi, »er meint den, der im Sommer mit uns dort oben war.«
»Wer soll denn das gewesen sein?«
»Der Dings«, meint Rudi.
»Ja, wenn ihr den Namen nicht wißt ...«
»Wenn wir ihn wüßten, würden wir ja dich nicht brauchen«, sagte Rudi. »Er ist uns entfallen.«
»Das ist typisch. Ihr solltet es so machen wie ich. Ich hab mir ein Buch gekauft: ›Leichter merken!‹ Da lernt man ein ganz neues Alphabet, das nur aus Zahlen besteht, weil der Verfasser behauptet, daß man sich Zahlen leichter merkt als Buchstaben. Wenn ich dich zum Beispiel fragen will: ›Wie geht es dir?‹ sag ich: ›243–586–87–78?‹«
»Das ist doch ein Unsinn!« bemerkte Bertschi.
»9823?«
»Was heißt das?«
»Das heißt: Wieso.«
»Das versteht doch kein Mensch!«
»Die das Buch haben, schon.«
»Sag uns lieber, wie der Dings heißt.«
»132–962.«
»Was heißt *das* wieder?«
»Das heißt ›der Dings‹.«
»Wir wollen nicht wissen, wie ›der Dings‹ heißt, wir wollen seinen Namen wissen!«
»Was ist denn los, meine Herren?« fragte ein neuer Gast, der zu den andern dreien kam. Aussehen: nicht mehr jung, Typ Aristokrat.
»Servus!«
»Servus, Vicky!« begrüßten ihn die drei.
»Weißt du, was uns der Alfi einreden will? Daß man sich Zahlen leichter merkt als Buchstaben.«
»Da kann ich nicht mitreden, ich merk mir alles.«
»Wieso?« fragte Bertschi. Und Alfi fügte hinzu: »22.421?«
»Weil mir mein Arzt ein geriatrisches Mittel ver-

schrieben hat, bei dem wenigstens das Hirn jung bleibt.«
»Wie heißt das? Das mußt du mir verraten!« bat Rudi.
»Und mir auch!« flehte Bertschi.
»Schreibt es euch auf. Eine Kapsel am Morgen genügt, und das Gedächtnis läßt den ganzen Tag nicht nach.«
»Und wie heißt es?«
»Das heißt – Moment – das Mittel heißt – heut früh hab ich's noch auf der Flasche gelesen – das Mittel heißt – zu dumm, es hat einen ganz einfachen Namen – wartet nur, ich werd's gleich wissen – das Mittel heißt – das läßt mir keine Ruh – ich ruf meinen Arzt an ...«
»Wer ist denn dein Arzt?«
»Der Dings.«
Ich mußte dringend fort. Auf der Straße traf ich Joschi.
»Gut, daß ich dich treffe«, sagte er. »Kannst du mir tausend Schilling borgen?«
»Leider!« bedauerte ich. »Ich hab keine Zeit. Der Dings erwartet mich.«
»Was für ein Dings?«
»Der, mit dem wir im Sommer dort unten waren.«
»Wo?«
»Wo wir die gebratenen Schmetterlinge gegessen haben.«
Wir???«
»Aber, Joschi! Der Dings mit der blonden Freundin, die von dir ein Kind bekommen hat! 12.496! Tschau!«
Ich stieg in ein Taxi und weg war ich.

Man soll mir nicht sagen, daß man vom Alter nichts lernen kann.

Jeder Mann ist so alt, wie er sich fühlt – solange, bis er sich ein Toupet kauft. Oder:

Eine Glatze ist besser als gar kein Kopf

Meine Frau und ich saßen beim Frühstück. Ich hielt, wie immer, meinen Kopf über die Zeitung gebeugt und las von Mord, Krieg, Inflation, Stabilitäts- und Steuermaßnahmen.

»Es ist schrecklich!« sagte meine Frau.

»Furchtbar!« meinte ich. Dann fiel es mir auf. »Wieso weißt du, was ich lese?«

»Ich meine nicht, was du liest, ich meine deine Glatze. Hinten hast du gar keine Haare mehr und vorne dreiundsechzig. Ich habe sie gezählt. Du solltest dir ein Toupet kaufen.«

Ich lachte. Ich und ein Toupet!

»Viele Männer tragen Toupets, und man sieht es nicht.«

»Wenn man es nicht sieht, warum soll ich dann eines tragen?«

»Stell dich nicht so dumm. Schau dir lieber Herrn Blaustein an. Ist es dir jemals aufgefallen, daß er ein Toupet trägt?«

»Nein!« sagte ich verwundert. »Ich habe es immer für eine Perücke gehalten.«

»Mit dir kann man nicht reden. Wenn es dir egal ist, ob du zehn Jahre jünger aussiehst oder nicht, ist das deine Sache.«

Sie rauschte aus dem Zimmer.

Zehn Jahre jünger? Das gab mir zu denken. Ich stellte mich vor den Spiegel. Ich sah wirklich aus, als wäre ich im Begriff zu verreisen und hätte die Haare bereits eingepackt. Aber ein Toupet? Nie und nimmer.

Am nächsten Tag kamen Blausteins zur Jause. Ich starrte unentwegt auf seinen Kopf. Meine Frau stieß mich mit dem Knie an.
»Ja!« sagte ich schnell, ohne zu wissen, wovon gesprochen worden war. Es war das teuerste »Ja« meines Lebens. Frau Blaustein hatte mich gefragt, ob ich meiner Frau nicht einen Nerzmantel kaufen wolle, sie wisse einen billigen.
»Ja!« sagte ich nochmals.
»Dann schicke ich euch morgen den Kürschner.«
Als sie gegangen waren und ich Frau Blaustein im Stillen verwünscht hatte, sagte meine Frau: »Na? Hast du Blaustein gesehen? Er ist mindestens sechzig und hat kein einziges graues Haar in seinem Toupet! Und du hast in deinen zweiundsechzig Haaren (eines war inzwischen ausgefallen) zwölf graue Haare!«
Ich bat meine Frau das Toupet zu vergessen. Ich würde keines tragen und wenn ich hundert Jahre werden sollte.
Am nächsten Tag saßen wir bei einem Spezialisten für Perücken und Toupets.
»Es ist eine Sache des Gewöhnens«, sagte der Meister. »Es dauert zwei bis drei Tage, dann gehen Sie ungeniert unter die Menschen, die gar nicht bemerken werden, daß Sie jemals anders ausgesehen haben. Ich könnte Ihnen Dankschreiben von Film- und Fernsehlieblingen zeigen.« Er könnte, aber er zeigte sie nicht. »Natürlich« setzte er fort, »gehört ein starker Wille dazu.« Den brauchte ich nicht, den hatte meine Frau. »Wenn Sie sich also entschlossen haben, schneiden wir Ihnen ein paar Haare aus, damit wir ein Farbmuster haben, in vierzehn Tagen kommen Sie wieder, dann setzen wir Ihnen den Haarteil auf (als guter Psychologe vermied er das Wort ›Toupet‹) und schneiden es, ganz nach Wunsch, auf Ihrem Kopf zu. Sind sie also entschlossen?«
»Ja!« sagte meine Frau. Der Meister schnitt ein paar

Haare aus – es war das letzte Büschel, das ich über dem rechten Ohr hatte – und wir gingen.
Zehn Jahre jünger in vierzehn Tagen! Im Innern war ich meiner Frau dankbar. Ob sie es nicht eines Tages bereuen wird? Schließlich sieht man mit Haaren anders aus als oben ohne.
Die Zeit verging. Am dreizehnten Tag saß ich im »Imperial« einer reizenden Blondine gegenüber, die Arme hatte keinen Blick für mich. Sie wußte nicht, wie gut ich ihr am nächsten Tag gefallen hätte.
Und der nächste Tag kam. Der Meister stülpte mir etwas über den Kopf, die Farbe stimmte, aber es war eine Lockenpracht, daß ich aussah wie eine brünette Brigitte Bardot in ihren Flügeljahren. »So geht es nicht«, sagte meine Frau, »so schaut er aus wie ein Volltrottel!« Daß zwei Augenpaare ein- und dasselbe Ding auf so verschiedene Weise sehen können.
Der Meister blickte uns mitleidig an. »Jetzt wird es ja erst zugeschnitten.« Er schnitt und schnitt – »da noch ein bißchen«, sagte meine Frau, »und dort noch ein bißchen – da vorne – und da!« – und nach eineinhalb Stunden hatte ich eine richtige Frisur.
»Und wie hält das?« fragte meine Frau. Ich bewunderte sie. Daran hätte ich gar nicht gedacht. »Ganz einfach«, sagte der Meister. »Hier haben Sie eine Rolle, die auf beiden Seiten mit einem hautfreundlichen Mittel beklebt ist – schneiden zwei Stückchen davon ab – kleben ein Stückchen vorne an – so – ein zweites Stückchen hinten – so – setzen das Haarteil auf – drücken es ein wenig an – so – und die Sache ist fertig.«
»Und wie ist das bei Nacht?« fragte ich schüchtern.
»Da brauchen Sie sich keine Sorgen zu machen«, sagte der Meister, »das hält wie Pech und Schwefel.«
Ich weiß nicht, wie Pech und Schwefel halten – am nächsten Morgen wachte ich auf und schrie: »Ich bin blind!«

Meine Frau fiel aus dem Bett, stürzte auf mich zu, sehen konnte ich sie zwar nicht, aber ich war auch nicht blind. In der Nacht hatte sich das Toupet herumgedreht, so daß ich den langen Haarteil vor den Augen hatte und den kurzen am Hinterkopf. Darunter lachte meine Glatze.

Meine Frau brachte die Sache schnell in Ordnung, ich machte mich fertig, ich mußte zur Probe. An der Tür blieb ich stehen. »Ich kann nicht!« sagte ich unter Tränen. »Was sage ich den Leuten, wenn sie fragen, wieso ich über Nacht Haare bekommen habe?«

»Die Leute fragen das nicht«, beruhigte mich meine Frau, »und wenn –?« Sie hatte wieder eine jener genialen Ideen, die ich so fürchte. »Wenn sie dich fragen, gibst du einfach zu, daß du ein Toupet trägst.« Ich riß Mund und Augen auf. »Ich gebe es zu?« fragte ich in einem Tonfall, wie ihn Napoleon gehabt haben dürfte, als er erfuhr, daß die Schlacht bei Waterloo verloren war. »Warum gebe ich es zu?« »Weil du dein Toupet bewußt tragen mußt!« meinte meine Frau. »Du kannst ja einen Unfall vorschützen. Du sagst: Stellen Sie sich vor, was mir passiert ist. Ich wasche mir im Badezimmer die Hände, beuge mich über das Waschbecken und vergesse auf den Toilettenschrank, der über dem Becken hängt – fahre mit dem Kopf hoch, stoße an die scharfkantige, offene Tür dieses Schranks und ziehe mir auf der linken Kopfseite eine Platzwunde zu. Ich rase zur Unfallstation, der Arzt rasiert mir das Haar kreisrund aus und vernäht die Wunde. ›Um Gotteswillen!‹ rufe ich. ›Ich habe doch jeden Abend Vorstellung! Ich schau doch aus wie ein Kapuziner!‹ Darauf der Arzt: ›Da kann ich Ihnen nur eines verschreiben – ein Toupet!‹ Das muß ich jetzt zwei Monate tragen.« »Und dann?« fragte ich meine Frau. »Dann«, sagte sie, »sagst du einfach, daß dir alle Leute sagen, daß du mit dem Toupet besser aussiehst, und so trägst du es eben weiter. Und jetzt geh – und zwar mit dem Hut in der

Hand – dann wirst du dich schneller daran gewöhnen.«
Ich ging, aber mir war, als hätte man mich als Nichtschwimmer ins offene Meer gestoßen.
Menschen gingen an mir vorüber. Freunde, Bekannte. Sie fragten mich nicht nach dem Toupet, weil sie mich gar nicht erkannten. Wütend setzte ich den Hut auf und ging in mein Stammcafe. Dort hängte ich den Hut an einen Haken und blickte mich herausfordernd um. Aber auch dort gab es keine Reaktion. Der Ober begrüßte mich wie jeden Tag, brachte mir meinen Mokka wie jeden Tag – sagte nichts, fragte nichts. Ich bezahlte und ging.
Auf der Straße traf ich Blaustein.
»Grüß Gott, Blaustein!« sagte ich frech. »Sie wundern sich wegen meines Toupets. Stellen Sie sich vor, was mir passiert ist. Ich wasche mir im Badezimmer die Hände, beuge mich über das Waschbecken, vergesse auf den Toiletteschrank, der über dem Becken hängt – fahre mit dem Kopf hoch, stoße an die scharfkantige offene Tür dieses Schranks und ziehe mir auf der linken Kopfseite eine Platzwunde zu. Ich rase zur Unfallstation, der Arzt rasiert mir das Haar kreisrund aus und vernäht die Wunde. ›Um Gotteswillen!‹ rufe ich. ›Ich habe doch jeden Abend Vorstellung! Ich schau doch aus wie ein Kapuziner!‹ Drauf der Arzt: ›Da kann ich Ihnen nur eines verschreiben – ein Toupet!‹ Das muß ich jetzt zwei Monate tragen.«
Blaustein starrt meinen Kopf an. »Sie tragen doch gar kein Toupet!« Ich greife nach meinem Haupt – ich mußte im Kaffeehaus mit meinem Hut das Toupet abgenommen haben! Ich eilte zurück – beides hing noch da. In einem versteckten Raum setzte ich das Toupet wieder auf und ging nach Hause. Für heute hatte ich genug.
Vom nächsten Tag an machte ich Urlaub und blieb zu Hause. Erst nach vierzehn Tagen wagte ich mich wieder auf die Straße.

Der erste Mensch, den ich traf, war Dr. Wronsky, mein Zahnarzt. Verlegen zog er den Hut – ich starrte ihn an – er, ein selbstbewußter Glatzenbesitzer, trug ein Toupet!
»Sie wundern sich wegen meines Toupets!« sagte er. »Stellen Sie sich vor, was mir passiert ist. Ich wasche mir im Badezimmer die Hände, beuge mich über das Waschbecken, vergesse auf den Toiletteschrank, der über dem Becken hängt – –«
»Genug!« schrie ich. »Haben Sie mit Blaustein gesprochen?«
»Ja«, sagte Wronsky, vor vierzehn Tagen.«
Ich wußte alles. Blaustein benützt den Toupettrick meiner Frau.
Wütend eilte ich nach Hause, riß mir das Toupet vom Kopf und warf es in eine Ecke. Dabei wurden meine Hände von dem hautfreundlichen Klebemittel klebrig. Ich eilte ins Badezimmer, um mir die Hände zu waschen, beugte mich über das Waschbecken, vergaß auf den Toiletteschrank, der über dem Becken hängt – fuhr mit dem Kopf hoch, stieß an die scharfkantige, offene Tür dieses Schranks und zog mir auf der linken Kopfseite eine Platzwunde zu. Ich raste zur Unfallstation, der Arzt rasierte mir das Haar kreisrund aus und vernähte die Wunde. »Um Gotteswillen!« rief ich. »Ich habe doch jeden Abend Vorstellung! Ich schau doch aus wie ein Kapuziner!« Darauf sagt der Arzt: »Da kann ich Ihnen nur eines verschreiben – ein Toupet!«
Schnell fuhr ich nach Hause und konnte das Toupet gerade noch unserem Kater Jacky entreißen, der es für eine Riesenmaus gehalten haben dürfte. Das Toupet habe ich, aber die Geschichte mit dem Unfall gehört Dr. Wronsky.
Nach zwei Monaten legte ich das Toupet ab. Nur an kalten Wintertagen hole ich es hervor und trage es mit dem Fell nach innen.

Alle meine Leser lieben die Kaffeehausszene, wie sie in jedem meiner Bücher zu finden ist. D.h., alle lieben sie nicht, aber die meisten. Die meisten vielleicht auch nicht, aber viele. Ich weiß nicht, ob es viele sind – kurz und gut: Ich *liebe sie. Diesmal habe ich dafür ein modernes Thema gewählt:*

Die Talkshow

Sie kennen den Ort, lieber Leser, schöne Leserin, ich habe ihn ja schon oft beschrieben. Stühle, Tische, ein Kleiderständer, eine Stellage mit Zeitungen und Illustrierten. An einem der Tische sitzt der uns bereits ebenfalls bekannte Herr Rott.

Rott: (ruft laut)
Josef! Josef!

Josef: (der Ober kommt, ein Tablett mit einer Tasse Kaffee in der Hand. Er ist ungehalten.)
Bin schon da, Herr Rott! Ich bin doch kein Flugzeug!

Rott: Was ist das für eine Bemerkung?

Josef: Die Zeit, in der man mit einem Ober herumgeschrien hat, ist vorüber. Wir leben in einer Demokratie.

Rott: Demokratie. Wissen Sie überhaupt, was eine Demokratie ist?

Josef: Natürlich weiß ich das. In der Demokratie sind alle gleich, bis auf einige, die gleicher sind.

Jorisch: (kommt von der Straße)
Guten Morgen!

Beide: Guten Morgen, Herr Jorisch!

Jorisch: (will sich setzen)

Josef: (schnell)
Moment, Herr Jorisch! An diesem Tisch kön-

nen Sie nicht Platz nehmen, der ist reserviert.

Jorisch: Dann stellen Sie ihn weg, und bringen Sie mir einen anderen.

Rott: Setzen Sie sich zu mir, Herr Jorisch.

Jorisch: Wenn Sie gestatten? (setzt sich)

Josef: Was darf ich bringen, Herr Jorisch?

Jorisch: Lassen Sie mich nachdenken. Mir wäre heute so nach Whisky zumut. Haben Sie Whisky?

Josef: Jawohl, Herr Jorisch.

Jorisch: Schottischen?

Josef: Jawohl.

Jorisch: Dann bringen Sie mir ein Glas Wasser.

Josef: Und was ist mit dem Whisky?

Jorisch: Nach dem wär mir zumut.

Josef: Sie müssen etwas nehmen, Herr Jorisch, das geht so nicht weiter. Das ist jetzt schon zum dritten Mal. Sie kommen, setzen sich an den besten Tisch, trinken ein Glas Wasser und gehen nüchtern nach Hause.

Jorisch: Na und? Soll ich von einem Glas Wasser einen Rausch bekommen?

Josef: Wovon soll aber unser Chef seine Steuern bezahlen?

Jorisch: Das ist seine Sache. Er fragt mich ja auch nicht, wovon ich meine Steuern bezahle.

Rott: Der Josef hat recht, Herr Jorisch. Irgend etwas müssen Sie nehmen.

Jorisch: Also gut. Was habe ich gestern gehabt, Josef? Kaffee oder Tee?

Josef: Wonach hat es geschmeckt?

Jorisch: Nach sauren Gurken.

Josef: Dann war es Kaffee. Der Tee schmeckt bei uns nach Petroleum.

Jorisch: Dann bringen Sie mir eine Schokolade.

Josef: Ist recht, Herr Jorisch. (er geht in die Küche)

Rott: Die Schokolade schmeckt hier nach Waschpulver. Aber sagen Sie mir, Herr Jorisch – wieso sind Sie so sparsam geworden, seitdem Sie in Pension sind?

Jorisch: Ich bin nicht sparsam geworden. Solange ich gearbeitet habe, hat mir meine Frau alles abgenommen bis auf den letzten Groschen.

Rott: Und jetzt?

Jorisch: Jetzt nimmt sie mir den auch noch ab.

Rott: Und das kränkt Sie?

Jorisch: Nein.

Rott: Sie gefallen mir heute nicht. Sie haben eine schlechte Farbe. Sie sind ganz grün.

Jorisch: Grün ist eine schlechte Farbe?

Rott: Sie haben etwas auf dem Herzen.

Jorisch: Das stimmt. Stellen Sie sich vor, der Arzt hat zu meinem Sohn gesagt, wenn er so weitermacht, hat er nicht mehr lange zu leben.

Rott: Was hat Ihr Sohn?

Jorisch: Ein Verhältnis mit dem Arzt seiner Frau.

Rott: Diese Jugend! Ich bin froh, daß ich kein Kind habe. Wir leben zufrieden zu dritt – meine Frau, ich und der Fernsehapparat – jetzt kaufe ich mir noch einen Videorecorder –

Jorisch: *Was* kaufen Sie sich!

Rott: Einen Videorecorder. Das ist ein Apparat, der Programme speichert. Mit einem Videorecorder können Sie jedes Programm wiederholen so oft Sie wollen.

Jorisch: Ich will überhaupt kein Programm wiederholen. Wiederholen will sie das Fernsehen.

Rott: Das ist etwas anderes. Mit einem Videorecorder können Sie *das* Programm wiederholen, das Ihnen gefällt. (gereizt) Es wird doch schon einmal ein Programm gegeben haben, das Ihnen gefallen hat? (Pause) Warum antworten Sie nicht?

Jorisch: Lassen Sie mich nachdenken.

Rott: Wenn ich zum Beispiel gestern meinen Videorecorder schon gehabt hätte, hätte ich mir die Talkshow aufgezeichnet. Haben Sie sie nicht gesehen?

Jorisch: Nein. Was ist das?

Rott: Talkshow? Sie wissen nicht, was eine Talkshow ist?

Jorisch: Nein.

Rott: Das gibt es nicht.

Jorisch: Doch, Herr Rott, das gibt es.

Rott: Seien Sie mir nicht böse, Herr Jorisch – aber wie kann ein einzelner Mensch so dumm sein?

Jorisch: Ich habe Freunde, die mir dabei helfen.

Rott: Ich werde es Ihnen erklären: Eine Talkshow ist, wenn zwei Personen einander gegenüber sitzen und sich so unterhalten wie Sie und ich.

Jorisch: Das kann doch keinen Menschen interessieren.

Rott: Und wie es sie interessiert. Natürlich muß der eine von den beiden eine prominente Persönlichkeit sein. Gestern zum Beispiel war der eine der Interviewer und der andere war der Karajan.

Jorisch: Aha! Und was reden die da?

Rott: Alles Mögliche, was sich eben so ergibt. Der Interviewer fragt den andern aus.

Jorisch: Das ist nichts für mich.

Rott: Warum nicht?

Jorisch: Weil ich mich nicht gern ausfragen lasse.

Rott: (ungehalten)
Sie fragt ja auch keiner aus! Ich habe Ihnen ja gesagt, das muß eine prominente Persönlichkeit sein! Da hören doch Millionen Fernseher zu! Manchesmal ganz Europa!

Jorisch: Wie neugierig die Menschen doch sind!

Rott: Ich sehe schon, ich muß Ihnen das erklären. Nehmen wir an, ich bin der Interviewer – und Sie sind der Karajan.

Jorisch: Ich sage Ihnen aber gleich: Ich kann nicht dirigieren.

Rott: Das macht nichts.

Jorisch: Das sagen *Sie*! Stellen Sie sich vor, ich komme in die Staatsoper –

Rott: (unterbricht ihn, gereizt)
Sie kommen nicht in die Staatsoper! Ich will Ihnen doch nur erklären, was eine Talkshow ist! Ich beginne also: Guten Abend, meine Damen und Herren! Ich begrüße Sie bei unserer heutigen Talkshow – blablabla –

Jorisch: Was heißt blablabla?

Rott: Das ist unwichtig, das überspringe ich. Ich gehe gleich zum Kern der Sendung vor. Ich danke Ihnen, Herr von Karajan, daß Sie die nötige Zeit gefunden haben und zu uns ins Studio gekommen sind. Darf ich meine erste Frage stellen, eine Frage, die die ganze Welt auf das äußerste interessiert. Wie fühlt man sich als einer der größten Musiker unserer Zeit?

Jorisch: Wie soll *ich* das wissen?

Rott: (noch gereizter)
Sie sind doch der Karajan!

Jorisch: Stimmt! Ich fühle mich ausgezeichnet, bis auf eine kleine Magenverstimmung. Ich habe gestern bei Koritschoners eine Gansleber gegessen, die dürfte zu fett gewesen sein.

Rott: (wütend)
Das interessiert doch keinen Menschen!

Jorisch: Das habe ich doch vom Anfang an gesagt!

Rott: (beruhigt sich)

Ich werde Sie etwas anderes fragen. Wo, verehrter Maestro, sind Sie zur Welt gekommen?

Jorisch: Zu Hause.

Rott: (unterbricht ihn, zähneknirschend) Das ist keine Antwort! Sie müssen ins Detail gehen! (wieder ruhig) Ich zum Beispiel, bin im Allgemeinen Krankenhaus geboren.

Jorisch: Was Sie nicht sagen! Was hat Ihnen gefehlt?

Rott: (wutschnaubend) Nichts hat mir gefehlt! Meine Mutter hat dort entbunden!

Jorisch: Ach so!

Rott: Ich frage weiter. Waren Sie ein guter Schüler, Maestro?

Jorisch: Nein. Besonders im Rechnen war ich schwach, und ganz besonders im Bruchrechnen. Aber das war kein Wunder. Einmal habe ich zu meinem Stiefvater gesagt: »Heute mußten wir in der Schule den gemeinsamen Nenner suchen.« Darauf hat er gesagt: »Den haben sie noch immer nicht gefunden? Den haben *wir* schon gesucht!« Wenn ihn mein Stiefvater nicht gefunden hat – wie hätte *ich* ihn finden sollen?

Rott: (verzweifelt) Mit Ihnen kann man keine Talkshow machen! Aber versuchen wir es noch einmal. Sie hatten also einen Stiefvater. Erinnern Sie sich oft an Ihre Jugend? Hatten Sie vielleicht ein besonders schönes Erlebnis?

Jorisch: Einige. Mein Stiefvater hat immer so nett mit mir gespielt. Im Sommer fuhren wir jeden Morgen in einem Boot weit auf die Donau hinaus, dort warf er mich ins Wasser, und ich mußte ans Ufer zurückschwimmen.

Rott: War das nicht ein bißchen anstrengend für ein Kind wie Sie?

Jorisch: Das Schwimmen nicht. Anstrengend war es nur, aus dem Sack herauszukommen.

Rott: (entsetzt)
Ihr Stiefvater hat Sie in einem Sack in die Donau geworfen?

Jorisch: Ja.

Rott: Was war das für ein Mensch?

Jorisch: Er war etwas eigen. Eines Tages hat er im Garten mit mir Verstecken gespielt – seither haben wir ihn nicht mehr gefunden. Später haben wir gehört, daß er von der Zugspitze abgestürzt ist. Ich habe mir gedacht, es geschieht ihm recht. Warum muß er sich vorne auf die Lokomotive setzen?

Rott: Sagen Sie, sind Sie immer so dumm?

Jorisch: Nein, ich habe heute meinen guten Tag.

Rott: Soviel also über Ihre Jugend. Sie studierten dann natürlich Musik –

Jorisch: Ich?

Rott: (verzweifelt)
Sie sind doch der Karajan.

Jorisch: Stimmt.

Rott: Was gab es noch in dieser Zeit?

Jorisch: Das Militär.

Rott: Vielleicht könnten Sie uns darüber etwas erzählen. Waren Sie gern Soldat?

Jorisch: Leidenschaftlich gern.

Rott: Und warum?

Jorisch: Weil man immer mit Musik geweckt wird.

Rott: (stöhnt)
So etwas Blödes!

Jorisch: Ich bin doch der Karajan! Außerdem hatte ich noch drei Gründe, weshalb ich gern Soldat war.

Rott: Und zwar?

Jorisch: 1) liebte ich das Militär, 2) dachte ich, daß es mich körperlich ertüchtigen wird, und 3) hat man mich für tauglich befunden.

Rott: Können Sie uns ein Erlebnis aus Ihrer Militärzeit erzählen?

Jorisch: O ja. Sogar ein sehr pikantes. In unserem Zug hatten wir ein Mädchen, das sich als Mann zum Militär geschmuggelt hat.

Rott: Hat man das nicht beim Baden bemerkt?

Jorisch: Selbstverständlich. Aber wer wird etwas sagen?

Rott: (unwillig)
Reden wir weiter. Eine Frage, Maestro: Wie sind Ihre Beziehungen zur Wiener Staatsoper?

Jorisch: Bestens. Im August vorigen Jahres habe ich dort dirigiert.

Rott: Im August war die Staatsoper geschlossen.

Jorisch: Ah, deshalb war kein Applaus!

Rott: (brummt)
Blödsinn! (faßt sich wieder) Sie sind doch punkto Oper ein Fachmann, Herr von Karajan. Was halten Sie von Mirella Freni?

Jorisch: Die gefällt mir nicht.

Rott: Und Lucia Popp?

Jorisch: Die gefällt mir auch nicht.

Rott: Und René Kollo?

Jorisch: Die ist gut!

Rott: (außer sich)
Die? Das ist doch ein Mann! Gehen Sie, ich kann Sie nicht mehr sehen! Lassen Sie mich allein!

Jorisch: Wie reden Sie mit einem Karajan?

Josef: (stürzt aufgeregt herein)
Herr Jorisch, Ihre Frau ist am Telephon! Sie tobt! Sie hat gesagt, sie hat Sie nur zum Installateur geschickt, weil der Wasserhahn

kaputt ist – jetzt ist schon die ganze Wohnung überschwemmt, und Sie sitzen im Kaffeehaus!

Jorisch: (verzweifelt)
Hätten Sie ihr gesagt, daß ich nur hier bin, weil ich mit dem Herrn Rott etwas Geschäftliches zu besprechen habe!

Josef: Das wollte ich, aber sie hat gesagt, sie wird Sie schon selber ausfragen!

Jorisch: (entsetzt)
Ausfragen? Meine Frau? Mich? Das wird eine Talkshow werden!

»Gegen Dummheit kämpfen Götter selbst vergebens!« sagte schon Schiller. Wie soll dann ich –?

Ein Statistiker hat es festgestellt: rund 50% der telefonischen Anrufe würden unbeantwortet bleiben, wenn man im voraus wüßte, wer der Anrufer ist.

Unser Telefon spielt verrückt

Ich sitze am Schreibtisch. Grrr! Das Telefon. Ich gehe hin und hebe ab.
»Hallo?«
»Hier Baufirma Prechtl! Ich soll heute anrufen.«
»Wen?«
»Herrn Architekt Niedermayer.«
»Es tut mir leid, Sie sind falsch verbunden.«
»'tschuldigen!«
Ich lege auf und gehe zum Schreibtisch zurück. Grrr! Schon wieder.
»Hallo?«
»Hier Haberl! Der Herr Sedlatschek hat mir gesagt, daß Sie Boxerrüden zu verkaufen haben.«
»Ich habe keine Boxerrüden.«
»Was denn haben Sie?«
»Zwergdackeln. Sie sind falsch verbunden.«
»Pardon!«
Grrr! Schon wieder.
»Hallo?«
»Warum haben Sie nicht angerufen?«
»Wer wen?«
»Die Baufirma Prechtl Herrn Architekt Niedermayer.«
»Die hat Sie bereits angerufen, aber bei mir. Sie sind falsch verbunden.«
»Verzeihung!« Grrr! Ich werde wahnsinnig.
»Hallo?«
»Hier Spediteur Wachtl. Wann sollen wir die Möbel abholen?«
»Welche Möbel?«

»Na, Ihre. Sie übersiedeln doch heute.«
»Ich denke nicht daran.«
»Sie haben doch den Möbelwagen bestellt?«
»Ich nicht. Sie sind falsch verbunden.«
»Ah so?« Grrr! Und noch einmal.
»Hallo?«
»Hier Baufirma Prechtl. Ich soll heute anrufen.«
»Den Architekt Niedermayer?«
»Ja.«
»Der hat eben *Sie* angerufen!« schreie ich.
»Warum haben Sie das nicht gesagt?« wütet der andere.
»Weil es mich nichts angeht!« wüte ich zurück. »Sie sind falsch verbunden!«
»Trottel!« sagt die Baufirma Prechtl.
»Idiot!« sage ich. Wir legen gleichzeitig auf. Grrr! Wieder.
»Hallo?« sage ich und bemühe mich ruhig zu bleiben.
»Kann ich Herrn Weiß sprechen?«
»Hier ist kein Herr Weiß.«
»Wann kommt er denn?«
»Wer?«
»Der Herr Weiß.«
»Überhaupt nicht! Hier gibt es keinen Herrn Weiß!«
»Wenn er kommt, würden Sie ihm etwas ausrichten?«
»Wem?«
»Dem Herrn Weiß.«
»Hören Sie«, beschwöre ich ihn. »Hier gibt es keinen Herrn Weiß!«
»Er möchte im Kaffeehaus auf mich warten, ich komme etwas später.«
»Wer?«
»Ich.«
»Ich meine, wer warten soll?« frage ich gereizt.
»Der Herr Weiß.«
Jetzt verliere ich die Geduld. »Hier gibt es keinen Herrn

Weiß!« brülle ich in den Apparat und beiße in die Schnur.
Jetzt wird auch der andere ungemütlich. »Was ist das für ein Ton?« fragt er empört. »Ich werde mich beschweren!«
»Bei wem?« schluchze ich.
»Bei Herrn Weiß.« Ich lege auf, es hat keinen Zweck.
Meine Frau kommt ins Zimmer. »Warum regst du dich so auf?« erkundigt sie sich.
»Weil wir dauernd angerufen werden! Lauter falsche Verbindungen! Ich komme zu keiner Arbeit!« Grrr! »Na also!«
»Bleib!« sagt meine Frau. »*Ich* werde sprechen. Hallo?«
»Hier Frau Preibl!« höre ich es bis zum Schreibtisch. »Ich wollte Ihnen nur sagen, daß die Preiselbeeren verdorben sind.«
»Was für Preiselbeeren?« fragt meine Frau verwundert.
»Die Sie mir verkauft haben.«
»Ich habe Ihnen nie im Leben Preiselbeeren verkauft. Ich kenne Sie gar nicht.«
»Jetzt wollen Sie es auch noch leugnen? Das ist die Höhe! Frau Stampfer hat mir doch Ihre Nummer gegeben!«
»Wer ist Frau Stampfer?«
»Die Frau, bei der ich sonst die Preiselbeeren kaufe.«
»Falsch verbunden!« erinnere ich meine Frau.
»Falsch verbunden!« sagt sie und legt auf.
»So geht es heute den ganzen Vormittag!« Ich halte mir den Kopf. Meine Frau hat eine Idee. »Ich werde die Störung anrufen.« Sie sucht die Nummer der Störung. Niemand meldet sich. Die Störung ist gestört. Meine Frau versucht es nochmals.
»Hallo?« meldet sich eine unfreundliche Stimme.
»Unsere Nummer ist gestört. Wir bekommen dauernd falsche Anrufe.«

»Was wollen Sie da von mir?« fragt die unfreundliche Stimme. »Hier ist der Zentralfriedhof.«
Meine Frau ist schlau. Sie sucht die Nummer des Zentralfriedhofs und ruft an.
»Hier Störung!« meldet man sich prompt.
»Unsere Nummer ist gestört.«
»Name und Adresse?« Meine Frau gibt beides an. »Wir schicken hin, sobald wir jemanden freihaben.« »Wann wird das sein?« »Vielleicht noch diese Woche.« Heute ist Montag. Grrr! Meine Frau hebt ab.
»Hallo?« fragt sie.
»Den Herrn Professor, bitte.«
»Das ist für dich«, sagt meine Frau und gibt mir den Hörer. Endlich ein richtiger Anruf.
»Ja?«
»Herr Professor? Hier Theater an der Wien.«
»Oh!« Ich halte die Hand auf die Sprechmuschel und flüstere meiner Frau frohlockend zu: »Theater an der Wien. Die wollen sicher, daß ich ihnen ein Musical schreibe. Na, denen werde ich Bedingungen stellen. 16% Tantiemen, Mitbestimmung bei Besetzung, Regisseur usw.« Dann wieder, etwas affektiert, in den Apparat: »Worum handelt es sich?«
»Könnten Sie sofort zu uns kommen, Herr Professor? Ihr Patient, Herr Falk, ist während der Vorstellung heiser geworden. Vielleicht könnten Sie ihm eine Spritze–?«
»Ich gebe keine Spritzen!« donnere ich in den Apparat. »Ich bin kein Arzt, ich bin Professor h.c.! Sie sind falsch verbunden!« Ich schleudere den Hörer auf die Gabel.
»Beruhige dich!« sagt meine Frau. Wir werden das anders machen.«
Grr! Schon ruft jemand an.
»Ja?«
»Bist du's Grete?« höre ich eine Männerstimme.
»Ja!« Meine Frau macht auf freudig überrascht.
»Hast du dir's überlegt? Kommst du heute zu mir?«

Meine Frau ziert sich. »Ich weiß nicht...« sagt sie.
»Du mußt!« fleht der unsichtbare Liebhaber. »Seit einer Woche hältst du mich hin! Bitte! Bitte!«
»Also gut!« säuselt meine Frau. »Ich komme.«
»Und wann?«
»Gegen sechs.«
»Ich kann es kaum erwarten, dich zu sehen. Die Adresse weißt du. Sag mir noch schnell, daß du mich liebst!«
»Ich liebe dich!« haucht meine Frau in den Hörer.
»Kuß!«
»Kuß!« Sie legt auf.
Wir lachten. Jetzt begriff ich, was sie meinte, als sie sagte: »Wir werden das anders machen!«
Grrr!
»Laß *mich* hin!« rief ich. Ich drängte mich direkt zum Telefon.
»Hallo?« sagte ich.
»Hier Schneiderei Schmasal. Herr Weber?«
»Ja?«
»Sie müssen entschuldigen, wir können den Hochzeitsfrack erst um 13 Uhr liefern.«
»Sie brauchen ihn heute überhaupt nicht zu liefern, lieber Herr Schmasal, die Hochzeit ist wegen Erkrankung meiner Braut um drei Wochen verschoben worden.«
»Oh, das tut mir aber leid!« bedauerte Herr Schmasal.
»Mir auch!« sagte ich und legte auf.
Wir unterhielten uns wie die Kinder. Wenn ich an das Gesicht dachte, das dieser Herr Weber machen wird, wenn er keinen Hochzeitsfrack hat? Grrr!
»Jetzt wieder ich!« rief meine Frau und nahm den Hörer. »Ja?«
»Frau Didlfing? Hier Tierhandlung Arnulf. Wir wollten Sie nur erinnern, Frau Didlfing, daß wir heute die beiden Katzen liefern.«

»Fein!« jubelte meine Frau. »Und bitte nicht nur die beiden, sondern sechs, falls Sie soviele haben.«
»Aber natürlich, Frau Didlfing! Auch acht, wenn Sie wünschen!«
»Dann acht!«
Wir umarmten uns vor Freude. Es war das schönste Spiel, das wir seit langem gespielt hatten. Grrr!
»Ich bin dran!« sagte ich. »Hallo?«
»Herr Gutmann?« erkundigte sich eine schnarrende Stimme.
»Ja«, sagte ich.
»Ich warne Sie! Wenn Sie es noch einmal wagen sollten, derartige Gerüchte über meine Geschäftsgebarung zu verbreiten, gebe ich Ihnen zwei Ohrfeigen!«
»Das möchte ich sehen!« höhnte ich. »Kommen Sie zu mir, ich bin zu Hause! Und vergessen Sie die Ohrfeigen nicht!« Hoffentlich war Gutmann wirklich zu Hause. Grrr! Diesmal war es an der Tür. Ich öffnete. Der Störungsdienst hatte zufällig einen Mann freibekommen und zu uns geschickt. Kassieren kann sie, die Post- und Telegraphendirektion, aber einem Abonnenten eine kleine Freude lassen – das nicht. Traurig sahen wir uns an – das Spiel war zu Ende.
Der Mann vom Störungsdienst machte seine Arbeit und verließ uns. Ich schloß die Tür – da klingelte das Telefon. Betrübt nahm ich den Hörer ab.
»Hallo?« sagte ich. Plötzlich erhellte sich meine Miene. Ich erkannte eine wohlvertraute Stimme.
»Kann ich Herrn Weiß sprechen?«
»Leider, Herr Weiß ist auf Urlaub.«
»Was?!?«
»Auf Urlaub. Für die nächsten zwei Monate. Wenn Sie dann wieder anrufen wollen? Auf Wiederhören!«
Wir waren glücklich: wir hatten unser Spiel wieder.
Wenn Sie uns einmal telefonisch erreichen wollen, rufen Sie am besten irgendeine Nummer an. Sie werden bestimmt mit uns verbunden.

Wir Menschen äußern uns geringschätzig über den »Pferdeverstand«. Und doch sind die Pferde klüger als wir Menschen. Gäbe es z. B. Menschenrennen, kein Pferd würde so dumm sein und hingehen, um dabei sein Geld zu verlieren. Ich kannte einmal ein sehr, sehr kluges Pferd. Sein Name war

Jussuf

Meine Frau und ich gingen in Hamburg über die Mönckebergstraße. Wir waren am Hansatheater engagiert und vertraten uns – zwischen den zwei Vorstellungen, die es dort täglich gibt – ein wenig die Beine. Plötzlich trat uns ein Mann entgegen. »He, ihr beide!« rief er ziemlich laut und verstellte uns den Weg. Wer war er? Was wollte er? Er sah nicht sehr vertrauenserweckend aus. Unrasiert, verbeulte Hose, Pullover, auf dem Kopf eine Mütze wie sie die Hamburger Seeleute tragen – ich kannte ihn, aber woher? Auch meiner Frau sah ich es an, daß sie sich den Kopf darüber zerbrach. Endlich hatte ich es. »Benno!« rief ich freudig überrascht.
»Erraten, Mensch!« lachte er. »Benno, der Mann mit den sprechenden Pferden! Varieté Ronacher, Wien, neunzehnhundert – nee, wolln wa gar nich sagen, Madam! Ihr kamt *vor* der Pause dran – ich nachher. Wie geht's euch?« Er ließ uns nicht zu Wort kommen. »Das warn noch Zeiten – wa? Wien, Berlin, London, Paris – bis nach Australien bin ich gekomm'. Ich war jung und knusprig und die Weiber liefen mir nach wie heutzutage 'nem Skiaß! Und wat for Weiber! Und alles ließen sie sich von mir gefallen! Eener richtigen Prinzessin gab ich mal ne Ohrfeige, weil sie gar keene war!« Er lachte, daß die Schaufenster des Warenhauses, vor dem wir standen, zitterten. »Aber nu sagt – wie geht es euch?« Ich setzte an – keine Chance. »Damals gab's noch Kollegen, Mensch! Erinnert ihr euch an Herkules, den

Kanonenkönig? Mann, mit dem ha ick Spaß jehabt! Einmal, in Wien, kamen wir so besoffen vom Heurigen, daß wir nich nach Hause fanden. Wir gingen in ein Hotel, und ich sagte zum Portier: ›'n Bett mit zwei Zimmern!‹ Der Portier sagte: ›Sie meinen wohl 'n Zimmer mit zwei Betten?‹ ›Okay‹, sagte ich – und fünf Minuten später lagen wa beide, ick hatte das Licht abgedreht, im selben Bett. Plötzlich sagt Herkules: ›In meinem Bett liegt eener!‹ Ick sagte: ›Wenn du schon davon sprichst – in meinem Bett liegt ooch eener!‹ ›Weißte was?‹ sagte der Kanonenkönig, ›schmeißen wa die zwei raus!‹ ›Okay!‹ sagte ich. Es folgt 'n erbitterter Fight und nach kurzer Zeit sagte Herkules: ›Meiner ist draußen!‹ Ick sage: ›Da haste Glück gehabt, meiner hat *mich* hinausgeschmissen!‹ Drauf sagt Herkules: ›Laß man! Komm zu mir – schlafen wa zusamm!‹« Er lachte, daß in der Fußgängerzone einem Gitarrespieler die Saiten seines Instrumentes sprangen. »Wie geht es euch?« fragte er dann, ließ uns aber wieder nicht zu Wort kommen. Er wurde elegisch. »Die Zeit ist vorüber«, seufzte er. »Als das Fernsehen kam, war es aus. Een Varieté nach dem andern wurde geschlossen – uns Artisten ging's immer dreckiger. Erinnert ihr euch an Holger, den Clown mit der dressierten Ente? Er mußte sie essen.« Mir wurde für einen Moment schlecht. Ich hatte, ehe wir Benno trafen, beschlossen, am Abend Entenbraten zu essen – mein Magen disponierte um. Aber Benno hatte recht. Das Fernsehen war der Tod des Varietés. Die Direktoren engagierten die teuersten Nummern, und als sie eintrafen, hatte das Publikum sie längst auf dem Bildschirm gesehen.
»Was machst *du*, Benno?« fragte ich.
»Ich habe geheiratet. Meine Frau betreibt 'ne kleine Pension für Stripteasetänzerinnen. Läuft prima. Solange Gott mir meine Gesundheit und die Arbeitskraft meiner Frau erhält, kann nischt passieren.«
Ich wagte nicht, ihn nach seinen Pferden zu fragen.

Suleika, Salome und Jussuf. Er hatte sie geliebt wie ein anderer seine Kinder liebt. Sie brachten ihm viel Geld, aber das war nicht der Grund. Es war eine innere Verbundenheit. Und was das sonderbare war – seine sprechenden Pferde bedienten sich keiner Tricks. Sie sprachen wirklich.
Meine Frau schien an dasselbe zu denken wie ich. »Und sonst?« fragte sie.
»Ihr meint die Pferde. Ich habe sie verkauft.« Er bemühte sich, gleichgültig zu scheinen. »Ich konnte sie nicht durchfuttern – aber es geht ihnen gut. Suleika ist Reitpferd bei der Gattin eines Generaldirektors, Salome arbeitet als Rennpferd – bloß Jussuf konnte ich lang und lang nicht ankriegen. Schließlich mußte ich ihn an einen Wiener Schausteller verkloppen. Wenn ihr wieder nach Wien kommt, erkundigt euch mal nach Jussuf. Der Mann, dem er gehört, heißt Mappel. Karl Mappel.«
Wir versprachen es ihm.
Wieder in Wien, riefen wir den »Verband der Schausteller« an. Karl Mappel war zur Zeit mit seinem Pferd in Wieselburg beim Volksfest. Wir fuhren sofort hinaus. Das Terrain war voll mit Buden, Schaukeln, Karussellen etc. Wir streiften alles ab – endlich sahen wir ein Pferd, das vor einen kleinen Wagen gespannt war. War das Jussuf? In einiger Entfernung von ihm stand ein Mann und rief im Ausruferton: »Aufsteigen, einsteigen! Die Reise geht los! Jede Fahrt pro Kind drei Schilling – jeder Ritt fünf Schilling! Aufsteigen, einsteigen, bitte!« Und wieder und wieder: »Aufsteigen, einsteigen! Die Reise geht los! Jede Fahrt pro Kind drei Schilling – jeder Ritt fünf Schilling! Aufsteigen, einsteigen, bitte!« Und wieder und wieder.
Wir traten näher. Das Pferd sah uns, spitzte die Ohren, warf den Kopf hoch und stieß ein Freudengewieher aus. Es war Jussuf! Er hatte uns erkannt! Wir gingen auf ihn zu. Jussuf hatte sich verändert. Seine Rippen waren zu zählen – seine Augen waren müd und alt geworden.

Auf seinem Rücken turnten ein paar Kinder, andere hüpften in dem Wagen herum, wieder andere zerrten an dem Gefährt, so daß es dauernd an Jussufs Hinterbeine stieß, wo sich auch zwei verkrustete Stellen zeigten.
»Jussuf!« sagte meine Frau zärtlich. »Wie geht's dir denn?«
»Ich kann nicht klagen«, meinte Jussuf, wenn auch nicht sehr überzeugend. »Natürlich – Applaus und Manege fehlen mir – aber was soll das? Ich habe mein Essen, ich bekomme jeden Morgen ein paar harte Semmeln – ein Sack Hafer wäre mir lieber – aber ich leide keinen Hunger. Anschließend ziehe ich einen Pflug, mein Herr hat einen kleinen Acker – dann werde ich vor einen Möbelwagen gespannt, wir machen auch Übersiedlungen – dann ziehe ich den Zirkuswagen von einem Volksfest zum andern, dort reiten die Kinder auf mir herum – ich liebe Kinder, aber sie sind so unruhig – in der Nacht ziehe ich den Wagen nach Hause, dort bekomme ich wieder ein paar harte Semmeln – dann schlafe ich drei bis vier Stunden auf einem dünnen Strohhaufen – schlafe – und träume. Von meiner Jugend, und von den Erfolgen, die ich mit meinen Geschwistern hatte.«
»Wir werden dir jeden Tag einen Sack Hafer schicken«, versprach ich.
»Jede Woche würde genügen«, meinte Jussuf bescheiden. »Jeden Tag Hafer – das würde mein Magen gar nicht mehr vertragen.«
»Ich verstehe das alles nicht«, sagte meine Frau. »Man könnte dich doch ganz anders verwenden. Weiß denn dein Herr nicht, daß du sprechen kannst?«
»Nein!« rief Jussuf erschrocken aus. »Sagt es ihm bloß, um Gotteswillen nicht! Wenn der wüßte, daß ich sprechen kann, müßte ich auch noch den Ausrufer machen!«
Jussufs Besitzer kam näher. »Los, Jussuf!« befahl er.

Jussuf setzte sich mit dem Wagen in Bewegung. »Vergeßt den Hafer nicht!« raunte er uns zum Abschied noch zu.
Wir wollten Jussuf kaufen, aber Herr Mappel gab ihn nicht her. So schickten wir ihm, wie wir es vereinbart hatten, jede Woche einen Sack Hafer. Bis der Hafer eines Tages zurückkam, mit dem Vermerk: »Adressat eingegangen.«

Wir pflanzten Jussuf zum Gedenken in unserem Garten eine Linde. Und immer, wenn der Wind durch ihre Zweige fährt, sagen wir: »Jussuf spricht...«

Alter Bibelspruch: »Es ist nicht gut, daß der Mensch allein sei.«
Ich finde das nicht richtig. Es müßte heißen: »Es ist nicht gut, daß der Mensch immer *allein sei.«*
Nicht, daß ich meine Frau nicht gern hätte. Ich liebe sie und bin glücklich mit ihr. Nur bin ich schon so lange glücklich, daß eine kurze Unterbrechung nicht schaden könnte. Nur ein paar Wochen.
Und jetzt ist es soweit. Meine Frau fuhr gestern zur Erholung in eine Kneipp-Kuranstalt.

Ich bin Strohwitwer

Um zehn Uhr vormittags lag ich noch im Bett und dachte nach, wie ich meine nächste Zukunft gestalten würde. Hübsche Mädchen? Pfui! An so etwas denke ich nicht gerade in einem Augenblick, in dem meine Frau sich einer anstrengenden Kur unterziehen muß – an so etwas denke ich immer. Aber heute – nein. Keine Mädchen, keine Freunde – nichts. Ich werde nur meiner Gesundheit leben. Werde zu Hause bleiben, nicht zuviel arbeiten, werde endlich einmal zum Lesen kommen, werde mir selbst kochen – kochen! Ich werde gleich mit dem Frühstück beginnen.
Ich sprang aus dem Bett und legte mich sofort wieder hin. Aus dem Bett springe ich täglich. Heute konnte ich gemächlich aus dem Bett *steigen*.
Ich ging in die Küche, stellte das Teewasser zu und – halt! Ein Tischtuch! Ich frühstücke gern auf einem Damasttischtuch, während meine Frau eines aus Kunststoff vorzieht. Sie findet es praktischer. Ich nahm also ein schönes Tischtuch aus dem Schrank, wollte es aufbreiten – es war ein Leintuch. Ich mußte es also wieder zusammenfalten. Haben Sie schon einmal ein Leintuch zusammengefaltet? Das ist fast so schwierig wie das Ausfüllen einer Steuererklärung. Nach einer halben Stunde stopfte ich es in die Wäschekiste, in der

naiven Annahme, meine Frau würde glauben, sie hätte es hineingegeben. Egal. Ich nahm ein anderes Tischtuch, diesmal ein richtiges, eines mit Fransen, und legte es auf. Haben Sie schon einmal ein Tischtuch aufgelegt? Auch das ist nicht so einfach. Vor allem muß der Tisch leer sein. Nun stehen auf unserem Frühstückstisch Vitamine, Medikamente, Gläser und Fläschchen, die ich alle erst wegräumen mußte. Ich stand also da, das offene Tischtuch wie einen Mantel über den Arm geschlagen, in der linken Hand die Gläser, in der rechten die Fläschchen – ich mußte sie wo abstellen. Aber wo? Ha! Auf das Serviertischchen. Wo ist das Serviertischchen? Das war doch immer da? Hab's schon – im Wohnzimmer. Wir hatten gestern das Ehepaar Spannagl zum Tee. Dabei gab es eine kleine Panne. Ich habe meiner Frau schon so oft gesagt: »Wenn du zu deinen Gästen charmant sein willst, dann sage, sobald sie kommen, ›endlich!‹, und sobald sie gehen, ›schon?‹« Gestern passierte ihr ein Lapsus. Als die Spannagls kamen, sagte sie ›schon?‹, und als sie gingen, sagte sie ›endlich!‹.
Aber ich vergesse das Frühstück. Ich legte Gläser, Fläschchen und das Damasttischtuch, das mit den Fransen, auf den Boden, weil ich ja das Serviertischchen erst durch die enge Tapetentür, die in unser Schlafzimmer führt, bringen mußte. Haben Sie schon einmal ein Serviertischchen durch eine enge Tapetentür gebracht? Eine artistische Leistung. Bald fuhr ich rechts an, bald links – endlich kam ich durch. Leider hatte ich dabei einen Unfall. Ich riß ein Stück der neuen Tapete ab, wodurch sie einem jener gefälligen Rollhandtücher glich, wie man sie in allen besseren Kaffeehaustoiletten findet. Ich werde sie morgen von einem Tapezierer richten lassen. Jetzt stellte ich Gläser und Fläschchen auf das Serviertischchen und legte das Damasttischtuch auf den Tisch. Inzwischen war es elf geworden, aber das Schwierigste hatte ich ja hinter mir.

Was jetzt kam, war ein Kinderspiel. Ich ging in die Küche, öffnete den Eisschrank und gustierte. Was sollte ich nehmen? Butter natürlich, Honig, etwas Wurst, Käse und ein weiches Ei. Wie lange muß ein Ei kochen, bis es weich ist? Ich schätzte, zwei Minuten. Ich stellte also das Ei auf den Gasherd und den Zeiger der Eieruhr auf Ziffer zwei. Flamme anzünden. Wo sind die Streichhölzer? Ich bin Nichtraucher und besitze keine, ich mußte sie also suchen. Haben Sie schon einmal Streichhölzer gesucht? Das ist gar nicht so leicht. Vor allem, wo sucht man Streichhölzer? Im Eisschrank waren sie nicht. Ich nahm die Küchenleiter und suchte in dem Vorratskasten, den meine Frau, für den Fall von Versorgungsschwierigkeiten, ganz oben an der Wand angebracht hatte. Ich fand Reis, Mehl, Sardinen – nur keine Streichhölzer. Ich stieg von der Leiter, verlor einen meiner Hausschuhe und stieß einen lauten Schrei aus. Nicht wegen des Hausschuhs. Ich war auf einen Reißnagel getreten, der aus einer Schachtel gefallen war, die ich für eine Streichholzschachtel gehalten hatte. Es war keine Streichholzschachtel. Nachdem ich vor Schmerzen ungefähr eine halbe Minute auf einem Fuß herumgehüpft war, sah ich die Streichhölzer. Sie lagen neben dem Gasherd. Jemand mußte sie hingelegt haben, während ich auf der Leiter stand. Ich stellte die Leiter wieder auf ihren Platz zurück, wobei ich das Glas der Deckenbeleuchtung zerbrach. Ich werde es morgen von einem Elektriker richten lassen. Ich wollte die Gasflamme anzünden und verbrannte mir die Finger. Haben Sie sich schon einmal die Finger verbrannt? Es ist nicht zu glauben, wie schnell man eine Brandblase hat. Wo ist die Brandsalbe? Wir *haben* eine Brandsalbe, aber wo ist sie? Ich bin sicher, daß ich sie gesehen habe, als ich neulich die Schuhbänder suchte. Bei uns findet man alles, was man nicht sucht, und zwar dort, wo es nie wäre, wenn man es suchen würde. Mehl, schoß es mir plötzlich durch den Kopf! Mehl soll gut gegen Brandblasen sein. Ich holte die Leiter – diesmal riß ich die ganze Deckenbeleuchtung herunter –, aber der Elektriker mußte ja sowieso kommen. Daß ich dabei einen Kurzschluß verursacht hatte, sah ich erst am Abend, als ich mich gemütlich hinsetzte und einen Krimi lesen wollte. Ich stieg also auf die Leiter, nahm einen Sack Mehl aus dem Vorratskasten und schüttete mir ein paar Stäubchen auf meinen wunden Finger. Das heißt, ich *wollte* mir ein paar Stäubchen auf meinen wunden Finger schütten. Den paar Stäubchen folgte das ganze Mehl, etwa so, wie 1848 bei Custozza die österreichischen Grenadiere dem alten Radetzky gefolgt waren. Daß der Fußboden wie ein Schaufenster zur Weihnachtszeit aussah, will ich gar nicht erwähnen.

Egal – von solchen Kleinigkeiten lasse ich mir mein Frühstück nicht verderben. Ich stellte die Leiter auf ihren Platz zurück und nahm die halbe Küchendecke mit. Ich werde das morgen von einem Maurer richten lassen. Jetzt läutete es. Ich schoß zum Telefon – niemand. Ich schoß ins Wohnzimmer, um die Tür zu öffnen – die Tür war noch vom Abend vorher verschlossen. Ich schoß um die Schlüssel, schoß zurück, öffnete – niemand. Was da läutete, war die Eieruhr. Ich stellte sie ab, drehte die Flamme aus, nahm den Topf, hob den Deckel hoch und sah etwas Schwarzes, Verkohltes auf dem Boden des Topfes liegen. Ich glaube, ich hätte das Ei in Wasser kochen lassen sollen. Forget it! Eier sind gar nicht so gesund.

Ich richtete eine kalte Platte an, nahm eine Tasse, Untertasse, Besteck, Butter und Honig, gab alles auf das Tablett, auf dem meine Frau das Frühstück zu servieren pflegt, trug es ins Schlafzimmer, stellte es auf den Tisch, alles möglichst appetitlich. Dazu schaltete ich das Radio ein und sang vor mich hin: »I'm singing in the rain, I'm singing in the rain, ich bin eine kleine Hausfrau, I'm singing in the rain!« Ich war mit mir sehr

zufrieden, weil ich nichts vergessen hatte. Doch – das Brot!
Ich machte im Rhythmus der Musik eine Kehrtwendung – aber das soll man nicht, wenn man ein Tischtuch mit Fransen hat. Einige der Fransen verfingen sich in einen Knopf meiner Hausjacke, es gab einen Krach – ich hatte das Tischtuch, mit allem, was draufstand, heruntergerissen. Wurst und Käse lagen auf dem Boden, während sich der Honig, hämisch grinsend, auf dem Teppich ausbreitete. Ich wollte ein Tuch holen, um ihn aufzusaugen. Haben Sie schon einmal versucht, Honig von einem Teppich aufzusaugen? Versuchen Sie es nicht! Ich trat in das klebrige Zeug – ich werde morgen einen neuen Teppich kaufen. Ob meine Frau sich an das Muster erinnert? Möglich wäre es. Ich werde ein Stück Teppich herunterschneiden und so lange suchen, bis ich ein ähnliches Muster gefunden habe. Ich legte Wurst und Käse wieder auf den Tisch, es sah lange nicht mehr so appetitlich aus wie vorher. Aber man darf sich durch solche Lappalien nicht unterkriegen lassen. Ich ging in die Küche zurück und freute mich bereits auf das freundliche Brummen und Summen des kochenden Teewassers. Nichts. Es summte nichts, es brummte nichts. Ich hatte vergessen, die betreffende Flamme anzuzünden.
Und doch verzichtete ich nicht auf mein Frühstück. Ich zog mich an und ging ins Kaffeehaus.

Alter Bibelspruch: »Es ist nicht gut, daß der Mensch allein sei.«

Mein Lieblingswitz: In Australien bekam ein Mann zu seinem Geburtstag einen neuen Bumerang und wollte den alten wegwerfen. Aus.

Der Bumerang

Bamberger war ein Bumerang. Man konnte ihn nicht loswerden. Wenn man mit ihm beisammensaß und ihn beleidigte – ja, selbst wenn er aufstand und fortging – er kam wieder zurück.
Dr. Robinson hatte seinetwegen bereits einmal die Wohnung, zweimal die Kanzlei und dreimal das Kaffeehaus gewechselt – Bamberger hatte ihn immer wieder aufgespürt. Robinson versuchte es mit einem vierten Kaffeehaus. Gemütlich saß er bei seinem Mokka – wer trat ein? Bamberger.
»Schön, Sie zu sehen!« begrüßte er Robinson.
Robinson erblaßte. »Wer hat Ihnen gesagt, daß ich hier bin?«
»Ihre Frau. Ich habe bei Ihnen angerufen.«
Meine Frau, dachte Robinson grimmig. Warum lasse ich sie auch ans Telephon gehen? Warum habe ich nicht lieber einen automatischen Telephonanrufbeantworter geheiratet, der gesagt hätte, daß ich auf den Fidschiinseln bin und erst wieder am 1. Jänner 2000, ab 15 Uhr, im Kaffeehaus zu erreichen sein werde.
Bamberger begann. »Ich bin schon fünfmal an Ihrem Haus vorübergegangen.«
»Das war schön von Ihnen«, bemerkte Robinson.
»Ich wußte nicht, daß Sie jetzt dort wohnen. Ihr Freund, Herr Wimmer, hat mir Ihre Nummer gegeben.«
Freund, dachte Robinson bitter. Freund! Einer, der einem Ekel wie dir meine Nummer gibt.
»Ich brauche Ihren Rat als Anwalt«, sagte Bamberger.
Das war etwas anderes. Robinson setzte sich zurecht. Für Klienten war er immer zu haben.

»Mein Bruder ist zwar auch Anwalt«, fuhr Bamberger fort, »aber ich rede nicht mit ihm, seitdem er das Testament meines Onkels angefochten hat, in dem ich besser bedacht war als er.« Er nickte betrübt vor sich hin. »Mein Zwillingsbruder!« betonte er. »Ein Mensch, der mir alles zu verdanken hat.«

»Was hat Ihnen ihr Zwillingsbruder zu verdanken?« fragte Robinson.

Bamberger sah ihn erstaunt an. »Na hören Sie?« wunderte er sich. »Wenn ich nicht dabei gewesen wäre, wäre er doch ein Mann mit zwei Köpfen geworden.«

Robinson fragte sich, ob er als normaler Mensch einen Trottel wie Bamberger überhaupt anhören sollte, aber der Anwalt in ihm war stärker als der Mensch. »Was haben Sie für ein Problem?« erkundigte er sich.

»Sie befassen sich doch in Ihrer Kanzlei auch mit dem An- und Verkauf von Realitäten?«

»Ja.« Robinson rückte interessiert näher.

»Meine Frau hat vor Jahren ein kleines Landhaus geerbt, das sie verkaufen möchte.«

»Warum?«

»Weil es zu teuer kommt. Wir müssen die Grundsteuer bezahlen, die Wassergebühr, die Müllabfuhr, die Zinsen für die Hypothek . . .«

»Gut. Setzen wir ein Inserat auf.« Robinson nahm aus seinem Aktenkoffer Schreibblock und Kugelschreiber und begann: »Schönes Landhaus zu verkaufen.«

Bamberger unterbrach ihn. »Schön ist es eigentlich nicht, Herr Doktor«, meinte er zaghaft.

»Ich kann aber nicht schreiben: Häßliches Landhaus zu verkaufen. Wo liegt es?«

»Bei Iglgrundshausen.«

»*Bei* Iglgrundshausen? Nicht einmal *in* Iglgrundshausen?«

»Leider.«

»Wo liegt Iglgrundshausen?«

»Bei Ober-Ochsendorf.«

»Und wo liegt Ober-Ochsendorf?«
»Bei Etschwangstetten.«
»Und wie weit ist es von Iglgrundshausen nach Etschwangstetten?«
»Zwei Stunden zu gehen, wenn man rennt.«
»Ich werde schreiben: Nähe Wien«, beschloß Robinson. Bamberger sah ihn befremdet an. »Herr Doktor«, meinte er zögernd, »wissen Sie, wie weit Wien von Etschwangstetten entfernt ist?«
Robinson winkte ab. »Wissen Sie, wie weit der Mond von der Erde entfernt ist«, fragte er, »und man erreicht ihn doch? Was für ein Gegenüber hat das Haus?«
»Einen Misthaufen«, sagte Bamberger. »Seit Jahren verspricht uns die Gemeindeverwaltung einen Park, aber bis jetzt wurde keiner gemacht.«
»Ich werde schreiben: Aussicht auf herrlichen Park.«
»Es ist doch noch keiner da«, wandte Bamberger ein.
»Aber die Aussicht ist da, daß einer hinkommt. In was für einem Zustand ist das Gebäude?«
»Vorne geht es«, meinte Bamberger. »Im Garten mußte es mit alten Bäumen gepölzt werden.«
»Sehr gut«, fand Robinson und schrieb: »Garten mit altem Baumbestand, Sauerstoffreservoir. Wie ist die Umgebung?«
»Schrecklich. Eine Ruine neben der andern.«
»Das ist doch herrlich! Romantische Gegend. Ist an dem Haus etwas zu reparieren?«
»Etwas?« stöhnte Bamberger. »Alles. Es ist so feucht, daß das Wasser von den Wänden rinnt.«
»Wunderbar!« Robinson schrieb: »Fließwasser.«
»In zwei Zimmern ist die Decke so undicht, daß man nach einem starken Regen baden kann.«
»Zwei Badezimmer.«
»Im Keller wachsen Pilze.«
»Günstig für Champignonzucht.«
»Außerdem fehlen zwölf Fensterscheiben.«
»Luftige Räume. Was haben Sie für eine Heizung?«

»Einen alten Petroleumofen. Im Winter haben wir Eisblumen an den Fenstern.«
»Großer Wintergarten. Wie ist die Lage des Hauses? Ruhig?«
Bamberger lachte bitter auf. »Von früh bis spät spielen die Kinder vor dem Haus Fußball. Man lebt ständig in der Angst, einen Ball an den Kopf zu kriegen.«
»Ideal für größere Familien. Kinderparadies. In zwei Zimmer regnet es hinein. Sonst ist das Dach stabil?«
»Solange es windstill ist. Wie sich das leiseste Lüftchen rührt, fallen die Ziegel ab.«
»Schreiben wir: Günstige Kapitalsanlage.«
»Wieso?«
»Weil ständig etwas abfällt. Ich glaube, das genügt. Ich werde noch meine Telephonnummer druntersetzen: 44-11-92, Anwaltskanzlei. Hören Sie, was ich geschrieben habe.« Robinson las: »Schönes Landhaus zu verkaufen, Nähe Wien, mit Aussicht auf herrlichen Park, Garten mit altem Baumbestand, Sauerstoffreservoir, Fließwasser, 2 Badezimmer, luftige Räume, günstig für Champignonzucht, ideal für größere Familien, Kinderparadies, günstige Kapitalsanlage, da ständig etwas abfällt, Auskunft 44-11-92, Anwaltskanzlei. – Ist es Ihnen so recht?«
»Ja«, sagte Bamberger strahlend.
»Dann werde ich das Inserat sofort zur Zeitung schicken.«
Bamberger sah Robinson verwundert an. »Zur Zeitung schicken?« wiederholte er. »Das Inserat? Denken Sie, ich bin verrückt, daß ich ein solches Haus verkaufe?!?«

Überzeugungskraft muß man haben. Daß Bamberger plötzlich der Ansicht ist, ein schönes Haus zu besitzen, ist nicht so verwunderlich. Verwunderlicher ist es, daß Dr. Robinson sich seither bemüht, es ihm abzukaufen.

Es gibt brave Kinder, und es gibt schlimme Kinder. Und dann gibt es meinen Neffen Ladi. Wenn er schlimm ist, ist er sehr *schlimm – und wenn er brav ist? Brav ist er eigentlich nie. Er ist auch kein guter Schüler. Er kann nicht rechnen, er kann nicht zeichnen, er hat kein Talent für Sprachen. Das heißt,* eine *Sprache beherrscht er perfekt: die B-Sprache. Kennen Sie die B-Sprache? Nie davon gehört? Ich habe bereits einige Male an die Fernsehdirektion geschrieben, was uns fehlt, ist ein TV-Kurs: »Wie lerne ich B?« Keine Antwort. Gute Vorschläge werden nie berücksichtigt. Obwohl die B-Sprache sehr leicht ist, könnte ich Ihnen keine grammatikalischen Regeln sagen. Ich kann lediglich mit einigen Vokabeln aufwarten: Vater = vabaterber, Mutter = mubutterber, Kind = kibind. Haben Sie es? Jetzt kennen Sie drei Wörter – mit den andern ist es genau dasselbe. Ein bißchen Training, und auch Sie können*

Die B-Sprache

Ich saß hinter meinem Schreibtisch. Vor mir stand mein Neffe Ladi, 10.
»Was willst du?« fragte ich streng.
»Du hast einmal mit meinem Papa gesprochen...« begann er zögernd.
»Ich spreche oft mit deinem Papa«, sagte ich.
»Aber einmal hast du zu ihm gesagt, ihr wart auch einmal Kinder, du und er.«
Es mußte sich um etwas ganz Schlimmes handeln, wozu sonst die lange Einleitung.
»Und?« fragte ich, ohne die Strenge in meinem Ton im geringsten zu mildern.
»Ich möchte dich bitten, daß du wieder mit ihm sprichst und daß du ihm das wieder sagst.«
»Warum?« Was hatte er bloß wieder angestellt?
»Ich bin heute früh in die Schule gegangen und habe plötzlich alles in der B-Sprache gelesen.«
»Was heißt das?« fragte ich.

»Ich habe zum Beispiel ein Schild gesehen ›Installateur‹ und habe gelesen ›Ibinstaballabateurbeur‹.«
»Das ist doch kein Unglück.«
»Oder ich habe gesehen ›Türe zumachen‹ und habe gelesen ›Tübürebe zubumabacheben‹.«
»Schon gut«, sagte ich, bereits etwas nervös.
»Oder ich habe gesehen ›Rauchen verboten‹ und habe gelesen ›Raubaucheben verberboboteben‹.«
»Genug!« schrie ich, nahm aber sofort wieder meine onkelhafte Würde an. »Warum soll ich deshalb mit deinem Papa sprechen?«
»Weil ich nicht mehr aufhören konnte.« Er schluchzte. »In der Schule hat mich der Lehrer gefragt, was Goethe geschrieben hat. Wir sollen ihm ein paar Drabameben nebenneben.«
»*Was* sollt ihr ihm?«
»Ein paar Dramen nennen«, korrigierte Ladi rasch.
»Das habe ich doch mit dir durchgenommen. Faust, Tasso, Egmont . . .«
»Ich weiß. Ich habe aber gesagt Faubaust, Tabassobo, Egbemobont.«
»Das ist doch ein Blödsinn!«
»Das hat der Lehrer auch gesagt!« Er weinte. »Er hat gesagt, der Papa soll morgen zu ihm in die Schule kommen, aber ich kann ihm das nicht beibringen. Der Papa war gestern bei meinem Mathematiklehrer, vorgestern bei meinem Zeichenlehrer, vorvorgestern beim Direktor. Er hat gesagt, er ist kein Kind, er kann nicht jeden Tag in die Schule gehen. Sprich *du* mit ihm! Bibittebe, Obonkebel!«
»*Was?*« fragte ich.
»Bitte, Onkel!« verbesserte er schnell und heulte verzweifelt: »Ich werd's nicht mehr los!«
»Nibicht weibeneben!« tröstete ich ihn. Er sah erstaunt auf. Ich hatte, als ich noch ein Kind war, selbst oft in der B-Sprache gesprochen, aber das hätte der Bengel nicht zu wissen brauchen. Zu dumm!

Meine Frau trat ein. »Ladi?« sagte sie überrascht. »Was machst *du* hier?«
»Ich soll wieder einmal mit seinem Papa reden«, erklärte ich ihr, »weil er in der Schule mit seinem Lehrer in der B-Sprache gebesprobocheben habat.«
»Wabas?« fragte meine Frau. Sie sprach auch die B-Sprache! Ladis Mienen hellten sich auf.
Im selben Moment traten seine Eltern ein.
»*Da* bist du?« schrie sein Vater wütend. »Seit einer Stunde warten wir mit dem Essen auf dich! Deine Mutter war schon ganz besorgt!«
»Reg dich nicht auf, Walter«, beruhigte ich ihn. »Er wollte bloß, daß ich mit dir rede. Daß ich dir sage, daß wir auch eibeinmabal Kibinderber wabareben.«
»Wobozubu?« fragte mein Schwager. Er auch! Ladi strahlte.
Ich setzte fort. »Er hat in der Schule mit seinem Lehrer in der Bebesprabachebe gebesprobocheben.«
»Naba wabartebe!« schrie mein Schwager und ging auf Ladi zu.
»Labaß ibihn!« warf sich die Mutter dazwischen. »Das hat er von mir!« Sie sah Ladi verklärt an. »Als ich noch zur Schule ging und mich die Lehrerin einmal fragte, ob ich einige Goethe-Dramen wisse, sagte ich: ›Faubaust, Tabassobo und Egbemobont‹!« Kichernd legte sie ihren Arm um ihren Sprößling und zog ihn an sich.
»Dasselbe hat Labadibi gebetaban«, sagte ich.
»Kobommt!« kommandierte mein Schwager. Versöhnt verließ die Familie unsere Wohnung.
»Gobottlobob!« freute sich meine Frau.

Es gibt Eltern, die sich von ihren Kindern beherrschen lassen. Wäre Ladi *mein* Sohn gewesen und ich hätte gehört, daß er mit seinem Lehrer in der B-Sprache gesprochen hat, ich hätte ihm zumindest gesagt: »Mibistfrabatz!«

Es gibt Männer, die zwischen den Mahlzeiten rauchen – und andere, die zwischen den Rauchpausen essen. Einer der letzteren ist unser Freund Holzer. Aber zu seiner Ehre sei es gesagt:

Holzer will sich das Rauchen abgewöhnen

Holzer rauchte hundert Zigaretten pro Tag. Es war zur Zeit, als es noch erlaubt war, im ORF für Tabak und Zigaretten zu werben, als ein Herr bei ihm erschien.
»Mein Name ist Kalisch, ich komme von der Abteilung ›Public relations‹ der Österreichischen Tabakregie.«
»Ja?« »Die Ärzte behaupten, Rauchen sei ungesund. Wir haben erfahren, daß Sie hundert Zigaretten am Tag rauchen, und möchten Sie für einen Werbespot gewinnen. Wir bezahlen Ihnen zehntausend Schilling. Sie haben nichts weiter zu tun, als vor der Kamera zu stehen und zu sagen: ›Ich rauche hundert Zigaretten am Tag und bin kerngesund.‹ Morgen um elf ist die Aufnahme.«
»Moment, um elf geht es nicht.«
»Warum nicht?«
»Weil ich bis zwölf huste.«
Bald hustete Holzer bis zwei, dann bis vier, dann bis acht, und schließlich hustete er den ganzen Tag.
Holzers sechsjähriger Sohn machte seine Hausaufgabe.
»Wie alt kann ein Dampfschiff werden?« fragte er seine Mutter.
»Hundert Jahre.«
»So alt? Wieso wird ein Dampfschiff so alt?«
»Weil es nicht so viel raucht wie dein Vater«, antwortete Frau Holzer und warf ihrem Mann einen giftigen Seitenblick zu.
Holzer hustete Tag und Nacht. Er ging zum Arzt.
»Sie müssen sich das Rauchen abgewöhnen«, sagte Dr. Klinger. »Tun Sie das nicht, würde ich Ihnen nicht

raten, sich den Beginn einer neuen Fernsehserie anzuschauen. Es könnte sein, daß Sie den Schluß nicht mehr sehen können.«

Holzer gewöhnte sich das Rauchen ab. Er nahm an Gewicht zu, wurde nervös, reizbar, streitsüchtig, und Frau Holzer wäre es lieber gewesen, er hätte wieder geraucht. Aber Holzer rauchte nicht. Einen Monat, zwei Monate, drei Monate. Dann kam sein Geburtstag. »An meinem Geburtstag werde ich doch *eine* Zigarette rauchen dürfen«, sagte er sich. Aus der einen wurden zwei, aus den zweien vier, aus den vieren acht, und bald war er wieder bei hundert am Tag angelangt. Er verlor an Gewicht, seine Nerven beruhigten sich, er war weder reizbar noch streitsüchtig – aber er hustete. Erst bis zwei, dann bis vier, dann bis sechs, dann bis acht Uhr – und schließlich hustete er wieder bei Tag und Nacht.

Brosig, sein Geschäftspartner, gab ihm einen Rat. »Ich habe von einem Wunderheiler gehört«, sagte er. »Er heißt Polzer, lebt in der Schweiz und heilt durch bloßes Auflegen seiner Hände jede Krankheit und jede Sucht.«

Holzer fuhr zu Polzer. Polzer legte seine Hände auf die Stellen, von denen man annehmen konnte, daß sich in ihrem Innern noch kleine Reste von Lungen befanden. Dann verlangte er hundert Franken, und Holzer fuhr nach Hause.

Holzer rauchte nicht. Er nahm an Gewicht zu, aber er war nicht nervös, nicht reizbar, nicht streitsüchtig, weil das keine Ausdrücke für den Gemütszustand sind, in dem er sich befand. Er fror, er zitterte mit den Händen, kaute an seinen Nägeln und wälzte sich schlaflos im Bett herum. Aber Holzer rauchte nicht. Einen Monat, zwei Monate. Dann kam sein fünfundzwanzigster Hochzeitstag. »An meinem fünfundzwanzigsten Hochzeitstag werde ich doch *eine* Zigarette rauchen dürfen«, sagte er sich. Aus der einen wurden zwei, aus

den zweien vier, aus den vieren acht, und bald war er wieder bei hundert am Tag. Wieder verlor er an Gewicht, wieder beruhigten sich seine Nerven, wieder war er ein normaler Mensch – aber wieder hustete er.
Er las in einer Illustrierten von einem Arzt auf den Philippinen: Dr. Malahini. Dr Malahini heilte Krankheiten und Sucht durch Hypnose. Holzer flog nach den Philippinen.
Dr. Malahini hypnotisierte ihn. Er verlangte dafür hundert Dollar und versprach Holzer, daß er keine Lust mehr verspüren werde zu rauchen.
Holzer kam nach Hause. Er rauchte nicht. Er nahm diesmal auch nicht an Gewicht zu. Er wurde blaß, er verfiel, er bibberte am ganzen Körper, er kroch die Wände hoch und wäre imstande gewesen, einen Menschen zu töten, wenn er dafür hätte eine Zigarette rauchen dürfen. Aber er rauchte nicht. Einen Monat lang. Dann kam das zehnjährige Geschäftsjubiläum. »An meinem zehnjährigen Geschäftsjubiläum werde ich doch *eine* Zigarette rauchen dürfen«, sagte er sich. Aus der einen wurden zwei, aus den zweien vier, aus den vieren acht, und bald war er wieder bei hundert am Tag. Er war nicht mehr blaß, er verfiel nicht mehr, er bibberte nicht mehr am ganzen Körper, er kroch nicht die Wände hoch, er verspürte nicht die geringste Mordlust – aber er hustete. Tag und Nacht.
Er hörte von einem Arzt in Australien, Dr. Bloomfield, der durch Selbstsuggestion jede Krankheit und jede Sucht heilte. Er flog nach Australien. Dr. Bloomfield erklärte ihm seine Methode: »Das Kleinhirn bestimmt den Willen des Menschen. Wenn der Mensch aber sagt, ich will nicht mehr rauchen, dann läßt sich das Kleinhirn das nicht bieten. Der Mensch hat nicht zu wollen. Zu wollen hat das Kleinhirn. Wenn Sie also nicht rauchen wollen, müssen Sie sagen: ›Ich *werde* nicht mehr rauchen, ich werde nicht mehr rauchen, ich werde nicht mehr rauchen.‹ Alles andere übernimmt dann das

Kleinhirn.« Holzer bezahlte ein Vermögen, aber jetzt wußte er wenigstens, was er zu tun hatte.
Er ging ins Hotel zurück, sagte sich: »Ich werde nicht mehr rauchen, ich werde nicht mehr rauchen, ich werde nicht mehr rauchen!« und goß sich ein großes Glas Whisky ein. Er setzte das auch zu Hause fort. Aus dem einen Glas wurden zwei, aus den zweien vier, aus den vieren acht, aus den acht wurden sechzehn – und bald trank er bei Tag und Nacht. Er hustete nicht, aber er schwankte. So lange, bis seine Frau vor ihm auf den Knien lag und ihn beschwor, lieber wieder hundert Zigaretten am Tag zu rauchen, anstatt zwanzig Gläser Whisky zu trinken. Holzer und Frau schlossen einen Vertrag: Er raucht fünfzig Zigaretten am Tag und trinkt zehn Gläser Whisky, aber er hustet nur noch bis Mittag und führt eine glückliche Ehe.

Es gibt nur *eine* Methode, sich das Rauchen abzugewöhnen: Stecken Sie die brennende Zigarette verkehrt in den Mund.

Ein Einbrecher ist ein Mensch, der glaubt, daß der Himmel nur dem hilft, der sich selber hilft. *(Ichweißnicht v. Wem)*

Einbruchsicher

Wir haben eine Wohnung in Wien und ein Haus auf dem Land. Die Wohnung in Wien ist gegen Feuer versichert, das Haus auf dem Land gegen Einbruch. In dem Haus auf dem Land hat es gebrannt, in der Wohnung in Wien wurde eingebrochen. Und das zweimal, während ich mit meiner Frau auf Weekend in dem Haus auf dem Land war. Also sprach meine Frau: »Wir brauchen ein Sicherheitsschloß.« Das Schloß wurde angebracht, zwei Wochen später wurde eingebrochen. Und nicht nur das. Auf dem Tisch lag ein Zettel: »Habe über Ihr Sicherheitsschloß sehr gelacht. Ihr Einbrecher.«

Also sprach meine Frau: »Wir brauchen einen Hund.« – »Während wir weg sind?« fragte ich. »Wer soll den Hund versorgen?« – »Unsere Hausbesorgerin wird ihn Gassi führen und wird ihm zu fressen geben«, sagte meine Frau, »und in der Nacht ist er da und bewacht unsere Wohnung«. Also ging ich hin und kaufte einen Hund. Der Tierhändler bot mir einen an. Einen großen. Eine Dogge. Sie war ein Weibchen und hieß Bella. Von seiten Bellas war es Liebe auf den ersten Blick. Sie sprang an mir hoch und leckte mir das Gesicht ab. »Sie brauchen sich nicht zu fürchten«, meinte der Tierhändler. »Bella beißt nicht.« – »Beißt nicht«, sagte ich ängstlich, »aber vielleicht schluckt sie«. Ich erstand das Tier, wir bereiteten ihm einen Platz in der Küche und fuhren beruhigt auf Weekend.

Am Montag vormittag kamen wir zurück und sahen sofort: es war eingebrochen worden. Auf dem Tisch lag ein Zettel: »Danke für den freundlichen Hund. Er hat mich wedelnd begrüßt, und wir haben die ganze Nacht miteinander gespielt.« Wütend gingen wir in die Küche. Bella schlief. Das Spiel mit dem Einbrecher dürfte sie ermüdet haben. Als sie erwachte, erzählten wir ihr, was geschehen war. Bella schlug die Augen nieder, sie schämte sich. Wir konnten ihr nicht böse sein, nichtsdestoweniger brachte ich sie dem Tierhändler zurück.

»Was hat man mitgenommen?« fragte der Tierhändler, als ich ihm von dem Einbruch berichtet hatte.

»Fünftausend Schilling«, sagte ich.

»Ja, dann!« meinte der Tierhändler. »Dann verstehe ich alles. Bella war vorher bei sehr reichen Leuten. Auf so kleine Beträge ist sie nicht dressiert.« Er tauschte mir Bella gegen Romeo aus. »Romeo ist klein«, sagte er, »aber bissig.«

Er hatte recht. Auf dem Nachhauseweg biß Romeo zwei Hunde, einen Briefträger und mich, und als ich mich auf der Unfallstation verarzten ließ, biß er den Primarius und eine Dame. Eine zweite Dame rannte schreiend aus dem Haus, zwei Pfleger verfolgten sie und brachten sie irrtümlich auf die Psychiatrische Klinik, wo man sie nach gründlicher Untersuchung als nicht gemeingefährlich bezeichnete und in häusliche Pflege entließ. Das Stückchen Weg von der Tierhandlung über die Unfallstation bis nach Hause brachte mir sechs Klagen ein, von denen ich noch nicht weiß wie sie ausgehen werden.

Als ich meiner Frau erzählte, daß mich der Hund gebissen habe, strahlte sie. »Das ist doch ein Glück!« sagte sie. Ich verstand nicht. »Wenn der Hund *dich* gebissen hat, wird er doch auch den Einbrecher beißen.« Sie hatte recht. Der Einbrecher, mit dem ich mich, seit er mir Briefe schrieb, schon irgendwie vertraut fühlte, tat mir leid. Aber es ist ja seine Schuld. Soll er nicht einbrechen. Zumindest bei uns nicht. Wir fuhren auf Weekend.

Am Montag kamen wir zurück und sahen: es war

wieder eingebrochen worden. Auf dem Tisch lag ein Zettel: »Seien Sie nicht böse, daß ich Ihren Hund mit meiner Blendlaterne schreckte, aber ich hatte keine andere Wahl. Freundlichst Ihr Einbrecher.« Wir suchten Romeo – er lag verschüchtert unter der Couch.

Ich brachte ihn wütend zu dem Tierhändler zurück und erzählte aufgeregt von dem neuerlichen Einbruch. »Diesmal hat der Einbrecher Geld, Schmuck und Silber mitgenommen!« rief ich außer mir. »Und Ihr Hund lag unter der Couch!« – »Erstens ist das nicht *mein* Hund, sondern *Ihr* Hund«, stellte der Tierhändler sofort richtig, »und zweitens ist das nur ein Zeichen seiner Klugheit.« – »Wieso?« fragte ich. »Weil er verhindern wollte, daß ihn der Einbrecher auch noch mitnimmt«, meinte der Tierhändler. Ich verlor die Geduld. »Ich will endlich einen Hund haben, der Einbrecher verjagt!« schrie ich.

Der Tierhändler beruhigte mich. »Nehmen Sie den Schnauzer hier«, sagte er und zeigte auf einen Hund, der so viel Fell hatte, daß man nicht wußte, wo vorn und wo hinten ist. »Das ist ganz einfach«, erklärte mir der Tierhändler, »Sie brauchen bloß aufzupassen, von welcher Seite er bellt. Und das Bellen ist seine Spezialität. Er heißt Josef und ist ein äußerst gutmütiges Tier, aber sein Gebell wird jeden Einbrecher in die Flucht schlagen.« Wie zur Bekräftigung dieser Worte bellte Josef so laut, daß ein Hamsterweibchen vor der Zeit Junge bekam. »O. k.«, sagte ich, »ich will es noch einmal versuchen.« Ich nahm Josef mit nach Hause. Josef bellte derart ohrenbetäubend, und das unausgesetzt, daß man von oben, von unten und von allen Seiten gegen unsere Wände klopfte. Fünfzehn Jahre lang hatten wir mit den Hausbewohnern im besten Einvernehmen gelebt – binnen einer Stunde waren wir mit allen verfeindet. Ehe wir auf Weekend fuhren, nahm sich meine Frau den Schnauzer noch einmal vor: »Sei schön brav, Josef«, sagte sie, »sei ein gutes Hundi,

und wenn das Einbrecherli kommt, bellst du es fort.« Josef bellte »ja«, und zwar so oft, daß wir es noch hörten, als wir bereits im Taxi saßen.
Am Montag kamen wir zurück: es war eingebrochen worden. Auf dem Tisch lag ein Zettel: »Endlich sind Sie so klug und geben es auf, sich einen Hund zu halten.« Was sollte das heißen? Wo ist Josef? »Josef!!!« rief ich. Er lag auf einem Fauteuil und schlief. Er dürfte nicht verstanden haben, was »Einbrecherli« heißt. Empört stürzte ich in die Tierhandlung.
»Da haben Sie Ihren Josef zurück!« brüllte ich. »Wieder war der Einbrecher da, und der Hund hat geschlafen!« – »Wann war das?« fragte der Tierhändler. »Gestern nacht!« schrie ich. »Ja, in der Nacht«, meinte der Tierhändler, »da schläft er.« Aber er gab mir einen Rat: »Nehmen Sie Josef wieder mit, und kaufen Sie sich eine Eule und einen Papagei dazu. Die Eule ist ein Nachtvogel, wenn der Einbrecher kommt, wird sie den Papagei wecken, und der Papagei wird dem Hund sagen, daß er bellen soll.« Ich ließ mir auch das einreden. Den Papagei bekam ich übrigens billig, weil er einen Sprachfehler hatte. Meine Frau und ich fuhren auf Weekend.
Als wir am Montag zurückkamen, was sahen wir? Es war eingebrochen worden. Auf dem Tisch fand ich den schon gewohnten Zettel. »Die Eule«, las ich, »war eine gute Idee, aber als mich der Papagei sah, war er so sprachlos, daß es ihm unmöglich war, den Hund – wie Sie es anscheinend erwartet hatten – zu wecken. Ihr getreuer Einbrecher.«
Jetzt war es aus. Ich brachte sämtliche Tiere aus dem Haus. Meine Frau wußte etwas Besseres: »Wir lassen die Türen offen und die Lichter brennen«, sagte sie, »dann wird jeder Einbrecher denken, die sind zu Hause, und wird sich hüten, die Wohnung zu betreten.« Vielleicht dachte jeder Einbrecher so, außer dem unseren. Am Montag war wieder eingebrochen worden, und auf dem Tisch lag ein Zettel: »Ich danke

Ihnen, daß Sie es mir so bequem gemacht haben, ich bin sowieso nicht mehr der Jüngste. Ihr dankbarer Einbrecher.«

Jetzt war es mit meiner Geduld zu Ende. Ich war auf dem Weg zur Polizei, als ich Strelitzer traf. Ich erzählte ihm von unserem Mißgeschick.

»Das verstehe ich nicht«, sagte Strelitzer. »Haben Sie denn noch nie von Weinzierl gehört?« Verschämt sagte ich: »Nein. Wer ist Weinzierl?«

»Weinzierl«, klärte mich Strelitzer auf, »ist der Mann, der die besten Sicherheitsschlösser erzeugt. Er arbeitet sogar mit der Polizei zusammen. Wenn es der Polizei nicht gelingt, eine Wohnungstür oder ein Safe zu öffnen – Weinzierl gelingt es. Wenn es aber andererseits gilt, ein Schloß anzubringen, das sich nur mit dem dazugehörigen Schlüssel öffnen läßt – Weinzierl kann auch das.«

»Und wenn man diesen dazugehörigen Schlüssel verliert?« erkundigte ich mich, weil mir das schon öfter passiert war.

»Ruft man Weinzierl«, sagte Strelitzer.

»Und wie ist das mit den Einbrechern?« fragte ich.

»Die Einbrecher kennen Weinzierlschlösser schon von weitem und halten sich erst gar nicht damit auf. Sie wissen, daß sich ein Weinzierlschloß nicht gewaltsam öffnen läßt.«

Also ging ich zu Weinzierl.

Weinzierl war so stark beschäftigt wie der Generaldirektor eines großen Industrieunternehmens. Seine Sekretärin gab mir für Ende der Woche einen Termin. Weinzierl empfing mich. Er saß »wie ein Minister« hinter einem mächtigen Schreibtisch, hörte sich meine Geschichte an und meinte: »Ich werde Sie vormerken, werde aber erst in drei Wochen dazukommen, das Schloß zu montieren.« Drei Wochen! In drei Wochen raubt uns der Einbrecher arm. Ich versprach, ich bat, ich flehte. Nur dem Umstand, daß Weinzierls Gattin

meine Frau gern im Fernsehen sieht, war es zu danken, daß Weinzierl sich herbeiließ, schon am nächsten Tag bei uns zu erscheinen.
Weinzierl kam. Bei der Arbeit durften wir ihm nicht zuschauen – sein Patent sollte sein Geheimnis bleiben. Er brachte drei Schlösser an, die nur mit den dazugehörigen Schlüsseln zu öffnen waren, ferner zwei Sicherheitsketten, die wieder Schlösser trugen, die auch nur mit den dazugehörigen Schlüsseln zu öffnen waren. Zur Aufbewahrung der Schlüssel bekamen wir eine kleine Stahlbox, die auch nur mit dem dazugehörigen Schlüssel zu öffnen war. Weinzierl verlangte ein kleines Vermögen, aber was tut man nicht alles für seine Sicherheit. Wegen schlechten Wetters verbrachten wir das nächste Weekend in Wien. Seit Monaten konnten wir zum erstenmal ruhig schlafen, wir hatten ja Weinzierlschlösser. In der Nacht von Samstag auf Sonntag – kein Einbrecher. In der Nacht von Sonntag auf Montag – kein Einbrecher.
Montag früh rief ich den Meister an. Frau Weinzierl war am Apparat. »Haben Sie vielleicht Ihre Schlüssel verloren?« fragte sie teilnahmsvoll, als sie meinen Namen hörte. »Mein Mann wird dafür sorgen, daß Sie hineinkommen.« »Hineinkommen?« rief ich verzweifelt. »Hineinkommen könnte ich vielleicht. Ich möchte wissen, wie ich hinauskomme!«

Weinzierl öffnete die drei Schlösser und die zwei Sicherheitsketten. Als ich endlich aus der Wohnung konnte, sah ich einen Zettel in der Tür stecken: »Das hätte ich nicht von Ihnen gedacht. Ihr gekränkter Einbrecher.«

Winston Churchill sagte: »Ersparnisse sind eine schöne Sache – besonders, wenn Ihre Eltern sie für Sie gemacht haben.« Bei uns ist das nicht der Fall.

Wir müssen sparen

Meine Frau und ich prüften unsere Finanzlage, wobei wir zu der Erkenntnis kamen, daß wir, falls wir so weiterlebten wie bisher, in fünfzehn Jahren zwanzig Millionen Schulden haben würden. Es galt also zu sparen – und zwar ab sofort. Ich drehte den Luster ab und zündete eine Kerze an, wir schalteten weder Radio noch Fernsehen ein, wir verzichteten auf den gewohnten Drink vor dem Schlafengehen – wir mußten sparen.

Am nächsten Abend kam ich nach Hause und berichtete stolz von meinen Erfolgen. 1) hatte ich große Schritte gemacht, um die Sohlen zu schonen, 2) hatte ich gewartet bis niemand hinschaut und hatte dann die Briefe ohne Porto in den Postkasten geworfen, und 3) hatte ich meine Kaffeehausbesuche von vier auf zwei reduziert. Das alles zusammen brachte eine Kürzung meiner Ausgaben um 56 Schilling.

Meine Frau war tüchtiger gewesen. Sie hatte von einem Supermarkt gehört, der das Glas Pfefferoni anstatt um 12 Schilling, um 10 Schilling 50 absetzte. Ich belobte sie. Wir essen zwar keine Pfefferoni, aber es war eine einmalige Gelegenheit, und vielleicht kommt doch einmal der Tag, an dem wir Pfefferoni essen werden. Daß sie gleich zwölf Gläser davon genommen hat, war vielleicht übertrieben, aber es brachte uns immerhin eine Ersparnis von 18 Schilling. Und um 18 Schilling bekommt man schon – was bekommt man schon um 18 Schilling? Nichts. Aber das war auch nicht alles. Auf dem Nachhauseweg hatte sie auf Bus und Straßenbahn verzichtet – das Wort »Taxi« darf in unserm Haus nicht mehr ausgesprochen werden – und war, die zwölf

Gläser mit Pfefferoni in der Hand, zu Fuß gegangen. Daß sie nach einer halben Stunde Marschierens Fußschmerzen bekam und sich ein bequemeres Paar Schuhe kaufen mußte, ist einzusehen. Noch dazu, wo sie diese Schuhe in einem Ausverkauf bekam, wo sie anstatt 550 Schilling bloß 470 bezahlte. Auf diese Weise hatte sie an einem einzigen Tag 98 Schilling erspart. Zu essen gab es Suppe.
Am zweiten Tag beschloß ich, den Friseur aufzugeben. Ich gestehe beschämt, daß ich mir bisher den Luxus leistete, mich täglich rasieren zu lassen. Das sind, inkl. Trinkgeld, 20 hinausgeworfene Schilling pro Tag. Meine Frau war natürlich wieder erfolgreicher gewesen. Sie hatte von einem Supermarkt erfahren, wo die Pfefferoni bloß zehn Schilling kosteten. Es war ein Supersupermarkt, in dem man einfach alles bekam. Meine Frau kaufte diesmal 24 Gläser Pfefferoni sowie ein pfefferonigrünes Hauskleid um 600 Schilling, das überall anderswo 660 gekostet hätte. Sie hatte, allein an dem Kleid, 60 Schilling erspart, von den Pfefferoni nicht zu reden. Zu essen gab es Suppe.
Ich schämte mich vor meiner Frau. Was waren meine Einsparungen gegen die ihren? Ich ließ mich in der Folge weder rasieren noch maniküren, noch ließ ich mir die Haare schneiden. Was nützte es? Sie hatte eine Quelle entdeckt, wo die Pfefferoni bloß 9 Schilling 50 kosteten und war dabei auf ein Parfum gestoßen, für das man vor Weihnachten noch 1000 Schilling verlangt hatte und das man jetzt um 598 Schilling abgab. Natürlich hatte sie gleich zwei Fläschchen davon gekauft. Eine Ersparnis von 804 Schilling! Zu essen gab es die ersten Pfefferoni. Scheußlich!
Ich entschloß mich, nicht mehr zu arbeiten, um das Geld für Papier und Kugelschreiber zu sparen. Vergeblich. Meine Frau übertrumpfte mich immer wieder. Sie hatte – gegenüber dem Supermarkt – einen kleinen Kaufmann gefunden, der, in der Absicht den Supersu-

permarkt zu ruinieren, die Pfefferoni verschleuderte. 9 Schilling das Glas! Dazu bekam man noch gratis einen Karton Waschpulver. Meine Frau bestellte 50 Gläser Pfefferoni – der Kaufmann lieferte ins Haus – und, da er auch die billigsten Gurken führte, nahm sie davon die gleiche Menge. Das machte unsere Menüs abwechslungsreicher. Mittags gab es Pfefferoni mit Gurken – abends Gurken mit Pfefferoni.

Ich wankte durch die Straßen. Mein Bart war gewachsen, die Haare hingen mir über die Ohren, mein Gesicht hatte ein völlig anderes Aussehen bekommen. Pfefferoni und Gurken hatten mir den Mund zusammengezogen. Ich kam nach Hause und erkannte unsere Wohnung nicht wieder. Meine Frau hatte die Möbel umgestellt, um Platz für die Pfefferonigläser zu schaffen. Wo ich hinsah, waren Pfefferoni. Auf dem Kasten, auf dem Schreibtisch, auf der Kredenz – anstatt des Meißner Porzellans, das ich so geliebt hatte – Pfefferoni. Und wo waren meine Bücher? In der Bibliothek stand das Waschpulver. Und immer mehr Pfefferoni kamen an. Um 8 Schilling, 7 Schilling, 6 Schilling das Glas! Und da der Kaufmann tagsüber im Laden stehen mußte, lieferte er bei Nacht.

Das war auch der Grund, weshalb ich eines Tages verhaftet wurde. Nachbarn hatten uns beobachtet. Was waren das für Kisten, die da allnächtlich abgeladen und ins Haus gebracht wurden. Vor allem – was war ihr Inhalt? War es Rauschgift? Waren es Bomben? Schließlich wollte man nicht in die Luft gesprengt werden. Meine Unschuld stellte sich bald heraus, trotzdem behielt man mich eine Nacht auf der Polizei. Warum? Ich hatte darum gebeten. Ich hatte nämlich gesehen, daß eben das Essen für die Sträflinge ausgegeben wurde. Ich bekam auch eine Portion und machte mich gierig darüber her. Ich weiß bis heute nicht, ob ich Bohnen oder Spaghetti gegessen habe – Pfefferoni waren es nicht, und das genügte mir.

Als ich wieder auf der Straße stand, war mein erster Weg zum Friseur. Ich ließ mir die Haare schneiden, ließ mich rasieren und maniküren. Dann beschloß ich, so zu sparen wie meine Frau. Ich kaufte mir einen Anzug, der bis dahin 10000 Schilling gekostet hatte, um 8000, machte dasselbe mit Schuhen, Hemden, Krawatten usw. – und als ich nach Hause kam, hatte ich an diesem einen Tag 5000 Schilling gespart. Und das war nicht alles. An einer Telephonzelle hatte ich einen Anschlag gelesen, daß, wer diese Zelle zertrümmern sollte – was in letzter Zeit »in« ist –, eine Strafe von 3000 Schilling bekommt. Ich habe sie *nicht* zertrümmert, was eine weitere Einsparung von 3000 Schilling bedeutete.
Meine Frau hatte ebenfalls gut gearbeitet: sie hatte einen Waggon Pfefferoni gekauft, direkt vom italienischen Großhändler, wodurch das Glas nur auf 3 Schilling kam. Wir prüften wieder unsere Finanzlage und fanden sie nicht mehr alarmierend. Im Gegenteil. Bei einiger Sparsamkeit werden wir uns in fünfzehn Jahren leisten können so zu leben, wie wir es leider heute schon tun.
Wir drehten den Luster an, schalteten den Fernsehapparat ein und genehmigten uns endlich wieder den langentbehrten Drink vor dem Schlafengehen. Zu essen gibt es wieder Steaks, Salate und andere Köstlichkeiten.
Die Pfefferonis verwenden wir als Mitbringsel zu Weihnachts-, Geburtstags- und anderen Parties. Seither werden wir nicht mehr eingeladen.
Seit einigen Tagen fürchte ich, daß der Sparsinn meiner Frau wieder erwachen könnte. Ich sah, ganz in unserer Nähe, in einem Pelzgeschäft einen Nerzmantel, der – bisher mit 100000 Schilling angeschrieben – jetzt um 80000 Schilling zu bekommen ist. Hoffentlich sieht sie ihn nicht. Sie könnte an einem einzigen Tag 20000 Schilling ersparen.

Es stimmt: Kinder halten eine Familie zusammen. Die Eltern gewöhnen es sich ab, am Abend auszugehen, sie bleiben zu Hause, sitzen vor dem Fernsehapparat – speziell wenn sie keinen Babysitter haben. Natürlich gibt es Gelegenheiten, bei denen man nicht nein sagen kann. Dazu gehören Einladungen zu Partys, Geschäftsjubiläen, Hochzeiten etc. In solchen Fällen sucht man im Bekanntenkreis nach einem Menschen, der bereit ist, die lieben Kleinen zu beaufsichtigen. So wurde auch ich eines Abends zum

Babysitter

Weidemanns sind unsere Nachbarn. Sie haben zwei süße Kinder: Monika 6, Herbert 8. Liebe Kinder, kluge Kinder. Eines Tages klopft Weidemann an unsere Tür.
»Sie müssen mir einen Gefallen tun«, bat er.
»Ja?« sagte meine Frau.
»Ich habe den Besuch eines Geschäftsfreundes aus der BRD erhalten. Ich bin ihm irgendwie verpflichtet, er will am Abend unbedingt in die Staatsoper gehen, ich habe Sitze besorgt, und weil er mit seiner Frau gekommen ist, muß auch ich meine Frau mitnehmen, nach der Vorstellung sind wir gezwungen mit ihnen essen zu gehen – würden Sie so liebenswürdig sein und bei den Kindern bleiben? Sie wissen, wie brav sie sind – sie werden Ihnen bestimmt keine Unannehmlichkeiten bereiten. Es war uns unmöglich einen Babysitter aufzutreiben.«
Meine Frau spielte am Abend Theater – also sittete ich. Ich versuchte vom Anfang an, mich bei den Kindern beliebt zu machen. Herbert brachte ich ein Karl May-Buch mit – »Der Schatz im Silbersee« –, worauf er mir einen mitleidigen Blick zuwarf. Er interessierte sich mehr für Kybernetik und den Bau von Computern. Erst als ich ihm einredete, daß die heutigen Indianer Computer besäßen, die nicht nur die Spuren für sie lesen und die Friedenspfeifen rauchen, sondern ihnen auch

verraten, in welchem Supermarkt sie die billigsten Mokassins bekommen, begann er, sich für das Buch zu interessieren. Während er es durchblätterte, plauderte Monika mit mir. Sie fragte mich, ob meine Frau wirklich meine Frau sei, ob sie meine erste Frau sei – »Mami ist Papis zweite Frau« – ob ich der erste Mann meiner Frau sei – »Papi ist Mamis zweiter Mann« – und erkundigte sich schließlich: »Wenn ich groß bin, werde ich dann einen Mann bekommen wie Papi einer ist?«
»Ja«, sagte ich.
»Und wenn ich nicht heirate, werde ich dann ein altes Mädchen sein wie Tante Karoline?«
»Ja.«
Monika seufzte. »Dann bin ich in einer schrecklichen Lage.«
Herbert legte das Buch weg. »Konnte Old Shatterhands Pferd wirklich so schnell laufen?« fragte er mich.
»Wie der Teufel. Und wenn Old Shatterhand in Gefahr war und ihm leise ins Ohr sagte ›RIH! RIH!‹, flog es direkt durch die Luft.«
»Zeig mir das!« Ich kniete mich auf allen vieren auf den Boden. »Jetzt bist du mein Pferd!« rief Herbert. Ich war nicht nur ein Pferd, ich war ein Esel, ein Ochs, ein Kamel, daß ich mich auf so etwas eingelassen hatte. Herbert bestieg meinen Rücken, hauchte mir »RIH! RIH!« ins Ohr und jagte mich durch das Zimmer. »Schneller, schneller!« rief er und bohrte mir die Sporen in meine Flanken. Monika hatte sich inzwischen in einen Comanchenhäuptling verwandelt. Sie war auf einen Schrank geklettert und beschoß Old Shatterhand mit Pfeilen, wobei es ihr gelang, ganz gegen alle indianischen Gewohnheiten, mit hundertprozentiger Sicherheit immer nur das Pferd zu treffen. Es mußte etwas geschehen. »Genug jetzt!« sagte ich. »Ich werde euch ein neues Spiel zeigen.« Es war ein Trick, den ich mir in meiner kurzen Pferdetätigkeit ausgedacht hatte.

»Was für ein Spiel?« fragte Monika und kam vom Schrank herunter. Ja, was für eines? Mir fiel im Moment keines ein, aber etwas mußte ich sagen. »Paßt auf«, begann ich. »Einer von uns sagt einen Satz. Zum Beispiel: Ich muß fort.«

»Und dann?« fragte Monika. Eine vernünftige Frage. Was wirklich dann? »Dann«, setzte ich fort, »sagt zum Beispiel, der zweite: Ich fahre zu Onkel Wanja nach Leningrad.«

»Was machst du dort?« erkundigte sich Herbert.

»Das ist der dritte Satz!« sagte ich schnell. »Drauf sagt der erste – wieder nur zum Beispiel: »Ich liebe die Donau.«

»Ein dummes Spiel«, meinte Herbert.

»Wieso?« verteidigte ich meine Idee. »Das Spiel ist gar nicht dumm – ihr müßt es nur richtig spielen. Der erste Satz heißt immer: ›Ich muß fort‹, der zweite: ›Wohin?‹, im dritten folgen ein Name und eine Stadt, die glaubhaft zueinander passen müssen, der vierte ist die Frage: ›Was machst du dort?‹, und der fünfte muß den größtmöglichen Nonsens bringen. Eine Antwort ist ein Pluspunkt, keine oder eine falsche Antwort ein Minuspunkt. Jeder von uns zahlt einen Schilling in die Kasse, ein Pluspunkt hat einen Wert von zehn Groschen und wird am Schluß des Spieles ausbezahlt.«

Das Spiel war geboren. Es war ein richtiger Einfall. Es ist lehrreich, lehrt die Kinder schnell denken und weckt ihre Reiselust. Ich nahm mir vor, es in den nächsten Tagen im Unterrichtsministerium vorzuschlagen, damit es an allen Schulen gespielt werden kann. Ich werde es im Fernsehen zeigen, werde die Spielregeln in Buchform herausgeben – Spielregeln, die ich noch erfinden mußte – man wird es in alle Sprachen übersetzen – die japanischen Kinder werden es ebenso gern spielen wie die südafrikanischen – es wird mich zum reichen Mann machen.

Monika begann: »Ich muß fort.« Herbert: »Wohin?«

Monika: »Zu Tante Ilona nach Budapest.« Herbert: »Was machst du dort?« Monika: »Ich pflücke Datteln.«
Sehr gut! Monika bekam einen Pluspunkt. »Die Siegerin beginnt«, sagte ich. Monika: »Ich muß fort.« Herbert: »Wohin?« Monika: »Zu Onkel Peterson nach Hamburg.« Herbert: »Was machst du dort?« Monika: »Ich pflücke Datteln.«
»Das hast du schon gesagt!« rief Herbert. »Minuspunkt!« entschied ich. Bei dieser Gelegenheit fiel mir auf, daß ich überhaupt nicht mitspielte. »In so einem Fall«, sagte ich deshalb schnell, »beginnt der dritte Mitspielende – also ich. Ich muß fort.«
»Wohin?« fragte Herbert.
»Zu meiner Kusine Madeleine nach Paris.« Ich hatte vor vielen Jahren in Paris eine kleine Freundin, die Madeleine hieß. Ich weiß nicht, wieso sie mir gerade jetzt einfiel.
»Was machst du dort?« fragte Herbert. Was würde ich wirklich dort machen? Madeleine ist längst eine alte Dame und selbst, wenn sie jung geblieben wäre, wäre immerhin ich –? »Ich putze meine Zähne«, sagte ich. Ich glaube, zu mehr würde es nicht reichen, auch nicht in Paris.
»Pluspunkt!« riefen die Kinder. Das Spiel begann ihnen zu gefallen. Wir spielten es während der nächsten Stunden und konnten nichts anderes mehr denken, als »Ich muß fort«, Wohin?« und »Was machst du dort?« Endlich kam meine Frau.
»Da bin ich!« sagte sie.
»Ich muß fort«, nickte ich ihr zu.
»Wohin?«
»Zu Scheich Abdul al Biri nach Saudi Arabien.«
»Was machst du dort?« fragte sie und zog erstaunt die Augenbrauen hoch.
»Ich erkundige mich, wann der nächste Zug nach Venedig geht.« Meine Frau erschrak, die Kinder johl-

ten. »Ich muß fort«, sprach ich weiter, da ich ja einen Pluspunkt errungen hatte.
»Wohin?« fragte Monika diesmal.
»Zu Prinz Charles nach London.«
»Was machst du dort?«
»Ich lasse meinem Wellensittich die Haare schneiden.«
Meine Frau rief den Arzt an. Weidemanns kamen nach Hause.
»Ich danke Ihnen!« rief Weidemann. »Ich hoffe, die Kinder haben Ihnen keine Scherereien gemacht.«
»Ich muß fort«, sagte ich, ich war ja schon wieder Sieger gewesen.
»Wohin?« fragte Weidemann.
»Zu Hauptmann Kephisodot nach Cypern.«
»Was machen Sie dort?« fragte Weidemann verwundert.
»Ich schaue zu, wie die Krebse fliegen.« Meine Frau drückte sich ängstlich in eine Ecke. Weidemanns sahen bald auf sie, bald auf mich. Inzwischen hatten die Kinder protestiert. Ich hatte das mit den Krebsen schon einmal gesagt.
»Ich muß fort«, begann deshalb Herbert.
»Wohin?« fragte Monika.
»In die Konditorei Zauner nach Ischl.«
»Was machst du dort?«
»Ich spritze mir Heroin.« Weidemann stürzte sich auf mich. »Was haben Sie aus meinen Kindern gemacht?« tobte er, während seine Frau in Tränen ausbrach. Was wußte ich, woher Herbert das hatte? Wahrscheinlich hatten sie in der Schule davon gesprochen. »Ich muß fort«, sagte ich.
»Ja, gehen Sie!« wütete Weidemann. »Sie werden von uns hören, und zwar durch die Polizei! Sie Kinderverführer! Sie Rauschgifthändler!« Er warf mich hinaus.
Die Geschichte ist noch nicht zu Ende. Am nächsten Tag erzählte Herbert in der Schule davon. Natürlich

wurde das Spiel sofort ausprobiert, als der Lehrer eintrat.
»Müller!« sagte er zu einem der Schüler. »Nenne mir einen reinen, einfachen Satz.«
»Ich muß fort«, antwortete Müller.
»Wohin?« riefen die Kinder.
»Zu meinem Schwager Naschi Waschi nach Tokio.«
»Was machst du dort?« schrien die Kinder im Chor.
»Ich lasse mir meinen Bleistift spitzen.« Die Kinder johlten.
»Seid ihr verrückt?« wetterte der Lehrer. »Was soll das bedeuten?«
Herbert erklärte es ihm und bat für die ganze Klasse um Entschuldigung.
»Okay«, sagte der Lehrer, »ich will es euch noch einmal nachsehen, aber dem Herrn Direktor muß ich davon Mitteilung machen. Verhaltet euch ruhig, ich komme sofort wieder. Ich muß fort.«
»Wohin?« riefen die Kinder.
Der Lehrer war bereits angesteckt. »Zu Ali Ismail nach Kairo.«
»Was machen Sie dort?« brüllten die Kinder.
»Ich gehe ins Hofbräuhaus«, lachte der Lehrer. Jubel, Jauchzen. Der Direktor stürzte herein. »Was geht hier vor?« fragte er mit strengem Gesicht. Der Lehrer, zutiefst bereuend, sagte es ihm. »Gehen Sie sofort in das Konferenzzimmer!« schnauzte der Direktor ihn noch an. »Wir sprechen uns noch!« Der Lehrer ging.
»Und ihr«, wandte sich der Direktor an die Schüler, »ihr haltet den Mund! Ich schicke euch Herrn Professor Jedlitschka! Der wird euch wieder Zucht und Ordnung beibringen! Ich muß fort.«
»Wohin?« riefen die Kinder.
Der Direktor, bereits im Gehen begriffen, hielt an. Die Sache reizte ihn. Das Kind im Mann. »Zu meinem Kollegen Lappi Lappo«, sagte er etwas verschämt, »an den Kuskokwim in Alaska.«

»Was machen Sie dort?« fragten die Kinder, wiehernd vor Vergnügen.
»Ich lege mich in die Sonne«, antwortete der Direktor. Applaus, Stampfen mit den Füßen, Bravorufe. Das war der Moment, in dem der Vorsitzende des Elternrates das Klassenzimmer betrat. Er war es auch, der sowohl den Lehrer als auch den Direktor in die Psychiatrische Klinik einlieferte. Dort waren sie nicht allein. Sie fanden Herrn und Frau Weidemann vor – und mich. »Wir müssen fort!« riefen wir alle, aber niemand fragte uns »Wohin?«

Das alles war passiert, weil ich einmal den Babysitter gemacht hatte. »Das kommt von diesen neumodischen Sachen!« schimpfte der Direktor, als wir wieder draußen waren. Aber Babysitten ist gar nicht neumodisch. Es ist nur ungewöhnlich für einen Mann. Frauen, die am Abend bei den Kindern blieben, waren früher etwas Alltägliches. Nur nannte man sie damals nicht Babysitter, sondern – Mütter.

Das einzige, was eine Familie heute einander näherbringt, ist ein enger Wagen. Und doch! Es gibt auch heute noch glückliche Familien. Ich kenne eine solche. Wollen Sie sie auch kennenlernen? Bitte – ich mache bekannt: Meine Leserin – mein Leser –

Die glückliche Familie

Vater, Mutter, ein Mädel, ein Bub – das ist sie: die glückliche Familie. Sie bewohnen ein kleines Fertighäuschen im Grünen, das sie sich mit Hilfe eines Baukredits, den ihnen die Creditanstalt zu äußerst günstigen Bedingungen bewilligt hatte, hinstellen ließen. Die Einrichtung ist nicht teuer, aber geschmackvoll. Sie haben sie sehr preiswert im Möbelhaus Europa gekauft, wo sie natürlich von dem vorteilhaften Ratenzahlungssystem Gebrauch machten. Und in der heimeligen Küche fühlt Mutti sich richtig wohl. Sie wollte eine Traumküche, mit den besten und solidesten Einbaugeräten. Bei Elin hat sie sie gefunden. Den Kühlschrank, den Geschirrspülautomaten, die Einbaumulde, die Dunstabzugshaube, den Waschautomaten, und, und, und, und. Und alles paßt exakt zueinander. Auf Elin ist Verlaß. Schau, trau, Elin!

Zum Frühstück versammelt sich die glückliche Familie in der rustikalen Speiseecke.

»Hast du dir auch die Zähne geputzt, Heinzi?« fragt Vati.

»Ja, Vati. Mit der neuen Signal-Zahnpasta. Die neue Signal ist die beste, die es gibt.«

»Und gewaschen«, setzt Evi fort, »haben wir uns mit der guten Seife Fa. Fa macht frisch mit der wilden Frische von frischen Limonen.«

Heute ist Muttis Geburtstag, und Vati hat ihr einen Meller-Katalog gebracht, aus dem sie sich das richtige Heizgerät aussuchen sollte.

»Meller erzeugt Geräte für alle Heizsysteme«, sagt Vati.
»Nur Meller, wenn es ums richtige Heizen geht.«
Aber auch die Kinder haben ihr Geschenk bereit: die ›Wiener Pastete‹ von Hofbauer.
»Für Verwöhnte«, sagt Heinzi. Und Mutti sagt: »Ich weiß. Es ist eine erlesene Gaumenfreude aus Marzipan, Buttertrüffelmasse und feinen Früchten.«
»Überzogen mit zartbitterer Schokolade«, setzt Vati hinzu. Die glückliche Familie trinkt Kaffee. Und während Mutti Vati eine zweite Tasse eingießt, sagt sie: »Davon kannst du beruhigt mehr trinken. Idee-Kaffee ist magenfreundlich. Er ist weitestgehend von unerwünschten Röstreizstoffen befreit, die oft Magen, Leber und Galle belasten.«
»Und das anregende Coffein sowie das volle Aroma bleiben erhalten«, meint Vati. »Deshalb schmeckt Idee-Kaffee auch so gut.« Zum Kaffee ißt die glückliche Familie das gesunde Vollkornbrot mit Butter. Butter ist durch nichts zu ersetzen – außer durch die nahrhafte Vita-Margarine, die so reich ist an lebenswichtigen Wirkstoffen. Das Telefon klingelt. »Das wird Tante Gerda sein«, sagt Mutti und hebt den Hörer ab. »Tante Gerda? Oh! Ich danke dir für die Glückwünsche! Wie geht es dir? Du fühlst dich müde und abgespannt?«
Vati flüstert: »Laß mich mit ihr reden.« Mutti gibt ihm den Hörer. »Tante Gerda? Ja. Auch ich fühlte mich müde und abgespannt, bis mir meine Frau Buerlecithin brachte. Jetzt meistere ich die täglichen kleinen und großen Strapazen viel besser. Dieses Stärkungsmittel ist ein wahrer Segen, weil es Erschöpfungszuständen wirklich vorbeugt.«
Vati muß ins Büro. Er ist Angestellter bei der Allianz-Versicherung, und er liebt seinen Beruf. Allianz ist, wie man weiß, Service von Mensch zu Mensch. Er steigt in seinen Wagen – ein guter Wagen, der Peugeot – und

fährt zu seinem Arbeitsplatz. Die Kinder gehen in die Schule, Mutti in den Supermarkt.
Am Abend kommt Vati nach Hause. »Was gibt es zu essen?« erkundigt er sich.
Mutti lächelt. »Rate!«
Vati zieht den köstlichen Duft durch die Nase ein. »Das ist«, rät er, »ein Braten.« Plötzlich leuchten seine Augen auf.
»Ich hab's!« ruft er aus. »Das ist Osolio, das reine Sonnenblumenöl! Es gibt uns die Kraft fürs tägliche Leben!«
Man geht zu Tisch, Mutti bringt den Braten, die glückliche Familie speist mit größtem Appetit.
»Oh, Mutti!« ruft Evi plötzlich erschrocken. »Ich habe mir einen Fleck in die Bluse gemacht!«
»Schadet nichts«, meint Mutti gütig. »Zieh sie aus, ich wasche sie dir mit Genie zwischendurch.«
»Da, Mutti!«
»Es ist nicht zu glauben«, wundert Vati sich immer wieder. »Vor der Wäsche schaut euch den Schmutz an, nach der Wäsche schaut euch das Wasser an.«
»Hast du meinen Pullover auch mit Genie gewaschen, Mutti?« fragt Heinzi.
»Nein, Kind«, gibt Mutti zur Antwort. »Deinen Pullover habe ich mit dem neuen Fewa-Flausch-Weichspüler gewaschen. Der macht die Wolle weich. Flauschig weich.«
»Die große Wäsche aber«, meint Vati belehrend, »wäscht Mutti mit Omo. Zwanzig führende Waschmaschinenmarken empfehlen Omo. Omo wäscht durch und durch ... Was wollt ihr trinken?«
»Fanta!« rufen die Kinder. »Durst macht Spaß mit Fanta!« Evi hustet.
»Du hustest, Kind?« Vati ist besorgt.
»Da nimm!« sagt Mutti. »Wick-Hustenbonbons. Sie lösen und lindern. Wick-Hustenbonbons – die Hustenversicherung.«

Mutti bringt Käse zum Nachtisch, denn zu einer festlichen Mahlzeit gehört Käse.
»Mahlzeit!« wünscht Mutti. Und alle rufen: »Käsezeit!«
Man setzt sich vor den zukunftsbestimmenden, servicefreundlichen Philips-Fernsehapparat. Alle Philips-Farbfernsehgeräte sind Modul-Modelle. Um acht müssen die Kinder ins Bett. Sie ziehen ihre Huber-Pyjamas an, auch Vati und Mutti machen sich's bequem. Alle vier lachen. Warum? Huber-Trikot macht froh.
Um zehn gehen auch Vati und Mutti – fast hätte ich geschrieben »zu Bett«. Sie gehen »zu Couch« – sie haben ja die bequeme Doppelcouch, aus der man im Nu zwei Betten machen kann.

Sie fragen, wo es diese glückliche Familie gibt?
Im Werbefernsehen.

Geben ist seliger denn Nehmen – aber nicht, wenn man seekrank ist. Das erfuhren wir bei unserem

Cabaret auf hoher See

Meine Frau und ich machten eine Kreuzfahrt von Bremen zum Nordkap und wieder zurück. Eine Reise, die sich nur wenige Menschen leisten können. Wir konnten sie uns *nicht* leisten. Wieso dann doch, werden Sie mich fragen. Wir wurden angeheuert, was in der Seemannssprache soviel wie »engagiert« heißt. Wir sollten die Oberen Zehntausend, von denen ein paar Hundert auf dem Schiff waren, durch die Veranstaltung von zwei Cabaretabenden unterhalten. Der Theatersaal war intim, das Publikum erstklassig, das Wetter herrlich. Die ersten vier Tage. Am fünften Tag war unsere erste Vorstellung. Die Passagiere kannten uns bereits, sie lächelten uns zu, als wollten sie sagen »Auf heute abend!« – es war nett, wir freuten uns direkt darauf.
Am Nachmittag kam eine leichte Brise auf, eine direkte Erholung nach der bisherigen Windstille. Um 19 Uhr war das Abendessen, um 20 Uhr begann das Schiff zu schaukeln – nicht nennenswert, aber immerhin –, und um 21 Uhr begann unser Abend. Der Saal war ebenso voll wie die Mägen unserer Zuschauer. Der Vorhang ging auf, wir kamen auf die Bühne, Applaus. Im selben Moment erhob sich ein Sturm, wie ihn – wie ich später hörte – nicht einmal Sindbad, der Seefahrer erlebt haben soll. Einige Leute verließen fluchtartig den Saal – meine Frau hielt sich tapfer.
»Text und Musik aller meiner Lieder sind von Hugo Wiener«, sagte sie mit einer anmutigen Handbewegung nach rechts, wo gewöhnlich das Klavier steht. Ich betonte: gewöhnlich. Es war, während ihrer Ansage, samt Hocker und mir nach links gefahren. Die Leute lachten. Meine Frau zeigte schnell nach links, ich stand

auf, um mich zu verbeugen, wollte mich wieder setzen, aber Hocker und Klavier hatten die Rückfahrt angetreten, und ich saß am Boden. Wieder lachten die Leute, aber nicht mehr so herzlich. Das Schiff war eben von den Wellen hochgehoben und wieder niedergesetzt worden. Vier bleiche Menschen, die Taschentücher vor den Mund gepreßt, stürzten davon. Meine Frau gab nicht auf. Sie durfte nicht aufgeben. Laut Vertrag hatten wir zu arbeiten, solange sich ein Zuschauer im Saal befand. Das war ja der Zweck dieser Abende. Deshalb nahm man uns ja mit. Die Passagiere sollten über Situationen wie jener, in der wir uns eben befanden, mit Humor hinweggebracht werden. Meine Frau begann. Ihr erstes Chanson war der Text einer Speisenkarte, mit Musik der Ouvertüre von Rossinis »Barbier von Sevilla«. Wir hatten es uns so lustig vorgestellt, gerade auf einem Schiff, auf dem so viel gegessen wird, eine gesungene Speisenkarte zu bringen. Es war gar nicht lustig. Kaum hatte meine Frau von Zwiebelsuppe und Hummermajonäse gesungen, verließen uns mindestens dreißig Zuschauer. Wenn doch wenigstens alle gehen würden, betete ich. Lieber Gott, mach, daß alle – umsonst. Cremeschnitten und Salzburger Nockerln erledigten zwar noch ungefähr zehn aber das war zu wenig. Es saßen immerhin mindestens noch fünfzig Menschen im Saal, die es einfach nicht wagten, aufzustehen, aus Furcht, es könnte ihnen dann noch schlechter werden. Nur vorn, in der ersten Reihe, saß ein Mann, dem die Seekrankheit anscheinend nichts anhaben konnte. Er saß da, unterhielt sich und applaudierte.

Meine Frau war bereits gelber als ein gelbsüchtiger Chinese. Sie taumelte auf der Bühne herum, wollte auf mich zeigen, aber wo war ich! Zuerst war ich im Kreis um sie herumgefahren, dann fuhr ich zum Seitenvorhang hinaus, Matrosen brachten Klavier, Hocker und mich wieder auf die Bühne zurück, das Klavier machte sich selbständig, fuhr wieder davon, ließ mich mit dem Hocker allein, ein Windstoß schleuderte mich gnädigerweise gegen das Instrument, ich fuhr es zurück, wobei meine Frau vor den Kühler kam und noch rechtzeitig zurückspringen konnte. »Kannst du nicht aufpassen?« schrien wir beide gleichzeitig und tippten auf unsere Schläfen. »Idiot!«

Meine Frau bemühte sich, das nächste Chanson anzusagen: »Wie man eine Torte macht!« Die Leute hörten das Wort »Torte« und flüchteten in Scharen. Ein Steward, der eben hereinkam und ausrief: »An der Reling sind noch einige Plätze frei!« wurde glatt umgerannt. Nur der Mann in der ersten Reihe blieb sitzen. Ich verfluchte ihn. Möge ihn die Seekrankheit packen und nie mehr loslassen! Jawohl, du Verbrecher, dich meine ich! Du, deine Kinder und deine Kindeskinder – ewig sollt ihr seekrank sein! Er wurde noch bleicher, aber er ging nicht. Meine Frau versuchte es mit allen Mitteln. Sie sang das »Lied vom verdorbenen Magen«, den »Song von der Hochschaubahn« sowie eine Parodie auf den Film »Das große Fressen«.

»Gib auf!« raunte ich ihr zu, während ich an ihr vorüberfuhr. Sie weigerte sich. Der Sturm, der sich zu einem Orkan ausgewachsen hatte, hob sie auf das Klavier. Jetzt konnte uns nichts mehr trennen – wir fuhren zusammen, aber er harrte aus. Auf dem Klavier sitzend, sang meine Frau ein Lied, das ich noch nie gehört hatte. Sie machte in dieser Minute den Text, ich komponierte die Musik dazu. Es ging: »Geh, geh, geh – es ruft dich die See!« Er ging nicht. Wir mußten ihm unser ganzes Programm vorsingen. Endlich waren wir fertig. Wir wankten zum Deck hinauf und stellten uns an die Reling, wo eben zwei Plätze freigeworden waren.

Am nächsten Tag – eitel Sonnenschein.

Natürlich begegneten wir dem Mann aus der ersten

Reihe. »Mensch«, sagte er, »war mir gestern schlecht! Ich hätte Sie so gern gebeten, aufzuhören, aber ich traute mich nicht.«
»Warum trauten Sie sich nicht?« fragte ich erstaunt.
»Weil ich von der Besatzung bin. Ich bin der Mann, der dafür zu sorgen hat, daß nach Schluß der Vorstellung die Saaltüren geschlossen werden.«

Arbeit macht müde, Urlaub macht müder, am müdesten aber fühlt man sich in der

Nachurlaubszeit

Ich kam vom Urlaub, am Bahnhof nahm ich ein Taxi, der Träger verstaute mein Gepäck, zum Glück merkte ich es rechtzeitig. »Das ist nicht *mein* Gepäck!« rief ich.
»Entschuldigen«, sagte der Träger müde, »ich bin erst gestern vom Urlaub gekommen.«
Schnell hielt er ein anderes Taxi zurück, das, mit meinen Koffern im Bauch, eben abfahren wollte.
»Haben Sie es nicht bemerkt?« fragte ich den Passagier.
»Nein«, sagte dieser matt. »Ich komme eben vom Urlaub.«
»Langegasse«, nannte ich dem Chauffeur meine Adresse.
»Ich sage Ihnen, wo Sie stehenbleiben sollen.«
Es ist doch merkwürdig, dachte ich während der Fahrt, wie der Urlaub die Menschen müde macht. Nicht alle natürlich. Wenn ich denke, wie *ich* mich heuer erholt habe. Ich gähnte. Ich mußte eingenickt sein, als ich wieder erwachte, sah ich eine fremde Umgebung.
»Wo sind wir?« fragte ich erschrocken den Taxifahrer. Ich dachte an Kidnapping.
»In Hetzendorf«, antwortete der Mann erschöpft.
»Ich wollte doch in die Langegasse! Die liegt doch gerade entgegengesetzt!«
»Entschuldigen«, meinte der Fahrer bedauernd, »ich bin erst gestern vom Urlaub gekommen.« Wir fuhren in die Langegasse, ich bezahlte, schleppte mich die Treppe hinauf, öffnete meine Wohnungstür und stand im Vorzimmer.

»Anna!« rief ich. Anna war unsere Hausgehilfin. Meine Frau hatte ihre Kur noch nicht beendet, und so sollte Anna, bevor ich nach Hause kam, die Wohnung saubermachen.
»Anna!« rief ich noch einmal. Anna antwortete nicht. Ich ging ins Wohnzimmer – Anna lag auf der Couch und schlief. Ich rüttelte sie wach. »Anna!« sagte ich. Sie schlug die Augen auf und starrte mich an.
»Sie sind schon da, Herr Chef?« fragte sie überflüssigerweise, denn daß ich schon da war, mußte sie schließlich sehen, ich stand ja vor ihr. »Ich weiß nicht, was los war«, fuhr Anna fort, »ich bin plötzlich so schwach geworden. Dabei bin ich erst gestern vom Urlaub gekommen.«
»Tut nichts«, gähnte ich. »Machen Sie jetzt weiter.«
Anna gähnte zurück. »Ich hätte für den Herrn Chef etwas kochen sollen und habe nicht einmal noch das Fleisch gekauft.«
»Das kaufe ich«, sagte ich schlapp. »Ich muß sowieso zur Bank gehen.« Ich ging.
In der Bank wollte ich zehntausend Schilling von meinem Konto abheben. Ich unterschrieb mit großer Anstrengung eine Bestätigung, bekam eine Nummer und mußte warten. Als die Nummer aufgerufen wurde und ich zum Schalter kam, fragte der Kassier: »Wie wünschen Sie die Million? Groß oder klein?«
Million? Was war das? Der Mann irrte sich. Soll ich –? Nein. Erstens bin ich ein ehrlicher Mensch, und zweitens würde es herauskommen. »Das muß ein Irrtum sein«, sagte ich. »Ich wollte bloß zehntausend.«
Der Kassier prüfte die Anweisung, die ihm die Beamtin hingelegt hatte. »Stimmt«, sagte er dann. »Zehntausend.«
Er blätterte sie vor mich hin.
»Das sind erst neun«, sagte ich.
»Entschuldigen. Hier, bitte.«
»Jetzt sind es elf.«

»Das ist doch zu dumm. Ich kann mich heute nicht an die Arbeit gewöhnen. Ich bin erst gestern vom Urlaub gekommen.«
Das ist es, dachte ich auf der Straße. Man kann sich nach dem Urlaub nicht an die Arbeit gewöhnen. Das heißt, ich schon, aber die andern nicht. Kraftlos erreichte ich den Fleischerladen.
Der Fleischer, der sich hingesetzt hatte und eingedöst war, erhob sich langsam. »Sie wünschen, bitte?«
»Eine Schachtel Lucky strike, fünf Rasierklingen und die Schuhe meiner Frau, die zur Reparatur hier sind.«
»Schuhe?« fragte der Fleischer schwach. »Wo sollen die sein?« Wir suchten gemeinsam. »He«, sagte er schließlich, »Sie wollen doch sicherlich ein Stück Fleisch?«
»Stimmt!« sagte ich, total erledigt. Wie war ich auf Schuhe gekommen? Wir einigten uns auf ein Steak, der Fleischer nahm ein großes Stück Fleisch, hackte ein kleines Stück davon ab und hackte sich in den Daumen. »Entschuldigen«, sagte er, »ich bin erst gestern vom Urlaub gekommen.«
Ich war wieder auf der Straße. Dieser verfluchte Urlaub, dachte ich. Aber wie kommt es, daß alle andern, nur ich nicht? Was ich nicht? Egal, ich konnte nicht nachdenken. Hoppla, fast wäre ich überfahren worden. Das heißt, ich *bin* überfahren worden, ich war bloß zu faul, um umzufallen. Die Dame, die den Wagen lenkte, bat um Vergebung, sie war eben vom Urlaub gekommen. Auch der Lehrjunge, der einen Eimer Schmutzwasser aus dem Laden auf die Straße schüttete und dem ich direkt in den Weg lief. Ich sah aus wie der dem Meere entstiegene Poseidon, aber der Junge war schuldlos. Er war erst gestern vom Urlaub gekommen. Auch der Polizist an der Kreuzung, der durch falsches Zeichengeben fast einen Unfall gebaut hätte, der Anstreicher, der ein Haus mit schwarzer statt mit weißer Farbe zu streichen begann, sowie der Taschendieb,

den man aus der Straßenbahn geholt hatte, weil er einer Dame einen Hundertschillingschein in die Börse praktizieren wollte. Sie alle waren erst gestern vom Urlaub gekommen.

Ich kam nach Hause, gab Anna meine Brieftasche, in der Meinung, es sei das Steak, und bekam sie zu Mittag wieder, mit Kartoffeln und grünem Salat. Das Steak steckte in der Brusttasche meines Sakkos. Meine Frau rief aus der Kuranstalt an. »Hast du dich erholt?« fragte sie. »Sehr!« sagte ich matt, während mir der Hörer aus der Hand fiel. Ich setzte mich zum Schreibtisch, bis morgen sollte ich das Manuskript des Buches abliefern, das Sie jetzt in der Hand haben, und mir fehlte noch eine Satire. Die erste. Satiren kann man nämlich durcheinanderschreiben. Von vorne nach hinten, von hinten nach vorne. Ich beginne meist in der Mitte und schreibe an geraden Tagen nach vorne, an ungeraden nach hinten. (Ein Geheimnis aus der Werkstatt des Meisters.) Was wollte ich nur schreiben? Auf der Heimfahrt hatte ich es doch schon gewußt. Richtig! Ich begann: »Eine Bitte anstatt eines Vorworts.« Wie ging es bloß weiter? Verflucht, ich hatte es doch schon gehabt. Die Augen fielen mir zu, ich war erledigt, zerschlagen, schlafbedürftig. Trotzdem gab ich nicht auf. Ich nicht. Ich schrieb: »Ein Mensch, der Hunde und kleine Kinder haßt – –« Ich ging zu Bett. Schließlich bin ich eben erst vom Urlaub gekommen.

Sollten Sie auch erst vom Urlaub gekommen sein, hören Sie auf zu lesen und schlagen Sie das Buch zu. Übermorgen können Sie weiterlesen. Bis dahin haben Sie sich von den Strapazen des Urlaubs erholt.

Ein uraltes Sprichwort sagt: »Nichts auf Erden ist umsonst. Nicht einmal der Tod, denn der kostet das Leben.« Das stimmt nicht. Der Tod kostet mehr. Wenn Sie mir nicht glauben, fragen Sie

Die lieben Verwandten

Onkel Otto war gestorben. Er hatte weder Frau noch Kinder hinterlassen, und so versammelten sich die lieben Verwandten an seinem Totenbett, um Abschied von ihm zu nehmen und die nächsten Schritte zu besprechen.

»Gut sieht er aus«, sagte Tante Klara und zerdrückte eine Träne.

»So friedlich«, seufzte Tante Paula.

»Als ob er schlafen würde«, schluchzte Tante Henriette.

»Wenn ich denke«, meinte Schwager Robert, »daß ich ihn vorige Woche noch besuchen wollte und nicht dazu gekommen bin ...«

»Wir müssen ihm ein würdiges Begräbnis bereiten«, sagte Bruder Michael. »Er hat es verdient. Nehmt Platz, damit wir alles Nötige besprechen.«

Die lieben Verwandten setzten sich um den großen Tisch herum.

»Ich habe bereits Erkundigungen eingezogen«, begann Bruder Michael, »und beantrage eine Beisetzung 1. Klasse. Eine solche schließt ein: den Wagen mit dem teuren Verblichenen, einen Blumenwagen, zwölf schwarze Limousinen für die nächsten Angehörigen, die feierliche Aufbahrung auf dem Friedhof, eine längere Rede des Pfarrers sowie einen Chor mit Orgelbegleitung.«

Die lieben Verwandten waren sich einig. »Sehr gut!« sagten sie und nickten beifällig mit den Köpfen.

»Die Kosten einer solchen Beisetzung«, fuhr Bruder

Michael fort, »betragen ungefähr sechzigtausend Schilling.«
Die lieben Verwandten schwiegen und nickten auch nicht mehr mit den Köpfen.
Endlich nahm Schwager Robert das Wort: »Es ist nicht des Geldes wegen, aber ich zweifle, ob wir mit einem solch prunkvollen Begräbnis im Sinne des Verstorbenen handeln würden.«
»Robert hat recht«, meinte Schwester Margarete. »Otto war niemals ein musischer Mensch. Ich denke, daß wir auf Chor und Orgelbegleitung verzichten sollten.«
»Sehr richtig«, meinte Tante Henriette. »Auch auf die lange Rede des Pfarrers. Otto konnte lange Reden nicht ausstehen. Ein paar Worte und Schluß. Das würde die Kosten erheblich senken – und Otto war schließlich ein bescheidener Charakter.«
»Auch der Blumenwagen«, sagte Tante Ella. »Wozu? Heute schicken die Blumenhändler die Kränze direkt auf den Friedhof.«
»Stimmt«, pflichtete Bruder Johann ihr bei. »Und die zwölf Limousinen? Sechs für die nächsten Anverwandten genügen vollkommen. Heute hat jeder einen Wagen, und wer keinen hat, soll mit der Straßenbahn fahren. Ich bin überzeugt, daß wir auf diese Weise die Hälfte der Kosten einsparen könnten.«
»Die Hälfte sagst du?« nahm Schwager Leopold das Wort. »Wir könnten weit mehr einsparen. Wir müßten bloß auch auf die restlichen sechs Limousinen verzichten. Wir haben doch auch jeder einen Wagen.«
»Das geht nicht«, gab Bruder Michael zu bedenken. »Unsere Wagen haben nicht nur verschiedene Farben – sie sind auch zu hell. Es macht einen besseren Eindruck, wenn die nächsten Verwandten in schwarzen Wagen vorfahren.«
»Eindruck hin, Eindruck her«, sagte Neffe Heinz. »Meine Firma besitzt einen Kombiwagen, den stelle ich zur Verfügung – in dem haben wir alle Platz.«

Die lieben Verwandten murmelten beifällig. Schwager Robert, der inzwischen eine Flasche Cognac aus dem Besitz des Verstorbenen gefunden und die Hälfte davon geleert hatte, meinte mit schwerer Zunge: »Resümieren wir also. Kombiwagen bis zum Friedhof, kurze Rede des Pfarrers – und hinein in die Grube!« Die lieben Verwandten lachten.
»Bleibt noch eines«, erinnerte Bruder Michael, »Der Wagen mit dem Sarg.«
Da erhob sich der Tote in seinem Bett und sagte: »Um den macht euch keine Sorgen – ich gehe zu Fuß!«

Die lieben Verwandten sind immer bereit, Geld zu sparen – wenn sie wissen, daß es auf Kosten der Erbschaft geht.

Kluge Männer sprechen kluge Sätze – kluge Autoren wiederholen sie.

Sprüche für das Stammbuch

»Ladi ist da«, sagte meine Frau. »Er hat eine Bitte.«
Mir war gar nicht wohl zumute. Ich kannte die Bitten meines Neffen zur Genüge. Ladi, 10, trat ein.
»Na?« fragte ich und versuchte, mein Gesicht in möglichst freundliche Falten zu legen.
»Es ist...« begann er stockend, »es handelt sich darum: der Tritsch aus meiner Klasse hat ein Stammbuch bekommen, und der Lehrer hat gesagt, wir sollen ihm alle etwas hineinschreiben. Und weil die andern so dumme Sachen geschrieben haben, habe ich mir gedacht, du bist doch so gescheit, Onkel, du schreibst Bücher...« meine gezwungen freundlichen Falten verwandelten sich in gewollt wohlwollende, »du kannst mir bestimmt etwas sagen, was ich dem Tritsch ins Stammbuch schreiben soll.«
»Hm...« machte ich. »Das wird nicht so leicht sein.« Dabei wußte ich schon genau, daß es mir nicht schwerfallen würde. Nicht umsonst hatte ich mir seit je meine weisen Aussprüche notiert. Und nicht nur meine, auch die der andern. Prozentual verhielt es sich 98:2. Achtundneunzig Prozent waren von den andern, zwei von mir. Aber das sagte ich weder vor Ladi noch vor meiner Frau. Sie bewundert mich so oft wegen meiner klugen Einfälle. »Geh mit Tante ins Nebenzimmer und laß mich nachdenken«, sagte ich daher. Kaum waren die beiden verschwunden, hastete ich zur Bibliothek, drückte auf einen verborgenen Knopf, ein Teil der Bücherwand rückte zur Seite und gab einen Geheimsafe frei. Da drinnen ruhte sie: meine Witzesammlung. Ich nahm sie heraus, suchte unter »A« – Aussprüche. Das war es. Rasch hatte ich etwas geeignetes für Ladi

gefunden, eilte zur Bibliothek, gab die Sammlung in den Safe zurück, drückte auf einen zweiten Knopf, die Bücherwand schob sich an ihren alten Platz, ich rief Ladi herein.
Ladi kam. »Hast du dir schon etwas ausgedacht, Onkel?« fragte er erwartungsvoll. »Ja«, sagte ich selbstgefällig. »Wie gefällt dir das: ›Man braucht Jahre, ehe man lernt richtig zu sprechen – und den Rest seines Lebens, um den Mund zu halten.‹«
»Riesig!« sagte Ladi und sah mich voller Ehrfurcht an. Auch meine Frau warf mir einen bewundernden Blick zu. »Wie dir das so einfällt ...« meinte sie.
»Genie«, sagte ich bescheiden. »Es fliegt mir so zu.« Lichtenberg wird mir verzeihen.
Am nächsten Abend saßen wir beim Abendessen, als Ladi eintrat. »Ich habe wieder eine Bitte, Onkel«, sagte er. »Ich habe dem Tritsch deinen Spruch ins Stammbuch geschrieben, und der hat dem Swoboda so gut gefallen, daß er mich gebeten hat, ihm auch etwas ins Stammbuch zu schreiben.«
Ich war stolz auf meinen Erfolg und daher bereit, meinem Neffen zu helfen. »Geh mit der Tante ins Nebenzimmer und laß mich nachdenken«, sagte ich. Die beiden gingen ins Nebenzimmer, ich hastete zur Bibliothek drückte auf den Knopf, die Bücherwand rückte zur Seite, gab den Geheimsafe frei, ich nahm die Sammlung heraus, suchte einen Spruch, gab die Sammlung zurück, drückte auf den zweiten Knopf, die Bücherwand schob sich an ihren alten Platz, ich rief Ladi herein. »Wie gefällt dir dieser Spruch?« fragte ich und zitierte: ›Das Wissen hat nur dann einen Sinn, wenn man es weitergibt.‹« »Der ist noch besser als der erste«, sagte Ladi erfreut. »Danke, Onkel!« Er schrieb sich ihn auf und ging.
»Du bist wirklich unerschöpflich«, meinte meine Frau. »Und wie schnell du das bei der Hand hast!« Kunststück. Ich brauchte nur auf den Knopf zu drücken.

»Routine«, sagte ich diesmal. »Ich muß bloß ein bißchen nachdenken.« Winston Churchill wird nichts dagegen haben, hoffte ich, und Livingstone auch nicht. Ich hatte mir den Spruch zweimal notiert, und er war beidemale von einem andern Autor. Das gibt es. Manche Sprüche haben bis zu acht Autoren. Bald sind sie von Wilde, bald von Fernandel, dann wieder von Dumas, von Peter Ustinov, von Voltaire, Disraeli, Goethe oder Anzengruber. Wobei sie außerdem immer noch unter »Unbekannt« oder »Volksmund« auftreten können.

Am nächsten Abend kam Ladi wieder. »Ich habe schon wieder ein Bitte, Onkel«, sagte er. »Der Spruch für den Swoboda hat dem Kern und dem Lechner so gut gefallen, daß sie auch einen haben möchten.« Ich wußte nicht, wie ich mich verhalten sollte. Einerseits freute ich mich über die Anerkennung von Ladis Mitschülern, andererseits konnte es so nicht weitergehen. »Das ist aber das letztemal«, sagte ich, leise warnend. »Geh mit der Tante ins Nebenzimmer und laß mich nachdenken.« Die beiden gingen, ich zur Bibliothek, Knopfdrücken, Wand zur Seite, Safe, Witzesammlung, Aussprüche, hab schon was, Sammlung zurück, zweiter Knopf, Bücherwand: »Ladi!!« Ladi und meine Frau kamen. »Wie gefallen dir diese?« fragte ich. »›Das Geheimnis des Lebens liegt nicht darin, zu tun, was man liebt, sondern zu lieben, was man tut‹, und ›Weise Menschen wissen mehr als sie sagen – Narren sagen mehr als sie wissen.‹«

Ladi riß Mund und Augen auf. »Mann!« sagte er. »Wie du das machst! Und so schnell!« Das wunderte mich nicht, ich hatte schon Übung. Ladi schrieb sich die beiden Aussprüche auf und ging.

Am nächsten und am darauffolgenden Tag ließ er sich nicht blicken. Dann kam er wieder: »Ich habe eine Bitte, Onkel! Die Sprüche, die du mir für den Tritsch, für den Swoboda, für den Kern und für den Lechner gegeben hast, haben dem Smrkal, dem Huber, dem Seifert, dem Kugler und dem Zimmermann so gut gefallen, daß sie jetzt auch welche haben wollen.« Er bat: »Ich brauche noch fünf, Onkel! Die letzten!« Wer kann einem Kinderherzen etwas abschlagen, noch dazu, wenn es einem in den Augen der Frau einen gewissen Nimbus gibt. »Nun gut«, sagte ich. »Ich werde dir noch fünf geben. Geh mit der Tante ins Nebenzimmer und laß mich nachdenken.« Die beiden gingen, ich Bibliothek, Knopf drücken, Wand, Safe, Sammlung, Aussprüche, Safe, Knopf, Wand. »Ladi!!!«

Ladi und meine Frau traten ein. »Ich habe die fünf«, sagte ich, mit einem stolzen Seitenblick auf meine Frau. »Schreib mit! Eins: ›Gesundheit ist nicht alles, aber ohne Gesundheit ist alles nichts!‹ Zwei: ›Manchmal scheint es, als ob die Gegenwart ein Auto wäre, das von der Zukunft überholt worden ist!‹ Drei: ›Arm zu sein ist keine Schande, nur können es sich heute die wenigsten leisten!‹ Vier: ›Wer laut schreit, hat unrecht!‹ Fünf: ›Alles gleicht sich aus im Leben. Wenn man weniger Haare zum Kämmen hat, muß man sich mehr Gesicht waschen.‹« Ich möchte bemerken, daß der letzte Ausspruch von mir stammt. Die anderen waren von Chesterton, Konfuzius, Hebbel und Unbekannt. Ladi war überglücklich. »Danke!« rief er und ließ uns allein.

Meine Frau sagte: »Ich bin wirklich stolz auf dich!« »Talentsache«, wehrte ich ab. »Es wurde mir in die Wiege gelegt.«

Tagsdrauf war ich allein. Stolz auf meine Sammlung, schritt ich bedächtig zur Bibliothek, drückte langsam auf den verborgenen Knopf, die Bücherwand rückte zur Seite, ich öffnete den Geheimsafe, nahm meinen Schatz heraus – plötzlich stand meine Frau im Zimmer. Ich hatte ihr Kommen überhört.

»Was bedeutet das?« fragte sie und starrrte auf die offene Bibliothek. Sie trat näher, mit einem Blick hatte sie alles überschaut. Mein Genie, mein Talent, meine

Routine, alles schwand und machte einem beschämenden Minderwertigkeitsgefühl Platz. »So ist das also!« sagte sie verächtlich, warf eine Zeitung auf meinen Schreibtisch und ging wieder. Ich fühlte mich wie eine Eintagsfliege, die an einem Regentag zur Welt gekommen ist. Alle Freude war von mir gewichen. Ich wußte, daß ich in den nächsten Monaten in den Augen meiner Frau kleiner sein würde als der kleinste Zwerg. Nie wird sie mehr glauben, daß etwas, das ich geschrieben habe, auch wirklich von mir war. Mehr noch – sie wird jeden Eid drauf leisten, daß die Schöpfer meiner Lieder, Stücke und Bücher die Herren Schopenhauer und Li-tai-pe sind. Mein Blick fiel auf die Zeitung, die sie auf meinen Schreibtisch geworfen hatte, ehe sie ging. Es war eine Kinderzeitung. Auf der ersten Seite stand: »Schluß unseres Sprüche-Preisausschreibens. Der Preis von fünftausend Schilling geht an den zehnjährigen Ladi Goldmann.« Dieser Lausbub! Das auch noch. Er hat mich betrogen. Er hatte die Aussprüche nicht für die Stammbücher seiner Mitschüler gebraucht, sondern für ein Preisausschreiben. Verzeiht mir, Lichtenberg, Churchill, Livingstone, Unbekannt und all die andern – ich habe euch verraten! Ich las weiter: »Prämiiert wurde der Ausspruch ›Wenn man weniger Haare zum Kämmen hat, muß man sich mehr Gesicht waschen.‹« Na also. Wenigstens einer von meinen eigenen. Das gab mir ein gewisses Gefühl der Befriedigung. Neben den Aussprüchen so vieler weiser Männer hat eine sicherlich sorgsam ausgewählte Jury gerade den meinen prämiert. Ich fühlte mich zu den Unsterblichen emporgehoben. Doch da stand noch etwas: »Wenn der prämiierte Ausspruch auch nicht gerade der Beste ist, so legt er doch Zeugnis ab von der Denkkraft des Gehirns eines Zehnjährigen.«

Man sollte sich nie schlafen legen, ohne sagen zu können, daß man an dem Tag etwas gelernt hat.

(Volksweisheit)

Um einen Freund zu finden, muß man ein Auge zudrücken – um ihn zu behalten, zwei.

»Wenn Sie nicht binnen . . .«

Bamberger war mein Freund. So lange, bis ich ihm zweitausend Schilling borgte. Das war an einem Montag. »Am Mittwoch hast du sie zurück«, sagte er. Er sagte nicht, an was für einem Mittwoch. Es verging *ein* Mittwoch, es verging der zweite Mittwoch, der dritte, der vierte, der fünfte, der achte, der zwölfte, der vierundzwanzigste, der achtundvierzigste, der vierundachtzigste, der hundertvierte.

Gestern waren es zwei Jahre. Ich feierte sie durch eine Trauerminute. Was mich an Bamberger am meisten ärgerte, war, daß er aufgehört hatte, mein Freund zu sein. Auf der Straße wich er mir aus, er kam nicht ans Telefon, wenn ich ihn anrief, er mied unser Stammcafé, in dem wir täglich eine Partie Schach zu spielen pflegten – er war mir böse.

Heute hatte ich endlich genug. »Ich werde ihm einen Brief schreiben«, sagte ich zu meiner Frau, »und zwar einen geharnischten.«

Da sie ganz meiner Meinung war, setzte ich mich hin und schrieb:

»Herr Bamberger! Wie Sie wissen, schulden Sie mir seit zwei Jahren –« Ich hörte auf. Es war vielleicht doch zu hart. Ich zerriß den Bogen und begann noch einmal:

»Geehrter Herr Bamberger! Wie Sie wissen, schulden Sie mir seit zwei Jahren –« So ging es auch nicht. Schließlich waren wir einmal Freunde. Noch einmal:

»Lieber Bamberger! Wie Du weißt –« Das ist ein kompletter Unsinn. Wenn ich weiß, daß er es weiß, wozu schreibe ich ihm dann? Ich versuchte es anders:

»Lieber Freund! Es dürfte Dir entgangen sein –« Nein. Ich werde ein kleines, aber versöhnliches »vielleicht« hineinflicken. Ich flickte falsch. Jetzt hieß es:
»Lieber Freund! Es dürfte Dir entgangen vielleicht sein«, anstatt: »Es dürfte Dir vielleicht entgangen sein.« Noch besser wäre übrigens »sicher« statt »vielleicht«. Ich schrieb also:
»Lieber Freund! Es ist Dir sicher entgangen –« Der »Liebe Freund« störte mich. Ich versuchte es mit »Lieber Freund Rudi!«, mit »Mein lieber Freund Rudi!« und entschied mich dann endgültig für »Lieber Rudi!« Jetzt hatte ich es:
»Lieber Rudi! Es ist Dir sicher entgangen« – so war es richtig –, »daß Du mir seit zwei Jahren zweitausend Schilling schuldest.«
Fertig. Damit hatte ich alles gesagt. Jetzt stiegen Zweifel in mir auf. Durfte ich einem Freund einen solchen Brief schreiben, eines Betrages wegen, den er vielleicht bitter nötig hatte? Nein! Bilder der Kindheit und der ersten Jugend stiegen in mir auf. Auf Bamberger konnte ich immer zählen. Schon in der Schule schrieb er meine Schularbeiten ab. Als er versehentlich mit einem Stein eine Schaufensterscheibe einschlug, nahm ich die Schuld auf mich. Das erste Mädchen, das ich in glühender Liebe verehrte, machte er mir abspenstig. Ich hatte Tränen der Rührung in den Augen, als ich an all das dachte. Einem solchen Freund schreibt man nicht auf diese Weise.
»Lieber Rudi!« schrieb ich. »Was habe ich Dir getan, daß Du Dich nicht mehr blicken läßt? Warum kommst Du nicht ans Telefon, wenn ich Dich anrufe? Warum zeigst Du Dich nicht mehr im Kaffeehaus? Warum spielst Du nicht mehr Schach mit mir? Bitte, bitte, besuche uns – aber bald. In alter, unverbrüchlicher Freundschaft Dein Hugo.«
Meine Frau kam ins Zimmer. »Hast Du den Mahnbrief geschrieben?« fragte sie.

»Ja«, antwortete ich und steckte das Schreiben verschämt in einen Umschlag.
Am Montag kam er dann, der Rudi. Wir plauderten wie in alten Zeiten, wir spielten eine Partie Schach, und als wir uns verabschiedeten, fragte er herzlich:
»Kannst du mir zweitausend Schilling borgen? Am Mittwoch hast du sie zurück.«

Er sagte nicht, an was für einem Mittwoch.

Verehrter Leser, vergessen Sie nicht, daß Ihre Frau auch in der Ehe Parfüms und Blumen liebt. Sprechen Sie manchmal davon.

Der Hochzeitstag

Und wieder einmal jährte sich unser Hochzeitstag, und wieder fragte ich mich: Was schenke ich meiner Frau? Blumen hat sie genug. Parfüm? Zu billig. Schmuck? Zu teuer. Bonbons? Ißt sie nicht wegen der Linie. Und doch war ich stark versucht, eine schöne Bonbonniere zu kaufen, man könnte sie ja Pfandls zu Weihnachten schenken. In Gedanken versunken ging ich von Schaufenster zu Schaufenster. Plötzlich blieb ich, wie man so sagt, wie angewurzelt stehen. Da – daß mir das nicht gleich eingefallen ist! Das Bild, von dem sie seit Wochen schwärmt! Da frage ich mich dauernd, was schenke ich meiner Frau – und jetzt stehe ich direkt davor. Das ist es! Ich weiß nicht, *was* es ist, aber es ist was. Es ist eine rote Scheibe auf weißem Grund, man könnte es für die japanische Flagge halten, die ist es aber nicht, weil die rote Scheibe in der Mitte einen schwarzen Stern hat wie die Flagge von Ghana. Die ist es aber auch nicht, weil die wieder keine rote Scheibe, sondern drei Querstreifen hat: einen roten, einen gelben und einen grünen. Ich ging in das Geschäft hinein – Geschäft ist untertrieben, es war eine Kunsthandlung – und erkundigte mich. Das Bild hieß »Genesis«(?), es war von einem unbekannten Maler, war aber so teuer, als ob es von einem bekannten Maler gewesen wäre. Nichtsdestoweniger kaufte ich es. Während es der Kunstgalerist verpackte, versicherte er mir noch, daß es in ein paar Jahren den doppelten, wenn nicht den dreifachen Wert haben würde. »Wir haben es ja bei Mockstein erlebt«, fügte er hinzu. »Sie erinnern sich doch?« »Natürlich«, sagte ich. »Mockstein!« Wer ist Mockstein? Ich muß gestehen, daß ich in moderner Malerei nicht sehr bewandert bin. Ich bezahlte und verließ, mit dem Bild unter dem Arm, die Kunsthandlung.

Hoffentlich ist meine Frau nicht zu Hause, sonst wäre die Überraschung beim Teufel. Aber heute ist ja Freitag, und Freitag ist sie schon seit Jahren nicht zu Hause. Wo steckt sie eigentlich freitags? Ich muß sie einmal fragen. Vorsichtig packe ich das Bild aus, hole einen Haken und einen Hammer und gustiere. Ich werde es über die Couch hängen, aber in welcher Höhe? Ich nehme mein Augenmaß zur Hand. Das ist zu hoch, das ist zu tief – so ist es gut. Ich steige auf die Couch, in der einen Hand das Bild, in der andern den Hammer – wo ist der Haken? Den habe ich auf dem Tisch liegenlassen. Ich steige hinunter, hole den Haken, ziehe meine Schuhe aus, damit ich die Couch nicht beschmutze, und steige wieder hinauf. Wohin wollte ich das Bild hängen? Wir haben eine Blumenmustertapete, und ich erinnere mich, daß ich den Haken mitten in eine Blume schlagen wollte. Aber in welche? Da gibt es so viele Blumen. Ich glaube, *die* war es. Ich halte in der einen Hand das Bild, in der andern den Haken – wo ist der Hammer? Den hatte ich weggelegt, als ich die Schuhe auszog. Ich steige hinunter, hole den Hammer und steige wieder hinauf. Wieder finde ich die Blume nicht. Ich muß die Stelle anzeichnen. Ich steige hinunter, hole einen Kugelschreiber und steige wieder hinauf. Ich schätze ab – links – rechts – *da* ist es. Ich halte in der einen Hand den Haken, in der andern den Hammer – wo ist das Bild? Ich hatte es unten hingestellt, während ich den Kugelschreiber holte. Schnell male ich ein ganz, ganz kleines Pünktchen an die Wand, steige hinunter, hole das Bild und steige wieder hinauf. Jetzt ist es einfach. Da ist das Pünktchen, in der einen Hand halte ich das Bild, in der andern den Hammer, den Haken habe ich zwischen den Lippen. Dummerweise nehme ich ihn grad mit der Hand heraus, in der ich das Bild halte, und da ich keinen Blick von dem Kunstwerk lasse, damit ihm nur ja nichts passiert, verliere ich das Pünktchen. Aber da ist es schon wieder. Ich halte den Haken an die Wand, genau unter die Schnur, an der das Bild hängt, schlage zu, der Hammer löst sich vom Stiel und fliegt gegen die frisch gestrichene Tür, wo er ein Stück von dem weißen Lack abschlägt, auf den meine Frau so stolz ist. Sei's drum! Gleich neben der Tür steht die Vitrine, wäre er auf die Vitrine gefallen, hätte er einen weit größeren Schaden angerichtet. Ich danke dir, lieber Gott, daß er nicht auf die Vitrine gefallen ist. Ich steige hinunter, hole den Hammer, stecke ihn mit aller Kraft auf den Stiel, steige hinauf, da ist das Pünktchen, Bild, Haken, Hammer – bum! Diesmal fällt er auf die Vitrine. Scherben klirren, ich wage nicht, mich umzusehen. Wozu auch? Ich kenne ein Geschäft, in dem man jede Art von Porzellan kunstkittet, und das Glas ist keine Angelegenheit. Also. Ich steige hinunter, hole den Hammer, wickle ein Stück Papier um das Ende des Stiels, presse den Stiel fest in den Hammer hinein, noch fester, noch fester, noch fester – jetzt kann er sich nicht mehr loslösen. Ich steige hinauf, da ist das Pünktchen, ich lege das Bild an die Wand, halte den Haken unter die Schnur, schlage zu, noch einmal, noch einmal, noch einmal – so! Ich steige hinunter, um mein Werk zu betrachten – das ist doch nicht möglich! Das Bild hing um mindestens einen Viertelmeter weiter rechts, als ich wollte. Ich steige hinauf, um das Pünktchen zu prüfen, es *war* ein Pünktchen, aber nicht von mir, sondern von einer Fliege. Was tun? Der Haken muß heraus. Ich ziehe – er rührt sich nicht. Ich ziehe noch einmal – umsonst. Ich muß eine Zange holen. Ich steige hinunter, suche in der Werkzeugkiste eine Zange und finde sie in der Gewürzbar, in dem Gefäß, auf dem »Majoran« steht. Ich steige wieder auf die Couch, fasse den Haken mit der Zange – hopp! Nichts. Noch einmal – hopp! Ein Stückchen.

Noch einmal – hopp! Der Haken geht plötzlich mit einem Ruck heraus, die Zange hält ihn, ich halte die Zange, wir fliegen von der Couch herunter, ich schlage mir das Kreuz an, Haken und Zange sind unverletzt. Nur noch mühsam steige ich wieder auf die Couch, finde das richtige Pünktchen, halte das Bild hin, halte den Haken hin, schlage mit dem Hammer drauf los, stärker, stärker, noch stärker – es rührt sich nichts. Ich muß an einen Ziegel geraten sein. Durch die Kraft, mit der ich zugeschlagen habe, rieselt die Mauer aus Loch Nr. 1. Ich muß, damit man das nicht sieht, das Bild weiter nach rechts hängen. Das ist gut so, ein modernes Bild soll nicht in der Mitte hängen. Ich schlage ein drittes Loch, diesmal ganz ohne Schwierigkeiten, Loch 1 ist verdeckt, aber Loch 2 ist zu sehen. Ich mache ein viertes Loch, jetzt sieht man von Loch 1 und Loch 2 nur ein Stückchen, aber Loch 3 sieht man in seiner ganzen Größe. Ich muß, um es zu verdecken, das Bild höher hängen. Ich entschloß mich zu einem fünften Loch. Als das Bild endlich seinen Platz gefunden hatte, war es von vierundzwanzig Löchern malerisch umrahmt.

Meine Frau kam nach Hause. Sie starrte auf die Wand und stieß einen Schrei aus. Ich war froh, das Bild gekauft zu haben, es schien ihr wirklich Freude zu bereiten. »Was hast du da gemacht?« fragte sie.

Die Gute machte sich Sorgen wegen des Preises. Ich drückte verlegen herum. »Es ist unser Hochzeitstag.«

»Und deshalb schlägst du Löcher in die Wand? Und die Vitrine! Du lieber Gott!« Alles hat sie gesehen. Die Löcher, die Vitrine, nur das Bild nicht.

»Und das Bild?« fragte ich deshalb ziemlich laut.

»Welches Bild?« Sie hob den Kopf. »Ach ja!« Gleichgültig, kein Ton der Freude, kein Wort der Dankbarkeit. Im Gegenteil. Sie setzte sich auf die Couch, starrte vor sich hin und begann plötzlich bitterlich zu weinen.

Nicht aus Reue, weil sie mir unrecht getan hatte. Das Bild war ihr auf den Kopf gefallen.

»Schneiden Sie keine Gesichter!« brüllte der Professor den Gymnasiasten an. Er wußte nicht, daß ›Gesichter schneiden‹ einmal der Beruf des Jungen werden sollte. Er wurde Schönheitschirurg. Und was nun folgt, ist

Eine spannende Geschichte

In einem gewissen Alter hat man das verständliche Verlangen, weiterhin jung auszusehen . . .
Grill und Duschek waren Geschäftsfreunde. Beide waren Optimisten. Solange, bis Grill eines Tages Duschek Geld borgte. Von da an war er Pessimist.
Grill und Duschek waren verheiratet. Beide Frauen waren bei der Bühne. Die eine nannte sich Cora Dallas, die andere Della Wong. Beide waren nicht mehr die jüngsten. Ihr genaues Alter wußte man natürlich nicht, aber es konnte nicht verborgen bleiben, daß sie sich von irgendeiner Seite dem Fünfziger näherten. Beide spielten dasselbe Fach – sie waren Rivalinnen. Nicht nach außenhin, aber im Innern. Im Innern haßten sie einander.
Sie trafen sich in der Konditorei.
»Della, mein Schatz!« säuselte Cora. »Eben habe ich dein Foto in der ›Bunten‹ gesehen! So solltest du wirklich ausschauen!«
Della schluckte. »Und du?« sagte sie mit aller Liebenswürdigkeit, die sie aufbringen konnte. »Du bist wieder von einer Elegance! Dein Kleid ist ein Traum! Oder habe ich dir das schon vor zehn Jahren gesagt?«
Cora bohrte sich die Fingernägel ins Fleisch. »Du hast heute wieder einen Humor!« lachte sie gequält. »Warum bist du übrigens gestern nicht zu meiner Geburtstagsparty gekommen? Mein Mann hat mir einen Nerz geschenkt, und von Mama habe ich eine Torte mit Kerzen bekommen. Für jedes Jahr meines Lebens eine!«

»Ich habe es gehört«, lächelte Della süß. »Es soll ausgesehen haben wie bei einem Fackelzug.«
Cora zuckte zusammen, faßte sich aber sofort wieder. »Wo hast du den reizenden Schal her, den du um den Nacken trägst?« fragte sie scheinheilig. »Die bezaubernden Falten, die er macht!«
»Das ist kein Schal«, sagte Della wütend, »das ist mein Hals! Und jetzt muß ich gehen, weil wir in einer Stunde nach Gastein fahren!« Sie ging.
Zu Hause lief sie erregt auf und ab. »Mit dem Hals muß etwas geschehen!« sagte sie sich. »Der muß weg!« Und sie ging zum Schönheitschirurgen.
»Ich möchte meinen Hals spannen lassen«, sagte sie.
»Nichts leichter als das«, meinte der Chirurg.
»Was kostet das?«
»Zwanzigtausend.«
»Gibt es nichts billigeres?«
»Leukoplast.«
Della bezahlte. Sie bekam einen neuen Hals. Das heißt, der alte wurde gespannt. Sie sah um fünfzehn Jahre jünger aus. Nach vier Wochen kam sie wieder in die Konditorei.
Cora war wie vom Schlag gerührt, als sie sie kommen sah. »Della, darling«, sagte sie überrascht. »Du siehst so verjüngt aus! Was hast du gemacht?«
»Nichts!« triumphierte Della. »Einfach nichts. Kein Fernsehen, kein Theater – ich habe nur meiner Schönheit gelebt. Nur der Erholung. Vier Wochen lang. Aber du«, fügte sie bedauernd hinzu, »du siehst so müde aus. Du hast Tränensäcke unter den Augen.«
»Ich finde das sehr persönlich«, meinte Cora pikiert.
»Sicherlich. Bloß – etwas weniger Persönlichkeit könnte dir nicht schaden.«
Cora stand auf. »Ich muß gehen«, sagte sie. »Mein Mann und ich fahren auf vier Wochen nach Montreux.«
Zu Hause lief sie erregt auf und ab. »Mit den Tränen-

säcken muß etwas geschehen!« sagte sie sich. »Die müssen weg!« Und sie ging zum Schönheitschirurgen.
Nach zwei Tagen waren die Tränensäcke weg. Das heißt, sie wurden gespannt. Cora sah um fünfzehn Jahre jünger aus. Nach vier Wochen kam sie in die Konditorei.
Della hätte fast den Löffel verschluckt, mit dem sie ihr Eis nahm, als sie die »Freundin« sah. »Cora, mein Schatz!« sagte sie perplex. »Du siehst blendend aus! Was hast du gemacht?«
»Nichts!« lächelte Cora und jubelte innerlich. »Ich habe bloß deinen Rat befolgt. Kein Fernsehen, kein Theater – ich habe nur meiner Schönheit gelebt. Nur der Erholung. Vier Wochen lang.« Schlange, zischte Della, natürlich ebenfalls innerlich. Du hast dich spannen lassen!
»Aber du«, setzte Cora fort, »du siehst so abgespannt aus. Du hast so kleine Fältchen auf den Wangen bekommen. Ich weiß«, setzte sie schnell hinzu, »daß es Lachfalten sind, aber sie machen dich älter.«
Della ging zum Schönheitschirurgen. Die Fältchen verschwanden, sie wurden gespannt. Nach vier Wochen erschien sie wieder in der Konditorei.
»Della!« sagte Cora starr und saß da wie versteinert. »Wo sind deine entzückenden Lachfalten hin? Hast du in letzter Zeit so wenig Vergnügliches erlebt?«
»Im Gegenteil«, hauchte Della und blähte die Nüstern. »Ich habe einen bezaubernden jungen Freund gefunden.«
»Das wirkt gegen Falten?«
»Nicht das allein. Ich habe von meiner Freundin aus Paris eine Wundercrême bekommen. Leider nur einen kleinen Tiegel, sonst hätte ich dir etwas davon abgegeben. Obwohl es bei dir nicht wirken würde. Die Crême ist gegen Lachfalten und nicht gegen Stirnfalten wie du sie hast.«

»Stirnfalten?« wiederholte Cora. »Ich habe Stirnfalten?«
»Hat dir das dein Mann noch nicht gesagt? Dann tut es mir leid, Liebling, daß ich dich darauf aufmerksam gemacht habe!«
Teufelin, dachte Cora wütend. Dreimal verfluchte Teufelin! Du hast keine Crême – du warst beim Chirurgen! Und sie ging auch wieder zu ihm.
Nach zwei Tagen waren die Falten verschwunden, sie wurden gespannt. Vier Wochen später kam Cora wieder in die Konditorei.
»Cora!« rief Della bestürzt. »Deine Stirnfalten! Wo sind sie hin?«
»Weg!« lächelte Cora und warf einen koketten Blick in den Spiegel gegenüber.
»Weg?!?«
»Weg. Durch meine persönliche Energie. Ich hatte von Kindheit an die Gewohnheit, die Stirne in Falten zu legen. Das habe ich mir in vier Wochen mit aller Kraft, die mir zu Gebote stand, abgewöhnt.«
Hexe, dachte Della außer sich. Verdammte Hexe! Du hast dich wieder spannen lassen!
»Du solltest das mit deinen Mundwinkeln versuchen«, sprach Cora weiter. »Ich bin überzeugt, du hättest denselben Erfolg.«
»Mundwinkeln?« wiederholte Della. »Was ist mit meinen Mundwinkeln los?«
»Weißt du das nicht? Sie hängen herunter. Wahrscheinlich auch durch eine Gewohnheit aus deiner Kinderzeit. Mit ein bißchen Energie läßt sich das wieder gutmachen.«
Della eilte zum Chirurgen. In zwei Tagen waren die Mundwinkel in Ordnung, sie wurden gespannt.
In der Folge ließ Della sich die Nasenflügel spannen, Cora die Ohren, Della das Kinn – und beide Damen manches andere, das sich mit der Zeit in Falten gelegt hatte. Sie vergaßen dadurch auf ihren Beruf, sie becirc-

ten keine Intendanten, sie schmeichelten keinem Regisseur, sie kämpften weder um Rollen noch um Gastspiele, bis eines Tages ein neuer Star entdeckt wurde. Ein junges Mädchen, das im Fernsehen bereits kleine Rollen gespielt hatte und das man nun am Theater in einer Hauptpartie herausstellte.
Der Premièrenabend kam heran, das Haus war ausverkauft, das Klingelzeichen ertönte, der Zuschauerraum verfinsterte sich. Cora und Della saßen jede in einer Loge – gespannt.

Eine Frau ist keine Antiquität. Wenn sie die Möglichkeit hat, jünger auszusehen als sie tatsächlich ist – warum sollte sie nicht?

Das Beste ist der Feind des Guten. *(Voltaire)*

Superlative

Es gibt Menschen, die in Superlativen schwelgen. Zu ihnen gehört Dr. Robinson. Er hat den schnellsten Wagen, die feinste Klientel, den ältesten Whisky. Daß er auch von allen andern Dingen das Beste hat, versteht sich von selbst.

Neulich waren er und seine Frau Mela bei uns zu Gast. Das Gespräch kam, wie immer, auf das Essen.

»Kinder«, sagte er und schlug die Hände zusammen, »Mela und ich haben ein Restaurant entdeckt – das Beste vom Besten! So etwas gibt es kein zweites Mal. Mela hat eine Spargelcremesuppe gegessen, ich eine Leberknödelsuppe – – meine Mutter hätte sie nicht besser machen können. Köstlich, köstlich! Anschließend nahm Mela einen Tafelspitz, ich ein brasilianisches Pfeffersteak – delikat! Und was wichtig ist – bürgerliche Preise!« Meine Frau und ich machten seit zwei Tagen eine Abmagerungskur, wir aßen nur die Hälfte von dem, was wir früher gegessen hatten – und vor allem keine Kohlehydrate. Jetzt lief uns das Wasser im Mund zusammen.

»Was habt ihr sonst noch gegessen?« fragte ich gierig, während meine Frau an ihrem Taschentuch kaute.

»Mmm!« machte Robinson, in Erinnerung noch einmal die Nachspeise genießend. »Mela nahm Schokoladepalatschinken mit Nüssen und Schlagobers und ich einen Apfelstrudel nach Art des Hauses – unvergeßlich!«

Er verriet uns die Adresse. Meine Frau und ich waren uns einig, daß wir vor Ablauf von vier Wochen und Verlust von ebenso vielen Kilos nicht hingehen würden, und was wir uns versprechen, halten wir auch. Am nächsten Tag saßen wir dort. Es war der 2. Februar, ein Tag, an dem Millionen Menschen in der ganzen

Welt Geburtstag haben – und wenn wir auch keinen von ihnen kennen – es mußte gefeiert werden. Die Kur konnten wir immer noch machen.
Der Ober, ein Türke, brachte die Speisenkarte. Die Auswahl war groß, die Namen der Gerichte waren verlockend. Wir bestellten beide Französische Zwiebelsuppe à la Danton, meine Frau einen Rostbraten à la Metternich, ich eine Zarte Hühnerbrust à la Brigitte Bardot, meine Frau eine Sachertorte mit Schlagobers und ich einen Obstsalat aus frischen Früchten à la Chamberlain.
Die Suppe kam. Da war nichts von Zwiebeln, nichts von Frankreich, nichts von Danton, nichts von nichts. Ein dünnes Wasser à la Danube. Um unseren Türken nicht zu verstimmen, aßen wir ein paar Löffel davon und ließen sie abservieren.
»Ihre Portionen sind zu groß«, sagte meine Frau charmant zu dem Türken, während ich ihm lächelnd zunickte.
»Zu kroß«, lächelte er zurück. »Verstehe.«
»Was ist Robinsons eingefallen?« fragte ich meine Frau, sobald sich der Türke entfernt hatte. »Hier kann man doch nicht essen.«
»Warte«, meinte sie geduldig. »Vielleicht hatten wir bloß mit der Suppe Pech. Vielleicht hat der Suppenkoch heute seinen freien Tag.«
Ich wartete und hoffte im stillen, daß der Zarte Hühnerbrustkoch nicht auch seinen freien Tag hat. Der Türke kam mit dem Rostbraten und der Zarten Hühnerbrust à la Brigitte Bardot. Meine Frau nahm Gabel und Messer zur Hand und begann zu schneiden. Das Messer rutschte ab. Sie versuchte es von der andern Seite – erfolglos. Sie griff von der Flanke an – auch nichts. Sie bat mich, ihr mein Messer zu borgen – es war alles vergebens. »Dieser Rostbraten ist das záheste Fleisch, das mir je untergekommen ist«, stellte sie wütend fest.
Ein Herr vom Nebentisch beugte sich zu uns herüber

und meinte verzweifelt: »Da haben Sie das Beefsteak à la Hawaii noch nicht gegessen!« Meine Frau rief den Türken.

»Der Rostbraten ist nicht zu beißen!« sagte sie etwas scharf. »Kosten Sie ihn!«

Der Türke erschrak. »Ich schon gekostet«, meinte er ängstlich. »Ich Zahn ausgebissen.«

Meine Frau wurde energisch. »Dann nehmen Sie ihn zurück!« kommandierte sie. Der Türke wurde bleich. »Ich Ober«, entschuldigte er sich. »Ich nix dürfen zurücknehmen diese Rostbraten. Madame haben ihn verbogen.«

Inzwischen hatte ich die Zarte Hühnerbrust à la Brigitte Bardot getestet. Ich weiß, daß die Bardot nicht mehr die Jüngste ist, aber diese Hühnerbrust nach ihr zu benennen, das war Rufschädigung.

»Weg!« befahl ich. »Tragen Sie das weg!«

Der Türke zuckte, zum Zeichen seiner Machtlosigkeit, bedauernd mit den Schultern. »Ich Ober«, meinte er und trug die beiden Platten weg. Plötzlich hörten wir einen entsetzlichen Schrei.

»Jetzt ist ihm der Rostbraten auf den Fuß gefallen«, sagte der Herr vom Nebentisch.

Ein zweiter Ober, ein Jugoslawe, brachte uns den Nachtisch. Die Sachertorte mit Schlagobers erwies sich als ein mit Kakao bestreuter und mit saurer Milch übergossener Ziegelstein, die frischen Früchte kamen aus der Dose. Wir bezahlten und gingen. Am nächsten Tag rief ich Robinson an. »Was habt ihr uns da für ein Restaurant empfohlen?« fragte ich ihn aufgebracht. »Wir waren dort – das Essen war nicht zu genießen!«

»Was habt ihr gegessen?« erkundigte er sich. Ich zählte ihm auf, was wir nicht gegessen, aber bezahlt hatten.

»Eure Schuld«, sagte er. »Hättet ihr Spargelcremesuppe, Tafelspitz und Schokoladepalatschinken genommen, darauf sind sie spezialisiert.«

Einige Wochen später waren wir in der Oper und sahen Dr. Robinson und Gattin in einer Loge sitzen. In der Pause trafen wir uns im Büfett.
»Neuer Smoking«, meinte ich bewundern. »Fesch.«
»Siehst du, wie er es bemerkt?« wandte Robinson sich erfreut an seine Frau und setzte fort: »Ich habe den besten Schneider entdeckt, den es gibt. Kein feudaler Salon, aber der Mann versteht sein Handwerk. Und die Preise – bürgerlich.« Er gab mir die Adresse.
Meine Frau versuchte schon seit langem, mich zu überzeugen, daß ich einen neuen Anzug brauche – also ging ich zu Robinsons Schneider, Johann Holubek, Tailleur.
»Winschen bitte?« fragte Herr Holubek mit leicht tschechischem Akzent.
»Ich komme von Herrn Dr. Robinson. Ich möchte mir einen Anzug machen lassen.«
»Bitte scheen. Soll es etwas Elegantes sein? Oder vielleicht etwas Strapazierfähiges? Oder etwas Praktisches mit zwei Hosen?«
Nur nicht zwei Hosen. Ich habe mir einmal einen Anzug mit zwei Hosen machen lassen und habe mir ein Loch ins Sakko gebrannt. Was wollte ich aber wirklich? Ich wußte nur, was ich *nicht* wollte. Vor allem wollte ich keinen Zweireiher, keinen blauen Blazer mit Goldknöpfen und grauer Hose dazu. Nun bin ich aber ein Mensch, der leicht zu beeinflussen ist, und als ich Herrn Holubek adieu sagte, hatte ich einen zweireihigen blauen Blazer mit Goldknöpfen und zwei grauen Hosen bestellt. Es war an einem Freitag – am darauffolgenden Mittwoch hatte ich die erste Anprobe. Holubek ließ mich in den halbfertigen Blazer schlüpfen, ich betrachtete mich verlegen im Spiegel – bei Anproben bin ich immer verlegen –, Holubek machte mit Kreide einige mystische Zeichen auf den Stoff, riß die angehefteten Revers herunter, musterte mit Kennerblick meine Schultern, sagte »Da muß me heben«, ließ mich die

beiden Hosen probieren und entließ mich. Am Montag war die zweite Anprobe, am Dienstag wurde das Meisterwerk geliefert. Stolz führte ich es meiner Frau vor.

»Das ist der neue Anzug?« fragte sie. »Der sitzt doch nicht.«

»Wieso nicht?«

»Schau dir die rechte Schulter an. Die ist doch viel höher als die linke. Das muß er in Ordnung bringen.«

Also ging ich wieder zu Holubek und sagte ihm, daß die rechte Schulter höher sei als die linke.

»Das ist ein Geburtsfehler«, meinte er. »Sie sind schief gewachsen. Aber das kann man korrigieren.« Wieder machte er seine kabbalistischen Zeichen auf den Blazer. Am nächsten Tag wurde er geliefert, ich zog ihn an und präsentierte mich meiner Frau.

»Jetzt ist die linke Schulter höher als die rechte. Du mußt noch einmal hingehen.«

Ich ging noch einmal hin. Holubek war leicht ungehalten. »Es ist nicht einfach mit Ihnen«, meinte er. »Sie haben ein unregelmäßiges Skelett. Sie sind einmal rechts höher, einmal links. Aber das kann man korrigieren.« Er korrigierte – am nächsten Tag wurde der Blazer geliefert.

»Jetzt hast du einen Buckel«, stellte meine Frau fest. »Du mußt noch einmal hingehen.«

Ich ging einmal hin, ich ging zweimal hin, ich ging dreimal hin, ich ging viermal hin. Nach dem ersten Mal war der Buckel weg, aber am Bauch hatte ich zwei Falten – nach dem zweiten Mal waren die Falten weg, aber der Buckel war wieder da – nach dem dritten Mal war fast alles in Ordnung, nur die linke Schulter war höher – nach dem vierten Mal sah ich aus wie Quasimodo, der Glöckner von Notre-Dame. Die linke Schulter saß in Ohrhöhe, der Buckel war zweimal so groß wie früher, aus den beiden Falten am Bauch waren vier geworden. Meine Frau war verzweifelt. Ich nicht. Ich

hatte an der schwarzen Tafel unseres Hauses einen Anschlag gesehen: »Donnerstag, 10. 4., Textilsammlung für das Rote Kreuz. Was Sie an alten Anzügen, Kostümen, Stoffresten etc. besitzen, legen Sie bitte bis acht Uhr vor den Hauseingang.« Um sieben lag der zweireihige blaue Blazer mit den Goldknöpfen und den beiden grauen Hosen vor dem Hauseingang.
Dann rief ich Robinson an.
»Ich danke dir für den Schneider, den du mir empfohlen hast!« zischte ich in den Apparat.
»Warum? Was hast du dir machen lassen?«
»Einen zweireihigen blauen Blazer mit Goldknöpfen und zwei grauen Hosen! Eben habe ich ihn dem Roten Kreuz gespendet!«
»Deine Schuld!« sagte er. »Einen Smoking hättest du dir machen lassen müssen – darauf ist er spezialisiert.«

Längere Zeit war Robinson nicht zu sehen, dann traf ich Mela auf der Straße. »Wie geht es euch?« fragte ich.
»Weißt du denn nicht? Mein Mann ist krank. Er leidet an furchtbaren Bauchschmerzen auf der rechten Seite. Kannst du mir vielleicht einen guten Arzt empfehlen?«
»Arzt?« rief ich aus. »Den besten, den es gibt! Er hat mich von Magengeschwüren geheilt – einmalig! Und gar nicht teuer!« Ich gab ihr die Telefonnummer.
Vierzehn Tage später rief mich Robinson an. »Was hast du mir da für einen Arzt empfohlen?« fragte er schwach, aber wütend. »Zuerst hat er ein Gallenleiden konstatiert, dann ein Leberleiden, ich durfte nichts essen, nichts trinken, mußte mich in eine Klinik legen, dort fand er plötzlich, daß ich Blasensteine habe, ich war knapp vor der Operation, bis schließlich ein junger Medizinstudent feststellte, daß meine Schmerzen von einer ganz gewöhnlichen Blinddarmreizung herrühren.«

»Deine Schuld!« sagte ich. »Du hättest in dem Restaurant, das du mir empfohlen hast, eine Zarte Hühnerbrust à la Brigitte Bardot essen müssen, hättest dir dann bei dem Schneider, den du mir so ans Herz gelegt hast, einen blauen Blazer mit zwei grauen Hosen machen lassen müssen – dann hättest du dich so geärgert, daß du Magengeschwüre bekommen hättest – und darauf ist er spezialisiert!«

»Das Beste ist der Feind des Guten«, sage ich immer. Aber das hat schon Voltaire gesagt.

»In dem Leben nach dem Tode«, so entscheidet die himmlische Verfassung, »gibt es für Schriftsteller keine Hölle. Sie haben schon auf Erden genug unter der Kritik zu leiden.« Z. B. Heinz Otter. Sie lernen sein Schicksal in der nächsten Satire kennen, die da betitelt ist:

Romane, die das Leben schreibt

»In einem gewissen Alter kommen einem Schriftsteller die Gedanken wie ein endloser Zug.« So schrieb Heinz Otter in einem Roman.
»Schade, daß in diesem Zug so viele leere Waggons sind.« So schrieb Kurt Morawetz, Kritiker der »Morgenpost«.
»Der Arme weiß mit Reichtum nichts anzufangen.« So schrieb Heinz Otter in einem Roman.
»Hat man ihn schon versuchen lassen?« So schrieb Kurt Morawetz, Kritiker der »Morgenpost«.
»Der liebe Gott scheint dumme Menschen gern zu haben, sonst hätte er nicht so viele gemacht.« So schrieb Heinz Otter in einem Roman.
»Herr Otter hätte sich diesen Satz für seine Memoiren aufheben sollen.« So schrieb Kurt Morawetz, Kritiker der »Morgenpost«. So ging es weiter. Otter war Schriftsteller. Keiner von den Großen. Er sellte nicht best – er stellerte schrift. Otter war sein Künstlername. Eigentlich hieß er Fischotter. Morawetz fand das heraus, und so oft Otter sich nun an die Oberfläche wagt, wirft er ihn in das kalte Wasser zurück. Otter verliert an Boden. Er schreibt längst keine Bücher mehr, sondern arbeitet für einen obskuren Verlag namens »Herzensprobleme«, der unter dem Slogan »Ein Leben auf 100 Seiten« Romanhefte herausgibt. Otter schreibt, was ihm einfällt und was ihm nicht einfällt. Die Hefte liest sowieso keiner. Sein letztes Werk heißt: »Tu's doch, Claudia!«

Gerd Brösig, Generaldirektor der ABAM AG, sitzt im Wartezimmer seines Arztes. Er ist nervös. Warum läßt man ihn warten? Um 14 Uhr war er angesagt, jetzt ist es 14 Uhr 10. Brösig ist einer der mächtigsten Männer in der Industrie, Vorstand eines weltweiten Konzerns. Er schaut auf die Uhr. Es ist 14 Uhr 11. Sein Blick fällt auf ein Heft, das vor ihm liegt. Herzensprobleme. Jemand muß es vergessen haben, sehr zur Freude des Arztes, der alle zurückgelassenen Zeitungen und Illustrierten seiner Wartezimmerbibliothek einverleibt. Brösig nimmt das Heft zur Hand und liest den Titel. »Tu's doch, Claudia!« Claudia! So heißt auch seine junge Frau, die er vergöttert, und die ihn liebt, wie man nur einen Generaldirektor mit seinem Einkommen lieben kann. Er stutzt. In dem Heft sind einige Passagen, die ihn an sein Leben erinnern. An sein Leben mit Claudia. An seine Geschäfte. An seine Freunde. An einen jungen Musiker, der in seinem Haus verkehrt. Hier im Roman ist es ein junger Maler. Er hat eine Liebschaft mit Claudia. Sollte das am Ende ein Schlüsselroman sein? Brösig glaubt, es immer deutlicher zu erkennen. Er frißt die Seiten in sich hinein. Claudia und der Maler haben ein Absteigequartier, in dem sie sich jeden Nachmittag treffen. Warum fragt er eigentlich nie, wo *seine* Claudia ihre Nachmittage verbringt? Claudia gibt dem Maler zu Ehren eine Party, um ihn mit den einflußreichsten Leuten bekanntzumachen. Wie war das mit *seiner* Claudia? Hatte sie nicht auch eine Party gegeben, bei der alles, was Rang und Namen hatte, anwesend war, nur um Roger, so heißt der Musiker, kennenzulernen? Otters Roman wird Brösigs Eheleben immer ähnlicher. Warum hat er Claudia so vertraut? Claudia und Roger hintergehen ihn. Es ist klar, es ist alles klar. In New York lernten sie Roger nach seinem Konzert kennen – im Roman ist es eine Ausstellung. In Acapulco treffen sie ihn »zufällig« wieder. Im Roman treffen sie ihn am Lago Maggiore. Später in Paris, London und Monte

Carlo. Im Roman in Wien, Rom und Mexiko-City. Und immer zufällig, immer zufällig. Brösig steigt das Blut zu Kopf. Er stürzt nach Hause und nimmt den Revolver aus der Schreibtischlade. Claudia erwartet den Gatten im Schlafzimmer. Er erschießt sie und begeht anschließend Selbstmord. Eklat.
Die BEBAM AG, schärfste Konkurrentin der ABAM AG, weiß Mord und Selbstmord auf geschäftliche Schwierigkeiten zurückzuführen. Die Aktien der ABAM fallen. Zehntausende kleiner Sparer verlieren ihr Geld. Betriebe und Banken müssen schließen. Die Opposition verlangt den Rücktritt des Finanzministers. Der Finanzminister tritt zurück. Er war es, der Brösig »gemacht« hat. Natürlich mit Wissen einiger Ministerkollegen. Die gesamte Regierung wird zum Rücktritt gezwungen. Die Gegenpartei kommt ans Ruder. Das Volk veranstaltet teils Fackelzüge, teils Straßenschlachten. Die frühere Regierung und jetzige Opposition deckt auf, daß der neue Innenminister einmal von Brösig eine Zigarre angenommen hat. Bestechung! Der neue Innenminister tritt zurück, die gesamte Regierung tritt zurück, die frühere Regierung wird wieder die jetzige Regierung. Das Volk veranstaltet teils Fackelzüge, teils Straßenschlachten. Die Machenschaften der BEBAM AG kommen ans Tageslicht. Ihre Aktien fallen. Wieder verlieren Zehntausende kleiner Sparer ihr Geld, immer neue Banken und Betriebe müssen schließen, das Ausland verlangt seine Kredite zurück – der Staat ist bankrott.
Wir drehen zurück. Roger, der junge Musiker, war als erster am Tatort und hat die tote Geliebte gefunden. Er raubt ihren Safeschlüssel und holt ihren Schmuck, im Wert von einigen Millionen, aus dem Tresor. Er will nach Argentinien flüchten. Vorher aber muß er den Schmuck verkaufen. Ein Hehler erklärt ihm, daß es sich um wertlose Imitationen handle. Den echten Schmuck hat Claudia bereits zu Geld gemacht, um Rogers

Ansprüche befriedigen zu können. Roger wird verhaftet. Elga, seine junge Frau, ist frei. Jetzt kann sie Jürgen heiraten, mit dem sie bereits seit Monaten ein Verhältnis hat. Sie eilt in seine Wohnung, um ihm die frohe Botschaft zu verkünden. Jürgen hat sie nicht erwartet. Er liegt mit Rosita, einem spanischen Stripteasemädchen im Bett. Elga zieht aus einem Plastiksäckchen eine Bombe. Explosion! Elga, Jürgen und das Stripteasemädchen gehen mit dem Bett und dem Haus in die Luft. Zweiunddreißig Wohnungen werden zerstört, es gibt zahlreiche Verletzte. Die Feuerwehr kommt zu spät. Der neue Innenminister, der eben erfährt, daß die Feuerwehr zu seinem Ressort gehört, tritt zurück. Die gesamte Regierung tritt zurück. Die Gegenpartei kommt wieder ans Ruder. Die frühere Regierung wird wieder die jetzige Regierung. Das Volk veranstaltet teils Fackelzüge, teils Straßenschlachten. Die letzteren liefert sie und zwar der Polizei. Demonstranten werden eingesperrt. Amnesty international greift ein. Durch Flugzettel und Posterlagscheine wird die Menge über die Zustände in Afrika und Asien aufgeklärt.
In seiner Wohnung setzt sich Heinz Otter zum Schreibtisch. »Was wirst du dir heute wieder ausdenken?« fragt seine Frau mitfühlend.
»Ich weiß es nicht«, antwortet Otter. »Es ist ja auch ganz egal. Diese Schundhefte liest sowieso niemand.«

»Die Feder ist mächtiger als das Schwert«, begann Heinz Otter seinen Roman.
»Herr Fischotter soll versuchen, mit einem Kugelschreiber eine Salami zu schneiden«, begann Kurt Morawetz seine Kritik in der »Morgenpost«.
Und beide wußten nicht, was Heinz Otter mit seinem »Tu's doch, Claudia!« alles ausgelöst hatte.

Wir Menschen von heute sind mit Medikamenten versorgt, und doch bringt die chemische Industrie fast täglich neue auf den Markt. Mein Arzt hat vor kurzem eine Pille zusammengesetzt, für die es noch gar keine Krankheit gibt. Aber:

Des Menschen Pille ist sein Himmelreich

»Herr Walter und Frau Hermine Goldmann bitten zum Abendessen« – also gingen wir hin. Wir trafen die Robinsons, Wimmers, Pfandls und Knolls. Das Essen war gut – Champignoncreme, gebratene Ente mit Kartoffeln, Reis und gemischtem Salat, Käse und Mokka. Nach dem Essen zogen sich die Herren in das Raucherzimmer zurück, die Damen in den Salon.

Der Hausherr wurde zum Telefon gerufen. Robinson nützte den Augenblick. Er verzog das Gesicht. »Die Ente war ein bißchen schwer«, sagte er und schluckte zwei rote Pillen.

»Was nehmen Sie da?« fragte Pfandl. »Wer hat Ihnen diese Pillen verschrieben?«

»Dr. Merzenberger. Warum?«

»Weil man die nicht mehr nimmt. Die da müssen Sie nehmen.« Er zeigte zwei grüne Pillen und steckte sie in den Mund.

»Die nehme ich nicht«, sagte Robinson. »Ich hasse Grün.«

»Außerdem können sie schädlich sein«, mischte sich nun Wimmer ins Gespräch. »Schwangere Frauen zum Beispiel dürfen sie überhaupt nicht nehmen.«

»Bin ich eine schwangere Frau?« regte Pfandl sich auf. »Mir helfen sie, und das ist die Hauptsache.«

»Und haben Sie niemals Kopfschmerzen?«

»Kopfschmerzen habe ich täglich. Da nehme ich ein Aspirin.«

»Aspirin?« Wimmer schlug die Hände zusammen. »Wissen Sie, wie ungesund das ist?«

»Was soll ich tun?« fragte Pfandl.
»Die grünen Pillen sollen Sie aufgeben. Lesen Sie denn die Beschreibungen nicht, die in den Medikamentenpackungen liegen? Da steht klar und deutlich: Kontraindikation – kann Kopfschmerzen auslösen. Und Gott weiß, was noch.«
»Was, zum Beispiel?« Pfandl wurde blaß.
»Wie soll ich das wissen? Bin ich Gott?« fragte Wimmer. »Es ist nun einmal so, daß jedes gute Mittel schlechte Nebenwirkungen haben kann.«
»Da haben Sie recht«, pflichtete Robinson ihm bei. »Ich nehme zwei von den roten Pillen – der Druck auf dem Magen ist weg – aber die Knie beginnen zu zittern.«
»Das ist der Blutdruck«, meinte Pfandl. »Zu niedrig. Da müssen Sie nach den roten Pillen diese da nehmen.« Er zeigte zwei gelbe Pillen.
»Da zittern die Knie nicht?« fragte Robinson.
»Nein. Da bekommt man höchstens Flimmern vor den Augen.«
Robinson schüttelte den Kopf. »Da zittere ich lieber mit den Knien.«
Knoll, der, wie ich, bisher an dem Gespräch nicht teilgenommen hatte, nahm eben zwei braune Pillen und steckte sie in den Mund.
»Was ist *das?*« fragten die andern drei neugierig.
»Das ist ein homöopathisches Mittel, ohne jeden chemischen Zusatz, aus reinen Pflanzen hergestellt. Mein Arzt ist nämlich Homöopath«, setzte er etwas affektiert hinzu.
»Was ist das genau – die Homöopathie?« fragte Pfandl.
»Das kann ich Ihnen sagen. Ich habe es aus dem Lexikon auswendig gelernt, weil mich so viele Ignoranten danach fragen: Homöopathie ist die Krankheitsbehandlung nach dem Grundsatz, daß jede Krankheit mit kleinen Dosen von Arzneimitteln zu heilen sei, die in großen Dosen bei Gesunden Krankheitserscheinungen

hervorrufen, die denen der zu heilenden Krankheit ähnlich sind.«
»Das ist eine Erklärung, die ich nicht verstehe«, gab Wimmer zu.
»Mich macht sie nervös«, meinte Robinson und schluckte schnell zwei weiße Pillen. »Ich war immer der Meinung, daß ein Homöopath ein Naturheiler ist.«
»Aber wo!« lachte Knoll. »Wenn es Sie aber interessiert – ich war auch schon bei einem Naturheiler.«
»Was hat der gemacht?«
»Luftbäder. Ob Herz, Magen, Leber – immer nur Luftbäder.«
»Sind diese Luftbäder auch gut für Rheuma?« fragte Pfandl.
»Sehr gut«, entgegnete Knoll. »Ich habe meines davon bekommen.« Alle lachten.
»Zeigen Sie mir einmal Ihre Pillen«, bat Robinson.
»Welche? Die braunen?«
»Haben Sie noch andere?«
Knoll zog eine goldene Dose aus der Tasche und öffnete sie. Drinnen sah es aus wie in einer Hausapotheke. Da gab es schwarze Pillen, blaue Pillen, rosa Pillen, graue Pillen, lila Pillen, tizianrote Pillen und so weiter.
»Was ist *das* für eine?« fragte Robinson fast neidisch und zeigte auf das Schmuckstück der Sammlung. Es war eine Pille, die halb blau, halb weiß war.
»Die ist zur Beruhigung«, antwortete Knoll stolz.
»Und die hat keine Kontraindikationen?« fragte ich.
»Bei homöopathischen Mitteln gibt es keine Kontraindikationen«, meinte Knoll und sah mich mitleidig an.
»Bitte«, gab er nach kurzer Zeit zu, »die Zunge schwillt manchmal an.«
»Was machen Sie da?«
»Ich nehme zwei von den lila Pillen, da schwillt sie wieder ab. Allerdings kann man dann nachts nicht schlafen, aber gegen Schlaflosigkeit habe ich hier diese rosa Pillen.«

»So etwas könnte *ich* brauchen«, seufzte Robinson.
»Warum? Leiden Sie an Schlaflosigkeit?«
»Leiden ist gar kein Ausdruck. Ich wälze mich die ganze Nacht im Bett hin und her.«
»Das verstehe ich nicht«, sagte Wimmer. »Wenn ich nicht schlafen kann, trinke ich jede halbe Stunde einen Whisky.«
»Dann kann man schlafen?« erkundigte sich Robinson sofort.
»Schlafen kann man nicht, aber die Nacht vergeht schneller.«
Alle lachten, außer Robinson. Robinson ärgerte sich.
»Würden Sie mir so eine rosa Pille überlassen?« wandte er sich an Knoll.
»Aber bitte! Wenn sich die andern Herren auch bedienen wollen?« Er hielt uns die Pillendose entgegen wie eine Zigarettentabatiere. Ich wählte eine von den blauweißen.
Robinson hatte seine rosa Pille geschluckt. »Nützt auch nichts«, jammerte er. »Ich fühle überhaupt keine Müdigkeit.«
»So schnell kann doch das nicht wirken«, meinte Knoll. »Und überhaupt – wenn Sie an Schlaflosigkeit leiden, warum verschreibt Ihnen Dr. Merzenberger kein Schlafmittel?«
»Ich gehe nicht mehr zu ihm. Ein Arzt, der sich über meinen Zustand lustig macht, ist kein Arzt für mich. Das letztemal untersucht er mich und sagt: ›Für einen Neunzigjährigen sind Sie gut beisammen – der Fehler ist, daß Sie erst fünfzig sind.‹« Alle lachten, außer Robinson. Robinson ärgerte sich. »Ich esse zuviel«, gab er zu. »Zuviel und zu schwer. Ein paar Kilo weniger – ud alles wäre in Ordnung. Aber ich kann nicht fasten.«
»Ich hätte eine Diät für dich«, witzelte ich. »Da kannst du frühstücken, Mittag essen und Abend essen.«
»Und zwar?« fragte Robinson gespannt.

»Frühstücken am Sonntag, Mittag essen am Dienstag und Abend essen am Freitag!« Alle lachten, außer Robinson. Robinson ärgerte sich.
»Den Witz habe ich gestern in der Zeitung gelesen«, brummte er. Alle lachten, außer mir. Ich ärgerte mich.
»Dürfte ich noch eine von den blau-weißen Pillen nehmen?« fragte ich Knoll.
»Aber bitte!« sagte er. »Auch zwei oder drei.« Ich nahm vier und schluckte sie sofort hinunter.
Pfandl begann sich zu kratzen. Er hatte eine schwarze Pille genommen, die, wie ich später hörte, gegen Ohrensausen war und die als Kontraindikation starkes Jucken hervorruft. Er hätte sofort eine von den smaragdgrünen nehmen müssen, auf die man, als Kontraindikation, steife Zehen bekommen kann. Nimmt man eine graue Pille, lockern sich die Zehen, aber man bekommt, als Kontraindikation, Rückenschmerzen.
Inzwischen war der Hausherr zurückgekommen. Er hatte nur Fetzen unseres Gesprächs gehört.
»Was Sie da von Kontraindikationen behaupten«, sagte er, »das glaube ich nicht.«
Ich gab ihm recht. »Ich glaube es auch nicht«, sagte ich.

Ich dachte noch acht Tage an diesen Abend – dann begann meine Zunge langsam abzuschwellen.

Im Lexikon steht: Ein Perpetuum mobile ist eine Maschine, die, einmal in Gang gesetzt, ohne weitere Energiezufuhr dauernd Arbeit leistet. Nach dem Satz von der Erhaltung der Energie unmöglich. Ich fasse es verständlicher: Ein Perpetuum mobile ist eine Kuh, die Milch trinkt.

Perpetuum mobile

Personen: Sie und Er. Ort: Ein Wohnzimmer. Zeit: Wann immer Sie wollen. Lautes Geschrei: Sie beginnt:
»Ich kann nichts dafür, es war *deine* Schuld!«
»Wieso?«
»Weil du gesagt hast, daß ich wahnsinnig bin!«
»Ich habe nicht gesagt, daß du wahnsinnig bist – ich habe gesagt, daß du verrückt bist!«
»Das ist dasselbe!«
»Das ist *nicht* dasselbe! Eine Verrückte kann in solchen Blue jeans, wie du sie dir eben gekauft hast, auf der Straße herumlaufen – eine Wahnsinnige kann ihren Mann mit der Hacke erschlagen!«
»Ich verstehe nicht, was dir an den Blue jeans nicht paßt?«
»An den Blue jeans paßt mir alles, aber du paßt nicht mehr hinein! Denk doch ein bißchen nach: Blue jeans sind für Teens und Twens!«
»So! Ich bin also zu alt für dich!«
»Für mich bist du nicht zu alt, bloß für Blue jeans! Schau sie dir doch an! Solche Hosen!«
»Mela Robinson ist auch weder Teen noch Twen und läuft doch in ›solchen Hosen‹ auf der Straße herum!«
»Mela Robinson ist mir egal! Wenn sie aber in solchen Hosen auf der Straße herumläuft, darf es sie nicht wundern, wenn ihr Mann sich im Büro nach einem geeigneten Rock umsieht!«
»Ah! Hast du dich vielleicht auch schon umgesehen?«

»Wonach?«
»Nach einem geeigneten Rock?«
»Nein. Wenn du mir aber nicht sofort versprichst, daß du diese schrecklichen Jeans nicht mehr anziehen wirst, garantiere ich für nichts!«
»Du bist ein Tyrann!« Pause. Dann leiser, wenn auch unwillig: »Also gut, ich versprech's dir.«
»Na also. Ich habe gewußt, daß man vernünftig mit dir reden kann. Ich weiß nicht, warum wir immer erst streiten müssen.«
»*Ich* kann nichts dafür. Es war *deine* Schuld!«
»Wieso?«
»Weil du gesagt hast, daß ich wahnsinnig bin!«
»Ich habe nicht gesagt, daß du wahnsinnig bist – ich habe gesagt, daß du verrückt bist!«
»Das ist dasselbe!«
»Das ist *nicht* dasselbe! Eine Verrückte kann sich einen Ring durch die Nase ziehen und in einem Eisbärenfell in die Sauna gehen – eine Wahnsinnige kann einen Eisenbahnzug zum Entgleisen bringen! Stell dich vor den Spiegel und schau wie du aussiehst in diesen blöden Blue jeans!«
»Ich gefalle dir also nicht mehr!« Die Unterhaltung hat wieder die Phonstärke 120 angenommen, die dem Geräusch eines Flugzeugs in drei Meter Entfernung entspricht.
Er setzt fort: »Du gefällst mir! Du gefällst mir im Pelz, im Abendkleid, im Sportkostüm, im Pyjama, im Bikini – aber nicht in Blue jeans!«
»Weil du keinen Sinn für das Moderne hast! Dir gefällt doch nicht einmal Hundertwasser!«
»Nein! Und warum nicht? Weil mir Tizian, Raffael und Tintoretto lieber sind!«
»Du bist eben altmodisch! Ich ziehe Fuchs und Leherb vor!«
»Zieh sie vor oder zieh sie *nicht* vor – wir sprechen doch jetzt von den Blue jeans!«

»Und wozu? Ich weiß bereits, daß sie dir nicht gefallen!«
»Sie gefallen mir! Es sind die schönsten Blue jeans, die ich je gesehen habe! Kein Tizian, Raffael, Tintoretto, Fuchs oder Leherb könnte sie schöner malen! Sie gefallen mir nur nicht, wenn du sie anhast!«
»Ich bin also häßlich!«
»Du bist nicht häßlich, aber du paßt in diese Blue jeans wie eine Melone in eine Orangenschale!«
»Haha, wie lustig! In den Augen meines Mannes bin ich eine Melone!« Ihre Stimme wird drohend. »Entweder du nimmst das sofort zurück, oder ich verlasse das Haus!«
Er stöhnt. »Das war doch nur ein Vergleich. Aber meinetwegen – ich nehme ihn zurück!«
»Dein Glück! Hättest du das *nicht* getan, wäre ich zu Mama gegangen!«
»Ich *habe* es aber getan! Und jetzt komm her, und gib mir einen Versöhnungskuß!« Kuß. »Hoffentlich siehst du jetzt ein, daß ich recht hatte.«
»Nicht ganz, aber –«
»Das ist immerhin etwas. Und jetzt Schluß. Vertragen wir uns wieder?«
»Ja.«
»Und du wirst nicht mehr streiten wegen einer solchen Lappalie?«
»Ich? Ich konnte nichts dafür. Es war *deine* Schuld!«
»Wieso?«
»Weil du gesagt hast, daß ich wahnsinnig bin!«
Er springt auf wie ein Tobsüchtiger. »Ich habe nicht gesagt, daß du wahnsinnig bist – ich habe gesagt, daß du verrückt bist!« Phonstärke 130: Schmerzschwelle.
»Ob wahnsinnig oder verrückt – das ist dasselbe!«
»Das ist *nicht* dasselbe! Eine Verrückte kann einen blauen Hut mit roten und grünen Federn aufsetzen – aber eine Wahnsinnige kann das Haus in Brand stecken!«

»Du traust mir also zu, daß ich einen blauen Hut mit roten und grünen Federn aufsetze?«
»Wenn du in diesen Blue jeans auf die Straße gehst, traue ich dir alles zu!«
»Und ich *werde* in diesen Blue jeans auf die Straße gehen! Und weißt du, wer mich begleiten wird? Du!«
»Ich? Haha! Lieber gehe ich mit einer Posaune an der Leine auf den Opernball!«
»Sehr komisch!«
»Soll es gar nicht sein! Deine Blue jeans sind komisch genug!«
»Also gut! Ich habe einen rückschrittlichen Mann – ich werde sie nicht mehr tragen.«
»Ist das dein Ernst?«
»Ja. Wenn du mir versprichst, nie mehr davon zu reden.«
»Ich verspreche es. Ich werde nicht nur nie mehr davon reden – ich werde sie vergessen, aus meinem Gedächtnis streichen – aus. Obwohl mir das nicht leichtfallen wird, weil sich ja bekanntlich Schreckensbilder dem menschlichen Gehirn besonders stark einprägen. Die Blue jeans –«
»Du sprichst ja schon wieder davon!«
»Du hast recht. Es war das letztemal.«
»Schwöre!«
»Ich schwöre! Ich schwöre sogar, daß es wegen einer solchen läppischen Kleinigkeit nie mehr zu einem Streit zwischen uns kommen soll.«
»Zwischen uns? Ich verstehe immer ›uns‹! Ich kann nichts dafür, es war *deine* Schuld!«
»Wieso?«
»Weil du gesagt hast, daß ich wahnsinnig bin!«
»Ich habe nicht gesagt, daß du wahnsinnig bist – ich habe gesagt, daß du verrückt bist!«
Fortsetzung siehe umseitig.

Perpetuum mobile.

Der Steuerzahler ist ein Mensch, dem der Staat gegen eine hohe Gebühr erlaubt, zugunsten des Staates tätig zu sein.
(CDU-Chef Helmut Kohl)

Einkommensteuererklärung

In einem gewissen Alter ist man gewissen Anforderungen nicht mehr gewachsen . . .
Dazu gehört das Ausfüllen von Einkommensteuererklärungen. Staatsbürger, denen dies dennoch gelingt, sollten geehrt und in eine Akademie der Unsterblichen aufgenommen werden. Außerdem sollte man sie von der Leistung der Einkommensteuer befreien.
Das Finanzamt kennt die Tücken seiner Formulare und hat deshalb eine »Anleitung zum Ausfüllen der Einkommensteuererklärung« herausgegeben. Diese Anleitung bestand vor ein paar Jahren noch aus einer einzigen Seite, während sie heute bereits einen Umfang von vier Seiten hat, wobei zu erwarten ist, daß demnächst eine »Anleitung zur Anleitung zum Ausfüllen der Einkommensteuererklärung« herauskommen wird.
Und jetzt die Tragödie. Heute stand es in den Gazetten:
»Dr. Friedl verübt Selbstmord. Dr. Kurt Friedl, 54, hat heute in den Morgenstunden in seiner Wohnung Selbstmord verübt. Anscheinend in einem Anfall von Sinnesverwirrung rannte er so lange mit dem Kopf gegen die Wand, bis er leblos zusammenbrach. Die Ursache zu dieser ungewöhnlichen Art von Selbstmord ist vorläufig unbekannt.«
Ich kenne sie.
Es war sechs Uhr morgens. Dr. Friedl saß seit zehn Uhr abends an seinem Schreibtisch. Vor sich hatte er die »Anleitung zum Ausfüllen der Einkommensteuerklärung« liegen. Das Haar hing ihm wirr ins Gesicht, der

Schweiß stand ihm auf der Stirne, er zitterte am ganzen Körper. Der Aschenbecher war voll mit Zigarettenresten. Friedl riß sich den Hemdkragen auf. Immer wieder versuchte er, sich über Punkt 5, Einkünfte aus selbständiger Arbeit (§ 22 EStG), Buchstabe c, klarzuwerden:
Gewinnanteile der Gesellschafter von Gesellschaften, bei denen die Gesellschafter als Mitunternehmer anzusehen sind, sowie die Vergütungen, die die Gesellschafter von der Gesellschaft für ihre Tätigkeit im Dienste der Gesellschaft oder für die Hingabe von Darlehen oder für die Überlassung von Wirtschaftsgütern bezogen haben, sofern die Tätigkeit der Gesellschaft ausschließlich als selbständige Arbeit anzusehen ist und jeder einzelne Gesellschafter im Rahmen der Gesellschaft selbständig im Sinne der lit. a und b tätig wird, es sei denn, daß berufsrechtliche Vorschriften Gesellschaften mit berufsfremden Personen zulassen. Andernfalls gehören die unter lit. c genannten Einkünfte zu den Einkünften aus Gewerbebetrieb.
Hundertemale hatte Dr. Friedl jetzt diesen Absatz gelesen. Er verstand ihn nicht. Und er war doch nicht dumm. Er hatte das Abitur mit Auszeichnung bestanden, er hatte die Abschlußprüfung an der Universität summa cum laude gemacht, er hatte vieles im Leben erreicht, und jetzt sollte er an diesem Absatz scheitern? Mit irrem Blick steckte er die Hand in den Mund und biß sich in die Finger. Dazu stieß er einen Schrei aus, daß die Nachbarn an die Wand klopften. Das brachte ihn wieder zu sich. »Ich versuche es noch einmal«, sagte er sich und begann: Gewinnanteile der Gesellschafter von Gesellschaften, bei denen die Gesellschafter – –
»Nein!« brüllte er. »Ich kann es nicht!« Er schluckte das letzte Valium, das er besaß. »Ich werde den Absatz beiseitelegen«, sagte er und zwang sich zur Ruhe, »und werde mir Punkt 6 ansehen.« Er las Punkt 6:

Einkünfte aus Gewerbebetrieb (§ 23 EStG)
Einkünfte aus Gewerbebetrieb sind solche aus einer selbständigen, nachhaltigen Betätigung, die mit Gewinnabsicht unternommen wird und sich als Beteiligung am allgemeinen wirtschaftlichen Verkehr darstellt, wenn die Betätigung weder als Ausübung der Land- und Forstwirtschaft noch als selbständige Arbeit anzusehen ist.
»Gott sei Dank!« atmete Friedl auf. »Das ist halbwegs verständlich.« Er las weiter:
Zu den Einkünften aus Gewerbebetrieb gehören auch Gewinnanteile der Gesellschafter von Gesellschaften, bei denen die Gesellschafter als Mitunternehmer anzusehen sind (wie insbesondere offene Handelsgesellschaften und Kommanditgesellschaften), sowie die Vergütungen, die die Gesellschafter von der Gesellschaft für ihre Tätigkeit im Dienste der Gesellschaft oder für die Hingabe von Darlehen oder für die Überlassung von Wirtschaftsgütern bezogen haben.
Friedl stieß einen Schrei aus. Da waren sie wieder – die Gesellschafter der Gesellschaften! Ängstlich blickte er sich um. Sie kamen auf ihn zu. Langsam, drohend. Mitunternehmer von Kommanditgesellschaften krochen aus den Ecken hervor, Gesellschafter offener Handelsgesellschaften kletterten an seinen Beinen hinauf. Gesellschafter von Gesellschaften, die im Dienste der Gesellschaften Vergütungen bezogen haben, griffen nach seinem Hals. »Zurück, ihr Gesellschafter!« entrang es sich seinem Mund. Umsonst. Gesellschafter von Gesellschaften, die unter lit. c Einkünfte aus Gewerbebetrieben hatten, näherten sich ihm mit verzerrten Gesichtern und Dolchen in den Händen. Gesellschafter, deren Tätigkeit im Rahmen der Gesellschaft ausschließlich als selbständige Arbeit anzusehen war, wollten ihm eine Schlinge um den Hals legen. »Nein, nein!« schrie Friedl und sprang auf den Schreibtisch. Die Gesellschafter lachten höhnisch. Ihre Gesich-

ter verwandelten sich in Paragraphen, immer mehr drangen auf ihn ein. Wie Schlangen ringelten sie sich aus den Wänden, aus dem Boden, aus der Decke. Gesellschafter von Gesellschaften, die für die Hingabe von Darlehen ein Entgelt bekommen haben, Gesellschafter von Gesellschaften, die für die Überlassung von Wirtschaftsgütern bezahlt worden sind. Riesige Gesellschafter von Gesellschaften, deren Einkünfte sich als Beteiligung am allgemeinen wirtschaftlichen Verkehr darstellen, schwirrten gleich Mammutvögeln über seinem Kopf und versuchten mit ihren Krallen nach ihm zu greifen. Das war der Augenblick, in dem Friedl vom Schreibtisch sprang und so lange mit dem Kopf gegen die Wand rannte, bis er leblos zu Boden sank.

Die Zeitungen setzten fort:
Die Tragik an diesem ungewöhnlichen Selbstmord ist die Tatsache, daß Dr. Friedl erst gestern abend die Nachricht von seiner Ernennung zum neuen Finanzminister erhalten hatte.

(Anmerkung des Autors: Die Textstellen, die Dr. Friedl in den Wahnsinn getrieben haben, sind original der »Anleitung zum Ausfüllen der Einkommensteuererklärung« entnommen, die das österreichische Finanzamt herausgegeben hat. Es wurde kein Wort weggelassen und keines hinzugefügt. Dem *ist* auch nichts mehr hinzuzufügen.)

Mit zu gutem Essen hat sich schon mancher den Charakter verdorben – und doch: Es geht nichts über

Ein gutes Menü

»Endlich!« knurrte mein Magen, als ich mich spätabends entschloß, ein Restaurant aufzusuchen. Ich war den ganzen Tag im Theater gewesen – Hauptprobe, Generalprobe, Besprechung, bei der uns, wie immer, klarwurde, daß man alles hätte anders machen müssen – und hatte seit dem Frühstück nichts gegessen. Der Direktor ging nach Hause, der Regisseur ging sich erschießen, der Komponist hängte sich auf, und ich ging essen. Und zwar nicht ins Theaterrestaurant, wo mir die Hauptdarsteller böse Blicke zuwerfen würden – die Küsse folgten erst nach der Premiere auf der Bühne –, sondern in ein Nobelrestaurant, und ich wußte auch schon, in welches. Es wird zwar kostspielig sein, aber wennschon. Heute war mir nach gutem Essen zumute.

Das Lokal war noch ziemlich voll, ich setzte mich an einen Tisch und nahm die Speisenkarte zur Hand. Von den Obern war keiner zu sehen, so daß ich mir mit Muße ein schönes Menü zusammenstellen konnte. Ich mag es nicht, wenn der Ober oder die Oberin beim Tisch stehen und ungeduldig auf die Bestellung warten. Ich male mir aus, was sie dabei denken, und bestelle dann das erstbeste, was mir unter normalen Umständen niemals einfallen würde. Heute war es anders, heute ließen sie mir Zeit zur Überlegung.

Genüßlich öffnete ich die Speisenkarte. Natürlich werde ich mit einer Suppe beginnen, aber mit welcher? Fischbeuschelsuppe – das ist es! Das heißt, das ist es nicht. Bei der heutigen Wasserverschmutzung soll man nichts vom Fisch essen. Geflügelsuppe? Auch nicht.

Ich habe gelesen, daß die Hühner mit hormonhältigem Futter ernährt werden, daß also Geflügel nicht zu empfehlen ist. Vielleicht Kalbfleischpüreesuppe? Ja – dabei bleibe ich. Oder Rindsuppe mit Leberknödeln? Ich schwanke. Moment, da steht noch etwas. Spargelcreme! Meine Lieblingssuppe! Also keine Rindsuppe mit Leberknödeln, sondern Spargelcreme. Natürlich werde ich auch eine Vorspeise nehmen. Was gibt es? Spargel, in Salzwasser gekocht, mit Butter und Bröseln. Sehr gut – passen aber nicht zur Spargelcreme. Also doch Rindsuppe mit Leberknödeln. Oder Kalbfleischpüreesuppe? Kalbfleischpüreesuppe. Rindsuppe mit Leberknödeln bekomme ich auch zu Hause. Den Anfang hätte ich also: Kalbfleischpüreesuppe, Spargel, in Salzwasser gekocht, mit Butter und Bröseln – weiter? Kalbsbraten garniert. Ich überlege. Kalsbbraten garniert liebe ich, aber er schlägt sich mit der Kalbfleischpüreesuppe. Also Spargelcreme – Moment, die schlägt sich wieder mit dem Spargel, in Salzwasser gekocht, also eine andere Vorspeise. Lebersoufflé. Wunderbar! Das heißt, erwog ich, vor dem Schlafengehen und nach der Kalbfleischpüreesuppe etwas schwer für den Magen. Lieber Rindsuppe mit Leberknödeln, Spargel, in Salzwasser gekocht, und Kalbsbraten garniert. Was steht da in der Klammer? Kleine Karotten, Blätterspinat, Spargel – da passen wieder die Spargel, in Salzwasser gekocht, nicht dazu. Also doch Lebersoufflé. Ich habe aber die Rindsuppe mit Leberknödeln – und zweimal Leber? Ich habe die Lösung. Kalbfleischpüreesuppe und eine andere Fleischspeise. Vielleicht etwas vom Rind. Tournedos à la Rossini. Auf Semmelcroutons angerichtete Tournedos mit gebratener Gansleber und Trüffelscheiben. Das Wasser lief mir im Mund zusammen. Aber was geschieht mit der Vorspeise? Lebersoufflé *und* gebratene Gansleber – das vertrage ich bestimmt nicht. Also Tournedos à la Rossini, und, statt der Kalbfleischpüreesuppe, lieber Rindsuppe mit

Leberknödeln. Da könnte ich eigentlich bei dem garnierten Kalbsbraten bleiben. Nein. Jetzt habe ich mich für Tournedos à la Rossini entschieden, und ich bin ein Mensch, der, wenn er sich einmal für etwas entscheidet, auch dabeibleibt. Zu den Tournedos werde ich mir ein Apfelkompott bestellen. Fehlt noch die Nachspeise. Wo stehen die Nachspeisen? Hier. Die Torten überflog ich. Ich mag keine Torten. Das heißt, eine feine Sachertorte oder eine gute Nußtorte wäre nicht zu verachten. Malakofftorte? Nein. Torten machen zu dick. *Da* ist etwas für mich: Apfelstrudel! Natürlich muß ich dann auf das Apfelkompott verzichten. Was nehme ich? Zwetschkenröster? Nein. Vielleicht entscheide ich mich für einen Kaiserschmarren, und der ist ohne Zwetschkenröster undenkbar. Was nehme ich statt des Apfelkompotts? »Trottel!« knurrte mein Magen. »Hast du noch nie etwas von Ananasscheiben gehört?« Er hatte recht, zu den Tournedos passen am besten Ananasscheiben. Was hatte ich bloß neulich mit Ananasscheiben gegessen? Ich weiß es schon. Beefsteak Hawaii. Soll ich vielleicht statt der Tournedos lieber ein Beefsteak Hawaii –? Nein. Ich bleibe bei den Tournedos, und zwar werde ich Reis dazu nehmen. Augenblick – habe ich etwas, das nicht zu dem Reis paßt? Nein. Also Reis. Reissuppe wäre eigentlich auch nicht schlecht. Ich schaue unter »Suppen« nach – Reissuppe. Fort also mit der Rindsuppe mit Leberknödeln. Dann könnte ich ja aber als Vorspeise wieder Lebersoufflé nehmen und den garnierten Kalbsbraten? Schluß. Ich sehe den Ober auf mich zukommen, ich muß mich entscheiden.
»Sie wünschen, mein Herr?« fragt der Ober mit einem 50-Schilling-Trinkgeldlächeln.
»Passen Sie auf!« sage ich. »Ich möchte eine Reissuppe, als Vorspeise Lebersoufflé, dann Tournedos à la Rossini mit Ananasscheiben, und einen Apfelstrudel.«

»Leider«, bedauerte der Ober, »um diese Zeit haben wir keine warmen Speisen mehr.«

Im Kaffeehaus nebenan bekam ich durch Protektion – ich kenne den Ober aus der Zeit, in der er noch Ballettänzer war – eine Gulaschsuppe, die ich hinunterstürzen mußte, weil der Ober bereits den Mantel anhatte. Womit wieder einmal bewiesen ist, daß man den Tag nicht vor dem Abendessen loben soll.

Auf meine Frage »Weißt du, was eine Fabel ist?« sagte Ladi, damals 8: »Eine Fabel ist, wenn ein Ochs und ein Esel so miteinander reden wie du und ich!«
Ich weiß nicht, ob Ihnen die folgende Fabel gefallen wird – ich finde sie

Fabelhaft

In einem gewissen Alter sollte der Mensch aufhören, Unsinn zu denken . . .
Ich las einmal einen Artikel, in dem behauptet wurde, daß Menschen und Tiere einander ähnlich sähen. Mich selbst verglich man schon immer mit einem Dobermann. (Schwarz und braun gefärbte Hunderasse, aus Kreuzung des deutschen Schäferhundes mit Pintschern hervorgegangen.) Nun habe ich so gar nichts von einem deutschen Schäferhund. Ob von einem Pintscher? Ich weiß es nicht. Ich halte eher meine Gesichtsform für dobermannesk. Lange Schnauze, dunkle Augen. Und meinen Charakter: treu, verläßlich. Aber selbst weiß man das nicht so genau. Wir saßen wieder einmal im Kaffeehaus beisammen: Robinson, Mela, Joschi, Tutzi, meine Frau und ich – als mir wie aus heiterem Himmel der vorhin erwähnte Artikel einfiel, und plötzlich, ich weiß nicht wieso, sah ich meine Freunde als Tiere. Und nicht nur sie – meine ganze Umgebung.
Eben näherte sich Anton, der krummbeinige Dackel, unserem Tisch. Er hatte Stirnfalten und ließ die Ohren hängen. »Was darf ich bringen?« erkundigte er sich.
Robinson, der schlaue Fuchs, der uns nach dem Kino, mit dem Versprechen ›Ich lade euch ein‹, noch ins Kaffeehaus gelockt hatte, sagte: »Ich möchte nur einen Mokka.« Er wendete sich uns zu: »Was möchtet ihr – nur?« Natürlich konnten wir auch nur jeder einen Mokka bestellen.

»Sechs Mokka«, knurrte der Dackel und entfernte sich.
»Nett, daß ihr noch mitgekommen seid«, blökte das Schaf Mela, im wirklichen Leben Frau Dr. Robinson.
»Tutzi und ich müssen morgen zeitig aufstehen«, brummte Joschi, der Bär.
»Ja«, gurrte Tutzi, die Lachtaube. »Wir fahren nach Velden. Wir schauen uns eine Zweitwohnung an, hihihi!«
Das Schaf riß das Maul auf. »Hast du gehört, Egon?« fragte es. Und dann zu uns: »Mein Mann hat für so etwas keinen Sinn.«
»Meiner auch nicht«, schnurrte meine Frau, die Katze, nahm ihre Puderquaste heraus und putzte sich.
»Dabei könnten wir einen so billigen Grund bekommen«, setzte das Schaf fort. »Auf einem traumschönen Platz.«
Der Fuchs lächelte mir zu. »Für uns ist der traumschönste Platz unser Fensterplatz im Kaffeehaus«, sagte er.
»Hihihi!« lachte die Lachtaube. Joschi, der Bär, legte seine Tatze um sie.
»Egon hat nichts übrig für die Natur«, meinte das Schaf vorwurfsvoll.
»Ich weiß auch seit wann«, bestätigte der Fuchs diese Rüge. »Seit du mich gezwungen hast, mit dir zu kampieren.«
»Ihr habt kampiert?« schnurrte meine Frau und strich sich mit der Pfote über das Fell, das eigentlich von einigen Nerzen stammte.
»Ja.« Der Fuchs war gereizt. »Und ich habe mir geschworen, es in meinem ganzen Leben nie wieder zu tun.«
»Hi, hi, hi!« lachte die Lachtaube.
»Warum nicht?« brummte der Bär.
»Das kann ich dir verraten!« entgegnete der Fuchs grimmig. »Beim Essen hatte ich den Mund voller Fliegen, bei Nacht stachen mich die Moskitos, meine rechte Hand war angeschwollen – –«

»Wiesaaauuu?« miaute meine Frau.
»Weil ich eine Biene mit einem Malzbonbon verwechselt habe!« knirschte der Fuchs bissig.
»Hi, hi, hi!« machte die Lachtaube.
»Und die Natur?« bähte das Schaf. »Der Gesang des Finkenmännchens? *Du* hast mir noch nie ein Lied gesungen.«
»Du hast mir ja auch noch keine Eier gelegt«, knurrte der Fuchs.
Meine Frau, die Katze, rieb ihr Köpfchen an meiner Schulter. »Mein Mann schwärmt auch nicht für ländliche Idylle«, mauzte sie und machte einen Buckel.
»Joschi auch nihihihicht«, lachte die Lachtaube wieder. »Einmal haben wir gezeltet – da hat er so geschihihihimpft!«
»Mit Recht!« brummte der Bär und fuhr sich mit der Zunge über die Schnauze. »Zu Hause habe ich ein schönes, hohes Schlafzimmer, und dort hatte ich die ganze Nacht das Zelt auf der Nase.«
»Hi, hi, hi!« lachte die Lachtaube. Sie machte mich langsam nervös.
»Ein Gutes hatte das Camping auf alle Fälle«, konstatierte der Fuchs, der nicht ohne Grund als schlau gilt. »Wir sind damals übereingekommen, daß wir in Hinkunft jeder allein Urlaub machen. 14 Tage Mela, 14 Tage ich, dann einen Monat zusammen.«
»Damit du mich leichter betrügen kannst«, blökte das Schaf.
»Mela!« pfauchte meine Frau und zeigte die Krallen. »Du wirst doch hier keinen Streit provozieren.«
»Noch dazu einen so lächerlichen«, meinte der Fuchs. »Ich schwöre dir«, sagte er zu dem Schaf, »daß ich dir immer so treu war wie du mir.«
»Ach so?« blökte das Schaf dumm. »Dann war das der letzte Sommer, in dem ich dich alleingelassen habe!«
»Was?« brauste der Fuchs auf.
»Hi, hi, hi!« lachte die Lachtaube.

Der Bär faltete bittend die Pranken. »Streitet doch nicht«, bat er.
»Ich habe ihn schon *einmal* verlassen!« trumpfte das Schaf auf und fragte den Fuchs: »Was würdest du tun, wenn ich dir ein zweitesmal durchginge?«
»Ich würde zur Feuerwehr gehen«, antwortete der Fuchs, »und die Anzeige erstatten.«
Das Schaf sah ihn aus blöden Augen an. »Warum zur Feuerwehr?« fragte es. »Warum nicht zur Polizei?«
»Zur Polizei traue ich mich nicht mehr«, sagte der Fuchs listig. »Dort war ich beim letztenmal – die hat dich gefunden!«
»Hi, hi, hi!« lachte die Lachtaube.
»Sperrstunde!« brummte der Dackel.
Der Fuchs bezahlte sechs Mokka. Meine Frau stieß mich nach Katzenart an. »Du hast den ganzen Abend kein Wort gesprochen«, schmeichelte sie.
»Wau, wau!« bellte ich – und befand mich plötzlich wieder in der Wirklichkeit.
»Ha, ha, ha!« lachte Tutzi.

Und die Moral von dieser Fabel? Menschen und Tiere ähneln einander. Aber niemals würde ein Fuchs ein Schaf zur Frau nehmen – oder ein Bär eine Taube. Von Hund und Katze ganz zu schweigen.

Mozarts Sonaten sind einzigartig. Für Kinder sind sie zu leicht, für Künstler zu schwer.

(Artur Schnabel)

Es ist noch kein Meister vom Himmel gefallen

Ladi, mein hoffnungsvoller Neffe, beging seinen vierzehnten Geburtstag. Vierzehn Jahre war er nun auf dieser Welt, vierzehn Jahre, in denen er nur Angst und Schrecken verbreitet hatte. Seine Eltern, Walter und Hermine Goldmann, baten zu einer Feier im kleinsten Kreis. Anwesend waren Robinsons, Wimmers, meine Frau und ich. Auf dem Tisch stand eine Riesengeburtstagstorte mit vierzehn brennenden Kerzen, die Ladi, das Geburtstagskind, auf einen Hieb ausblasen mußte. Ladi blies mit der Kraft eines Tornados und blies dabei eine Kerze direkt in den Schoß meiner Frau, wo sie mit kerzenartiger Geschwindigkeit ein Loch in das Kleid brannte, das die Gute sich eigens für Ladis Geburtstag gekauft hatte. Aufschreiend warf sie die Kerze auf den Boden, dort brannte sie ein Loch in den Teppich und verschied. Menschenopfer waren keine zu beklagen.
»Du bist doch nicht bös?« fragte Ladis Mutter besorgt.
»Wo denkst du hin?« antwortete meine Frau mit einem Lächeln, wie es Medea gehabt haben mußte, ehe sie ihre Kinder ermordete.
»Sie können ja das Kleid kunststopfen lassen«, meinte Frau Wimmer tröstend.
»Natürlich«, sagte meine Frau mit einer bei solchen Gelegenheiten an ihr seltenen Freundlichkeit. »Sie müssen mir bloß einen Kunststopfer nennen, der imstande ist, ein solches Loch kunstzustopfen.« Das klang schon weniger freundlich, aber sie hatte recht.

Das Loch war so groß wie ein Zehnschillingstück vor der Inflation.
»Schluß jetzt!« versuchte ich die Situation zu retten. »Stoßen wir mit dem Geburtstagskind an.«
Jeder der Gäste hob das Glas Sherry, das man zu diesem Zweck vor ihn hingestellt hatte, um mit Ladi anzustoßen. Ich war der erste. Leider stieß Ladi zurück, und zwar mit einer Heftigkeit, daß sich der Inhalt meines Glases auf das verbrannte Kleid meiner Frau ergoß.
»Oh!« bedauerten alle.
»Macht nichts!« sagte meine Frau grimmig. »Ich kann ja das Kleid, nachdem man es kunstgestopft hat, in die Putzerei geben.« Sie warf dabei einen vernichtenden Blick auf Ladi. Die Stimmung hatte ihren Höhepunkt erreicht. »Bedient euch!« bat die Hausfrau, die inzwischen Tee eingegossen hatte und nun die Torte herumreichte. »Hier ist Schlagobers.«
»Hattet ihr eigentlich schon immer ein Klavier?« fragte Wimmer und sah auf das an einer Wand stehende Instrument.
»Nein«, sagte Goldmann stolz, »das haben wir erst gekauft. Ladi lernt seit neuestem Klavier spielen.«
»Oh!« machten alle bewundernd.
Um Gottes willen, durchfuhr es mich. Sie werden doch nicht verlangen, daß er etwas zum besten geben soll?
»Was spielst du denn, Ladi?« fragte Frau Wimmer.
»Klavier«, sagte Ladi. Für einen Vierzehnjährigen eine reichlich dumme Antwort.
Frau Wimmer lächelte. »Das hat uns schon dein Papa erzählt. Ich meine, welche Stücke du spielst.«
Ladi schwieg. »Momentan spielt er eines, das zwölf Schilling gekostet hat«, antwortete Goldmann an Stelle seines Sprößlings, »aber er hat auch schon eines um fünfzehn Schilling gespielt.«
»Und welches war das?« fragte Frau Robinson.
»Der fröhliche Landmann«, sagte Ladi.

»Das wirst du uns doch vorspielen?«
Ich hatte es geahnt.
»Nein«, zierte sich der zukünftige Rubinstein.
Dank, tausend Dank! Jetzt soll nur keiner sagen: Künstler wollen gebeten sein. Denn dann – –
»Künstler wollen gebeten sein«, sagte jetzt Moment Dr. Robinson. Ich beschloß, ihm meine Vertretung zu entziehen. Ein Mensch, der die Bestrafung seines Klienten direkt herausfordert, ist kein Anwalt für mich.
Ladi setzte sich ans Klavier und griff in die Tasten. Habe ich eben gesagt, er griff in die Tasten? Ich nehme es zurück. Er schlug in die Tasten, er hämmerte, er war ein Hasardeur, der die Tasten niederdrückte, egal, welche es waren. Waren es die richtigen, um so besser. Hätte Schumann geahnt, daß Ladi einmal seinen »Fröhlichen Landmann« spielen wird, hätte er ihn »Der rasende Ökonom« genannt. Jetzt war er fertig. Ich nahm mir aus einer Flasche, die auf dem Tisch stand, ein großes Glas Whisky. Alles applaudierte. Ich danke dir, lieber Gott, daß ich das überstanden habe. Zu früh. Ladi spielte den »Wilden Reiter«, ebenfalls von Schumann. Und er spielte ihn richtig wild. Wimmer, der grad von dem Schlagobers nahm, fiel vor Schreck der Löffel aus der Hand. Wenn ich sage, daß er auf das verbrannte und noch immer sehr nasse Kleid meiner Frau fiel, wird man mir nicht glauben, also sage ich es gar nicht. Ohne daß es jemand merkte, nahm ich einige meiner Beruhigungstabletten und spülte sie mit einem zweiten Glas Whisky hinunter. Meine Frau sah sehnsüchtig ins Weite. Wie ich später erfuhr, dachte sie an das Nachttischchen neben ihrem Bett, auf dem das Oropax lag. Robinson – recht geschieht ihm – stöhnte laut auf, seine Frau zog sich die Perücke über die Ohren, Frau Wimmer schüttelte nur immer den Kopf. Sie konnte es nicht glauben, daß es so etwas gibt. Nur Ladis Eltern starrten verzückt auf ihren Liebling.
»Das Gebet einer Jungfrau«, forderte ihn der Vater auf,

»Frühlingsrauschen«, die Mutter, »Donauwellen«, der Vater, »Die Parade der Zinnsoldaten«, die Mutter. Ich nahm eine Tablette nach der andern, dazwischen immer einen Schluck Whisky. Das Gemisch brachte mich in eine so euphorische Stimmung, daß ich glaubte, bei einem Klavierkonzert von Svjatoslav Richter zu sitzen.
»Spiel doch das Lied, das *du* komponiert hast«, sagte der Vater. Noch zwei Tabletten, noch einen Schluck Whisky. Ladi spielte. Du darfst keine Tabletten mehr nehmen und keinen Whisky, sagte ich mir. Ich fühlte mich bereits wie auf einem Rauschgifttrip.
»Das ist *deine* Komposition?« hörte ich meine Frau von fernher fragen. Wo war sie? Auf dem Kasten? Im Vogelkäfig? Noch zwei Tabletten. Sie saß vor mir in der Kaffeetasse. »Das ist doch Mozart!« sagte sie.
»Was?!?« schrie Goldmann und näherte sich drohend seinem Sohn. »Und mir hast du gesagt, daß es von dir ist und daß du es mir gewidmet hast? Und ich habe dir noch hundert Schilling dafür gegeben und dein Taschengeld aufgebessert?«
Robinson sah nach der Uhr. »Ich muß weg«, sagte er schnell, »ich habe noch eine Besprechung.«
»Ich gehe mit dir«, sagte seine Frau, »Mutter ist krank.«
Frau Wimmer warf ihr einen bösen Blick zu. Dasselbe wollte eben sie sagen. Wimmer bemerkte es.
»Komm!« sagte er. »Die Webers warten mit der Bridgepartie.«
Hermine begleitete die Gäste ins Vorzimmer. Meine Frau und ich blieben allein zurück und sahen noch, wie Ladi von seinem Vater eine wuchtige Ohrfeige bekam.
Mit des Vaters Ohrfeige statt des Vaters Segen trat Ladi in sein fünfzehntes Lebensjahr.
Diesmal überlasse ich es Isaac Stern, das Schlußwort zu sagen. Es heißt: »Es gibt mehr schlechte Musiker als schlechte Musik!«

Nicht jeder Arzt konstatiert bei seinen Patienten eine Krankheit. Oder haben Sie sich schon bei einem Arzt des Bundesheeres untersuchen lassen? Der erklärt Sie bestimmt für gesund. Meine Geschichte hat nichts mit dem Bundesheer zu tun, wohl aber mit Ärzten. Mit Ärzten und Perlmann. Perlmann hatte nämlich

Eine geheimnisvolle Krankheit

Perlmann fühlte sich gesund wie ein Fisch im Wasser. Ein Sprichwort, das seit der Wasserverschmutzung seine Gültigkeit verloren hat. Sage ich, Perlmann fühlte sich gesund wie ein Vogel in der Luft, ist es dasselbe wegen der Luftverschmutzung. Ich sage also, Perlmann fühlte sich gesund wie selten ein Mensch heutzutage. Er hatte seinen fünfzigsten Geburtstag hinter sich, war bei vollen Kräften, hatte keine Sorgen, sein Geschäft ging gut – so gut, daß er seine alten Büromöbel hinauswarf und neue kaufte, nur weil die ihm besser gefielen. Und weil er eine Steuerabschrift brauchte.
»Ich staune über Ihren Mut«, sagte Borgmeier. »In Ihrem Alter kauft man sich keine neuen Möbel mehr. Erinnern Sie sich an Schwarz? Er hat sich mit fünfzig neue Möbel gekauft und ist bald darauf gestorben.«
Perlmann lachte ihn aus. Da – nach vierzehn Tagen – bekam er plötzlich Kreuzschmerzen. Hexenschuß, dachte er bei sich, morgen ist es gut. Es war *nicht* gut. Auch übermorgen nicht und auch überübermorgen nicht. Er ging zum Arzt.
»Keine Bange«, meinte Dr. Jellinek, nachdem er ihn untersucht hatte. »Das ist nichts weiter als eine Neuralgie. Sie sind vermutlich in eine Zugluft gekommen. Bleiben Sie einen Tag im Bett, ich verschreibe Ihnen eine Salbe, mit der reiben Sie sich ein.« Perlmann blieb einen Tag im Bett und rieb sich ein. Die Kreuzschmerzen wurden gut. Perlmann ging wieder ins Büro, er war wieder der alte, da – nach vierzehn Tagen – bekam er

wieder Kreuzschmerzen. Diesmal waren sie schlimmer. Er ging zu einem anderen Arzt.
»Keine Bange«, meinte der Medizinalrat Dr. Fadenknecht. »Was Sie haben ist schmerzhaft, aber nicht gefährlich. Es handelt sich um einen Ischiasanfall. Bleiben Sie sechs Tage im Bett, ich komme jeden Tag zu Ihnen und gebe Ihnen eine Injektion.« Nach sechs Tagen waren die Schmerzen weg. Verflogen. Perlmann ging wieder ins Büro, da – nach vierzehn Tagen – bekam er wieder Kreuzschmerzen. Diesmal waren sie um vieles schlimmer. Perlmann wurde nervös. Die Leute fragten ihn »Was haben Sie?« »Sie sind so blaß?« usw., was auch nicht zu seinem Wohlbefinden beitrug. Borgmeier schickte ihn zu einem Spezialisten.
»Ischias hat man Ihnen gesagt?« lachte Obermedizinalrat Dr. Holzmann. »Es gibt Ärzte, für die alles Ischias ist. Um Ihnen die Wahrheit zu sagen, Sie leiden an einer Arthritis. Das ist eine Bandscheibengeschichte, eine Abnützungserscheinung. Ich verschreibe Ihnen galvanische Bäder und Schlammpackungen. Am besten fahren Sie in ein Rheumabad.« Abnützungserscheinung? Das Wort nagte an Perlmanns Gesundheit. Man hört so etwas nicht gern, wenn man sich noch vor kurzem so wohlfühlte wie Perlmann. Er fuhr also in ein Rheumabad. Die galvanischen Bäder taten ihm nicht sehr gut, die Schlammpackungen etwas besser – auf alle Fälle war er nicht sehr zufrieden als er zurückkam. Und seinen Angestellten im Büro sah er es an: Er gefiel ihnen nicht. Er begann wieder zu arbeiten – nach vierzehn Tagen hatte er wieder Kreuzschmerzen, diesmal fast unerträglich. Er ging zu einer medizinischen Kapazität.
»Hm«, machte Professor Dr. Strelitz, als er ihn untersucht hatte. »Dr. Fadenknecht hatte recht mit seiner Diagnose. Es handelt sich um einen Ischias, aber um eine Spezies, die operiert werden muß. Bleiben Sie gleich hier in der Klinik, morgen früh nehmen wir den

Eingriff vor.« Der Eingriff wurde vorgenommen, Perlmann blieb drei Wochen in der Klinik – als er herauskam, war er ein Schatten seiner selbst. Er ging ins Büro, die Angestellten sahen weg um nicht zu weinen, aber er hatte keine Schmerzen. Was sein Aussehen anbelangt, wird er sich schon wieder erholen, tröstete er sich. Er begann zu arbeiten, da – nach vierzehn Tagen waren die Kreuzschmerzen wieder da. Diesmal fuhr er nach München, dort gibt es angeblich einen Wunderheiler. Der Wunderheiler legte ihm die Hand auf das Kreuz – die Schmerzen waren weg.
Perlmann fuhr nach Hause. Sein Aussehen hatte sich etwas gebessert, nicht viel, aber etwas. Er ging ins Büro, begann zu arbeiten, da – nach vierzehn Tagen – hatte er Kreuzschmerzen, daß er glaubte, er würde wahnsinnig werden. Er schrie, daß es den Angestellten kalt den Buckel herunterlief, er setzte sich hin, er legte sich hin, er stand auf, er lief herum – es war nicht zu ertragen. Er fuhr nach Paris, um den größten Spezialisten Europas aufzusuchen.
Prim. Prof. Doz. Dr. Emile Gilbert, ein großer stattlicher Mann mit grauem Bart, das Bändchen der Ehrenlegion im Knopfloch, untersuchte ihn fast eine Stunde lang. Zuerst wollte er mit der Sprache nicht heraus, dann sagte er ihm aber doch, daß er bedauerlicherweise an einer unheilbaren Krankheit leide. Er gab ihm höchstens noch zwei Monate zu leben. Nachdem Perlmann sich von dem ersten Schock erholt hatte, beschloß er, aus diesen zwei Monaten das beste zu machen. Er kleidete sich neu ein, er ging aus, er suchte sich eine kleine Freundin und machte mit ihr eine große Weltreise, Erben hatte er keine, also trachtete er, in diesen zwei Monaten sein Vermögen auszugeben. Es war ihm nicht möglich, es blieb ihm immer noch das Geschäft. Die zwei Monate waren vorüber – er lebte immer noch. Er hatte zwar keine Schmerzen, aber das war ja das tückische an seiner Krankheit. Er fuhr nach Hause und

ging wieder in sein Büro. Er räumte die verschiedenen Laden aus, um seinen Nachlaß zu ordnen – dabei fiel ihm der Prospekt des Möbelhändlers in die Hände, der ihm sein Büro neu eingerichtet hatte. Wehmütig betrachtete er das kleine Werbeheftchen. Mit welcher Freude hatte er damals darin geblättert. Stundenlang hatte er gesucht und gesucht, bis er endlich das richtige Mobiliar beisammen hatte. Er sah sich die einzelnen Abbildungen und ihre Bezeichnungen genauer an – und plötzlich kam er auf den Grund seiner Krankheit. Er war die ersten vierzehn Tage, bevor er zu Dr. Jellinek gegangen war, und die vierzehn Tage, die er jeweils zwischen den anderen Ärztebesuchen im Büro verbracht hatte – auf dem Papierkorb gesessen.

Es gibt drei Arten von Möbeln: antike, moderne und unbequeme.

Wenn Verbrechen sich nicht bezahlt machen, wieso sind sie dann heutzutage das größte Geschäft?

Die Rache an dem Mördersyndikat

Ich rief Dr. Robinson an. Was war das? Da war jemand in der Leitung. Ich wollte eben wieder auflegen, als ich hörte, wie eine Stimme sagte: »Hab keine Angst, es hört uns niemand. Was hast du für Bedenken?«
»Ich bin dagegen, daß wir den Alten hängen. Joe könnte ihn zum Fenster hinauswerfen.«
»Darüber haben wir doch schon einmal debattiert. Wenn Joe ihn zum Fenster hinauswirft, könnte er am Leben bleiben. Dann würde er natürlich singen.«
Ich beginne zu zittern. Da wird ein Verbrechen geplant. Was tun? Die Polizei kann ich nicht rufen, sonst müßte ich auflegen und die beiden sind aus der Leitung.
»Warum willst du ihn nicht hängen?« fragte die erste Stimme wieder.
»Es widerstrebt mir. Denke an Mona. Schließlich ist er ihr Großvater.«
Wer ist Mona? Wo ist sie? Ich muß sie verständigen!
»Wegen Mona mach dir keine Sorgen. Du weißt, daß sie Joe hörig ist.«
Ich muß sie *nicht* verständigen. Wenn Mona dem Kerl hörig ist, hat es keinen Zweck.
»Und wenn ihr der Mord die Augen öffnet?«
»Dann bringen wir sie auch um. Wir brauchen sie ja nicht mehr.«
Ein Doppelmord! Vor mir liegt das Telephonbuch mit dem Polizeinotruf auf der Außenseite und ich kann ihn nicht betätigen. Warum haben wir kein zweites Telephon? Ist denn niemand in der Nähe, der mir helfen könnte? Ich klopfe mit der Faust an die Wand. Nebenan wohnt mein Freund Poldi. Wir sagen uns auf diese

Weise jeden Tag Guten Morgen. Poldi klopft zurück. Ich klopfe wieder – eindringlich, flehend, nachdrücklich. Versteht er mich denn nicht? Fühlt er nicht, was sich da abspielt? Weiß er nicht, daß ich nicht reden kann? Ich klopfe noch einmal. Ich lege alles in dieses Klopfen. Bitten, Hilferufe, Todesangst! Es geht um das Leben eines, vielleicht zweier Menschen! Begreif mich doch! »Ich hab dich schon gehört! Guten Morgen!« ruft Poldi. Idiot!

»Wir könnten doch auch eine Bombe . . .«, meinte die zweite Stimme zaghaft.

»Und die Explosion? Man würde ihn sofort entdecken. Im andern Fall findet ihn das Stubenmädchen am nächsten Morgen erhängt auf. Selbstmord. Grund? Angst vor dem Syndikat. Vor der Mafia. Immerhin hat er Roberto verraten, und in solchen Dingen versteht Luigi keinen Spaß. An Joe wird keiner denken.«

Das Tonband, durchzuckt es mich. Ich könnte die beiden auf Band sprechen lassen, dann hätte ich wenigstens ihre Stimmen. Wo ist das Gerät? Zum Glück steht es fast neben dem Telephon. Ich rücke es näher – leise, leise – die Verbrecher dürfen nicht gewarnt werden. Ich schalte es ein, ganz behutsam natürlich, und – verflucht »Griechischer Wein!« schallt es heraus, in voller Lautstärke, gesungen von Udo Jürgens. Schnell drehe ich auf piano – wahrscheinlich zu spät – die beiden werden bereits aufgelegt haben. Ich horche, mit größter Vorsicht – sie sind noch da. Ich lasse das Band ohne Ton vorlaufen, bis ich zu einer unbespielten Stelle komme – der Schweiß steht mir auf der Stirn – jetzt! Von jetzt an wird alles, was sie sprechen, aufgenommen werden.

Ich lausche.

»Ob Luigi davon wissen soll?« fragte die zweite Stimme eben.

»Bist du verrückt? Was würde uns das bringen?«

»Der Kreis der Verdächtigen würde sich erweitern.

Und mit dem Syndikat will schließlich niemand zu tun haben. Auch nicht die Polizei.«
»Das ist zu kompliziert. Luigi muß weg.«
Noch einer. Mich schauderte.
»Du hattest doch die Idee mit dem Killer-Delphin«, meldete sich die erste Stimme wieder.
»Dazu müßten wir Luigi nach Hawaii bringen. Zu Maui.«
»Ich wäre noch immer für die programmierte Kobra.«
»Noch einmal?«
»Warum nicht? Wenn Sheridan tot ist? Wir stellen sie auf 24 Uhr ein, lassen sie durch die Tür in Pietros Schlafzimmer, und wir sind ihn los.«
»Ich finde, daß wir uns in der Sache noch mit jemandem beraten sollten.«
»Mit wem?«
»Mit Hugo.«
Hugo? fragte ich mich. Mit welchem Hugo? Ich heiße auch Hugo. Natürlich bin nicht ich es, von dem sie sprechen.
»Er hat gute Krimiideen«, setzte die zweite Stimme fort, »er ist nur zu dumm, um sie auszuarbeiten.«
Zu dumm? Dann bin ich es doch. Klar! Die beiden sprechen von mir. Jetzt weiß ich auch, wer sie sind. Heinz und Mario, zwei meiner Autorenkollegen, die für das ZDF einen Krimi schreiben sollen. Den Vertrag haben sie bereits – das Drehbuch anscheinend noch nicht.
»Wenn du meinst«, sagt die erste Stimme – es ist Heinz – »kann ich ihn ja anrufen. Treffen wir uns morgen mit ihm im Kaffeehaus. Es wird zwar ein scheußlicher Abend werden ...«
»Langweilig«, meinte Mario.
»Das müssen wir hinnehmen.«
»Ob er seine Frau mitbringen wird?«
»Hoffentlich nicht. Sonst käme *deine* Frau mit, *meine* Frau mit – und wir enden wieder in einer seiner

schrecklichen Bars. Außerdem bin ich gar nicht so scharf darauf, sie zu sehen. Ich rufe ihn also an. Tschau!«

»Tschau!« Das Gespräch war zu Ende.

Ich legte auf.

Am nächsten Abend trafen wir uns im Kaffeehaus. Ich kam natürlich mit meiner Frau.

»Reizend!« sagte Heinz.

»Entzückend!« sagte Mario. »Wenn wir gewußt hätten, daß Sie mitkommen, hätten wir auch *unsere* Frauen mitnehmen können. Jetzt ist es leider zu spät.«

»Warum zu spät?« fragte meine Frau liebenswürdig. »Sie können sie doch anrufen?«

Mario rief an. In einer Stunde waren beide Frauen eingetroffen. Wir sprachen von diesem und jenem, von wer mit wem, und von wer mit wem nicht mehr. Heinz und Mario wurden immer ungeduldiger.

»Wir haben ein Problem«, begann Mario schließlich, »das wir dir gerne vortragen möchten. Es handelt sich um einen Krimistoff.«

»Wir wissen«, fiel Heinz hastig ein, »daß du für derlei Dinge viel Gespür hast, und daß du es nur unter deiner Würde hältst, selber Krimis zu schreiben.«

»Es wäre auch schade um deine Begabung«, schmeichelte mir Mario, »du bist viel zu klug dazu.«

»Hörst du?« wandte ich mich an meine Frau. Und zu Heinz und Mario: »Ich befasse mich gerade heute bereits den ganzen Tag mit einem Krimi. Die ARD hat mir angetragen, einen zu schreiben. Wie gefällt euch die Idee? Die Enkelin eines Dollarmillionärs steht vor der Heirat mit einem Gangster. Der Großvater – ich nenne ihn nur den ›Alten‹ – ist natürlich dagegen. Er muß aus dem Weg geräumt werden.« Die beiden sahen mich erstaunt an. »Joe – so heißt der Gangsterbräutigam – soll ihn aufhängen, und zwar so, daß es nach Selbstmord aussieht. Mona – so der Name des Mädchens – haben sie nicht zu fürchten, da sie Joe hörig ist.«

Die beiden saßen mit offenen Mündern da. »Natürlich ist der Hängetod nicht sehr glaubwürdig«, erzähle ich weiter, »aber was sonst? Eine Bombe würde zu viel Lärm machen, bei einem Fenstersturz könnte er am Leben bleiben und singen. So findet ihn das Stubenmädchen am nächsten Morgen erhängt auf. Selbstmord.«
Die beiden sahen mich fassungslos an. »Warum sollte der Alte Selbstmord begehen?« stammelte Mario.
»Angst vor der Mafia«, entgegnete ich. »Vor dem Syndikat. Das kommt nämlich auch vor. Der Alte hat einen gewissen Roberto verraten – und dann gibt es da noch einen Luigi, der keinen Spaß versteht.« Die beiden waren blaß geworden.
»Ich kann euch natürlich nicht alles erzählen, dazu ist die Zeit zu kurz, aber ich glaube, ich habe einige interessante Todesarten gefunden. Luigi, der aus einem gewissen Grund aus dem Weg geräumt werden muß, wird nach Hawaii gebracht, wo ihn ein Hawaiianer namens Maui durch einen Killerdelphin töten läßt. Hübsch, was?« Die beiden sahen einander an, als würden sie sagen: Alles verloren! Die ganze Arbeit umsonst gemacht! Was sagen wir dem ZDF?
»Mein nettester Einfall aber«, berichtete ich weiter, »ist der mit der programmierten Kobra.« Die beiden riß es herum – sie starrten mich an wie einen Geist. »Die programmierte Kobra, die bereits einen Mr. Sheridan getötet hat, wird auf 24 Uhr eingestellt, und dann in das Schlafzimmer eines gewissen Pietro geschleust, dem auf diese Art der Mund gestopft wird.«
»Das gibt es nicht!« schrie Mario, hielt sich den Magen und lief zur Toilette. Heinz folgte ihm im selben Zustand.
»Was haben sie denn?« fragten die beiden Frauen besorgt.
»Nichts«, sagte ich. »Das sind Arbeitserscheinungen, das haben sie öfters.« Als sie zurückkamen, waren sie

so bleich, als ob ihnen die programmierte Kobra auf den Fersen wäre.
»Und jetzt«, setzte ich mich zurecht, »sagt mir, was ihr mich fragen wolltet.«
»Nichts«, hauchte Heinz und schüttelte geistesabwesend den Kopf.
»Nichts«, sagte Mario, »nichts . . .«
»Dann gehen wir doch noch in eine Bar!« schlug meine Frau unternehmungslustig vor.
»Ach ja!« baten die beiden andern Frauen. Heinz und Mario konnten nicht mehr. Sie waren gebrochen, zerstört. Als wir uns entfernten, hörten wir noch Marios Frau sagen: »Ihr beide habt nie so gute Ideen!«
Wir lachten. Für meine Frau und mich war es kein langweiliger Abend gewesen.

Das war meine Rache an dem Mördersyndikat.

»Blut ist kein Wasser!« sagt Tante Else immer, wenn es gilt, ihre verwandtschaftliche Verbundenheit auszudrücken. Und doch: manchem meiner Verwandten gegenüber ist mir Wasser lieber als Blut.

Das gute Buch

»Tante Elsa hat angerufen«, sagte meine Frau, als ich nach Hause kam.
»Was will sie?«
»Weihnachten kommt. Sie will Ladi ein Buch kaufen.«
»Und was habe *ich* damit zu tun?«
»Du sollst sie begleiten und ihr einen Rat geben.«
Ich erschrak. Lieber Gott, nur das nicht! Jeder, der Tante Elsa kennt, wird mich begreifen. Tante Elsa ist eine liebenswerte ältere Dame, aber ein Schreckgespenst für alle Verkäufer. Kauft sie eine Krawatte, läßt sie sich alle im Geschäft vorhandenen Krawatten vorlegen, legt zehn zur Seite, nimmt fünf in die engere und zwei in die ganz enge Auswahl und kauft dann die erste, die man ihr gezeigt hat. Und ein Buch für Ladi? Ladi ist a) mein Neffe, und b) der größte Lausbub von Mitteleuropa. Ladi legt sich in den Hinterhalt und schießt den Vorübergehenden aus einer Pistole Wasser ins Gesicht, Ladi legt seinem Mathematikprofessor Knallfrösche unter den Schreibtisch, Ladi bastelt eine Bombe, die zu früh explodiert und eine Bresche in die Wand schlägt, daß die Nachbarsleute, die keinen Farbfernsehapparat besitzen, durch die entstandene Öffnung eine Woche hindurch das Programm auf dem Bildschirm von Ladis Eltern genießen können – aber ein Buch?
»Sprich mit Tante Elsa«, sagte meine Frau, als ich ihr meine Bedenken mitteilte. »Hingehen mußt du auf alle Fälle. Sie erwartet dich um drei vor der Oper.«

Ich sah nach der Uhr, es war höchste Zeit. Hungrig und müde wie ich war, machte ich mich auf den Weg.
Tante Elsa war bereits da, als ich ankam.
»Meinst du wirklich, Tante«, begann ich, »daß ein Buch das richtige Geschenk für Ladi ist? Wäre es nicht besser, du würdest ihm einen niedlichen kleinen Hammer kaufen, mit dem er das Meißner Porzellan seiner Eltern zerschlagen könnte? Oder eine Horrormaske? Es gibt jetzt so hübsche Modelle mit Vampirzähnen, womit man die Leute schrecken kann.« Aber Tante Elsa beharrte auf ihrem Entschluß. »Gerade weil Ladi ein aufgewecktes Kind ist«, meinte sie, »und seine Eltern ihn nicht erziehen können, muß *ich* es tun. Schließlich bin ich seine Tante, und Blut ist kein Wasser. Und wie erzieht man ein Kind am besten? Durch ein gutes Buch. Ich weiß nur nicht, welches Buch für einen Jungen wie Ladi das geeignetste ist.« Ich hätte ihr einige Bücher nennen können, die für einen Jungen wie Ladi geeignet gewesen wären. »Marquis de Sade«, »Fanny Hill«, »Lady Chatterly«, aber ich hütete mich, ihr das zu sagen. Wir gingen also in eine Buchhandlung. Der Buchhändler, ein ruhiger, feiner Mann, begrüßte uns freundlich.
»Ich möchte ein Buch für einen zehnjährigen Jungen«, sagte Tante Elsa. »Haben Sie so etwas?«
»Selbstverständlich, gnädige Frau!« meinte der Buchhändler überlegen lächelnd. Er wußte noch nicht, was ihm bevorstand. »Karl May, zwanzig Bände.« Er brachte sie und stapelte sie vor uns auf. Zwei Kunden traten ein. Auch sie wollten ihre Weihnachtseinkäufe erledigen.
»Was meinst du?« fragte mich die Tante.
»Für Ladi das absolut Richtige, Karl May erzählt darin von den Abenteuern im Westen und Osten – –«
»Nichts von Politik!« unterbrach sie mich. »Dazu ist er zu jung. Sonst haben Sie nichts?« wandte sie sich wieder an den Buchhändler.

»Doch, doch, gnädige Frau!« Er schleppte noch zwanzig Bände herbei, so daß die Zahl der vor uns liegenden Bücher auf vierzig anstieg.
Eine Dame kam. Es warteten also bereits drei Kunden im Geschäft. Der Buchhändler wurde unruhig. »Alexander Dumas«, sagte er zwischen den Zähnen. »›Der Graf von Monte Christo‹, ›Zwanzig Jahre nachher‹, ›Zehn Jahre später‹, ›Der Vicomte von Bragelonne‹, ›Die drei Musketiere‹ . . .«
»Was hältst du davon?« fragte mich die Tante ruhig.
»Die drei Musketiere? Unbedingt empfehlenswert!« beeilte ich mich zu sagen. Der Buchhändler warf mir einen dankbaren Blick zu, wie eine Schnecke, deren Haus man eben aus staatlichen Mitteln assaniert hat. »Es ist für einen Jungen ein vorbildliches Beispiel von Kameradschaft«, setzte ich noch hinzu. »Einer für alle, alle für einen.«
»Was kostet das?« wandte Tante Elsa sich an den Buchhändler.
»180 Schilling«, antwortete er.
»180 Schilling?« Tante Elsa war außer sich. »Da kommt doch *ein* Musketier auf sechzig Schilling. Das ist mir zu teuer. Haben Sie nichts anderes?«
»Lassen Sie mich nachschauen«, knirschte der Buchhändler und stieg auf eine Leiter.
Zwei weitere Kunden traten ein. Jetzt waren es fünf.
»Hier!« Der Buchhändler warf einen Band herunter.
»Robinson Crusoe.«
»Das ist es!« sagte ich schnell und erklärte der Tante: »Robinson lebt auf einer einsamen Insel, wo er sich eine Hütte baut – –«
»Kommt gar nicht in Frage!« empörte sich die Tante. »Du weißt, daß die Weihnachtsparty bei Dr. Robinson stattfindet und daß sich die Robinsons auf einer jugoslawischen Insel einen Bungalow gebaut haben. Sie könnten das als eine Anspielung auffassen, daß wir den Bungalow für eine Hütte halten.«

Der Buchhändler warf stumm ein anderes Buch herunter und Tante Elsa fast auf den Kopf. Ob das mit Absicht geschah?
Die Tante hatte den Attentatsversuch nicht bemerkt.
»Was ist *das?*« fragte sie, auf das Buch deutend.
Neue Kunden kamen. Das Geschäft war voll wie eine Sardinenbüchse, in die sich, außer den sechs vorgesehenen Sardinen, noch ein Hering gedrängt hat.
»Kipling ›Die Dschungelbücher‹!« zischte der Buchhändler wütend. »Tiergeschichten von Affen, Elefanten, Nashörnern, Panthern, Giftschlangen und Mungos!« Mir schien es, als ob er jeden einzelnen Tiernamen der Tante persönlich ins Gesicht geschleudert hätte, aber ich konnte mich auch getäuscht haben.
»Das ist nichts«, erklärte die Tante. Eine gewisse Feindseligkeit der Anwesenden uns gegenüber breitete sich aus. Ein Funke – und das Pulverfaß konnte in die Luft fliegen.
»Vielleicht liest der junge Mann Klassiker?« fragte der Buchhändler und warf zwanzig Bände Goethe, achtzehn Bände Schiller, vierzehn Bände Shakespeare und zehn Bände Heine nach uns. »Oder Lessing?« Acht weitere Bände folgten. »Oder Grillparzer?« Noch zwölf Bände.
Neue Kunden kamen. Jetzt waren es sieben. Sie wühlten in den Büchern, zogen sie heraus, stellten sie zurück, brachten das Lager in Unordnung.
Der Buchhändler stieg von der Leiter. Um seinen Mund lag das Lächeln des Verkäufers, in seinen Augen stand eine Morddrohung. »Wie wäre es mit ›Die Abenteuer des Tom Sawyer‹ oder ›Huckleberry Finn‹?« fragte er und schleuderte die beiden Bände auf das Pult. »Oder ›Die Schatzinsel‹? Oder ›Don Quichote‹?«
Das halbe Geschäft lag vor uns. Ein Berg von Büchern. Und der Buchhändler – Schaum vor dem Mund – brachte immer neue. »›Columbus und die Entdeckung Amerikas!‹« lallte er. »›Fin, der Wolfshund‹, ›Orimha,

der Waldläufer‹, ›Lederstrumpf‹, ›Der Kampf um Rom‹, ›Der letzte Mohikaner‹, ›Die Flußpiraten des Mississippi‹!«
Noch und noch Bücher türmten sich vor uns auf, der Buchhändler verschwand fast hinter ihnen, aber er ließ nicht locker. »Hier!« Er fegte mit einem Schlag eine Anzahl Bücher aus ihrem Fach. »›Das Fliegende Klassenzimmer‹, ›Das doppelte Lottchen‹, ›Pünktchen und Anton‹, ›Emil und die Detektive‹!« Er begann irr an seinem Finger zu kauen. »›Kybernetik‹«, sagte er, ohne zu wissen, was er sprach. »›Babyschule‹, ›Die geschlechtlichen Beziehungen zwischen Mann und Frau‹, ›Internationale Kochkunst‹, ›Die tote Tante‹, ›Der mörderische Buchhändler‹ . . .«
Die Tante wandte sich an mich. »Hat Ladi eigentlich schon eine Eisenbahn?« fragte sie. Ich stammelte: »Nein . . .« und erwartete jeden Augenblick den Ausbruch einer Revolte. Wir sahen uns, den Buchhändler mitgerechnet, acht zum äußersten entschlossenen Menschen gegenüber.
»Dann kaufe ich ihm eine Eisenbahn!« sagte die Tante.
Ich warf dem Buchhändler einen um Verzeihung flehenden Blick zu, aber er bemerkte es nicht mehr.
Als wir zur Türe gingen, hörte ich hinter uns noch seine geistesabwesende Stimme: »›Der Dolch im Rücken‹, ›Der Halsabschneider‹, ›Der Frauenwürger‹« – dann ein Schrei! Der Buchhändler war wahnsinnig geworden.

Wir standen auf der Straße. »Was sagst du zu dem Zufall?« fragte mich Tante Elsa. »Gegenüber ist auch eine Buchhandlung. Versuchen wir es doch noch mit einem Buch, vielleicht gibt es dort *mehr* Auswahl.«

Die Welt ist eine komische Kugel und das Lustigste drauf sind wir Menschen. Ob Diebstähle oder Einbrüche, Banküberfälle oder Rauschgiftdelikte, Bombenlegungen oder Geiselnahmen – wir verschließen unsere Augen und machen in Kultur. Und trotz der verlockendsten Freizeitangebote – wie Gelbsucht in Tunesien, Baden in der verschmutzten Adria, Sprengstoffattentate an der Costa del sol – bleibt dem Reisenden in Kunst noch immer Zeit für den Festspielbetrieb, wenn er es oft auch schwer hat, rechtzeitig von Salzburg nach Edinburgh, von Edinburgh nach Bregenz, von Bregenz nach Verona und von Verona nach Wunsiedel zu kommen. Egal! Er besiegt alle Schwierigkeiten, er kennt nur ein *Ziel, das sind die*

Festspiele

Erinnern Sie sich, liebe Leser, an die Herren Rott und Jorisch? Wenn Sie wirklich liebe Leser sind, lesen Sie meine Bücher, und dann müssen Sie sich an sie erinnern. Wir trafen sie bisher in allen meinen Bänden, und zwar immer in ihrem Wiener Stammkaffeehaus. Heute sind wir gezwungen den Schauplatz zu wechseln. Es ist Sommer und die beiden befinden sich in ihrem seit Jahren von ihnen heimgesuchten Ferienort Stinkenbrunn. Ein Ferienort, von dem sie jedes Jahr im September schwören nie wieder hinzufahren und in dem man sie jedes Jahr im Mai unter den ersten Gästen begrüßen kann. Auch hier können sie das Kaffeehaus nicht missen. Es ist zwar nur ein Espresso, welches Herrn Stangl, dem Inhaber der Pension, gehört, in der die beiden mit ihren Frauen wohnen, aber es ist besser als nichts. Rott und Jorisch sitzen also im Garten dieses Espressos und nehmen ihr Frühstück ein.

Rott: (schreit außer sich)
Herr Stangl! Herr Stangl!
Stangl: (kommt aus der Küche)
Ja?

Rott: Was ist das für ein Frühstück? Im Kaffee schwimmt eine Fliege herum, auf der Butter kriechen Ameisen –?

Stangl: Na und? Sie regen sich auf und der Herr Jorisch sitzt da und redet kein Wort.

Rott: Der Herr Jorisch *kann* nicht reden – dem ist eine Wespe in den Mund geflogen! Tragen Sie den Kaffee weg und bringen Sie einen andern!

Stangl: Alles für den Pensionspreis? Das ist ein Geschäft! (Er trägt den Kaffee in die Küche zurück)

Rott: So ein elendes Nest! Und dieses Wetter! Meiner Frau war gestern so kalt, daß ihr die Gänsehaut die Strumpfhose kaputtgemacht hat!

Jorisch: Aber die Luft!

Rott: Luft!

Jorisch: Über die Luft können Sie nichts sagen – die ist auf alle Fälle besser als in Wien. Das ist ja auch selbstverständlich. Bedenken Sie, wieviel Luft man in Wien braucht, allein um die Autoreifen zu füllen.

Rott: Fangen Sie schon wieder an?! Ich habe so etwas Dummes wie Sie noch nicht gesehen!

Jorisch: Vielleicht kommen Sie zu wenig herum. Die Luft – –

Rott: (unterbricht ihn)
Was habe ich von der Luft, wenn es dauernd regnet! Und diese Langeweile! Gestern war zu allem Unglück noch der Fernsehapparat kaputt!

Jorisch: Das hat mir nichts ausgemacht. Meine Frau und ich haben uns sehr gut amüsiert.

Rott: Was haben Sie gemacht?

Jorisch: Wir sind in das Hotel »Roter Adler« gegan-

	gen und haben den Amerikanern essen zugehört.
Rott:	Sie sind ein Genußspecht. Für so etwas bezahle ich doch nicht einen Schilling pro Tag Kurtaxe! Überhaupt der Nepp in diesem Land! Ich sage Ihnen, am dümmsten sind die Räuber, die einen Touristen überfallen, der aus Österreich kommt. Meine Tochter zeltet an der Riviera – dort ist jeden Tag etwas los. Tanz, Folklore ...
Jorisch:	Was ist das – Folklore?
Rott:	Das wissen Sie auch nicht?
Jorisch:	Nein.
Rott:	Das gibt es nicht.
Jorisch:	Doch, Herr Rott, das gibt es.
Rott:	Folklore ist das, was die Einheimischen sich vorstellen, was die Fremden sich vorstellen, was die Einheimischen tun.
Jorisch:	Jetzt weiß ich es.
Rott:	Aber hier? Das ist doch trostlos. Dabei wüßte ich, wie man diesen Ort beleben und dabei ein Vermögen machen könnte.
Jorisch:	(sehr interessiert) Wie? Wie?
Rott:	Ich weiß nicht, ob ich es Ihnen sagen soll ...
Jorisch:	(bittend) Sagen Sie es mir, Herr Rott! Bitte, bitte! Wie?
Rott:	(sieht Herrn Stangl kommen) Moment.
Stangl:	(bringt den Kaffee, stellt ihn vor Rott hin) Da ist der Kaffee.
Rott:	Da ist doch schon wieder eine Fliege drin!
Stangl:	Das ist keine Fliege – das ist ein Schmetterling! (geht zur Küche zurück, brummt) Hat keine Ahnung von Naturgeschichte, aber das Maul reißt er auf! (verschwindet)
Jorisch:	(ungeduldig)

Sagen Sie jetzt, Herr Rott! Wie könnte man hier ein Vermögen machen? Wie? Wie?

Rott: (gereizt)
Wie, wie! Sie wissen doch, daß jedes Jahr aus der ganzen Welt Fremde zu uns kommen. Aus Amerika, aus Australien, aus Neuseeland

Jorisch: Aus Liechtenstein.

Rott: Wie kommen Sie auf Liechtenstein?

Jorisch: Weil das ein sehr schönes Land sein muß – und sehr groß.

Rott: Liechtenstein ist doch nicht groß . . .

Jorisch: Na hören Sie? Von ganz Europa haben die Leute ihre Firmen in Liechtenstein.

Rott: Das sind doch nur Briefkastenfirmen.

Jorisch: Trotzdem. Liechtenstein muß ein sehr großes Land sein. Ich habe neulich eine Landkarte gesehen, da war überhaupt nur Liechtenstein drauf. Aber wie könnte man hier ein Vermögen machen? Wie? Wie?

Rott: Hören Sie schon auf, immer »wie, wie« zu sagen! Das macht mich nervös!

Jorisch: Ich werde es nicht mehr sagen. Also? Wie? Wie?

Rott: Passen Sie auf: Es kommen immer mehr Ausländer zu uns – alle wollen unsere Kultur genießen, unsere Kunst – und deshalb besuchen sie unsere Festspiele. Wer es sich leisten kann, fährt nach Salzburg oder nach Bregenz, wer es sich nicht leisten kann, fährt nach Mörbisch oder nach Stockerau – überall gibt es Festspiele und überall profitiert man davon.

Jorisch: Sie meinen also –?

Rott: Ich meine, daß man auch hier Festspiele veranstalten sollte, und ich werde das dem Bürgermeister unterbreiten.

Jorisch: Interessant. Würden Sie das Geschäft mit mir machen?

Rott: Eventuell.

Jorisch: Ich finde die Idee herrlich. Festspiele sind ein gefahrloses Unternehmen.

Rott: Also so ganz gefahrlos ist es nicht. Wer sagt uns denn, daß die Leute zu Festspielen nach Stinkenbrunn kommen werden.

Jorisch: Da haben Sie recht. Wer sagt uns das? Was machen wir, wenn sie *nicht* kommen?

Rott: Dann muß man es durch Public relations machen.

Jorisch: Was ist das?

Rott: Werbung. Man muß den Leuten einreden, wie schön unsere Festspiele sind.

Jorisch: Da haben Sie recht. Man muß es ihnen einreden. Wenn wir es durch das Dings machen – durch das, was Sie gesagt haben – dann ist die Sache geritzt.

Rott: (ärgerlich)
Geritzt! Glauben Sie, daß man den Leuten alles einreden *kann?* Sie werden es uns nicht glauben.

Jorisch: Da haben Sie recht. Sie werden es uns nicht glauben. Ich sehe schon, mit den Festspielen ist es nichts.

Rott: Warum nicht? Man muß sie nur überzeugen. Wenn sie nicht freiwillig kommen, muß man sie mit Autobussen herbringen.

Jorisch: Da haben Sie recht. Mit Autobussen herbringen. Ich sehe schon, wir sind aus dem Wasser.

Rott: Aus dem Wasser sind wir *nicht*. Was ist, wenn sie sich nicht herbringen *lassen?* Wenn sie nicht einsteigen in die Autobusse?

Jorisch: Da haben Sie recht. Wenn sie nicht einsteigen, sind wir geliefert.

Rott: Unsinn. Wenn sie nicht einsteigen, werden wir sie durch Mundpropaganda überzeugen. Wir laden Schulen ein, Betriebe, das Bundesheer – alle auf Freikarten.

Jorisch: Da haben Sie recht. Alle auf Freikarten. Aber Freikarten? Was haben wir dann davon?

Rott: Die Buffeteinnahmen. Wir machen ein Riesenbuffet mit Schinkenbroten, Käsebroten –

Jorisch: Salamibroten – –

Rott: Salamibroten, Bier, Wein, Kaffee, Coca-Cola! Das Festspielgelände muß doch mindestens viertausend Personen fassen! Wissen Sie, wieviel viertausend Personen verzehren?

Jorisch: Da haben Sie recht. Viertausend Personen verzehren sehr viel. Ich sehe, es ist alles okay.

Rott: (gereizt)
Okay! Wer wird uns das Geld dazu geben? Haben Sie jemand?

Jorisch: Nein. Haben *Sie* kein Geld hinter sich?

Rott: Nur wenn ich mich an die Nationalbank anlehne. Das kostet doch ein Vermögen! Der Baugrund, die Bühne, die Sitzplätze, die elektrischen Anlagen.

Jorisch: Die Glocke, damit man weiß, wann es beginnt.

Rott: Das ist das wenigste! Aber die Kostüme, die Dekorationen, die Vorhänge! Das Unterrichtsministerium würde uns ja eine Subvention von hundert Millionen geben, aber das ist zu wenig.

Jorisch: (fassungslos)
Hundert Millionen sind Ihnen zu wenig? Ich kenne Sie noch aus der Zeit, wo Sie bei Berger & Knoll für viertausend Schilling im Monat gearbeitet haben.

Rott: Das war etwas anderes. Für Festspiele sind hundert Millionen zu wenig.

Jorisch: Dann können wir die Festspiele nicht machen.

Rott: Wenn man so dumm ist wie Sie. Hundert Millionen gibt uns das Unterrichtsministerium, fünfzig Millionen das Land, fünf Millionen die Gemeinde – –

Jorisch: Na also! Dann ist es doch in Ordnung.

Rott: In Ordnung? Wir machen doch Freilichtspiele! Was ist, wenn wir einen verregneten Sommer haben?

Jorisch: Da haben Sie recht. Wenn wir einen verregneten Sommer haben, sind wir ruiniert.

Rott: Das muß nicht sein. Wir können ja eine Regenversicherung abschließen. Wenn es regnet und die Vorstellung ausfällt, muß die Versicherung den Schaden ersetzen.

Jorisch: Da haben Sie recht. Wenn es regnet, muß sie uns den Schaden ersetzen.

Rott: Muß sie! Das ist leicht gesagt. Das kostet doch wieder Geld und soviel haben wir nicht.

Jorisch: Da haben Sie recht. Daran wird es scheitern.

Rott: Scheitern wird es nicht. Wir gehen ganz einfach zu einem Kreditinstitut.

Jorisch: Da haben Sie recht. Wir gehen zu einem Kreditinstitut, sagen, wieviel wir brauchen –

Rott: Und das Kreditinstitut wird eine Garantie von uns verlangen.

Jorisch: Da haben Sie recht. Wir müssen die Idee fallenlassen.

Rott: Das schaut Ihnen ähnlich. Bei der geringsten Schwierigkeit geben Sie auf! Wir werden die Garantie stellen. Wir beteiligen unsere Geldleute mit fünfzig Prozent an der Einnahme. Wenn am Abend nichts in der Kasse ist, bekommen unsere Geldleute davon fünfzig Prozent.

Jorisch: Da können sie doch zufrieden sein. Außerdem, wenn nichts in der Kasse ist, bezahlt doch die Regenversicherung.

Rott: (stöhnt)
Die bezahlt doch nur, wenn es regnet!

Jorisch: Da haben Sie recht. Aber bei Ihrem Vorschlag – fünfzig Prozent für die Geldleute – da steht doch den Festspielen nichts mehr im Wege.

Rott: Bis auf eines. Wo kriegen wir ein Stück her?

Jorisch: Da haben Sie recht. Wo kriegen wir ein Stück?

Rott: (wütend)
Im Supermarkt an der Ecke!

Jorisch: Dann ist es gut – dort habe ich einen Bekannten.

Rott: Was Sie für einen Blödsinn zusammenreden! Ich habe die Lösung. Wir spielen »Vor Sonnenuntergang«.

Jorisch: Wird das nicht zu früh sein?

Rott: (redet sich immer mehr in Wut)
Das Stück heißt »Vor Sonnenuntergang«! Von Hauptmann!

Jorisch: Ein Militärstück?

Rott: Kein Militärstück! Ein Drama von Gerhard Hauptmann! Kennen Sie ihn nicht?

Jorisch: Nein. Hat er gesagt, daß er mich kennt?

Rott: Nein!!!

Jorisch: Wie soll *ich* ihn dann kennen?

Rott: Sie sollen ihn nicht kennen!! Der Gerhard Hauptmann ist ein Dichter!

Jorisch: Ach so? Was ist von ihm?

Rott: (verzweifelt)
Was ist von ihm! Ein Mensch lebt im zwanzigsten Jahrhundert und weiß nicht, was von

Hauptmann ist! Von Hauptmann ist... (stottert herum) ... von Hauptmann ist... von Hauptmann sind viele Stücke... von Hauptmann ist zum Beispiel... (schreit)... seine sämtlichen Werke sind von ihm! Außerdem habe ich es mir überlegt. Wir spielen ein Musical.

Jorisch: Da haben Sie recht. Spielen wir ein Musical!

Rott: (aufgebracht)
Spielen wir ein Musical! Wer wird uns eines schreiben?

Jorisch: Der Hauptmann.

Rott: Der hat doch nie ein Musical geschrieben!!!

Jorisch: Soll er es probieren. Man muß ihm eine Chance geben.

Rott: Der Hauptmann ist doch schon seit fünfundzwanzig Jahren tot!

Jorisch: (bestürzt)
Was Sie nicht sagen!

Rott: Haben Sie das nicht gewußt?

Jorisch: Nein. Ich habe nicht einmal gewußt, daß er krank war!

Rott: (schreit)
Jetzt werden Sie wieder behaupten, daß wir die Festspiele nicht machen können!!

Jorisch: Da haben Sie recht.

Rott: Sie müssen doch auch einmal eine Idee haben! Sie können doch nicht nur sagen: Da haben Sie recht!

Jorisch: Da haben Sie recht.

Rott: (schreit noch lauter)
Jetzt habe ich genug!! Mit Ihnen kann man kein Geschäft machen!! Scheren Sie sich zum Teufel!!!
(Stangl kommt. Er hat sich umgezogen, trägt einen dunklen Anzug)

Stangl: (außer sich)

Was ist denn, meine Herren! Sie können doch hier nicht einen solchen Lärm machen! Die Herren im Fenster spielen Schach – die haben sich schon beschwert!

Rott: Wir sind schon ruhig. Aber Sie sind so elegant! Was haben Sie vor?

Stangl: Ich muß ins Rathaus, wir haben eine Gemeinderatsitzung mit Experten. Wir machen nämlich vom nächsten Sommer an Festspiele.

(Er geht. Rott und Jorisch schauen einander dumm an.)

So ist es mit den guten Ideen. Wenn man schon einmal eine hat, hat sie meistens ein anderer vorher gehabt.

Eine gute Frau ist gut – aber die beste Frau ist nicht so gut wie gar keine Frau. So sprach Thomas Hardy. Er kannte Weinlich nicht. Weinlich war ein guter Ehemann und – als ihm seine Frau durch ein unerbittliches Schicksal entrissen wurde –

Ein wirklich trauernder Witwer

In einem gewissen Alter wünscht man versorgt zu sein...

Weinlich war übersiedelt. Er hatte sein Geschäft vergrößert. Vier Verkaufsräume, Treppe, Ausstellungsräume und Büro in der 1. Etage, Marmorportal. Der Umbau war noch nicht ausbezahlt – die Gläubiger drängten. Weinlich beteuerte, daß er am Ersten zahlen werde – sie glaubten ihm nicht. Weinlich hielt sich den Kopf.

Was waren das für Gläubiger?!

Weinlich mußte heiraten. Reich heiraten. Er, der eingefleischte Junggeselle, sah keinen anderen Ausweg. Man empfahl ihm das Eheanbahnungsbüro »Cupido«. Herr Cupido zeigte ihm Fotos.

»Dieses Mädchen zum Beispiel«, erläuterte er, »ist aus guter Familie. Ihr Vater ist Gefängnisdirektor.«

Weinlich schmeckte das Wort »Gefängnis« nicht. »Wissen Sie das bestimmt?« fragte er.

Herr Cupido zögerte. »Vielleicht auch nur Inspektor«, drückte er herum. »Aber er ist im Gefängnis angestellt.«

»Sitzt er nicht vielleicht?« fragte Weinlich mißtrauisch.

Herr Cupido war empört. »Was fällt Ihnen ein?!« entrüstete er sich. »Und wenn – höchstens wegen einer Kleinigkeit.«

Weinlich ging in ein anderes Eheanbahnungsbüro. Es hieß »Amor«. Herr Amor zeigte ihm Fotos. »Dieses

Mädchen zum Beispiel«, erklärte er, »bekommt für jedes Jahr, das es zählt, 100000 Schilling.«
»Wie alt ist es?« erkundigte sich Weinlich.
»Siebzehn Jahre.«
Sie war ihm zu jung.
Weinlich ging hintereinander in die Eheanbahnungsbüros »Liebe«, »Glück«, »Hoffnung« und »Fortuna«.
Überall zeigte man ihm Fotos.
»Diese Dame«, sagte Herr Fortuna, »sieht aus wie ein Bild.«
Weinlich schreckte zurück. »Ein Bild?« wiederholte er. »Die ist doch häßlich wie ein Regentag in den Ferien.«
Herr Fortuna zuckte die Achseln. »Wenn Sie nichts übrig haben für Picasso?!« sagte er beleidigt.
Weinlich lernte Herrn Zander kennen. Zander hatte drei Töchter. Er zeigte ihm Fotos. »Das ist Eva, die älteste«, kommentierte er. »Die bekommt 500000 Schilling Mitgift.« »Die ist schön!« sagte Weinlich. »Sie ist ein bißchen groß«, meinte Zander. Er zeigte ein zweites Foto. »Das ist Lea, die mittlere, die bekommt 800000 Schilling Mitgift.« »Die ist Spitze!« sagte Weinlich. »Sie ist ein bißchen klein«, gab Zander zu und zeigte ein drittes Foto.
»Das ist Marion, die jüngste. Die bekommt eine Million Mitgift.«
»Das ist eine Beauté!« begeisterte sich Weinlich. »Aber ich verstehe nicht. Die jüngste und schönste bekommt die größte Mitgift? Warum?« »Die«, sagte Zander, »ist ein bißchen schwanger.« Weinlich heiratete sie – aber umsonst. Über ihr Geld durfte er nicht verfügen. Nicht allein. Marion hatte Mitbestimmungsrecht. Und sie war geizig.
Die Gläubiger drängten immer heftiger. Weinlich bat seine Frau, von der er bereits einen Sohn bekommen hatte, die Forderungen zu bezahlen. Sie lachte. »Da soll mich früher der Schlag treffen!« sagte sie. Und er traf

sie. Das hatte Weinlich nicht gewollt. Verzweifelt kam er zu mir. »Du mußt mir helfen«, bat er. »Es gibt so viele Laufereien, und ich kann es noch nicht fassen. Begleite mich zur Zeitung, wir müssen die Parte aufgeben.« Ich begleitete ihn zur Zeitung.
Weinlich nahm einen Bogen. »Sag, was ich schreiben soll!« flehte er mich an. Ich diktierte: »Hiermit erfülle ich die traurige Pflicht, allen Freunden und Bekannten mitzuteilen, daß mir der Tod meine innigstgeliebte Frau Marion Weinlich, geb. Zander, in der Blüte ihrer Jahre geraubt hat. Das Begräbnis usw. usw. Die tieftrauernden Hinterbliebenen.«
Weinlich schrieb, plötzlich stockte er. »Sollte man nicht schreiben, daß sie mir erst vor kurzem einen Sohn geschenkt hat?«
»Doch. Das kannst du schreiben«, sagte ich.
Er zerriß den Bogen und nahm einen neuen. Wieder stockte er. »Ich möchte noch einiges erwähnen.« Er blickte mich traurig an.
»Erwähne, was du willst«, sagte ich mitleidsvoll.
Weinlich nahm einen neuen Bogen. Er schrieb und zerriß – schrieb und zerriß.
Endlich war er fertig.
Das Mädchen hinter dem Schalter war nicht schlecht erstaunt, als es las:
»Hiermit erfülle ich die traurige Pflicht, allen Freunden und Bekannten mitzuteilen, daß mir der Tod meine innigstgeliebte Frau Marion Weinlich, geb. Zander, in der Blüte ihrer Jahre geraubt hat, nachdem sie mir kurz vorher einen kräftigen Jungen beschert hatte, der auf den Namen Stefan hört und für den ich eine gesunde Amme sowie ein Kindermädchen suche, so lange, bis ich eine neue Lebensgefährtin gefunden habe, welche jung, hübsch und im Besitz von zwei Millionen Schilling sein muß, die ich noch für die Neugestaltung meines altrenommierten Wäschegeschäftes schulde, das ich, nach vollständigem Abverkauf aller Restbe-

stände, in mein neues Haus, Wien, 7., Springergasse 11, verlege, woselbst meinem verehrten Kundenkreis die feinste Herren-, Damen- und Kinderwäsche zu tiefreduzierten Einführungspreisen zur Verfügung stehen wird.
Mit den herzlichsten Wünschen zu Weihnachten, Neujahr, Ostern und Pfingsten, der tieftrauernde Gatte

Jacques Weinlich.«

Weinlich bekam eine große Anzahl von Kondolenzbriefen. Den Antwortschreiben legte er Preis- und Warenlisten seines neuen Geschäftes bei, mit dem Vermerk, daß ihm nur der große Absatz, den er habe, erlaube, diese Preise zu halten.
Ein Kaufmann muß heutzutage erfindungsreich sein. Während er den Kundenstock glauben machen muß, daß sein Geschäft ein Geschäft ist, muß er dem Finanzamt beweisen, daß es keines ist.

Warum so viele Menschen neugierig sind? Weil zur Befriedigung der Neugier nicht viel gehört. Oft genügt schon ein Schlüsselloch.

Wer sind die Drei?

In einem gewissen Alter liebt man stille Bars mit leiser Musik. Klavier, eventuell Violine – aber kein Jazz oder Musikbox.

Meine Frau, Biggy und ich gingen nach dem Theater – wir spielten in den Wiener Kammerspielen – in die »Fair Lady-Bar«. Biggy ist eine reizende junge Kollegin – die »Fair Lady-Bar« ein entzückendes Nachtlokal. Ich war begeistert, als ich es sah. Oft ist ja eine solche Lokalität nichts weiter als ein Aschenbecher mit Musik. Junge Menschen machen zu wilden Klängen ekstatische Zuckungen, Jünglinge finden ihre Partnerinnen fürs Leben bei einem Licht, bei dem ich nicht einmal eine neue Hose kaufen würde. Nicht so die »Fair Lady-Bar«. Der Besitzer legt Wert auf Atmosphäre. Auf gepflegte Atmosphäre. In einem in dunklem Rot tapezierten Raum sitzt man in gemütlichen Logen, an den Wänden hängen Bilder: Manet, Monet, Renoir – natürlich Kopien. Ein Pianist spielt leise und angenehm alte Schlager, Opern und Operetten – endlich ein Platz, an dem man in Ruhe plaudern und sich unterhalten kann. Ein Platz, an dem man sich nicht schreiend verständigen muß, wenn man sich etwas zu sagen hat, ein Platz zum Flirten, ein Platz, wie sich ihn die Menschen in dieser Stadt schon lange wünschen.

Wünschen sich die Menschen in dieser Stadt wirklich einen solchen Platz? Anscheinend nicht. Außer uns dreien war niemand da. Wir nahmen eine Flasche Wein und wollten eben gehen, da traten drei Leute ein und setzten sich an einen Tisch uns gegenüber.

Es handelte sich um ein junges Paar und einen älteren Herrn.

»Eine Seltenheit«, meinte Biggy, »daß heutzutage Vater, Mutter und Sohn zusammen in eine Bar gehen.« Biggy sieht schlecht.
»Das sind doch nicht Vater, Mutter und Sohn«, sagte meine Frau.
»Das sind zwei junge Leute und ein älterer Herr. Die jungen Leute sind bestimmt ein Ehepaar, und der alte Herr ist sein oder ihr Vater.«
»Oder Schwiegervater«, warf ich ein.
»Was dasselbe wäre«, meinte meine Frau pikiert. »Ist er *ihr* Vater, ist er *sein* Schwiegervater – ist er *sein* Vater, ist er *ihr* Schwiegervater.« Sie hatte recht.
»Ich glaube eher«, sagte Biggy, »daß die Dame die zweite Frau des älteren Herrn ist und der junge Mann sein Sohn aus erster Ehe.«
»Ausgeschlossen«, sagte ich. »Meiner Meinung nach sind die Jungen ein Ehepaar, und der Alte ist der Freund der Frau, der die beiden finanziell unterstützt.«
»Du denkst schon wieder schmutzig«, meinte meine Gesponsin. »Der Alte ist sicher nicht der Freund der Frau.«
»Dann ist er der Freund des Mannes.«
»Pfui!« sagte Biggy. Dabei hatte ich es gar nicht so gemeint. Die junge Frau und der alte Mann erhoben sich und tanzten miteinander. Der Kellner, ein gut aussehender junger Mann, näherte sich dem andern jungen Mann. Sie flüsterten miteinander.
»Der junge Mann ist der Freund des Kellners«, stellte ich fest.
»Pfui!« sagte Biggy wieder. Dabei hatte ich es wieder nicht so gemeint.
Der Tanz war zu Ende, die beiden gingen an ihren Tisch zurück. Die Frau und der junge Mann wechselten einen Blick.
»Ich hab's«, sagte ich.
»Was?« fragten meine beiden Damen.

»Die Jungen sind ein Ehepaar, das mit dem Kellner zusammenarbeitet. Sie machen sich an reiche alte Herren heran – auf Bahnhöfen oder sonstwo – und bringen sie hierher.«
»Um sie hier auszunehmen?« fragte Biggy gespannt.
»Das auch«, setzte ich fort. »Sie warten bis er bezahlt, werfen einen unauffälligen Blick in seine Brieftasche – und dann . . .«
Ich ließ den Satz unvollendet im Raum stehen.
»Und dann?« fragte Biggy zitternd.
»Dann führen sie ihn zu sich nach Hause, betäuben ihn und bringen ihn um.«
»Nein!« Biggy erbleichte.
Meine Frau stand auf. »Wir müssen ihn warnen!«
»Das können wir nicht«, sagte ich. »Wir haben keine Beweise.«
»Dann gehen wir. Ich kann den Bedauernswerten nicht mehr sehen.«
Wir gingen.
Am nächsten Morgen nahm ich die Zeitung zur Hand und las die Schlagzeile: »Reicher Geschäftsmann von jungem Gaunerpaar ermordet.«
Drunter waren die Fotos. Es waren drei andere.

Nichts auf Erden ist so interessant wie unsere eigenen Probleme – ausgenommen die der andern.

Eine Auszeichnung ist der sichtbare Dank des Staates, der auf Antrag des zuständigen Ressortministers durch den Bundespräsidenten verliehen wird.
Der dieser Ehrung für würdig Befundene braucht dazu drei Dinge. 1. einen guten Leumund, 2. irgendwelche Verdienste, und 3. einen Bekannten, der zu dem oben erwähnten, zuständigen Ressortminister gute Beziehungen hat.
Egal wie es kam:

Ich habe eine Auszeichnung bekommen

Ich habe eine Auszeichnung bekommen. Ich habe mich ehrlich darüber gefreut, aber – was macht man mit einer Auszeichnung? Auf der Straße kann man sie nicht tragen, außer als Kokarde im Knopfloch, womit man nichts weiter erreicht, als daß die Böswilligen sagen: »Ich bin auch bei einem Kegelklub.« Es ist also kein rechtes Vergnügen.
In der Zeitung könnte es stehen. Dort liest es ein jeder und die Kollegen ärgern sich. Es stand *nicht* in der Zeitung, und die Kollegen ärgerten sich *nicht*.
In die Vitrine kann man sie legen. Wir legten sie in die Vitrine, gaben eine Party – was war? Die Partygäste standen um die Vitrine herum, tranken meinen Whisky, verstellten meine Auszeichnung und taten, als ob sie sie gar nicht bemerkten.
Meine Frau hatte eine Idee: »Wir geben eine gemütliche Jause, sitzen um den Tisch herum, die Vitrine steht frei, und jeder wird deine Auszeichnung sehen.« Sollte man meinen. Wir gaben eine gemütliche Jause, saßen um den Tisch herum, immer wieder lenkte ich meine Augen zu der Vitrine – keiner der anwesenden Blicke folgte mir. Sie *wollten* meine Auszeichnung nicht sehen.
Was könnte man noch tun? Ich hab's! Auf den Opern-

ball könnte man gehen. Auf den Nobel-FKK-Strand, wo man sich ohne Auszeichnung nackt fühlt, und wo man sich auch mit nur *einer* Auszeichnung nicht ins Wasser wagen darf, weil man glatt untergehen würde. Nun hatte ich aber bereits *zwei* Stück von dem sichtbaren Dank des Staates, und jetzt kam noch die dritte, die höchste dazu, da könnte ich schon -- Moment! Ich habe ja noch eine vierte Auszeichnung! Das ist allerdings eine große Plakette, die könnte ich mir nur um den Hals hängen, und das hinwiederum könnte unter gewissen Umständen wie eine Riesenhundemarke aussehen. Nein! Mit drei Auszeichnungen kann man es riskieren. Leider habe ich die letzte im März bekommen, und der nächste Opernball findet erst wieder im Februar statt. Ich mußte also elf Monate warten. Wenn schon. Man braucht ja schließlich Zeit zu den Vorbereitungen.

Ich wartete, bis meine Frau nach Hause kam, dann trat ich ihr gegenüber und sagte feierlich: »Weib!« (Bei großen Entschlüssen pflege ich immer »Weib« zu sagen.) »Du erinnerst dich«, setzte ich fort, »daß ich dir noch dein letztes Geburtstagsgeschenk schulde. Nach langem Nachdenken ist mir die richtige Überraschung für dich eingefallen. Ich führe dich auf den Opernball!«

»Auf den Opernball?« fragte meine Frau erstaunt. »Jetzt haben wir März, und der Opernball ist im Februar?! Da sind noch ein Sommer, ein Herbst und ein Geburtstag dazwischen?!«

»Das macht nichts«, antwortete ich groß. »Um einer geliebten Frau eine Freude zu bereiten, ist mir kein Anlauf zu lang. Deinen nächsten Geburtstag feiern wir dann in zwei Jahren am Neujahrstag, Neujahr feiern wir zu Ostern und Ostern zu Pfingsten.«

»Und Weihnachten?«

»Zu Weihnachten – aber erst in *drei* Jahren.«

»Weißt du aber auch«, erkundigte meine Frau sich

besorgt, »was der Opernball kostet? Sechzigtausend Schilling die Loge – wir wollen doch die größte, weil wir Gäste einladen müssen – zehntausend der Champagner, dreißigtausend Schilling ein Ballkleid aus einem ersten Salon, ferner ein Paar Ballschuhe, eine Ballfrisur, ein Frack für dich, Lackschuhe für dich und was noch alles zum Opernball gehört –, das macht zusammen mindestens hunderttausend Schilling.« Mir schauderte. Für so viel Geld könnten wir schon unser Badezimmer neu einrichten lassen.

»Für so viel Geld könnten wir schon unser Badezimmer neu einrichten lassen«, sagte meine Frau im selben Augenblick.

»Das machen wir außerdem«, versprach ich ihr. Ich wußte, daß wir es *nicht* machen werden. Wozu auch? Soll ich im Badezimmer die Auszeichnungen tragen?

Während des ganzen Frühjahrs sprachen wir von nichts anderem als vom Opernball, im Sommer fuhren wir nach Gastein, um Kräfte zu sammeln, und im Herbst fing es an.

Zuerst kam das Kleid. Meine Frau suchte den Salon aus, den Stoff aus, das Dessin aus, das Modell aus, sie probierte, sie änderte, bekam Weinkrämpfe, wenn nicht alles gleich paßte, sie suchte nach Schuhen, in Silber, in Gold, sie wählte die goldenen, ließ sie sich anpassen, sie ließ sich eine Frisur entwerfen, sie fand, daß ihr Schmuck nicht zu dem Kleid paßte, ihr Kleid nicht zu den Schuhen, also Schmuck kaufen, Schuhe umtauschen, Schuhe schon fertig, neue bestellen, die neuen paßten nicht zur Frisur, also Frisur ändern, die Frisur paßte nicht zu dem Kleid, Kleid ändern, das Kleid paßte nicht zu den Schuhen, Silberschuhe wieder her – ich bestellte mir einen Frack, hatte keine Ahnung von der Mode, lang oder kurz, schwarz oder mitternachtsblau, ich kaufte Schuhe, sie waren zu klein, andere her, sie waren zu groß, ich halte mich nicht gern lange in Geschäften auf, also nahm ich die kleinen, sie drückten mich schon in der Schachtel, ich nahm die großen dazu, ließ mir in einem anderen Laden ein Paar nach Maß machen, sie werden ebenfalls drücken, mich drückt jeder Schuh, ich kaufte mir zu dem mitternachtsblauen Frack einen mitternachtsblauen Mantel, ich konnte zum Frack nicht den Kamelhaarmantel tragen – so ging es jeden Tag. Auf einmal war der Dezember da. Nun gab es andere Sorgen. Wird das Kleid fertig werden, wird meine Frau die einzige auf dem Ball sein, die dieses Modell trägt, werden ihre Schuhe zu meinem Mantel passen, mein Frack zu ihren Schuhen, ihr Schmuck zu meinem Taschentuch, ihre Frisur zu meiner Glatze usw. usw.

Mit unseren Freunden hatten wir uns überworfen. Robinson nannte mich einen Snob, Wronsky war böse, weil ich nicht lieber eine der Badeeinrichtungen seines Schwagers gekauft hatte, anstatt auf den Ball zu gehen, Joschi sprach von der Leere in den Köpfen gewisser Leute sowie von der in seiner Brieftasche und war beleidigt, weil ich zum ersten Mal einen seiner Pumpversuche abwehrte, Mela und Vera schnitten meine Frau auf der Straße, weil sie ihre Ratschläge betreffs des Kleides nicht angenommen hatte, und Mario, bisher Schlagertexter, verfaßte seinen ersten Roman: »Opernball.« Er schilderte darin das Schicksal eines Künstlerpaares, das, ohne es sich finanziell leisten zu können, auf den Opernball geht, sie stürzen sich in Schulden, sie wird zur Dirne, er zum Einbrecher und beide enden in der Gosse. Der Roman wurde ein Bestseller, er wurde verfilmt – ich ärgerte mich noch nach Jahren darüber.

So verging die Zeit. Zu Weihnachten machten wir uns keine Geschenke, wir legten die Karten zum Opernball unter den Baum und starrten sie an. Es kam der Jänner, der Februar – der große Tag war da.

Ich trug schon seit dem frühen Morgen die neuen Lackschuhe, um sie ein bißchen auszuweiten, der Frack

hing bereits im Schrank, die Auszeichnungen waren angesteckt, und ich öffnete alle fünf Minuten die Schranktür, um mir die Pracht anzusehen.
Meine Frau war noch einmal zu dem Modellsalon gefahren. Das Kleid war fertig, eine Kleinigkeit war nicht nach ihrem Geschmack, man mußte es noch einmal auseinandernehmen, bis zum Abend wird es fertig sein. Nun saß sie seit Stunden beim Friseur unter der Haube. Plötzlich hörte sie, wie in der Nebenkabine eine Dame von einem berühmten Pariser Visagisten erzählte, der sich in Wien befindet, nur um den Opernball zu besuchen. Sie wissen nicht, was ein Visagist ist?
Ich wußte es auch nicht. Nun erfuhr ich es. Ein Visagist ist ein Schminker. Natürlich kein gewöhnlicher Schminker. Ein Visagist ist ein Spezialist, und der Visagist aus Paris, der zur Zeit in Wien ist, ist unter den Visagisten das, was Beethoven unter den Komponisten ist: ein Einmaliger, ein Gigant. Ihm gelingt es z. B., das Gesicht einer Dame (visage = Gesicht) für den Opernball so schön zu machen, daß man sie nicht erkennt. Wozu sie dann hingeht, das weiß ich nicht. Man geht doch nur, um erkannt zu werden.
Kurz und gut – meine Frau wußte sich die Nummer des Visagisten zu verschaffen. Sie rief mich verzweifelt an, daß sie ihn gesprochen habe, daß er es aber ablehne, während eines Vergnügungsaufenthaltes Klientinnen zu empfangen. Ich müsse etwas tun. Obwohl es mir gar nicht recht war, daß meine Frau sich derart verschönern lassen wollte – ihr Gesicht könnte schließlich von meinen Auszeichnungen ablenken – nützte ich doch meine ganzen Verbindungen. Vergeblich. Da hatte ich eine Idee. Ich kannte in Paris einen Verleger, dessen Frau eine Schwester hatte, die der tierliebenden Brigitte Bardot einmal einen Hund verkauft hatte. Ich rief den Verleger an, der Verleger rief seine Frau an, seine Frau rief ihre Schwester an, ihre Schwester rief den Hund an, der Hund bellte es der Bardot, die Bardot rief den

Visagisten an, und der Visagist versprach, meiner Frau eine Kurzbehandlung angedeihen zu lassen.
Diese Kurzbehandlung dauerte vier Stunden. Wie ich später erfuhr, gefiel ihm vor allem ihr Haaransatz nicht. Er saß ihm zu tief, also rasierte er ihn ab und schminkte ihn höher. Die Augenbrauen waren ihm zu hoch, also rasierte er auch die Augenbrauen ab und schminkte sie tiefer. Die Augen machte er größer, den Mund kleiner, die Oberlippe näher zur Nase, die Nase schmäler, das Kinn eckiger, das Gesicht runder. Nach fünf Stunden läutete es an unserer Tür – eine fremde Dame stand draußen. »Sie wünschen?« fragte ich und setzte mein charmantestes Lächeln auf, was mir angesichts der engen Schuhe an den Füßen gar nicht leicht fiel. »Trottel«, sagte sie, »das bin doch ich.« Hätte sie nicht ›Trottel‹ gesagt – ich hätte sie nicht erkannt. Sie fand natürlich, daß der Visagist sie verschandelt habe, was aber nicht stimmte, sie sah wunderbar aus. Dabei kostete die ganze Prozedur nur viertausend Schilling. Ich erschrak so, daß ich in die Schuhe rutschte. Nun paßten sie. Es war sieben Uhr – um acht wollten wir auf den Ball gehen, um die Polonaise nicht zu versäumen. Meine Frau hatte Kopfschmerzen, also gab ich ihr zwei Kopfschmerztabletten und sie legte sich für zehn Minuten hin. Aber *wie* sie sich hinlegte. Sie durfte die Frisur nicht zerraufen, also ließ sie den Kopf herunterhängen; damit die Schminke nicht leide, breitete sie sich ein durchsichtiges Tuch über das Gesicht; dazu riß sie die Augen auf, damit sie nicht wieder kleiner würden – sie sah aus wie eines jener Opfer in »Derrick«, knapp bevor es in den Sarg gelegt und abtransportiert wird. Trotzdem schlief sie bald ein. Sie schlief zehn Minuten, sie schlief zwanzig Minuten, sie schlief eine halbe Stunde, ich rüttelte und schüttelte sie wie Aschenputtel das Bäumchen – sie war nicht wachzukriegen. Ich sah nach den Tabletten – ich hatte ihr anstatt der Kopfschmerztabletten die Schlaftabletten gegeben!

Dahin war der Opernball mit all den erträumten Freuden und den gehabten Spesen. Es blieb mir nichts übrig, als ebenfalls zu Bett zu gehen. Schlafen konnte ich nicht. Ich hörte, wie unser Nachbar nach Hause kam – es war Mitternacht. Er schien das Verlangen nach einem Bad zu haben. Sein Badezimmer grenzt an unser Schlafzimmer. Er ließ das Wasser in die Wanne rinnen. Es rann und rann und rann und rann . . .

Auf diese Weise wurde die Nacht doch noch zu einer rauschenden Ballnacht.

Es gibt mehr gefällige Menschen, als man glaubt, aber nicht so viele, wie man denkt.

Kennen Sie Seliger?

Seliger ist die Gefälligkeit selbst. Wenn er einem andern einen Dienst erweisen kann, ist er glücklich. Wie neulich: Es regnete in Strömen, Seliger kam aus dem Haus, stieg in sein Auto und fuhr los. Er liebte es, als erster im Büro zu sein, was von seinem Chef schon öfter anerkannt worden war. An der Kreuzung mußte er halten. Da – an der Autobushaltestelle – war das nicht sein neuer Nachbar? Seliger ließ das Fenster herunter und rief hinaus: »Sie wohnen doch neben uns?«
»Ja«, sagte der andere.
»Wohin wollen Sie?«
»Mariahilfer Straße, Gürtel.«
»Das ist auch *mein* Weg. Steigen Sie doch ein.«
Der andere stieg ein. »Waldmann«, stellte er sich vor.
»Seliger.«
»Es ist sehr freundlich von Ihnen, mich mitzunehmen.«
»Ich bitte Sie, das ist doch selbstverständlich. Sie werden doch nicht im Regen auf den Autobus warten, wenn wir fast dasselbe Ziel haben. Wie fühlen Sie sich in der neuen Wohnung?«
»Ausgezeichnet. Besonders jetzt, wo ich weiß, was wir für nette Nachbarn haben.«
Seliger strahlte. Waldmann erwies sich als amüsanter Plauderer. »Unsere letzte Wohnung hatten wir in einem modernen Neubau«, erzählte er. »Dort waren die Zimmer so klein – wenn ich krank war und der Arzt kam, mußte ich ihm die Zunge durch das Guckloch zeigen.« Seliger lachte. »Unserem Hund mußte ich beibringen, von oben nach unten zu wedeln, von links nach rechts hätte er keinen Platz gehabt.« Seliger

brüllte vor Vergnügen. »Und die Wände waren so dünn, wenn mein Nachbar die Höhensonne einschaltete, bekam *ich* einen Sonnenbrand.« Seliger wischte sich die Tränen aus den Augen. Waldmann erzählte eine Schnurre nach der andern. Wie er sagte, war er in seiner Jugend Conférencier gewesen. Seliger kam der Weg heute halb so lang vor wie sonst. Er schüttelte Waldmann beim Aussteigen herzlich die Hand. Als er ins Büro kam, sah der Chef nach der Uhr. Seliger war pünktlich, aber nicht so überpünktlich wie in den letzten zehn Jahren.

Am nächsten Tag war es genauso, nur daß es nicht regnete. Seliger kam mit seinem Wagen zur Haltestelle, sah Waldmann dort stehen und forderte ihn auf, mitzufahren. Diesmal war Waldmann allerdings lange nicht so amüsant wie am Tag zuvor. Er redete zwar auch heute munter drauflos, aber Seliger fand, daß er manches von dem, was Waldmann heute erzählte, schon gestern gehört hatte. Waldmann wiederholte sich. Er war Conférencier gewesen. Macht nichts, dachte Seliger, die Zeit vergeht doch schneller, als wenn ich allein fahre. Am Ziel angelangt, erzählte Waldmann noch rasch einen Witz zu Ende. Seliger schüttelte sich vor Lachen. Waldmann ging. Als Seliger ins Büro kam, sah der Chef nach der Uhr. Seliger kam um eine Minute zu spät. Der Chef sagte nichts, er machte bloß »Hm«, aber für Seliger war dieses »Hm« ein Schlag ins Gesicht. Morgen, nahm er sich vor, werde ich wieder pünktlich sein.

Am nächsten Tag wollte Seliger eine andere Route nehmen, um nicht an der Haltestelle vorüberzukommen. Umsonst.

Waldmann stand bereits vor dem Haus.

»Ich dachte mir, ich warte gleich hier«, sagte er, »dann brauchen Sie bei der Haltestelle nicht stehenzubleiben.« – »Danke!« sagte Seliger mit verhaltener Wut. Der Wagen sprang nicht an. »Was ist denn?« fragte

Waldmann ungehalten. »Wird das noch lange dauern? Mein Chef sieht es nicht gern, wenn ein Angestellter zu spät ins Büro kommt.« – »Entschuldigen Sie«, sagte Seliger, »ich werde dafür schneller fahren.« Seliger fuhr wie die Feuerwehr. An der Kreuzung mußte er abbremsen. Waldmann gab es einen Ruck nach vorn.
»Na?« herrschte er Seliger an. »Können Sie nicht aufpassen?« Seliger zuckte zusammen. »Verzeihung« sagte er. Waldmann sprach während der ganzen Fahrt kein einziges Wort mehr. Er war sichtlich verstimmt. Als er ausstieg, sagte er nicht wie gewöhnlich »Auf Wiedersehen!«, sondern bloß »Guten Tag!«. Und das nicht sehr freundlich. Seliger war selig. Jetzt würde er wieder allein fahren. Wie schön! Er schloß den Wagen ab und ging die Treppe hinauf. Diesmal war er pünktlich, wenn auch nicht überpünktlich. Der Chef sah nach der Uhr. »Gratuliere!« sagte er ironisch. »So früh sind Sie schon lange nicht zu spät gekommen.« Seliger sagte nichts. Warte nur, dachte er, morgen bin ich früher da als du.
Tags darauf kam er, fröhlich pfeifend, aus seiner Wohnung. Im Hausflur sang er nach der Melodie des Toreromarsches aus Carmen: »Heute fahr ich endlich wieder mal allein – ach, das ist schön – ach, das ist fein! Heut kann ich endlich wieder –« Der Gesang erstarb ihm auf den Lippen. Vor dem Haus stand Waldmann mit einem zweiten Herrn. »Das ist Herr Block«, stellte er ihm vor. »Er wohnt im Haus nebenan und hat sein Geschäft ein paar Schritte von meinem Büro entfernt. Ich habe ihn eingeladen, mit uns zu fahren.«
»Sie haben einen Wagen mit zwei Türen?« fragte Block enttäuscht. »Warum hast du das nicht gesagt?« wandte er sich an Waldmann. »In einen Wagen mit zwei Türen komme ich schwer hinein.« Nach einigen Versuchen gelang es. Seliger hatte bereits einen roten Kopf. Gerade heute wollte er wieder einmal überpünktlich ins Büro kommen. Er fuhr los. Waldmann erklärte ihm

noch, daß Block und er Schulkameraden seien, dann unterhielten sich die beiden, ohne ihn, Seliger, auch nur einmal ins Gespräch zu ziehen. Er hörte immer nur »Erinnerst du dich?« und »Da war doch noch«, ohne zu wissen, von wem die Rede war. Sie kamen zu Waldmanns Büro, Waldmann stieg aus und sagte zu Seliger: »Sie fahren mit Herrn Block weiter.« Seliger fuhr. Aus den »paar Schritten«, von denen Waldmann gesprochen hatte, wurden zweihundert Meter. Block stieg aus, winkte Seliger und sagte: »Auf Morgen!« Seliger kam um eine Viertelstunde zu spät ins Büro. Der Chef sah nach der Uhr und sagte: »Was ist los mit Ihnen? Sie waren doch immer so pünktlich?«

Seliger fiel nichts Besseres ein, als zu sagen: »Man hat mir meinen Wagen gestohlen. Ich sah die Diebe und rannte ihnen nach.«

»Wenn sie gerannt wären«, meinte der Chef, »wären Sie doch eher früher dagewesen als später.« Seliger sagte nichts. Morgen wird er den Herren Waldmann & Block Grobheiten geben. Die werden nicht mehr mit ihm fahren.

Leider wurde aus den Grobheiten nichts. Am nächsten Tag erwarteten ihn nicht nur Waldmann und Block, sondern auch eine Dame. »Meine Frau«, stellte Block sie vor. »Sie arbeitet dreimal in der Woche in meinem Geschäft, und da sagte ich ihr, sie könne mit uns fahren.« Vor einer Dame wollte Seliger nicht uncharmant sein. Er unterdrückte die Grobheiten, die er schon auf der Zunge gehabt hatte, und sagte: »Steigen Sie ein, bitte!« Es war ihm weh ums Herz. Man soll nicht gefällig sein. Er fuhr Waldmann ins Büro, Block in sein Geschäft, Frau Block noch rasch in ein anderes Geschäft, wo sie ein Paket abzugeben hatte. »Warten Sie hier!« sagte sie. Seliger wartete. Er brachte sie zurück zu Blocks Geschäft, dann fuhr er ins Büro. Er kam eine halbe Stunde zu spät.

»Was haben Sie heute für eine Ausrede?«

»Ich bin beim Fenster hinausgefallen«, sagte Seliger.
Der Chef runzelte die Stirn. »Dazu brauchen Sie so lange?« fragte er streng.
»Es wird nicht mehr vorkommen«, versprach Seliger. Er nahm es sich auch ernsthaft vor. Und doch!
Am nächsten Tag waren auch Blocks Kinder da. Drei Stück. »Ich dachte mir, Sie fahren sowieso an ihrer Schule vorüber«, sagte Block, »Sie müssen nur einen kleinen Umweg machen.« Seliger nickte. Auf dem kleinen Umweg gab es vier Umleitungen, was eine Verzögerung von einer halben Stunde bedeutete, und bei Blocks Geschäft angelangt, mußte er noch einmal umkehren, weil Frau Block die Geschäftsschlüssel zu Hause vergessen hatte. Seliger kam um eine Stunde zu spät ins Büro.
»Oh, Herr Seliger!« empfing ihn der Chef höhnisch. »Sie schenken uns doch noch die Ehre?« Seliger nickte unglücklich. »Wo waren Sie bis jetzt?« tobte der Chef plötzlich.
Seliger dachte an Blocks Kinder. »Meine Frau hat mir ein Kind geschenkt«, sagte er zitternd.
»Sie hätte Ihnen lieber einen Wecker schenken sollen!« brüllte der Chef. Seliger sagte nichts. Er beschloß, Waldmann und die Familie Block zu ermorden.
In der Nacht fühlte er sich nicht wohl. Seine Frau sagte: »Bleib morgen zu Hause.« – »Das geht nicht«, stöhnte Seliger. »Waldmann ... Block ... Frau Block ... die Kinder ...«
Frau Seliger, die von den Fahrgästen ihres Mannes nichts wußte, rief den Arzt an. »Er phantasiert«, sagte sie.
»Geben Sie ihm eine Beruhigungstablette und rufen Sie mich morgen wieder an.«
Frau Seliger gab ihrem Gatten eine Beruhigungstablette. Er schlief. Seine Frau wollte ihn nicht wecken, und als er aufwachte, war es nicht sieben, wie gewöhnlich, sondern halb acht. Seliger stand der kalte Schweiß

auf der Stirne. Er sprang aus dem Bett, fuhr in seinen Anzug, ließ das Frühstück unberührt und wollte so schnell wie möglich fort – da – was war das? Seine Frau hatte die Tür abgesperrt. »Gib mir die Schlüssel!« rief Seliger verzweifelt. »Nicht, ehe du mir nicht sagst, was mit dir los ist«, sagte Frau Seliger energisch. »Du bist schon die ganze letzte Zeit so komisch. Was ist mir dir? Wartet eine Freundin auf dich?«

Seliger lachte irr. »Wenn es nur *das* wäre ... auf mich wartet keine Freundin ... auf mich warten sechs Feinde ...«

»Wer?« fragte Frau Seliger entsetzt. »Los! Sag es mir!«

Das Eis war gebrochen. Seliger begann zerknirscht zu beichten ... »Also so ist die Sache«, sagte Frau Seliger, als er zu Ende war. »Daran ist wieder deine dumme Sucht schuld, jedem Menschen einen Gefallen zu tun. Bleib da – ich werde das ordnen.«

Frau Seliger ging hinunter. Vor dem Haus warteten Waldmann, Herr und Frau Block, drei kleine Blöcke und noch zwei Kinder.

»Mein Mann kann Sie heute nicht mitnehmen«, sagte sie. »Er ist krank, und der Arzt hat ihm das Autofahren für längere Zeit verboten.« Ein Tumult erhob sich. »Eine Rücksichtslosigkeit!« brüllte Waldmann. »Das hätte er uns gestern sagen können!« schrie Herr Block. »Ich finde das unverschämt!« kreischte seine Frau. »Wir werden eine Strafe bekommen!« riefen die Kinder. »Leider!« bedauerte Frau Seliger. »Es ist nicht seine Schuld.«

Seligers ehemalige Mitfahrer liefen zum Autobus. Frau Seliger aber stieg in den Wagen und fuhr ihn um die Ecke. Vor dem zweiten Ausgang des Hauses blieb sie stehen. »Dort wirst du jetzt immer parken«, sagte sie zu ihrem Mann.

Von nun an stieg Seliger ungesehen in sein Auto, er nahm einen andern Weg zum Büro, einen Weg, von dem aus er von weitem die Autobushaltestelle sehen konnte. Und es lachte sein Herz, wenn er Waldmann, Herrn und Frau Block sowie deren Kinder dort stehen sah.

Es gibt mehr gefällige Menschen, als man glaubt, aber nicht so viele, wie man denkt. Und jetzt gibt es wieder um einen weniger.

Man soll seinen Kindern schon in der frühesten Jugend beibringen, immer im Leben die Wahrheit zu sagen – außer man ist überzeugt, daß sie einmal perfekte Lügner werden können.

Der Lügenbaron

Eines Tages fragte mich mein Neffe Ladi, 10: »Was ist das – ein Münchhausen?«
»Warum willst du das wissen?« erkundigte ich mich. Wenn Ladi etwas fragt, ist es immer angezeigt, zuerst nach dem Warum zu forschen, weil seine Neugier manchmal sehr unangenehm werden kann. Einmal, im Alter von sechs, besuchte er mit seiner Mutter eine Tante, die in einer Klinik lag. Während sich die beiden Frauen miteinander unterhielten, fragte er eine Dame, ebenfalls eine Patientin: »Wie lange liegst du schon hier?«
»Sechs Wochen«, sagte die Dame.
»Zeig mir dein Kind«, bat Ladi.
Die Dame lächelte. »Ich habe kein Kind.«
Ladi sah sie verwundert an. »Da nimm dir ein Beispiel an meiner Tante«, sagte er. »Die liegt erst zwei Tage hier und hat schon Zwillinge!«
Deshalb fragte ich ihn, als er erfahren wollte, was ein Münchhausen sei: »Warum willst du das wissen?«
»Weil unser Lehrer heute zum Lechner gesagt hat, daß er ein Münchhausen ist.«
»Da hat er den Lechner wahrscheinlich bei einer Lüge ertappt.«
»Ja. Dabei war es keine richtige Lüge.«
»Wieso nicht?«
»Weil der Lechner gestern den Lehrer gefragt hat, ob er nachmittag fehlen darf, er muß zu seinem Zahnarzt gehen – und dann hat ihn ein anderer Bub beim Fußballmatch gesehen.«

»Also war es doch eine Lüge.«
»Nein.«
»Wieso nicht?«
»Weil es ein Spiel zwischen Apothekern und Zahnärzten war, und sein Zahnarzt war Mittelstürmer.«
»Hm!« Ich räusperte mich. »Freiherr von Münchhausen war ein Offizier, der durch unglaubliche Kriegs-, Jagd- und Reiseabenteuer, die er im Freundeskreis erzählte, bekannt wurde. Später dichtete man ihm alle möglichen Lügen an, und wenn heute einer lügt, sagt man von ihm, er ist ein Münchhausen.«
»Aha!« sagte Ladi, sonst nichts. Aber dieses »Aha« hätte mir zu denken geben müssen. Leider bin ich ein naiver Mensch. Am nächsten Tag rief Pfandl an: »Ich wollte dir nur mein Bedauern aussprechen.«
»Wozu?«
»Zu dem Malheur mit deiner Wohnung. Es muß furchtbar sein.«
»Was?«
»Das Malheur mit deiner Wohnung.«
»Was für ein Malheur? Was für eine Wohnung?«
»Es freut mich, daß du es nicht zu schwer nimmst.«
»Was?«
»Das Malheur mit deiner Wohnung.«
»Langsam. Sag mir, was für ein Malheur du meinst.«
»Das Malheur mit deiner Wohnung.«
»Was gibt es mit meiner Wohnung für ein Malheur?«
»Sie ist doch ausgebrannt.«
»Was?«
»Deine Wohnung.«
»Hör zu: Ich stehe hier in meiner Wohnung – es gibt kein Malheur, sie ist nicht ausgebrannt.«
»Ich verstehe, daß du es noch nicht sagen willst. Vielleicht wegen der Versicherung.«
»Wegen was für einer Versicherung?«
»Wegen der Feuerversicherung. Wahrscheinlich willst du erst den Schaden berechnen.«

»Was für einen Schaden?«
»Von dem Malheur in deiner Wohnung.«
»Jetzt habe ich genug!« schrie ich wütend. »Wenn du mich zum Narren halten willst, dann –«
»Bitte, bitte!« unterbrach er mich beleidigt. »Ich dachte, daß wir Freunde wären.«
»Sind wir ja auch!« sagte ich verzweifelt. »Aber –«
Schluß. Er hatte den Hörer aufgelegt. Ich dachte nach. Wie kam er auf die Idee, daß meine Wohnung ausgebrannt sei? Unwillkürlich sah ich mich um, ob nicht vielleicht doch ein kleines Feuer – da läutete wieder das Telefon. Es war mein Kollege Mario, ein Schlagerdichter.
»Reg dich nicht auf«, sagte er mit einer merkwürdig umflorten Stimme. »Ich muß dir eine furchtbare Nachricht überbringen.«
»Was ist los, um Gottes willen?«
»Setz dich zuerst hin – ich weiß, wie es dich treffen wird. Du warst ja viel besser mit ihm als ich.«
»Mit wem? Was ist passiert?«
»Sitzt du?«
»Ja.«
»Poldi hat heute nacht seine Frau erschlagen.«
»Nein!!!«
»Leider.«
»Ich weiß, daß sie nicht gut miteinander gelebt haben«, stammelte ich entsetzt. »Aber Poldi? Und auf diese Weise?«
»Wir müssen ihm irgendwie helfen.«
»Ich rufe sofort Dr. Robinson an. Er muß mir den besten Verteidiger nennen.«
»Tu das. Du hörst später dann nochmals von mir. Tschau!«
»Tschau!« Ich wählte die Nummer Robinsons. »Robinson? Etwas Schreckliches ist geschehen! Poldi hat seine Frau erschlagen!«
»Poldi?!?«

»Ja. Du weißt bestimmt einen erstklassigen Verteidiger. Kosten spielen keine Rolle.«
»Da gibt es nur Dr. Ammerland. Hoffentlich hat er Zeit. Ich rufe ihn sofort an und melde mich dann bei dir.«
»Ist gut!« Wir legten auf. Ich wollte die furchtbare Neuigkeit meiner Frau erzählen – da – wieder das Telefon. Es war Poldi.
»Poldi!« sagte ich erschüttert. »Wie konntest du dich so hinreißen lassen!«
»Du weißt es schon?« fragte Poldi, wie ich fand, etwas zu fröhlich für seine Lage.
»Mario hat mich verständigt. Robinson besorgt dir einen tüchtigen Verteidiger. Dr. Ammerland.«
»Ich brauche keinen Verteidiger«, meinte Poldi etwas verwundert. »Es geschah ja auf ihr Verlangen.«
»Auf ihr Verlangen?«
»Ja. Wir haben wieder einmal gestritten – und da hat sie mir den Vorschlag gemacht.«
»Sie dir???«
»Ja. Ich hätte mich doch nie getraut.«
»Du kannst mir doch nicht einreden, Poldi, daß sie dir den Vorschlag gemacht hat, sie zu erschlagen!«
»Erschlagen? Wieso?«
»Poldi, wenn du jetzt Sinnesverwirrung vortäuschen willst – das nimmt dir kein Richter von der ganzen Welt ab.«
»Sinnesverwirrung? Ich war schon lang nicht so bei Verstand wie heute. Du selbst hast mir doch oft genug den Rat gegeben.«
»Jetzt red' dich bloß nicht auf mich aus . . .«
»Ich weiß nicht, warum du so entsetzt bist?! Ich bin sie los! Es wird alles wieder sein wie früher! Und sie will nichts von mir! Sie will nur frei sein!«
»Wovon sprichst du?«
»Von meiner Scheidung! Meine Frau läßt sich scheiden!«
»Scheiden?«

»Ja!«
»Du hast sie nicht erschlagen?«
»Wie kommst du darauf?«
»Wir reden später. Jetzt muß ich sofort Robinson anrufen.«
Ich rief an.
»Du bist es!« sagte Robinson voller Freude. »Eben wollte ich *dich* anrufen. Es ist mir gelungen. Ammerland übernimmt den Fall!«
»Hör gut zu, Robinson: Es war ein Irrtum. Poldi hat seine Frau nicht erschlagen, sie lassen sich bloß scheiden.«
»Warum hast du mir dann erzählt–? Das verstehe ich nicht.«
»Ich verstehe es auch nicht. Ich hatte es von Mario. Du mußt Ammerland absagen.«
»Das kann ich nicht.«
»Du mußt!«
»Das ist unmöglich. So ein prominenter Kollege. Schließlich hat er es mir zuliebe getan.«
»Wenn aber Poldi seine Frau nicht erschlagen hat?«
»Dann *soll* er sie erschlagen!« rief Robinson wütend. »Und dich dazu!« Mit einem Fluch knallte er den Hörer auf die Gabel.
Es läutete an der Tür. Ich öffnete – draußen stand Hermine Goldmann mit Rosen in der Hand.
»Du Ärmster!« sagte sie mitleidig. »Wo ist sie?«
»Wer?«
»Deine Frau.«
»Warum?«
»Ich möchte sie besuchen. Ich habe ein paar Rosen mitgebracht. Sie soll sich nichts drausmachen, wer weiß, wozu es gut ist. Ich habe es auch erst als Erwachsene bekommen.«
»Was?«
»Scharlach.«
»Scharlach? Meine Frau hat Scharlach?«

»Weißt du es denn nicht?«
»Ich weiß überhaupt nichts mehr!«
Im selben Moment kam meine Frau herein.
»Du bist nicht im Bett?« fragte Hermine entsetzt.
»Nein«, sagte meine Frau verwundert.
Jetzt wurde es mir zuviel. »Weißt du nicht«, schrie ich, »daß man mit Scharlach nicht spaßt? Überhaupt wenn man ihn als Erwachsener bekommt?«
»Doch, das weiß ich. Aber wer hat hier Scharlach?«
»Du!«
»Weiß sie es denn nicht?« wandte sich Hermine an mich.
»Anscheinend. Ich wußte es ja auch nicht. Übrigens« – mir begann ein Licht aufzugehen – »von wem weißt *du* es?«
»Ladi hat es mir erzählt. Du hast ihn doch heute früh getroffen und hast es mir sagen lassen ...«
»Ich habe ihn weder getroffen, noch habe ich dir etwas sagen lassen.«
»Das verstehe ich nicht ...«
»Ich schon. Geh nach Haus, und gib ihm zwei Ohrfeigen. Eine für mich – die zweite für Baron Münchhausen!«
Die beiden Frauen sahen mich verständnislos an.

Als Ladis Vater von der Sache hörte, nahm er sich seinen Sohn vor, sagte ihm die Worte des Pylades aus Goethes »Iphigenie«: »Zwischen uns sei Wahrheit!« – und gab ihm eine dritte.

Ein vollautomatisches Krankenhaus ist ein Gebäude, in dem es den Ärzten gelingt, trotz aller Schwierigkeiten, die ihnen Alkohol, Nikotin und Umweltverschmutzung bereiten, mit allen Mitteln der modernen Technik, gepaart mit den Erkenntnissen der heutigen Medizin, Gesunde krank zu machen. Und doch gibt es

Genesung im VKH

Sponder fühlt sich nicht wohl. Schon seit längerer Zeit. Ist es heiß, ist ihm kalt, ist es kalt, ist ihm heiß, will er ruhen, wird er kribbelig, will er arbeiten, verlassen ihn die Kräfte. Neulich trifft er seinen Hausarzt, Dr. Merzenberger, auf der Straße. »Gut, daß ich Sie treffe, Herr Doktor«, sagt er, »ich fühle mich so schwach, daß ich kaum gehen kann. Was könnte ich nehmen?« Worauf Dr. Merzenberger sagt: »Wenn Sie mir folgen, ein Taxi.« Es wird immer schlimmer. Sponder konsultiert Dr. Jellinek. Dr. Jellinek untersucht ihn. »Sie haben eine Krankheit«, stellt er fest, »die Sie sich bei Ihrem Einkommen gar nicht leisten können.« Sponder geht zu Medizinalrat Dr. Fadenknecht. Dr. Fadenknecht untersucht ihn. »Wenn ich fände«, fragt er, »daß eine Operation nötig wäre, könnten Sie sie bezahlen?« »Wenn ich sie nicht bezahlen könnte«, fragt Sponder, »würden Sie finden, daß eine nötig wäre?« Dr. Fadenknecht schweigt. Sponder geht zu Obermedizinalrat Dr. Holtzmann. Der Obermedizinalrat untersucht ihn. »Ist meine Krankheit gefährlich?« erkundigt sich Sponder. Der Obermedizinalrat überlegt. »Ich würde nicht sagen gefährlich«, meint er, »aber wenn ich Sie von dieser Krankheit heile, werde ich weltberühmt.« Sponder gibt es auf, weitere Ärzte aufzusuchen.

Sein Zustand verschlimmert sich. Ist es kalt, beginnt er zu schwitzen, ist es heiß, bekommt er Schüttelfrost, bei Tag ist er schläfrig, bei Nacht kann er erst schlafen,

wenn es Zeit ist aufzustehen. Nun hat er auch niemanden, dem er sein Leid klagen könnte. Seine Ehe ist seit Jahren geschieden – mit seiner ehemaligen Frau hat er keinen Kontakt mehr – seine beiden Söhne leben im Ausland. Also wendet er sich doch wieder an einen Arzt: Primarius Prof. DDr. Kurt Lindemann. Der Primariusprofessordoktordoktor untersucht ihn. »Ich schicke Sie in unser VKH – unser vollautomatisches Krankenhaus – das ist mit allen Finessen ausgestattet, dort wird man dahinterkommen, was Ihnen fehlt.« Also packte Sponder am nächsten Tag seine Siebensachen und rief ein Taxi für die Fahrt in die Klinik.
»Ins VKH«, sagte er dem Taxilenker.
Der Taxilenker nickte. »Zu welchem Eingang?« fragte er.
Sponder zuckte mit den Achseln. »Das weiß ich nicht.«
»Das *müssen* Sie aber wissen«, meinte der Taxilenker. »Das VKH ist ein Riesenkomplex mit über dreihundert Eingängen. Wenn wir da von einem zum andern fahren, können Sie inzwischen sterben oder wieder gesund werden.«
Sponder schaute auf seinen Einweisungsschein – die Schrift des Arztes war nicht zu entziffern.
»Na, kann man nichts machen«, sagte der Taxilenker, »da bringe ich Sie halt zum Haupteingang. Sie wissen ja nicht, was das für ein Mammutbau ist. Eine Gesundheitsfabrik. Wie es halbfertig war, wollte man es wieder abreißen, weil man bis dahin draufgekommen war, daß man Kranke besser in kleinen Pavillons behandelt – aber da war es schon zu spät. Das Abreißen wäre teurer gekommen als das Weiterbauen. Und die Skandale, die es gegeben hat. Da müssen lauter Zauberer am Werk gewesen sein, so viele Millionen sind verschwunden.«
Plötzlich wurde es finster. »Was ist los?« fragte Sponder erschrocken.

»Nichts«, antwortete der Taxilenker beruhigend. »Wir kommen zum VKH. Das ist so hoch, daß es die Sonne verdunkelt. In einem Trakt sind mehr Betten, als eine größere Stadt Einwohner hat, und die Operations- und Therapieräume konnte bis heute noch keiner zählen. Ich habe schon viele Experten aus dem Ausland hierher gefahren, die das Riesenwerk bewundern wollten, zurückgefahren habe ich noch keinen. In dem Gebäude haben sich alle verlaufen.«
Sponder erschrak. »Das kann mir doch auch passieren?«
»Natürlich«, nickte der Taxifahrer, »aber da können Sie nichts dagegen tun.«
Er bog auf einen schier endlosen Parkplatz ein. Vor ihnen stand wie eine breite Gebirgsfront, das VKH. Der ganze Platz lag im Schatten des Kolosses. Nur ganz oben konnte man einen dünnen Streifen Himmel sehen.
Der Taxilenker kämpfte sich zum Haupteingang durch. Tausende von Rettungs- und Krankenfahrzeugen sausten hin und her. Ihre Signale waren so laut, daß das Geschrei bei einem Hallenpopkonzert dagegen ein sanftes Säuseln war. Immer wieder wurden sie von anderen Autos eingekeilt. »Steigen Sie aus und schlängeln Sie sich zu Fuß zum Haupteingang«, schrie der Taxifahrer Sponder ins Ohr. »Ich komme nach!«
Sponder gehorchte. Mit einer Menge Quetschwunden erreichte er den Haupteingang. Dahinter befand sich eine Halle wie in einem Hauptbahnhof. Überall waren große Buchstaben angebracht. »Von Spon bis Spon« las er und drückte auf einen darunter befindlichen Knopf. Ein von oben bis unten weißgekleideter Mann kam angefahren. Er nahm Sponder den Einweisungsschein ab und steckte ihn in eine Computeranlage. Surr, summ machte die Computeranlage, x Lämpchen leuchteten auf, dann erschienen zwei große Zahlen auf einem Bildschirm.

»Eingang 389, Zimmer 9874«, sagte der Weißgekleidete und gab Sponder den Schein zurück. Sponder konnte gehen. Als er draußen nach seinem Taxi Ausschau hielt, sah er den Fahrer, inmitten des Autogewimmels, auf dem Dach seines Fahrzeugs stehen. Er winkte ihm lebhaft zu. Trotz seiner Quetschwunden mußte Sponder wieder durch die Autoreihen. »Welchen Eingang haben Sie?« rief der Chauffeur von weitem.
»389!« schrie Sponder zurück.
»Da haben wir Glück!« freute sich der Chauffeur. »Das ist auf dieser Seite – da können wir noch heute hinkommen!«
Nach stundenlangem Kolonnenrücken erreichten sie den Eingang. »Baldige Besserung«, wünschte der Chauffeur, »und auf Wiedersehen!« Man hörte es ihm an – er glaubte nicht an das Wiedersehen.
Die glasstrotzende Halle des Eingangs 389 war menschenleer. »He, Krankenhaus!« rief Sponder, wie man in einem Wirtshaus ohne Wirt »He, Wirtshaus!« zu rufen pflegt.
Hinter einem Schalter tauchte das Gesicht eines Mannes auf. Sponder reichte ihm den Einweisungsschein.
»Okay«, sagte der Mann. »Ich bin für die nächste Zeit der letzte Mensch, mit dem Sie gesprochen haben. Von nun an haben Sie nur noch mit Apparaten zu tun. Sie nehmen jetzt Lift Nummer drei bis zum achtundneunzigsten Stockwerk, dort steigen Sie auf die Rolltreppe zweihundertsechsundzwanzig um, fahren bis zum Gang vierhundertdreiundvierzig und nehmen dort den Rollteppich eintausendsechzig bis zu Ihrem Zimmer. Glückliche Reise!«
Sponder fuhr ab. Es war eine lange Fahrt durch eine graue Betonlandschaft, bis er endlich vor dem Zimmer 9874 von dem Rollteppich stieg. Die Türe öffnete sich automatisch, eine süße Frauenstimme ertönte durch einen Lautsprecher: »Willkommen in unserem vollautomatischen Krankenhaus! Sie sind ab jetzt die Num-

mer neuntausendachthundertvierundsiebzig. Legen Sie bitte Ihre Kleidung ab, Nummer neuntausendachthundertvierundsiebzig, und treten Sie zu Bildschirm Nummer eins. Drücken Sie die rote Taste und beachten Sie strikte die weiteren Anweisungen! Danke!«
Sponder sah sich um. Der Raum war so gemütlich wie das Wachtzimmer eines modernen Gefängnisses. Die Wände waren voll mit Bildschirmen, Schaltbrettern und sonstigen Computeranlagen, von der blauen Decke strahlte künstliches Licht auf ein einfaches Krankenbett. Auf der Kopfseite dieses Bettes waren weitere Schaltbretter und Armaturen angebracht. Kein Fenster, durch das man bei Tag einen Sonnenstrahl oder bei Nacht einen Stern hätte sehen können. Von der einen Wand lächelte das Poster einer bildhübschen Krankenschwester, von der anderen das eines vertrauenerweckenden Arztes.
Sponder zog sich aus und trat zu Bildschirm Nummer eins. Wieder ertönte die süße Frauenstimme. »Bildschirm zwei!« befahl sie. »Danke!« Sponder wurde von einem Bildschirm zum anderen gejagt. »Einatmen! Ausatmen! Husten! Nicht husten! Danke!« Eine stählerne Hand fuhr aus der Wand, klopfte ihm Brust und Rücken ab und verschwand wieder, eine Nadel, die aus einem Apparat schnellte, zapfte ihm Blut ab, ein großes Ohr aus Plastik legte sich an sein Herz. »Genug für heute«, sagte die Stimme, »gehen Sie zu Bett! Danke!«
Sponder ging zu Bett. Er besah sich die Schaltbretter und Tastaturen, die über seinem Kopf angebracht waren. Da gab es einen Lichtschalter, da gab es Knöpfe zum Regulieren der Klimaanlage, Knöpfe für Trostworte, Knöpfe für Witze von »Harmlos« bis »Gepfeffert«, Knöpfe für Musik und Knöpfe für Geschichten. Sponder wählte Witze, zuerst einmal einen harmlosen. Die Stimme eines bekannten Conférenciers kicherte aus dem Lautsprecher. »Kennen Sie den? Zwei Hasen

werden von einem schwarzen Pudel verfolgt. Endlich läßt er von ihnen ab, das merkt ein weißer Pudel und nimmt nun seinerseits die Verfolgung auf. Da dreht sich einer der beiden Hasen um und sagt zum andern: ›Ich glaube, er wird bald genug haben – er hat sich schon den Pullover ausgezogen!‹ Hahaha!« Sponder kannte den Witz. Er drehte ab und schaltete »Gepfeffert« ein. »Das möchte Ihnen so passen«, ertönte die süße Frauenstimme von vorhin, »damit müssen Sie warten, bis es Ihnen besser geht!«
Sponder wollte schlafen, da quietschte ein Metallgestell aus der Wand und servierte ihm das Abendessen. Die süße Stimme wünschte ihm »Guten Appetit!« Sponder aß ziemlich lustlos, das Geschirr verschwand in der Wand, die süße Stimme wünschte ihm »Gute Nacht!« Sponder starrte vor sich hin. Er fühlte sich nicht glücklich. Er drehte »Musik zum Träumen« auf und schlief ein.
Am nächsten Morgen wurde er durch einen Stoß geweckt. Das Metallgestell mit dem Frühstück war aus der Wand gekommen und war ihm – er lag auf der Seite – in den Bauch gefahren. »Entschuldigung!« sagte die süße Stimme. »Danke!« Sponder frühstückte. »Nun ins Bad!« befahl die Stimme. Von der Decke löste sich ein an zwei Ketten hängender Stuhl, zwei eiserne Arme setzten Sponder hinein, man fuhr ihn ins Bad und leerte ihn in die Wanne. Dort warteten schon weitere Arme mit Schwamm und Seife, man wusch ihn, schrubbte ihn und trocknete ihn ab, setzte ihn wieder in den Stuhl, fuhr ihn zurück und warf ihn auf das Bett. »Danke!« sagte die süße Stimme. Sponder bekam einen Schlag auf den Kopf. Er sah auf. Über ihm war ein Tablett mit Medikamenten aus der Wand gekommen. »Bildschirm sechzehn!« befahl die süße Stimme. Es wurden weitere Blut- sowie eine Harnprobe gemacht, die per Rohrpost abgingen. Sponder begab sich schlapp zu Bett. Die Leere hatte ihn wieder. Er drückte den

Knopf mit »Trostworten«, aber sie konnten ihn nicht trösten.
Er fühlte sich einsam und verlassen.
So ging es nun Tag für Tag, die Untersuchungen wurden weniger, die Medikamente mehr, dabei wußte er immer noch nicht, was ihm fehlte. Er sah keinen Menschen, die Posters mit der Krankenschwester und dem Arzt widerten ihn an, er fühlte sich immer miserabler.
Eines Abends, Sponder lag in der Totenstille des Zimmers und zitterte vor der Nacht, hörte er ein ganz leises Trippeln auf dem Fußboden. Er sah auf. Eine Maus lief durch den Raum, blieb vor seinem Bett stehen und äugte ihn treuherzig an. Sponder wurde warm ums Herz. Ein Lebewesen, wenn auch nur eine Maus. Er wollte sie locken, aber sie verschwand in einem winzigen Loch unter einem Computer. Wenn sie doch wiederkommen würde. Er hatte auf seinem Nachtschrank Überreste des Abendessens, das er nicht aufgegessen hatte. Ein paar Brotkrumen und ein Stückchen Käse. Da war sie wieder! Vorsichtig legte er Krumen und Käse auf den Boden – die Maus verzehrte es mit gesundem Appetit. Sponder sah ihr amüsiert zu. Nachdem das Tierchen alles weggeputzt hatte, lief es etliche Male um das Bett herum, äugte zu Sponder hinauf, als ob es Danke sagen wollte und verschwand wieder in dem Mauseloch. Mit einem Male war Sponder nicht mehr allein. Morgen, das wußte er, wird die Maus wiederkommen. Er hatte eine gute Nacht.
Am nächsten Morgen kam die Maus wieder. Sponder hatte von seinem Frühstück ein paar Bissen für sie reserviert, zu Mittag fraß sie ihm aus der Hand und am Abend brachte sie bereits ihre Jungen mit. Sie stellten sich vor seinem Bett auf und machten Männchen. Sponder war überglücklich. Von nun an verbrachte er eine herrliche Zeit mit den Mäusen. Er kugelte mit ihnen auf dem Fußboden herum, sie tanzten auf sei-

nem Bauch, kitzelten ihn an der Nase und rutschten von seinen Armen. Sponder gab ihnen Namen, die eine nannte er nach seiner Frau Eva, zwei andere nach seinen Söhnen Heinz und Leo, er brachte ihnen Sprünge bei, Purzelbäume, und Heinz und Leo sogar Saltos. Er lachte mit den Mäusen, er hatte wieder Appetit, selbst die Bildschirme schienen mit ihm zufrieden zu sein und eines Tages sagte die süße Stimme durch den Lautsprecher: »Sie sind gesund, Nummer neuntausendachthundertvierundsiebzig, Sie können nach Hause gehen. Danke!«

Sponder verabschiedete sich von den Mäusen und fuhr nach Hause.

Nun war er wieder so einsam wie zuvor. Er sehnte sich nach seinen vierbeinigen Lieblingen, nach Eva, Heinz und Leo, er lockte sie, er rief sie – sie kamen nicht. Und plötzlich sah er in den drei Mäusen seine Frau und seine beiden Söhne. Da wurde er einsichtig. Warum hatte Eva sich damals scheiden lassen? Nur durch seine Schuld. Sie hatte gearbeitet, hatte das Haus zusammengehalten, und was war der Dank dafür? Daß er ihr vorwarf, daß sie zuviel Geld brauche. Und seine Söhne? Warum waren Heinz und Leo nach Amerika gegangen? Weil er sie gezwungen hatte, in seine Firma einzutreten, weil er ihnen nicht erlaubt hatte die Berufe zu ergreifen, die ihnen Freude gemacht hätten, und weil er mit keinem der beiden Mädchen einverstanden war, die sie heiraten wollten. Jetzt bereute er. Er nahm mit seiner Frau Kontakt auf, sie kam zu ihm zurück, er holte seine Söhne mit ihren Frauen nach Hause, beide hatten inzwischen kleine Sponders bekommen – er wurde der glücklichste Ehemann, Vater und Großvater, und wenn die Leute von einer glücklichen Familie sprachen, meinten sie die Sponders.

Die Geschichte wurde bekannt. Sponder war der erste Patient, der im VKH geheilt worden war. Direktoren

und Primarärzten hängte man große Orden um den Hals, Ärzte wurden zu Professoren ernannt, Schwestern zu Oberschwestern, wirklich gesundgemacht aber hatte ihn – die Maus.
Und Sponder nahm die Mäuse in sein Haus und sorgte für sie, solange sie lebten.

Man sagt, die Ehe ist wie ein Lotto. Das stimmt nicht. Beim Lotto gibt es immer einige wenige, die Glück haben.

Romeo 4623

Rechnitzer war verheiratet. Seine Ehe war weder gut noch schlecht – er war verheiratet. Alles war zur Gewohnheit geworden. Seit Wochen, seit Monaten, seit Jahren. Man nahm das Frühstück, er fuhr ins Büro, er kam nach Hause, man nahm das Abendessen, man setzte sich zum Fernsehen und ging ins Bett. Und schlief. Es war ein Leben ohne Abwechslung, ohne Emotion – er war verheiratet. Seine Frau war nie sehr leidenschaftlich gewesen, und das bißchen Erotik, das sie besessen hatte, war in der Ehe verkümmert.
Eines Tages sagte sich Rechnitzer: »Du bist knapp vor Torschluß, du mußt dir ein Abenteuer suchen, ehe es zu spät ist.« Also ging er hin und inserierte: »Fabrikant, 40, gut aussehend, 1,78 groß, schlank, ledig, lebenshungrig, sucht entsprechende Gefährtin. Unter ›Romeo 4623‹.« Er wartete eine Woche, dann fragte er nach, ob eine Antwort gekommen sei. Es war nicht nur eine, es waren einige gekommen. Genau gezählt fünfundsechzig. Rechnitzer nahm die Briefe, stopfte sie in seinen Aktenkoffer und ging in ein stilles Kaffeehaus um sie zu lesen. Bei dem Gedanken daran fühlte er ein gewisses Prickeln, wie er es seit langem nicht gefühlt hatte. Er bestellte einen Mokka und öffnete klopfenden Herzens den Koffer. Dabei fielen einige Briefe heraus, einer davon auf den Boden. »Der soll es sein«, dachte Rechnitzer, »den lese ich zuerst.« Und er las: »Lieber Romeo! Ich gehöre sonst nicht zu den Frauen, die Inserate beantworten, aber das Ihre hat mich so fasziniert, daß ich beschloß, Ihnen zu schreiben. Ich bin fünfunddreißig, 1,70 groß, schlank und – wie man sagt –

hübsch. Ich habe ein Landhaus und einen Jaguar, aber das alles sagt mir nichts. Ich bin wie Sie – lebenshungrig! Wollen Sie mich kennenlernen, Romeo? Wenn ja, dann schreiben Sie mir hauptpostlagernd unter ›Julia‹.«

Rechnitzer schrieb: »Verehrte Julia! Ich habe Ihre Zeilen erhalten und kann es kaum erwarten, Sie zu sehen. Ich möchte nur beizeiten eine Kleinigkeit richtigstellen. Ich bin nicht vierzig, sondern fünfundvierzig, sehe aber bedeutend jünger aus. Wann und wo wollen wir uns treffen? Ich überlasse es Ihnen, die Zeit und den Ort zu bestimmen – nur bitte, bitte, schreiben Sie bald! Ihr ungeduldiger Romeo.«

Sechs Tage wandelte Rechnitzer wie im Traum umher. Wird sie schreiben oder nicht. Am siebenten Tag war es soweit. Sie schrieb: »Schau, schau, mein kleiner Romeo hat gelogen. Eigentlich sollte Julia ihm böse sein, aber sie ist es nicht, weil sie auch nicht ganz aufrichtig war. Ich bin nicht fünfunddreißig, sondern vierzig. Warten wir mit einer Zusammenkunft, vielleicht hat Romeo noch etwas zu beichten. Mit ganz lieben Grüßen Julia.«

Rechnitzer war glücklich. Die Welt sah anders aus. Der Charme, der aus den Zeilen dieser Frau sprach, war ihm bisher fremd gewesen. Er setzte sich hin und schrieb: »Geliebte Julia! Ich darf Sie doch so nennen? Ich danke Gott, daß auch Sie geschwindelt haben – ein Altersunterschied von zehn Jahren wäre vielleicht doch zu groß gewesen. So aber passen wir zueinander. Das heißt, etwas muß ich Ihnen noch gestehen. Ich bin nicht 1,78 groß, sondern bloß 1,68. Seien Sie mir deshalb nicht böse. Denken Sie an Napoleon. Er war auch nicht groß und hat doch die halbe Welt erobert. Ich möchte nur sie erobern, Julia – nur Sie! Wann werden wir uns sehen? Wann? Wann? Wann? Lassen Sie mich nicht länger schmachten. Ihr Romeo.«

Nach einer Woche kam Julias Antwort: »Lieber Romeo!

Sie denken, ich bin enttäuscht? Im Gegenteil! Ihr Geständnis macht mich glücklich. Ich bin nämlich auch nicht 1,70 groß, sondern nur 1,65. Was unsere erste Begegnung betrifft – fassen Sie sich in Geduld. Ich lasse Sie nicht gern schmachten – gewisse Umstände zwingen mich dazu. Haben Sie Verständnis. Julia.«
Rechnitzer war verzweifelt. Warum verlangte sie Geduld von ihm? Welche Umstände konnten sie zwingen, ein Zusammentreffen mit ihm hinauszuschieben? Ein Mann? Er schrieb: »Bezaubernde, reizende Julia! Was hindert Dich, mich zu sehen? Ist es ein Mann, der Gewalt über Dich hat? Nenne mir seinen Namen – ich töte ihn! Bist Du finanziell von ihm abhängig? Hab keine Angst. Ich bin zwar kein Fabrikant, wie ich in meinem Inserat angab, aber ich habe ein kleines Geschäft, das uns beide ernähren kann. Zögere nicht länger – komm zu mir! Dein unglücklich-glücklicher Romeo.«
Diesmal schrieb sie expreß. »Liebster Romeo! Wie leicht machst Du es mir, gewisse Dinge zu gestehen. Du bist kein Fabrikant – und ich habe weder einen Jaguar noch ein Landhaus. Warum meine Hochstapelei? Weil ich Dir imponieren wollte. Der Mann, von dem Du schreibst, existiert. Ich bin zwar seit einiger Zeit schuldlos geschieden, aber er gibt den Gedanken nicht auf, mich zurückzugewinnen. Wenn Du mir jetzt nicht mehr schreiben würdest, könnte ich es verstehen, aber ich wäre sehr, sehr unglücklich. Deine arme Julia.«
Rechnitzer schrieb postwendend zurück: »Julia! Einzige! Geliebte! Warum sollte ich Dir nicht mehr schreiben? Wenn es Dich tröstet, Du Große, Du Hehre, Du Wunderbare, auch ich bin geschieden. Ebenfalls schuldlos. Du siehst, wir gehören zusammen. Komm, komm, ich möchte Dich schon in den Armen halten und meinen Mund auf Deine Lippen pressen! Ich vergehe vor Sehnsucht! Dein Romeo!«
Die Antwort kam bald. »Du mein geliebter Romeo! Wir

gehören wirklich zusammen! Du bist mein ganzes Denken, mein ganzes Fühlen! Erwarte mich Mittwoch, um 16 Uhr, vor der Oper. Ich werde ein braunes Kostüm tragen, mit einer weißen Nelke im Knopfloch. Du, bitte, halte die ›Bunte‹ in der linken Hand, nicht zusammengefaltet, daran werde ich Dich erkennen. Ich kann es kaum erwarten. Oh, daß es schon Mittwoch wäre! In Liebe, Deine Julia.«
Rechnitzer war außer sich. Mittwoch also! Die Tage erschienen ihm endlos, in den Nächten zählte er die Stunden, die ihn noch von seinem großen Erlebnis trennten. Endlich war es soweit. Er zog seinen schönsten Anzug an, nahm die feinste Krawatte sowie ein paar Tropfen des »Parfüms für richtige Männer« und begab sich zur Oper, die nicht zusammengefaltete »Bunte« in der linken Hand. Julia war noch nicht da. Er wartete. Endlich sah er eine Dame in einem braunen Kostüm aus einem Taxi steigen. Sie kam auf ihn zu – beide erbleichten. Julia war Rechnitzers Frau.

Die Folgen:
1. Rechnitzer und Frau brachten die Scheidungsklage ein. Sie gegen ihn, er gegen sie, weil beide bereit gewesen waren, einander zu betrügen.
2. Versöhnung vor dem Scheidungsrichter. Sie hatte in ihm, er hatte in ihr etwas geweckt, ohne zu wissen, daß noch was schlummerte.
3. Aussendung einer Geburtsanzeige: »Herr Karl und Frau Roberta Rechnitzer geben die Geburt ihrer Zwillinge bekannt. Sie hören auf die Namen: Romeo und Julia.«

Unter allen berühmten LETZTEN WORTEN *sind vielleicht jene die besten, die Joseph Wood Krutch sagte, ehe er starb. Sie lauteten: »Ich habe mich in meinem Leben noch nie so wohl gefühlt.«*

Letzte Worte

Joschi und Bamberg saßen im Kaffeehaus und spielten Domino. Joschi sah seinen Partner prüfend an. Einmal, zweimal, dreimal. Bamberg unterbrach die Partie.
»Warum schauen Sie mich so an?« fragte er.
»Ich überlege«, sagte Joschi.
»Was überlegen Sie?«
»Ich wollte Ihnen etwas vorschlagen, aber – lassen wir es lieber. Sie kommen dran.«
»Moment.« Bamberg legte den Dominostein hin, den er eben ansetzen wollte. »Erst will ich wissen, was Sie mir vorschlagen wollten – und dann, warum Sie sich's anders überlegt haben.«
Joschi zögerte. »Ich weiß nicht, ob Sie die richtige Persönlichkeit sind«, meinte er. »Es gehört ein gewisses ›INDIEZUKUNFTSCHAUEN‹ dazu.«
»Und Sie denken, das habe ich nicht?« Bamberg war sichtlich verschnupft.
»Ich weiß es nicht«, gab Joschi zu, »aber wenn Sie es durchaus wissen wollen.« Er machte eine Pause, dann begann er. »Es ist Ihnen doch bekannt, daß wir alle einmal sterben müssen.«
»O je!« lachte Bamberg. »Eine Lebensversicherung!«
»Nein.«
»Eine Sterbeversicherung?«
»Auch nicht. Ich bin kein Versicherungsvertreter. Ich bin Dichter und halte es für meine Pflicht, Menschen beizustehen, die nicht so poetisch veranlagt sind wie ich. Sie, Herr Bamberg, sind zum Beispiel ein nüchterner Kaufmann... kalt, berechnend, auf Gewinn

bedacht. Sie haben keine Zeit, sich mit großen Dingen zu befassen. Und Menschen wie Sie gibt es, allein in unserer Stadt, Hunderttausende. Diesen Menschen möchte ich helfen, diesen Menschen möchte ich etwas anbieten, etwas verkaufen ... Auch Ihnen, Herr Bamberg, aber ich fürchte, Sie werden mich nicht verstehen ...«

»Sie halten mich anscheinend für dumm?« fragte Bamberg eingeschnappt.

Joschi wand sich wie ein Wurm. »Das nicht«, sagte er.

»Dann reden Sie doch. Was wollen Sie mir verkaufen?«

»Ihre letzten Worte.«

»Meine – was?« fragte Bamberg erstaunt.

»Ihre letzten Worte. Staunen Sie nicht, Sie haben richtig gehört. Sie ahnen nicht, wie wichtig es ist, was man sagt, bevor man diese Welt verläßt. Was wird Ihre Frau, was werden Ihre Kinder sagen, wenn sie, nach Ihrem Tod, von Ihnen erzählen werden? Sie werden weinen und werden sagen: ›Seine letzten Worte waren ... usw.‹ Das ist etwas Bleibendes – das ist wie ein Denkmal. Wir wissen heute noch, was Goethe vor seinem Tod sagte. ›Mehr Licht!‹ Oder Wallenstein. ›Ich gedenke einen langen Schlaf zu tun!‹ Oder Cäsar. ›Auch du, mein Sohn Brutus?‹ Aber Sie? Was werden *Sie* sagen? Nichts. Sie werden daliegen, werden ein dummes Gesicht machen, und es wird Ihnen nichts einfallen.«

»Glauben Sie?«

»Ich bin davon überzeugt.«

»Und Sie würden mir etwas verkaufen, was ich sagen könnte?«

»Ja.«

»Und was kostet das?«

»Bis zu fünf Worten dreitausend Schilling. Wenn es länger ist, pro Wort tausend Schilling mehr.«

»Hm.« Bamberg kratzte sich nachdenklich am Kinn.

Dann fragte er: »Hätten Sie etwas Kurzes für mich?«
»Lassen Sie mich nachschauen.« Joschi nahm einen Katalog heraus und überflog die Seiten. »Das ist zu lang«, murmelte er. »Das wäre gut, ist aber auch zu lang ... das wäre vielleicht das richtige, aber ...«
»Lassen Sie mich schon etwas hören!« unterbrach Bamberg ihn ungeduldig.
»Passen Sie auf. Sie müssen sich natürlich die Situation vorstellen. Ihre Frau und Ihre Kinder sind an Ihrem Bett versammelt – und jetzt sagen Sie mit schwacher Stimme: ›Merkt euch – was mir am Leben nicht gefallen hat ... man wird zu früh alt und zu spät gescheit.‹«
Joschi sah Bamberg erwartungsvoll an.
Bamberg schüttelte den Kopf. »Das ist nichts für mich. Das klingt, als ob ich zeit meines Lebens ein Trottel gewesen wäre.«
»Suchen wir weiter«, meinte Joschi, »ich habe ja eine größere Auswahl. Wie gefällt Ihnen das: ›Merkt euch – je weniger einer zu sagen hat, desto länger braucht er dazu.‹«
»Das ist auch nichts. Erstens wird man denken, daß ich nichts zu sagen gehabt hätte, und zweitens ist es mir zu lang. Haben Sie nichts Billigeres?«
»Lassen Sie mich suchen.« Joschi blätterte. »Hier!« sagte er plötzlich. »Etwas besonders Preiswertes! Hören Sie zu: ›Merkt euch!‹«
»Muß man immer ›Merkt euch‹ sagen?«
»Unbedingt. Das ist eindrucksvoll und kostet nichts. Das ›Merkt euch‹ ist gratis.«
»Und was ist das, was so preiswert ist?«
Joschi las: »Merkt euch – das Hörensagen ist das Radio des Teufels.«
»Nichts«, sagte Bamberg. »In meinen letzten Worten will ich nicht vom Teufel reden.«
»Das ist durchaus verständlich«, pflichtete Joschi ihm bei. »Übrigens sehe ich eben, daß ich das bereits an Berger verkauft habe.«

»An Berger?« Bamberg wurde gierig. »Berger hat auch gekauft?«
»Alle haben gekauft. Berger, Stummer, Wurmbach ...«
»Was hat der Stummer gekauft?«
»Der Stummer hat gekauft: ›Merkt euch – ein gutes Gewissen haben heute nur die Gewissenlosen!‹, der Wurmbach: ›Merkt euch – heute ist die wichtigste Sprache die Fürsprache!‹, der Rodinger: ›Merkt euch – wenn ihr schon Lehrgeld zahlen müßt, dann hebt euch die Quittung auf ...‹«
»Da muß sich doch auch für mich etwas finden.«
»Ganz sicher«, beruhigte ihn Joschi. »Lassen Sie mich nur suchen. Wie wäre das? ›Merkt euch –‹«
»Das ›Merkt euch‹ macht mich wahnsinnig!« unterbrach ihn Bamberg. »Auch finde ich die Aussprüche, die Sie mir anbieten, etwas zu ernst.«
Joschi wurde ungeduldig. »Wenn Sie als letzte Worte einen Witz erzählen wollen«, sagte er gereizt, »können Sie auch *das* haben. Wie gefällt Ihnen der? ›Merkt euch – der Grün und der Blau treffen sich –‹«
»So habe ich das nicht gemeint«, besänftigte ihn Bamberg. »Machen Sie mir weitere Offerte.«
»Es ist schwer mit Ihnen, aber ich glaube, jetzt hab ich's. Passen Sie auf: ›Merkt euch – übermorgen wird morgen gestern sein.‹«
Bamberg dachte nach. »Das verstehe ich nicht«, sagte er dann.
»Das ist doch ganz einfach. Heute ist Mittwoch, übermorgen ist Freitag, so ist morgen Donnerstag.«
»Dafür soll ich dreitausend Schilling bezahlen? Das hätte ich ohne Sie auch gewußt.«
»Das ist doch symbolisch gemeint«, versuchte Joschi ihm zu erklären. »Das heißt: Übermorgen ist Freitag, und der morgige Donnerstag ist der gestrige Donnerstag. Also: ›Merkt euch – übermorgen wird morgen gestern sein.‹«

Bamberg überlegte. »Ich verstehe es noch immer nicht, aber es klingt gut«, sagte er.
»Gut?« entrüstete sich Joschi. »Nietzsche hätte nichts Besseres einfallen können.«
»Dann bleiben wir dabei«, entschied Bamberg.
»Bitte. Hier haben Sie den Vertrag«, Joschi überreichte ihm ein Formular, »macht dreitausend Schilling.«
»Hier.« Bamberg bezahlte.
»Damit«, sagte Joschi, »haben Sie das alleinige Recht erworben, Sie und nur Sie allein, die obenstehenden Worte als Ihre letzten Worte gebrauchen zu dürfen.«
Ich betrat das Lokal und ging, wie immer, auf Joschi zu. »Servus!« grüßte ich. »Guten Morgen, Herr Bamberg! Wie geht es? Was macht das Geschäft?«
Bamberg seufzte. »Geschäft! Die Steuern, die Miete, die Angestellten – wenn ich den Laden aufsperre, habe ich schon zweitausend Schilling Spesen.«
»Darüber sollten Sie sich keine Sorgen machen«, sagte ich leichthin. »In Ungarn gibt es ein Sprichwort, das heißt: Übermorgen wird morgen gestern sein.«
Bamberg starrte mich an. »Was haben Sie da gesagt?« fragte er.
»Übermorgen wird morgen gestern sein«, wiederholte ich ahnungslos und wußte nicht, weshalb mir Joschi unterm Tisch einen Tritt gab.
Bamberg wandte sich Joschi zu. »Geben Sie mir sofort mein Geld zurück, und verlassen Sie meinen Tisch!« schrie er wütend. Ich wußte nicht, was da vorging. Ich sah nur, daß Joschi bleich wurde, in die Tasche griff und dreitausend Schilling hinblätterte. »Und wenn Sie es noch einmal wagen sollten, sich an meinen Tisch zu setzen, dann werde ich dem Ober den Auftrag geben, Sie abzuservieren! Merkt euch – das sind meine letzten Worte!«

Joschi und ich verließen schleunigst das Lokal. Auf der Straße erfuhr ich, was ich verschuldet hatte.

Joschi hat den Handel mit LETZTEN WORTEN nicht aufgegeben. So verkaufte er Wimmer: »Merkt euch – manche Menschen arbeiten sich zu Tode, um besser leben zu können!« und Pfandl: »Merkt euch – die Hoffnung ist ein Huhn, das mehr Eiger legt, als es ausbrüten kann!« Nur Wronsky kaufte nichts. Er sagte: »Merkt euch – bei uns hat immer meine Frau das LETZTE WORT!«

Manche Menschen haben Geld, weil sie es sparen – und andere, weil sie es nicht ausgeben. Ich habe nichts übrig für

Übertriebene Sparsamkeit

Heute hat mir Mario sein neuestes Buch geschickt. Er macht das immer vor Weihnachten. Ist es ein gutes Buch, freut *er* sich – ist es ein schlechtes, freue *ich* mich. Einer von uns beiden freut sich auf alle Fälle, und Freude zu spenden ist ja der Sinn des Festes.
Das Buch steckte in einem jener Drucksachenumschläge, die Sie sicher kennen werden. Sie sind innen gefüttert und haben oben vier Löcher. Durch diese Löcher werden zwei Dinge gesteckt, von denen ich nicht weiß, wie sie heißen. Meine Frau nennt sie »Zwutschkerln«. Sie bestehen aus einem Kopf und zwei Beinen. Letztere werden, sobald sie die Löcher passiert haben, umgebogen, und sehen dann aus wie eine Tänzerin, wenn sie Spagat macht. Vorne auf den Umschlag klebt man ein Etikett mit Namen und Adresse des Empfängers sowie des Absenders – und ab geht es. Nicht das Etikett vom Umschlag, sondern das Paket mit der Post.
Ich sah mir das Etikett näher an und bemerkte darunter einen rosa Streifen. Mario hatte das Etikett über ein bereits vorhandenes geklebt. Ich schüttelte den Kopf. Nicht einmal einen neuen Umschlag war ich ihm wert. Vorsichtig, mit warmem Wasser, löste ich das Etikett ab und fand darunter ein anderes, rosafarbenes, das an Mario gerichtet war, und das von unserem gemeinsamen Zahnarzt Dr. Wronsky stammte. Mario, der so viel Geld mit seinen Schlagertexten machte – mit seinen Büchern ja nicht –, entblödete sich nicht, ein neues Etikett über ein altes zu kleben, bloß um ein paar Groschen für einen Umschlag zu sparen. Aber was

erblickte ich *da* wieder? Unter dem Etikett, auf dem Marios Name stand, lugte eine grüne Ecke hervor. Wieder holte ich warmes Wasser und löste behutsam das rosa Etikett ab. Was kam zum Vorschein? Ein grünes Etikett, das an Wronsky gerichtet war, und zwar von keinem andern als von Dr. Robinson. Also auch Wronsky verwendete keinen neuen Umschlag. Wronsky, der teuerste Zahnarzt der Welt – Wronsky, dessen Brücken soviel kosten wie einst die Golden Gate-Bridge von San Franzisko gekostet hat – Wronsky, dessen Kronen so kostspielig sind wie die Krone der Königin von England – Wronsky leistete sich keinen neuen Umschlag! Und drunter sah ich schon wieder einen Streifen. Einen gelben. Sorgfältig löste ich das grüne Etikett ab und fand ein gelbes, an Dr. Robinson adressiert. Also auch er! Robinson, der Anwalt mit der bestgehenden Kanzlei, lehnte es ab, einen neuen Umschlag zu kaufen. Was wollte er denn noch alles haben? Er fuhr einen Mercedes-Benz 280 SEL, er hatte eine feudal eingerichtete Stadtwohnung und ein Landhaus bei Salzburg, seine Frau trug die kostbarsten Pelze, von ihrem Schmuck gar nicht zu reden – und er, Robinson, schämte sich nicht, einen alten Umschlag zu verwenden, wenn er einem Freund ein Buch schickte! An solchen Beispielen lernt man die Menschen kennen.

Der Absender war übrigens – schau, schau – mein Schwager Goldmann. Er hat bestimmt nicht – doch er hat! Ich sah ein weißes Etikett unter seinem gelben Etikett. Sorglich löste ich das letztere ab und kam auf das weiße. Der Absender war durch einen Expreßstreifen überklebt – der Empfänger war Walter Goldmann. Und wieder war drunter ein anderes Etikett. Ein hellblaues. Ich war außer mir. Mein Schwager Goldmann, Besitzer eines florierenden Textilwarengeschäftes, der eben im Begriff war, ein zweites zu eröffnen – Goldmann, der an einer Großgarage sowie an einem Apartmenthaus beteiligt war – Goldmann klebte ein neues Etikett über ein altes, weil er kein Geld für einen Drucksachenumschlag ausgeben wollte. Was sind das für Menschen? Mir ekelt vor ihnen. Wie soll sich die Wirtschaft erholen, wie sollen die Arbeitsplätze erhalten bleiben, wenn die Konsumenten nichts investieren wollen? Haben denn diese Menschen kein Sozialgefühl? Wovon sollen die Papierhändler leben? Und die anderen – die Zwutschkerlerzeuger? Die Leidenschaft hatte mich gepackt. Ich mußte bis zum letzten Etikett vorstoßen. Ich bin es der Welt schuldig, die üble Gesellschaft zu entlarven, die sich nicht scheut, alte Umschläge zu verwenden, um keine neuen kaufen zu müssen. Fiebernd löste ich Goldmanns Etikett ab und stand vor dem hellblauen. Der Absender war mein Freund Joschi – der Empfänger war ich. Ich hatte den alten Umschlag wieder benützt, als ich meinem Schwager mein damals neues Buch schickte.

Die Leute haben ja recht. Warum soll man einen neuen Umschlag kaufen, wenn man den alten durch Überkleben eines Etiketts noch einmal verwenden kann?

Es gibt Frauen, die wie Bücher sprechen. Besonders dann, wenn sie einen neuen Einband brauchen. Bei Lisa Wimmer war dies der Fall. Ihr Wunsch war:

Ein neuer Nerz

Es war nach dem Abendessen. Lisa Wimmer und Leo, ihr Gatte, saßen in der gemütlichen Wohnzimmerecke. Leo las die Abendzeitung, Lisa, gereizt, trommelte mit den Fingern der rechten Hand auf die Tischplatte. Leo sah auf.

»Was ist los, Schatz?« fragte er. »Du hast heute abend noch keine zweitausend Worte gesprochen.«

»Es wundert mich, daß dir das auffällt«, entgegnete Lisa. Die Wohnzimmerecke hörte auf, gemütlich zu sein. »Zu wem sollte ich auch sprechen? Zu dir? Du bist doch in deine Lektüre vertieft. Ich möchte bloß wissen, was dir an der dummen Zeitung so gut gefällt.«

»Daß sie mich nicht beim Lesen stört«, antwortete Leo ruhig. »Aber bitte – wenn du mir etwas zu sagen hast?« Er legte die Zeitung weg.

Lisa suchte erst gar nicht nach einem Übergang. »Ich möchte, daß du dich morgen nachmittag für mich freihältst. Ich habe die Absicht, mir ein paar Pelze anzusehen.«

»Gut«, meinte Leo, »gehen wir in den Zoo.« Er griff wieder nach seinem Blatt.

»Laß die Zeitung!« zischte Lisa. »Du weißt genau, was ich meine! Ich brauche einen neuen Pelzmantel! Ich trage meinen Biber das fünfte Jahr!«

»Das wäre kein Grund«, konterte Leo. »Der Biber hat ihn sein ganzes Leben getragen.«

»Sehr lustig«, höhnte Lisa. »Wenn ich an die Versprechungen denke, die du mir vor unserer Ehe gemacht hast! Ich werde Brillanten haben, ich werde Pelze haben ––«

»Na und?« meinte Leo ruhig. »Hast du noch nie etwas von Wahlpropaganda gehört?«
»Schweig!« fauchte Lisa. »Diesmal kommst du nicht drum herum! Mela Robinson hat einen Zobel, Vera Wronsky hat einen Zobel, Trude Spannagl hat einen braunen Persianer--«
»Einen braunen Persianer habe ich dir doch auch geschenkt. Zu Weihnachten.«
»Zu Weihnachten 1960! Es war der billigste Persianer, den je eine Frau getragen hat! Jede Woche mußte ich ihn zum Friseur bringen, damit er ihm die Löckchen frisch eindreht!«
»Was ist eigentlich aus ihm geworden?«
»Dem Roten Kreuz habe ich ihn geschenkt! Bei einer Altkleidersammlung!«
»Das war leichtsinnig von dir.«
»Leichtsinnig? Sie haben ihn mir zurückgeschickt, mit der Bemerkung, daß sie für alte Teppiche keine Verwendung haben! Ich brauche einen Pelz! Einen Nerz!«
Leo verlor nicht die Ruhe. »Das mußt du dir aus dem Kopf schlagen«, sagte er. »Ich muß an meine Kredite denken.«
»An deine Kredite kannst du auch denken, wenn ich einen Nerz trage«, meinte Lisa logisch.
Leo beendete das Gespräch. »Gedulde dich«, sagte er, »der Winter ist sowieso bald vorüber – nächstes Jahr reden wir weiter.« Lisa geduldete sich nicht. Sie lag die ganze Nacht wach in ihrem Bett und zermarterte sich das Gehirn. Wie komme ich zu einem Nerz? fragte sie sich immer wieder. Am Morgen wußte sie es. Sie mußte den Biber loswerden, vergessen, verlieren, irgendwo hängen lassen. Das war die Lösung. Der Mantel war versichert, mit der Summe, die sie dafür kassieren würde, könnte sie sich den ersehnten Nerz kaufen. Sie verlor keine Zeit. Zu Mittag zog sie den Mantel an und ging in ein Restaurant. Es war ein großes Lokal mit

vielen Gästen, wo sie nicht weiter auffiel. Sie hängte den Biber an die Wand, aß, bezahlte und ging fort. Jetzt bin ich ihn los! triumphierte sie. Kaum war sie an der nächsten Ecke, rief eine Stimme hinter ihr: »Gnädige Frau! Gnädige Frau!« Es war der Ober des Restaurants. »Sie haben Ihren Mantel vergessen! Hier ist er!«
»Also so etwas!« versuchte Lisa zu lächeln, dabei hätte sie ihm am liebsten eine über den Kopf gegeben, daß sich zehn Minuten später die Mordkommission über eine unkenntliche Masse gebeugt hätte. »Hier!« Sie gab ihm zwanzig Schilling Trinkgeld. »Danke, gnädige Frau!« Er ging in das Lokal zurück. »Die scheint verrückt zu sein«, sagte er zu dem Gast, der ihn auf den zurückgelassenen Mantel aufmerksam gemacht hatte. »Fünf Grad unter Null, ein Schneesturm, und sie geht ohne Mantel auf die Straße!«
Lisa fuhr ziel- und planlos durch Wien. Am Eingang zum Prater hielt sie den Wagen an. Ich werde ein Stück zu Fuß gehen, dachte sie, stieg aus, machte einige Schritte, da plötzlich ein Ruck an ihrem rechten Arm – ein Mann hatte ihr die Handtasche entrissen und lief davon. »Stehenbleiben!« rief sie, »oder ich schieße!« Sie hatte zwar keinen Revolver, aber die Drohung wirkte. Der Dieb kam zurück, gab ihr die Handtasche und bat: »Übergeben Sie mich nicht der Polizei! Ich habe eine Frau und sieben Kinder!« Lisa sah ihn an und rief überrascht: »Meisel!« Meisel senkte verschämt den Kopf. Er war bis vor einem Jahr Bürodiener im Geschäft ihres Gatten gewesen, hatte einmal in die Kasse gegriffen und war entlassen worden. »So weit ist es also mit Ihnen gekommen?«
»Sie werden mich anzeigen?« fragte Meisel besorgt.
»Nein«, sagte Lisa. Sie hatte blitzschnell einen Plan gefaßt. »Das heißt, wenn Sie mir einen Gefallen tun. Sie müssen einen Mantel stehlen.«
»Einen Mantel? Was für einen Mantel?«
»Meinen Mantel. Diesen hier. Sehen Sie das Kaffee-

haus gegenüber? Ich gehe hinein, hänge meinen Mantel auf, Sie kommen etwas später, trinken einen Mokka und verlassen das Kaffeehaus mit meinem Mantel unter dem Arm. Hier nehmen Sie – fünfhundert Schilling.« Meisel war überrascht. »Danke, gnädige Frau«, stammelte er.
Lisa ging in das Kaffeehaus, hängte den Mantel auf und nahm einen Juice. Meisel betrat das Lokal. Er trank einen Mokka, bezahlte, nahm den Mantel und ging. Lisa atmete auf. Im selben Moment rief eine Dame: »Polizei! Der Kerl hat meinen Mantel gestohlen!« Zwei Ober hielten Meisel zurück, ein Polizist kam und verhaftete ihn. Der Trottel hatte den falschen Mantel genommen. »Dieses Gesindel!« sagte die Dame zu Lisa. »Heutzutage kann man nicht genug aufpassen!«
Lisa fluchte vor sich hin. Wieder nichts! Sie fuhr zur Donau, ohne zu wissen, warum. Inzwischen hatte es zu schneien aufgehört, die Temperatur war gestiegen, die Sonne schien – Lisa setzte sich auf eine Bank. In ihrer Nähe spielte ein kleines Hündchen. Jetzt hatte sie *die* Idee! Sie zog den Mantel aus und warf ihn in die Donau. Dann fuhr sie nach Hause und legte sich ins Bett.
Am Abend kam Wimmer aus dem Büro, Lisa stöhnte und zitterte. »Was hast du?« fragte er besorgt.
»Stell dir vor«, antwortete Lisa schüttelfrostig, »was mir passiert ist! Ich hatte Kopfschmerzen, fuhr zur Donau um ein bißchen Luft zu schnappen, plötzlich sehe ich einen riesigen Wolfshund auf mich zukommen, ich laufe davon, er mir nach, ich rufe um Hilfe, er faßt mich am Mantel, ich ziehe ihn aus, springe in den Wagen und sehe gerade noch wie der Hund den Mantel ins Wasser wirft.«
»Schrecklich«, meint Leo bedauernd. »Was wirst du jetzt tun? Wenn du keinen Mantel hast, werde ich dir ja doch einen kaufen müssen, so schwer es mir auch im Moment fällt.« Lisa war es zumute, als ob in ihrem

Inneren die Siegesglocken läuten würden, aber es war bloß die Türglocke. Ein fremder Mann stand draußen und brachte den Mantel. Er hatte ihn aus der Donau gefischt. »In der Tasche war ein Brief an die gnädige Frau, so daß ich wußte, wohin er gehört.« Leo gab ihm fünfhundert Schilling Finderlohn. Er war gerührt. »Es gibt noch ehrliche Menschen in diesem Land«, sagte er. Lisa hätte am liebsten alle Menschen in diesem Land, und besonders die ehrlichen, vergiftet.

Drei Tage später hatte sie Geburtstag. Sie gab eine kleine Party. Man brachte ihr Blumen, Bonbonnièren, kleine Bücher wie »Alles Gute zum Wiegenfest« usw. Und dann kam Leo mit dem Hauptgeschenk: einem hellen Nerz!

Lisa war außer sich vor Freude, besonders als er gestand, daß er sich nur deshalb um den neuen Mantel gedrückt hatte, weil er eine Überraschung für sie sein sollte. Die anwesenden Freundinnen Lisas waren entzückt.

»Dieser Schnitt!« sagte Mela Robinson bewundernd. »Er wirkt ausgesprochen jugendlich!«

»Mela hat recht«, stimmte Vera Wronsky ihr bei. »In diesem Mantel schaust du um zehn bis fünfzehn Minuten jünger aus!«

Lisa war überglücklich. Sie schenkte den alten Biber sofort ihrer Hausbesorgerin, der Hausbesorger war Kürschner, der wird ihn wieder auf Glanz herrichten.

Am nächsten Tag traf sie sich mit Trude Spannagl in einer der feinsten Kaffeekonditoreien der Inneren Stadt. Lisa war so gut gelaunt, wie schon lange nicht.

»Glaubst du, daß es wahr ist, was man sich von Gerda Färber erzählt?« fragte sie.

»Natürlich ist es wahr«, meinte Trude. »Was erzählt man sich?«

Lisa berichtete. Sie redete und redete, und als die Freundinnen endlich nach Hause gehen wollten und

Lisa ihren neuen Mantel suchte – war er gestohlen worden. Und der war noch *nicht* versichert gewesen.
Die nächste Zeit lief Lisa in einem billigen Stoffmäntelchen herum, weil Leo sich weigerte, ihr einen Pelz zu kaufen. Und so oft sie ihre Hausbesorgerin in dem renovierten Biber sah, beneidete sie sie.
Das wäre eigentlich das Ende der Geschichte – ist es aber nicht.

Seit neuestem spricht man von Lisa Wimmer und dem reichen Guido Melzer. Und sie hat auch wieder einen Nerz. Und ihre Freundinnen sind sich einig, daß es Leo recht geschieht. Die eine bekommt eben einen Pelz, damit *ihr* nicht kalt ist – und die andere, damit *sie* nicht kalt ist.
Das ist das Ende.

Eine Verbindung zwischen zwei Menschen herzustellen, ist oft sehr schwierig. Besonders für Telephonistinnen. Nach dieser gescheiten Einleitung wage ich es, den dummen Titel der nächsten Geschichte zu verraten. Er lautet:

Hier da – wer dort?

Lissy war ein hübsches Mädchen und auf der Suche nach einem Beruf. Zur Schauspielerin fehlte es ihr an Begabung, zur Popsängerin an Heiserkeit, zum Photomodell an Oberweite und zur Jet-set-lady an einem reichen Freund. Also versuchte sie es mit einer bürgerlichen Profession. Lissy wurde Telephonistin bei einem Großunternehmen: Weiß & Meier, Kompressoren und Druckluftanlagen Vertriebsgesellschaft. Ein schwerer Name. Lissy sagte ihn sich immer wieder vor: Weiß und Meier, Kompressoren und Druckluftanlagen Vertriebsgesellschaft. Ihre Vorgängerin sah Mutterfreuden entgegen, und so wurde sie, als sie sich vorstellte, sofort eingesetzt. Nun saß sie auf ihrem Platz und besah sich den Schaltkasten. Das konnte nicht schwer sein. Sie brauchte bloß die herunterhängenden Kabeln in die verlangten Anschlüsse zu stecken – vor ihr lag die Liste mit den verschiedenen Klappennummern – es schien ihr ein Kinderspiel zu sein. Grrr! Der erste Anruf. Lissy hob ab. Sie war nervös wie ein Krokodil in einer Handtaschenfabrik.

»Hier Weiß und Meier, Professoren und Luftdruckanlagen Vertriebsgesellschaft!« meldete sie sich und korrigierte hastig: »Kompressoren und Druckluftanlagen Vertriebsgesellschaft!«

»Ich möchte Herrn Pfannenmacher sprechen.«

»Ist der bei uns?«

»Ja«, klang es ungeduldig zurück.

»Wissen Sie das bestimmt?«

»Ja!!!« Diesmal klang es drohend.
»Ich werde sofort nachsehen.« Sie nahm die Liste zur Hand. »Hab ihn schon!« Sie stellte die Verbindung her. »Herr Pfannenmacher – ein Herr wünscht Sie zu sprechen.«
»Ich bin nicht Herr Pfannenmacher – ich bin Herr Meier!« sagte eine ärgerliche Stimme. »Sie haben sich verwählt. Achten Sie auf die richtige Klappe.«
»Jawohl, Herr Chef!« Lissy steckte die Stöpsel um. »Herr Pfannenmacher?«
»Ja.« Gott sei Dank! Grrr! Schon wieder ein Anruf. »Hier Weiß & Meier, Kompressorprofessoren und Druckvertriebsanlagen Gesellschaft – ich meine, Kompressoren und Druckluftanlagen Vertriebsgesellschaft!«
»Herrn Rothenberg, bitte!«
»Wissen Sie die Klappe?«
»Wenn ich die Klappe wüßte, bräuchte ich *Sie* nicht!«
»Moment, bitte!« Die Leute waren alle so unfreundlich. Sie suchte die Klappennummer und verband. »Herr Rothenberg?«
»Ich bin nicht Rothenberg, ich bin Meier!« sagte die ärgerliche Stimme von vorhin, diesmal schon bedeutend gereizter. »Wenn Sie nicht wissen, wie man verbindet, lassen Sie es sich erklären. Haben Sie mich verstanden?«
»Jawohl, Herr Chef, ich habe verstanden. Herr Weiß hat sich ohnehin schon angeboten.«
»Ich würde Ihnen einen andern empfehlen«, grunzte die gereizte Stimme. »Herr Weiß hat es auch Ihrer Vorgängerin erklärt – daraufhin ist sie schwanger geworden. Merken Sie sich das!«
»Jawohl, Herr Chef.« Grrr! Ein Anruf. »Hier Weiß und Meier, Kompressorenanlagen und Betriebsluftgeschäfte! Ich meine, Professorenanlagen und Luftdruckgeschäftsvertrieb!«
»Ich wollte Herrn Rothenberg sprechen!«

»Habe ich Sie nicht verbunden?«
»Nein!«
»Verzeihung!« Lissy stöpselte um. »Herr Rothenberg – ein Herr wünscht Sie zu sprechen!«
»Ich bin nicht Herr Rothenberg – ich bin Herr Meier!« weinte die Stimme von vorhin. »Herr Rothenberg hat die Nummer dreizehn, aber nicht bei uns, sondern im Landesgericht! Er war unser Vertrauensmann in Venezuela.«
»Pardon!« Lissy richtete es dem Anrufer aus. Grrr! Ein neuer Anruf. »Ich möchte Herrn Melzer, bitte!« flötete eine zarte Frauenstimme in den Apparat. Melzer. Lissy sah auf der Liste nach und verband.
»Ist dort mein Schnucki-Putzi?« flüsterte die zarte Stimme.
»Nein!« tönte es wütend zurück. »Hier ist nicht Ihr Schnucki-Putzi – hier ist sein Chef Schnuffi Wuffi!« Er schleuderte den Hörer auf die Gabel. Lissy hatte wieder mit Meier verbunden. Grrr! Schon wieder ein Anruf. Hatten die Leute nichts besseres zu tun?
»Hier Luftfahrtsgesellschaft für Professoren mit Druckanlagen!« meldete sich Lissy.
»Geben Sie mir Fräulein Holzer, bitte!« Diesmal kam die Verbindung zustande. Zum ersten Mal! Lissy war glücklich. Grrr! »Frau Schwarz, bitte!« Wieder gelungen. Grrr! »Herrn Eberhard, bitte!« Ausgezeichnet! »Herrn Wunderer, bitte!« Verbunden. So ging es weiter, bis plötzlich ein Anruf aus dem Haus kam. Lissy hob ab. »Weiß und Meier, Professoren mit Luftdrucksanlagen Kompressorengesellschaft!«
»Hier Meier«, schluchzte ihr Chef. »Ich weiß nicht, was Sie mit den Apparaten machen – ich führe seit einer Stunde ein Gespräch mit mir selbst!«
Lissy war zur Telephonistin nicht geboren. Meier ließ sie in sein Büro kommen, um ihr das in möglichst unverblümter Weise mitzuteilen. Als er sie sah, änderte er freilich seine Meinung. »Vielleicht kann ich Sie an

einem anderen Platz beschäftigen«, meinte er freundlich. »Stenographieren Sie?«
»Ja, Herr Chef.«
»Na also! Ich werde Ihnen probeweise einen Brief diktieren.« Er diktierte ihr einen Geschäftsbrief. Vielleicht spreche ich zu rasch, dachte er und erkundigte sich: »Kommen Sie mit?«
»Gern«, sagte Lissy. »Wohin?«
Meier, überrascht, machte ihr einen Vorschlag.
Seither hat Lissy eine gute Stellung.

Mit dem Telephonieren ist es wie mit der Politik. Einmal eine richtige Verbindung – und man hat ausgesorgt.

Und der HERR *verwirrte ihre Sprache, so daß einer des andern Rede nicht verstehen konnte.*

(Der Turmbau zu Babel)

Sprachenverwirrung

Ich saß und wartete. Wo sitzt man und wartet? In einem Amt. Bei mir war es das Paßamt. Ich saß und wartete also im Paßamt. Warum diese Geschichte so dumm beginnt? Weil ich mich seit zwei Stunden bemühte, mir mit allen möglichen Spielchen die Zeit zu vertreiben. Z. B.: Was mache ich? Ich sitze. Warum sitze ich? Weil ich warte. Wo warte ich? Im Paßamt. Warum warte ich im Paßamt? Weil mein Paß verlorengegangen war. Jetzt das Ganze: Ich sitze und warte im Paßamt, weil mein Paß verlorengegangen war. Nun dasselbe in Englisch: What I'm doing? I'm sitting. Why I'm sitting? Because I'm waiting. Where I'm – Moment! Der Mann, der vor mir da gewesen war, wurde aufgerufen. Er war ungefähr Ende der Zwanzig und hatte ein etwas exotisches Aussehen. Araber oder Türke, schätzte ich. Gleich darauf hieß es: »Herr Hugo Wiener! Herr Josef Zwirschina!«

Zu dritt betraten wir das Allerheiligste. An drei Schreibtischen saßen drei Beamte, die uns stumm bedeuteten, ihnen gegenüber Platz zu nehmen. Der Beamte des Herrn Zwirschina sowie der Beamte, der meinen Fall zu erledigen hatte, hatten noch je ein Formular auszufüllen. Der des Türken – oder Arabers – war bereits damit fertig.

»Du Türke?« fragte er.

»Ja.«

»Du heißen? Name?«

»Jakub Ribal«, antwortete der Türke verwundert.

»Du verheiratet? Frau?« Er bildete mit den Händen die Form einer Coca-Cola-Flasche nach.

»Ja.«
»Name von Frau?«
»Bülbül.« Der Beamte lachte. »Hast g'hört, Karl?« wendete er sich an seinen Kollegen. »Bülbül. Möchtest du a Frau haben, die Bülbül haaßt?«
»I möcht' überhaupt ka Frau haben«, antwortete Karl.
»Du *hast* aber doch eine«, meinte der dritte Beamte.
»Deshalb weiß i ja, daß i keine möcht'!« sagte Karl. Alle drei lachten. Herr Zwirschina und ich lachten mit, weil wir sie nicht gegen uns einnehmen wollten. Immerhin hatte ich meinen Paß verloren, und was Herrn Zwirschina hierher geführt hatte, wußte ich nicht.
Der erste Beamte wendete sich wieder dem Türken zu. »Du Kind?« fragte er. Der Türke sah ihn verwundert an. »Du Kind?« wiederholte der Beamte. »Kind!« Er deutete mit der Hand die Größe eines Kindes an.
»Laß *mi'* mit ihm reden«, sagte Karl. Da Karl *mein* Beamter war, konnte ich mich auf eine neuerliche Wartezeit gefaßt machen. »Du Kind?« fragte er den Türken. »Du Kind! Klein! Bub! Mädchen!«
»Bub.«
»Na also! Wie heißen Bub? Du verstehen: Name!«
»Achmed.«
»Und wo du wohnen?«
»Wien, vierter Bezirk.«
»Da is' er ja bei mir zuständig«, warf der dritte Beamte ein. Und zu dem Türken: »Du zu mir kommen.« Der Türke ging auf ihn zu. »Wo du wohnen?« fragte jetzt der dritte Beamte. »Straße? Haus?« Er deutet mit den Händen die Umrisse eines Hauses an.
»Er meint, wo du schlafen«, mengte sich jetzt Herr Zwirschina ein. »So.« Er legte die Handflächen zusammen, bettete schief seinen Kopf drauf und schloß die Augen.
»Das versteht er nicht«, glaubte ich jetzt sagen zu müssen. Und zu dem Türken: »Wo du zu Hause?« Ich

stand auf und setzte mich im Türkensitz auf den Boden.
»Zu Hause!«
»Stehen S' auf und machen S' ka Theater!« herrschte mich mein Beamter an.
»Ich dir nur helfen wollen«, beteuerte ich.
»Du Mund halten«, sagte mein Beamter grob.
»Er recht haben«, raunte mir Zwirschina zu. »Du nur stören Aufnahme von Nationale.«
»Wo du wohnen?« erkundigte mein Beamter sich neuerlich bei dem Türken.
»Vierter Bezirk, Wiedner Hauptstraße 100.«
»Da g'hört er ja *doch* zu mir«, stellte der erste Beamte fest. »Du kommen.« Der Türke ging zu dem ersten Beamten zurück.
»Du wohnen ständig in Wien? Du in Wien – ständiger Wohnsitz?«
Er stand auf und setzte sich wieder, um den ständigen Wohnsitz anzudeuten.
»Ja.«
»Dann g'hört er zum Straschek auf achtundachtzig«, meinte der erste Beamte ärgerlich. Er zeigte mit dem Finger: »Das ist unten. Da unten – dort oben! Du unten!«
»Du unten«, sprang Herr Zwirschina dem Beamten bei. »Stiege hinunter – trapp, trapp!«
»Ich dich führen«, sagte ich.
»Du dableiben!« schnauzte mich mein Beamter an. »Was du überhaupt hier wollen?«
»Ich Paß verloren«, gestand ich kleinlaut.
»Du Paß verloren?« fragte mein Beamter in einem Ton, als ob ich den Aufmarschplan der NATO besessen und leichtsinnigerweise verschmissen hätte. »Wo du Paß verloren?«
»Ich nicht wissen.«
»Du lügen!«
»Ich nix lügen. Ich verloren – weiß nicht wo!«
Der Beamte wurde wieder menschlich.

»Da Formular – du ausfüllen und Zeugen bringen.«
»Zeugen?«
»Du niemanden haben, der kann sagen, daß du du bist?«
»O ja, bitte schön.«
»Dann du gehen und kommen am Mittwoch mit Formular und zwei Zeugen.«
»Mittwoch?« rief ich. »Heute Montag, ich morgen müssen fliegen nach München – Mittwoch zu spät!«
»Du nicht frech werden!« stellte der Beamte mich ab. »Wenn ich sage, du Mittwoch kommen – du Mittwoch kommen!«
»Erlauben Sie«, meinte jetzt der Türke aufgeregt und in tadellosem Deutsch. »Was ist hier eigentlich los? Wollen Sie sich nicht wieder mit mir befassen? Sie behandeln uns, als ob wir kleine Kinder wären. Ich möchte eine Auskunft: Mein Vater ist seit dreißig Jahren in Wien. Er ist Direktor einer Privatbank. Ich bin hier geboren. Meine Frau ist Türkin. Sie erwartet ein Kind und muß aus familiären Gründen nach Istanbul. Ich möchte folgendes wissen: wenn das Kind in der Türkei zur Welt kommt, ist es dann türkischer oder österreichischer Staatsbürger?«
Wir starrten ihn mit offenen Mündern an.
»Sie verstehen deutsch?« fragte schließlich der erste Beamte empört. »Und da lassen Sie uns solange türkisch reden?«

Zugegeben – ein Einzelfall. Dem Plan der Berlitzschule, einen Lehrkurs für »Gebrochenes Deutsch« zu eröffnen, steht demnach nichts im Wege. Du verstehen?

Naturgeschichtliche Betrachtung
(anstelle eines Nachwortes)

Haben Sie liebe Leserinnen und Leser, die Zeichnung studiert, die mein Freund Rudi Angerer auf den Schutzumschlag gesetzt hat? Halb Zebra, halb Elefant. Wie schlecht Sie auch in Naturgeschichte sein mögen – Sie werden wissen, daß die Lebewesen sich seit der Erschaffung der Welt immer weiterentwickelt haben. So wurden aus den mächtigen Ichthyosauriern unsere heutigen Reptile. Kleine zahme Tiere, wie Zwergschildkröten, Eidechsen und Krokodile, die sowohl im Wasser als auch auf dem Lande leben können. Vielleicht sind sie erst nach Millionen Jahren an Land gekommen, weil es ihnen im Wasser zu naß war? Wer weiß, wie es weitergeht? Vielleicht wird sich das Zebra zum Elefanten oder der Elefant zum Zebra entwickeln, und in einigen hundert Jahren werden sich die Hugo-Wiener-Forscher fragen: »Was wollte er? Zebras *sind* doch Elefanten?!« Dann werde ich im Himmel meinem Freund Joschi einen vorwurfsvollen Blick zuwerfen, weil er mir in den 80er Jahren des zwanzigsten Jahrhunderts gesagt hat:

ZEBRAS SIND KEINE ELEFANTEN